U0567792

长篇小说

张兴海 著

西安出版社

图书在版编目(CIP)数据

圣哲老子 / 张兴海著. -- 修订版. -- 西安 : 西安出版社, 2025. 1. -- ISBN 978-7-5541-7655-9

Ⅰ. I247.5

中国国家版本馆 CIP 数据核字第 2024ND0861 号

圣哲老子（修订版）

SHENGZHE LAOZI (XIUDINGBAN)

著　　者： 张兴海
项目统筹： 李宗保
责任编辑： 李　丹
出版发行： 西安出版社
社　　址： 西安市曲江新区雁南五路 1868 号影视演艺大厦 11 层
电　　话：（029）85253740
邮政编码： 710061
印　　刷： 西安盛业印务有限公司
开　　本： 787 mm×1092 mm　1/16
印　　张： 26.75
字　　数： 350 千
版　　次： 2025 年 1 月第 1 版
印　　次： 2025 年 3 月第 1 次印刷
书　　号： ISBN 978-7-5541-7655-9
定　　价： 68.00 元

生活化、人性化的圣哲形象

——长篇小说《圣哲老子》原序

李　星

由老子所创造的道家学派及其“道法自然”的目的论、本体论哲学，在中国传统文化整体构成和中国人心灵精神构成中，具有极其重要的地位。

著名美学家陈望衡先生在其《中国古典美学史》一书中，对老子及其所创立的道家学派给予了极高的评价。他说：“老子所开创的道家学派成为中国文化史上唯一堪与儒家学派相抗衡的学派。儒家尚人道，道家尚天道；儒家重人际关系的和谐，道家重天人关系的和谐；儒家重人为，道家重自然；儒家崇义，道家贵真；儒家重社会群体利益，道家重个体精神自由；儒家尚入世，道家尚出世；儒家尚实务，道家尚超越；儒家尚社会责任，道家尚人性本然……虽然两家诸多分歧，但相通相容，从而构成了中国文化的主体。”

美籍华裔历史学家余英时先生，在获得素有“人文诺贝尔奖”之称的美国国会图书馆“克鲁格人文与社会科学终身成就奖”的演说辞中，也从世界思想文化史的高度，将孔子和老子并称为人类“轴心时代原创超越”型的伟大思想家，并特别指出：“中国的原始超越是以‘道’这个最重要的概念出现为标志的。轴心时代创生的概念影响力日渐深远，特别是孔子思想和‘道’的观念，几世纪对中国人的影响无远弗届，从这点看来，要说‘道’与历史组成中国文化的内在与外在也不为过。”

当由科学技术主义、物质主义所推动的现代化进程，越来越显示出它的片面和弊端的时候，以崇尚人与自然、人与人和谐生存的道家学说，更是越来越显示出它非凡的价值和意义。在中国，在全世界，都有越来越多的思想家、哲学家，将自己的目光投向道家这一人类青年时期“轴心时代”“原创超越”的本体论思想体系。但是由于道家创始人老子主张“无为”，排斥著述，关于老子及“道”的史料存世极少，就连距老子生存年代仅三百余年的司马迁在其《史记》中，虽然留下了孔子向老子问礼及评价的珍贵资料，但对他的身世却留下了许多空白。但是史圣肯定了他应关令尹喜之请，“乃著书上下篇，言道德之意五千余言”的史实。老子，究竟是个什么人，他在什么样的历史和个人心灵背景下，创造了“道”的概念和学说，成了中国历史文化的千载之谜。

感谢年已花甲的陕西作家张兴海先生，在史料和传说的基础上，以文化人类学考察为依据，以深刻的生命体验和巨大的想象力，创作了长篇小说《圣哲老子》，空前真实地再现了老子痛苦、寂寞、孤独的生命和人生历程，揭示了他创造道家学说的思想、心灵和人格背景，以庄严而又恣肆的叙述和生动具体的细节展示，让老子这一中华民族的伟大哲人形象，伟岸而又世俗，精神而又肉身地矗立在21世纪的国人与世界面前。在当代中国文学并不多，却也并非空白的几种老子书写中，张兴海的《圣哲老子》是最为雄沉、厚重，最为完整、丰富，也最具思想启示和审美价值的一种。

《圣哲老子》将老子放在周室式微，诸侯崛起，私家壮大，诸侯兼并，礼崩乐坏，人心贪婪的广阔时代背景下来表现。作为守藏史的老子，不仅熟知自平王东迁，弑君三十，亡国五十的历史，而且亲自经历了周景王逝世前后，王子朝、王子猛、王子丐的继位之争，吴国与楚国、齐国的血腥战争，以及私室欺凌公室的猖獗。老子所在的守藏室中的珍贵资料，正是被自己的弟子王子朝所劫掠。他曾经亲自去叛军营帐，营救自己的亲密朋友周大夫苌弘。正是这些耳闻目睹的战争和血腥，催生了老子对一种新的人类社会秩序、自然秩序的寻找与思考。

与此同时，小说还以相当多的笔墨和章节，具体体现了儒家创始人孔子、兵家创始人孙子的人生经历和对于理想社会秩序的思考和寻找，构成了道家——“道法自然”，儒家——“克已复礼”，兵家——“以兵戢兵”相互颉颃、论辩、比较的思想大格局，百家争鸣的时代和环境氛围，突显了老子卓尔不茕的思想和高迈、超越的人格境界。可以说，《圣哲老子》不仅写出了一个“无为而无不为”、深邃、痛苦的老子，也写好了与他同时代的大思想家，坚持“士不可以不弘毅”的孔子，尤其是“以兵治兵”的和平主义者孙子，可谓个性鲜明，多面而丰富。更为重要的是，作者在老子形象的塑造中有着突出的贡献和突破。

一是保留了当时和此后人们赋予老子的神圣光环，如母亲食李而怀老子，孕期 81 年，他居住和行走时的紫气环绕等等。老子所生活的时代，是人类的后神话时代，加之史迹漫漶，身世不详，人们赋予这个崇尚自然的思想家以神秘主义色彩，不仅可以理解，而且表现了他在人类思想史上，如基督教创造者耶稣，佛教的释迦牟尼那样的崇高地位。但是在神圣氛围之下，作者呈现的却是一个此岸的学者和思想家形象，他恋爱、结婚、生子、当官、参与朝会、交友，最终又毅然辞官，过上自己孤独者、思想者的晚年生活。小说第十八章《门里门外》，表面上看写的是他经历劫掠后心灵的痛苦，实际上却以意识流的笔法，揭示了一种天才思想创造分娩的艰难。灵感附体，如梦如谵，哲人一如常人。

二是作者依据丰富的史料和传说，以及自己的学人生活和人生阅历，给予老子以准确的形、神（气质、风度）定位。形，是大耳广额，宏阔脸盘，蒜头鼻，隆眉骨，白发、白眉、白须，两只厚大的嘴唇；神是不争、不积、不矜的座右铭，是“致虚极、守静笃”的玄览状态，和凌厉执着的思维。尤其是“水青石”这一原始坐具，岳父商卜人送他的八卦风车，虽以具体的物的形态存在，但在小说的语境中，它们却成为与老子的“道”家精神和“悟道”心灵历程相融洽的象征性意象，和他刀劈斧凿般的肉身形象一起，铸造了一个令万世景仰的哲人形象。难怪小他约二十岁的孔子用“犹龙”来评价他。龙，在这里有巨大而非凡的意义，还包含“神龙见首不见尾”，恍惚而又难以把握的肯定、怀疑和困惑。

三是在对性文化历史和性风俗的人类学考察基础上，《圣哲老子》不仅没有回避圣人及其弟子的性生活，而且对性体验之于他们思想的形成意义给予了诗意的表现。同许多宗教圣人著作不同，小说中的老子、孙子，包括他们的弟子庚桑楚、苌姬、徐甲等，都有着非常自然而强烈的性的欲望，正是在性爱的实践中，老子悟出了“阴阳”“乾坤”“溪”“谷”等宇宙论概念，并在他唯一的传世名作《道德经》中，写下了“玄牝之门，是谓天地根”“玄之又玄，众妙之门”，这样惊世骇俗，却也意味深长的句子；孙子也是在与崔旦的性事中，感悟到了诡谲多变的用兵之道；老子的首席弟子庚桑楚，也是在与苌姬的“叠合”中，体验着道的深邃。马克思在论述人类社会发展时，曾经将“物质的生产”与“人的生产”并列为人类两大基本生产活动。年轻学者张柠在最近的一篇纲领式的“英雄论”的文章中，谈到了美人之于英雄的意义，不在于婚姻和传宗接代，而在于其超人式的生命激情的挥洒。应该指出的是，《圣哲老子》塑造出希、苌姬、崔旦和歌女硕人等人性化的女性形象，并不是俗人眼中的“为了好看”，而是出于深刻的关于人、人类、圣人及其老子“道”的理解。她们的现实和文献依据是，道家和同时代历史文献中关于许多在当时出名的美丽女性的人生线索。她们以无可辩驳的事实说明了后世的“贞操”“妇节”等观念和标准，在当时并不存在，嫁来嫁去，激情“叠合”，并不损害她们的名声。《诗》三百首，大胆热烈的爱情诗占了相当大的比重。老子、孔子的身世之谜，生父的缺失或母亲奇异受孕，都说明了当时社会性的“开放”程度。所以将“性”感受甚至母性器官的功能与外形作为“道”产生的世俗机缘之一，无疑是本书独特的艺术亮点。

本书的主要叙述语言特色是不事修饰和夸张的白描，在简朴中见清新，在想象力的恣肆中，又有约束和控制。它的词语以当代书面语为主，却杂以《诗经》《易经》《老子》等古籍语词和关中的民间俚语。在叙事中多用现代书面语，在圣哲人物语言中多用古籍语言，在外围民间人物中多用民间俚语。古语、俚语反过来又影响和约束了书面叙述。所以总体来看，《圣哲老子》的语言是以四字句为核心的白描语言，尤多双声叠韵式的语言和句子，如“肃肃王命”“穆穆皇皇”“干戈嚣嚣”“西风枭枭”“邈邈星月”“盈盈皓月”“烛火幢幢”“渊渊昊昊”“谗言嚣嚣”“飒飒风动”“嘤嘤鸟语”

“楚楚动人”“温温恭人”“振振公子”“赳赳武夫”“恂恂懦人”“诡诡厉人”“浪浪乐人”“累累贤人”“君子阳阳”等，既见古意，又不至于造成太大的阅读障碍，言简意赅，具有余光中先生所称道的“古语今用”之妙。至于其中的诗与歌词，一部分来自《诗经》等古诗的直译，一部分则来自后世民间的情歌，而有的则是作者可以乱古今的即兴创作，在渲染氛围，抒发情感，表现人物情绪上起到十分重要的作用。

在章节结构上，《圣哲老子》没有单打一，将它变成老子一人的人生传记，而是交替安排了孙子、孔子、尹喜、苌弘、徐甲、庚桑楚、崔旦等人的章节，尤其是孙子、孔子占据的比重更多，头绪多而不乱，最终又以不同的方式与老子交结。从老子的人际关系出发，辐射出一幅多彩、多姿，由社会各阶层众多人物经历、命运、追求、欲望所构成的巨大广阔的时代生活画卷。这不仅有助于今天的人们认识那个遥远的时代，而且对增加作品的可读性具有很大的作用。

作者张兴海是陕西省周至县文化馆的一名资深创作员，他出生、成长并工作的地方，就在相传周大夫尹喜观星望气的草楼观，老子的说经台，即在今天的楼观台附近。这里是中国最古老的道教圣地之一。中国道教协会原会长任法融，就是从这里走出的。这里关于老子、尹喜、徐甲的传说，和任道长的长期交往，耳濡目染，使张兴海从年轻时候就对他们以及他们的精神世界发生兴趣。与此同时，陕西周至又是一个山区和平原并存的行政区域，南部山区重山阻隔，交通不便，至今仍保留着丰富而古老的语言和民俗文化。在发表出版了二百多万字的文学著作之后，在二十世纪九十年代初，兴海终于开始了老子资料的收集和研究，并动身到老子、孔子、孙子故里，及古洛邑、函谷关等地考察，当终于在洛阳古王城遗址东面瀍河附近发现老子故居遗址时，在洛河与黄河之滨看到河图洛书演示石雕时，他的心灵受到一次次强烈的震撼，并终于找到了创作的灵感。又历经八年的艰苦写作，几易其稿，终于使老子这个两千四百多年前的圣哲形象复活，以其深邃独特的人格风貌，屹立于国人和世界面前。《圣哲老子》是否达到了他所追求地写一部日常化、人性化、通俗化的“圣书”的目标，还有待于读者和时间的检验。但可以肯定的是，他攀登的是一个圣哲写作的新高度。老子不朽，与他处于同时代的并给出了不同理想世界和人生答案的孔子不朽，孙子不朽！

2007 年 2 月 13 日草毕

目录

第一章

秦地遇合

一 草楼歌遇

秦岭北麓天然隆起的这个高台上，耸立着一座茅草搭成的小楼。草楼虽小，却直直矗立，高耸入云，尹喜在上面夜观天象，昼望山林，自在优哉，不亦乐乎！仲秋时节的这天上午，他在记录的竹简上刻完了最后一刀，顿觉心胸爽朗。环望山峦层层，林丛莽莽，不禁俯身对着绿水青山，放开喉咙唱起了《诗》①中的“考槃”——

乐意盘桓在山涧，（考槃在涧）
贤达之人心地宽，（硕人之宽）
我睡我起我放言，（独寐寤言）
永远乐在我心间！（永矢弗谖）
乐意盘桓在山岗，（考槃在阿）
贤良之人心欢畅；（硕人之薖）
我睡我起我纵歌，（独寐寤歌）
怎能忘记这景象？（永矢弗过）

① 西周时期王室派员赴各地采风，各地亦有歌谣资料上呈，至春秋已有不少诗歌简卷流行。本书将这些歌谣简卷名《诗》。

乐意盘桓在山麓，（考槃在陆）
贤良之人心宽舒；（硕人之轴）
独宿天上神仙楼，（独寐寤宿）
何须说给外人听？（永矢弗告）

尹喜平日并不喜爱唱歌，他的声音不算规范，也不能说悦耳动听，一介书生的气力不足已显而易见，但在这空旷寂寥的山野中，却是那么嘹亮那么清晰。

非常奇怪，他的歌声很快有了回音——随之而来的是一阵撩拨心弦的女人的歌声：

熟成的梅子落地咧，（摽有梅）
还有七分熟红的；（其实七兮）
谁个有心快摘唻，（求我庶士）
趁着这个好时辰。（迨其吉兮）
熟成的梅子落地咧，（摽有梅）
只剩三分熟红的，（其实三兮）
谁个有心快摘唻，（求我庶士）
今日就是好时辰！（迨其今兮）
熟成的梅子落地咧，（摽有梅）
提着篮儿光拾呢；（顷筐塈之）
谁个有心快来呀，（求我庶士）
给一句话就行咧！（迨其谓之）①

尹喜循声望去，发现在土台旁边，坡路下端的口儿处，有一个人抬头仰脸地对着他唱歌。他很快收拾了观测用的玉圭、铜针和分光盘，连同一

① 选自《诗经·召南·摽有梅》。

摞竹简，把它们装进黑漆箱，匆匆地沿着坡路台阶走了下去。

站在尹喜面前的是一位青年女子，她如遇亲人似的迎上前去说：“尹大夫，我在这儿等你多时了！不敢冒昧上去，不是听到你唱歌，我还不敢搭声哩！”

“找我有什么事？你唱歌，是当地秦人的发音，说话的口音却有点儿像齐人！”

“对，对……我正要找你帮忙哩，我的亲哥哥！”她说着就要把他手提的黑漆箱接过去，准备和他边走边说，可是尹喜却急忙拧过身子，用眼神温和地挡住了。

“呃，我的亲哥哥！我有十万火急的事，非得你帮忙不可！”她羞愧而焦急，黑密的睫毛一闪，泪水就滚豆似的淌下来了。

尹喜问着，听着，终于弄明白了这女子的来意。一年前，秦楚联姻，秦国的公主孟嬴嫁给楚国的公子建，不料楚平王得知孟嬴美貌无比，成婚这天偷梁换柱，让孟嬴的贴身侍女崔申充作新娘，堂而皇之地送入公子建的洞房，他自己则暗纳孟嬴，并对公子建密切监视，严加防范。这桩丑闻渐渐地传出宫外，闹得沸沸扬扬。当年和姐姐崔申一起入选秦王宫作侍女的崔旦得知消息，急得如热锅蚂蚁，一颗心好像掉在了滚水中。尹喜也早已风闻此事，但他意料不到那一心要救姐姐出火坑的崔旦，此刻正站在他的面前。

“唉，我能有什么法子呢？楚国，多年称霸，他们的国君从来都很骄横，当年楚庄王中原问鼎，还想独吞天下呢！如今楚平王骄奢淫逸，恃强逞威，谁能管得下他？眼看周王室日渐衰微，连天子也没有多大权力。我一个区区大夫有多大能耐呢？我能给你帮什么忙？”

“王室毕竟是王室，有人想当诸侯，还要苦巴巴地寻找天子讨个封令呢！我的亲哥哥，你身为大夫，总是王室堂堂命官么！”

“嗨，傻女子！你以为王室官员，就能上天摘星星？告诉你，我不过是个观月亮看星星的！”尹喜自嘲似的咯咯笑了，他侧着身子扬起手臂，指了指土台上面的草楼。

崔旦不言语了，她急忙从身后的包袱里取出一个黑褐油亮的球状疱物，它酷似猴子的头颅。尹喜一惊，知道是难得的尤物——只有附近古老的橡树林才能出产的猴头菇。它是宴席上的绝佳之菜，也是罕见的名贵药材。

崔旦忽然跪了下来，双手将这东西托过头顶，捧献在他面前。“尹大夫，为采这物，我跑遍了周围三十里的林子，一棵树一棵树地寻找。常言说‘猴头落神口，可遇不可求’，当我把这宝物弄到手的时候，高兴得心都要跳出来了！真是神灵助我呵！我听说你每年这时节要来闻仙里，从雍都到这儿我急急地走了十三天，在林子里寻找这宝贝也用了十三天……”

尹喜心里咯噔了一下。十三，一个有意思的数目！星象学家尹喜，又是一个谶纬家，对数字非常敏感。十三，这是一年包括闰月在内的全部月数。他建造的这座观测台，慢坡上的台阶每十三个为一坡段，当中以平台间隔，拐过去是另一个坡段，十三个坡段直达草楼。

十三！对于崔旦来说，这个数字有没有一种意味的关联呢？

“尹大人，我的亲哥哥，你把这东西收下，也算是小女子的一片心吧！我离开秦王宫快一个月了，小小积蓄已经花完，就让我坐着你的车子，顺路到洛邑吧！”

尹喜向来面慈心软，这会儿就不能不为之心动。他把手伸进衣袋，摸出几枚钱来，望着崔旦殷殷切切的眼睛说：“姑娘拿上路途花销吧！至于你姐姐的事情，我实在无能为力，朝廷的车子搭上一个不相关的女子也不合乎礼规哟！你不要焦虑，自己多多保重，地上能走的路很多，自己好自为之吧！”

崔旦看到尹喜转身欲走，急忙放下猴头菇，仓皇扑了过去，那双白嫩如玉的手，紧紧地把尹喜的手掌攥住，胸脯也挨了过去，脸上娇媚媚地笑着，眼睛里射出诡谲的热辣辣的光芒。“你一个人在车上不觉得寂慌吗？我已经十六岁了，就像一颗成熟的甜梅子，我的亲哥哥，你不摘……”

就在脸孔将要相贴的一刹那间，尹喜忽然看见有一缕绿莹莹深幽幽的光气，从崔旦的眼瞳喷出，他的浑身随之猛烈地打了个激灵。他在这一瞬间也只是感到了此人的一点异味，并没有想到崔旦后来的结局竟是那样的惨绝人寰。

尹喜的驭手适逢这时候赶来，帮助他摆脱了崔旦纠缠。回到山麓下面的村子，尹喜和朴实的乡人告别。这里的农人，开垦了附近坡梁沟坎的野地，把荆棘荒草覆盖的山岔河坝变成一绺绺带子田，自收自种，没有平原上官家地主的约束，亩税徭役很难派到他们的头上，日子倒也向前掀得过去。尹喜自从十多年前发现这儿得天独厚的观测条件后，常常来这儿居住，那个著名楼台就是村人们修建的。他的到来让人们早早知道了旱涝年景，便可以选种相应的庄稼。加之他性情平和，为人善良，深得乡人喜爱。乡民们一再挽留，他又留宿了一个晚上。

次日上路，众人送行，尹喜再三揖礼，终于登上了车子。

咚——，咚——，秦鼓响了。声音低低的，闷闷的，但有沉沉底气，传得非常悠远。

擂鼓的先是一位大胡子老者，后来换上了十六岁的小伙子。他叫秦佚，白白净净的淘气鬼。他不用两只鼓槌，而是用自家一尺长的槐木杠子，把鼓侧放着，悠悠地往那牛皮面子上擂。

二 渭水情波

咚——咚——

秦鼓还在响着。尹喜想起了乡亲们的热脸热心。秦佚六岁的时候就跟他到草楼玩耍，年年都会准时在村口迎接他的车马。这回秦佚送他时说，十里之外让他还要听到他的鼓声。

鼓声伴着，一路向北，尹喜心里便有了渐行渐远的悲凉。

直到望见渭河岸边的树林，他才有了独我恬然的心境。嘎嘎飞鸟在一抹碧青的树梢盘旋，嗖嗖风声慢慢小起来。道路在林中显得狭长一些，如临深山峡谷。越是林海深处，越显得幽静。重重叠叠的柳树枝丫，漏下斑斑点点的日影。杜鹃、百灵、金丝雀、斑鸠、红嘴鸦，在明里暗里的树枝上、草丛间，嘈着、唱着、跳跃着。偶尔间，一两只胆大的灰毛野鸽故意朝车子飞来，擦着马儿的耳朵和尹喜的肩膀打着旋儿，惹得他捋着稀疏的小胡须笑个不停。

忽然，车厢一颠，好像车尾有什么响动。尹喜只顾赏林观鸟，丝毫未有感觉。驭手一直在前沿板上坐着，他的屁股颠簸了一下，习惯地朝后瞥了一眼，又用鞭子甩打车尾，没有什么动静，便以为是石头木块之类的东西垫着了轮子。

一个飞人自车厢帮顶骤然落下。尹喜只觉得眼前闪来一团黑影，急忙闭上眼睛，腿上被什么重物压住，待缓过神来，那人已像骑马一样，双腿跨开坐在他的膝盖上。

飞人正是那个崔旦！崔旦满脸得意，双手搂定他的脖子，三分嬉笑，七分嗔怨地说："是你把我逼的！还说你是好人呢，好个屁！"

尹喜非常生气，但冷静一想，这女子缠不过呵！他只好连声说："好了好了，你下来！"

"下来？"崔旦冷笑一声，反而把柔长的双臂向后伸出，粉白长颈贴着他的下颌，用足气力，把脸孔和鬓发向上移动。尹喜被这红颜雪肤抵得几乎透不过气来，只好和声软语地求饶："你下来嘛，我听你的！"

"苍天杀我，善恶不由人了！好也罢，歹也罢，我要去楚国，回齐国，你捎我先去洛邑，走一程，算一程，这个忙可以帮吧？"

"好，好，坐个顺车，我答应！"

崔旦立即跳了下来，站得直直的，哧哧笑了一阵，向尹喜深深鞠了一躬："我的亲哥哥，太谢谢你了！"

"叫我尹叔叔吧！姑娘，居不同席，食不共器，男女之间，应有界限。我好心帮你，你也要诚心待我，一路上规规矩矩，莫要自轻自贱！"说得崔旦连连点头。

那个驭手一直回头看着这一幕，后来无奈地叹了口气，又轻轻挥鞭催动了车子。

林子不怎么宽，渐渐地，渭水横亘在他们面前了。这条大河横贯秦地，西边连着秦的国都雍，东入黄河，经中原入海。当初，周人的祖先在郃地安居，后来迁到东北方向的豳，最后又移至西岐，住来住去，都在渭河的周遭。可以说，它是周的母亲河。它与黄河之水都是滚滚浑流，也都是宽宽河道，主河道常常洪水泱泱，滩涂上绿草茵茵，水鸟群群。河滩上多静呵！多像秦岭北麓的闻仙里呵！可是，这儿的人事却不是平静的。在这荒滩野地，远离村庄的渡口，不时有匪盗出没，那些吃水上饭的船夫，都是船老大手下的可怜人。他们常常为几个钱币争吵，臭言恶语，打架斗殴，时有命案发生。

船匠们认得尹喜，这位和气的官人付的船费总是要多一些。但是，他们对于朝廷权贵和一切有钱有势的人，心存一种本能的反感。一见到高头大马拉着厢帷考究的车子，公侯大夫巨贾坊头携着美貌少妇，就厌恶得如嘴里吞了砂子。尹喜上船后，崔旦也跨了上去，站在尹喜旁边。船夫们挤眉弄眼，一齐向他们身上邪瞅浪瞟，不时发出怪叫声，嗷嗷嗷，嘎嘎嘎，像牛公子发了情，只待狠劲地一扑了。尹喜困窘地朝他们笑着，崔旦羞得捂住脸孔蹲下身子。

长篙下水，船开动了。这些黑皮瘦脸的撑篙人比地头田间的农人还要辛苦。渭河滩的风特别厉害，四季不断的风吹得他们脸孔胳膊起了褙子似的硬皮，黑黑亮亮的，腿上是泥巴头顶是砂子，从上到下浑麻灰灰的，人叫河滩野鬼。这些野鬼们在船上浅滩之后，放下篙跳下水，拉着，推着，喊着，唱起了令人发笑的号子歌——

吃肉的呀么，嗨哟，
爱跑阳呀么，嗨哟；
喝汤的呀么，嗨哟，
硬桄桄呀么，嗨哟；
坐官车的呀么，嗨哟，
呢腿的呀么，嗨哟。

尹喜耳根发烧，脸颊涨红，但他在心里并不厌恨，崔旦干脆把头埋在双膝间，心里紧张而羞怍，那个驭手双手牵着马的辔头，站在船底板，顾不得胡思乱想。一只善于飞身叼鱼的鹞子一个猛子扎下来，未近水面，又被嘈嘈的喊叫声吓跑了。

接下来发生的事情让尹喜非常吃惊。前些日子从这儿过河时，北岸的坡路是比较坚硬的。因为一场雨路面有了积水，又是长长的上坡，驭手有点大意，自己坐在辕板上挥鞭催马，轮子离开旧辙吃进泥里，他仍然挥鞭不止。马蹄在连续的打滑后身子猛然地跌倒了，吭唧一声，双辕倒地，皮轭紧紧地压住马脖，大红马憋得屁股撅了几下，又重重地甩下去了。尹喜和崔旦幸亏没上车，他们连忙和驭手一起抬辕救马，无奈马身过重，怎么用力也不济事。

这当儿来了救星。堤岸上围着看热闹的人群中，有一个汉子身背长剑，他早已预料到了可能发生的事故，此时纵身一跳，拔出宝剑，迅速割断马脖上的套轭，这才把辕抬起。看来他是个老练的驭人，帮着把皮轭收拾好后，自己掌了鞭子，左一个黑虎掏心，右一个苍鹰旋顶，两声脆响过后，车轮就呼呼跃过堤梁了。

"渭河这点巴掌坡算什么？黄河岸上的十里滚坡那么'悬'，我也照样耍鞭子哩！"这汉子交了鞭子，重新把剑背好，眼睛得意地瞅着眼前围观的人们。驭手接鞭子时扑腾跪下，三个响头告谢了。尹喜也满含感激，对他弯腰揖礼。

"舔当官的尻子，能得到几斤蜂糖？"人群一阵喧哗，有人吼着嗓子骂开了。

"谁再喊一句我听听！"汉子愤怒地拔出剑来，目光环视，眼珠子睁得快要蹦了，吓得堤上人们全都背过身子。

车子催动时，再一次的揖礼告别。

崔旦已经留心注意这位威猛之士了。她的目光中，一束热烫的亮彩闪烁，一股强烈的气息喷出，那汉子的目光与之相遇，他立刻僵僵地直了身子，定定地站住了。

三　槐里夜约

崔旦果断地朝这汉子招了招手。当然，这不是一般的招手，她的手臂并没有向上扬去，而是贴着身子朝下垂着，依靠手腕的力量，把手掌和手指轻轻摆了摆。她心中有数，提防着旁边的尹喜。招手之后，她发现那汉子会意地点了点头。期待，喜悦，忆想，崔旦心底的潮水波澜汹涌地泛起了。

当年的齐国崔氏家族，与国氏、高氏、隰氏、庆氏、管氏、鲍氏、田氏等同为齐王分封的采邑内大宗，世卿世禄，位显爵高，很有名望；但随着诸侯权力的削弱，家族之间的明争暗斗，崔氏家族渐渐破落，到了崔旦祖父这辈，已完全脱离了公室，降为士的阶层，及至她的父亲也只能以开办私学维持生计。崔旦和她的姐姐崔申都是心气很高的姑娘。看到父亲整日带着学生四方周游，母亲和她们在家苦守时神情郁闷，二人便生出重振家业的心思。依照她们的自身条件，只有嫁给豪门显贵，才有望实现这一夙愿，而她们的天生丽质和聪颖禀赋又让自己充满了信心。姐妹俩平日在家里熟读《尚书》《诗谣》和《周礼》，又抽暇研习脂粉之法。她们的母亲也是士家出身，自小就采用丝瓜养颜，家里年年种一亩丝瓜，门前庭院也是处处棚架，瓜蔓成荫，母女三人每日以丝瓜水敷脸。崔申十六岁、崔旦十四岁的那年秋天，丝瓜刚刚收罢，便有人上门高价购买丝瓜种子。当地人都传言说，这户人家的女子个个长得像夏姬，于是，她们家的丝瓜种子也成了抢手货。母亲处事精明，她不但不想出售自己的，还暗中购买别人的，准备来年扩大种植规模，牟取成倍的利润。

这天上午，崔旦和姐姐崔申在街上转悠，寻找丝瓜种子。有位穿着麻布长袍，足登布袜草履的长发卜人，远远地见了她们就止步凝眸，高兴地直喊“贵人”。她俩好奇地走过去，长发卜人仔细打量之后，拍手惊叹，说崔申日后必遇龙人，崔旦日后必遇异人。长发卜人刚说完就狠狠地打自己的嘴巴：“天机泄露，日后遭遣临灾。为人拨雾，故显才华，浅薄得很哪！”

次日上午，姐妹俩又出了门，心里都有一种大运将临的预料。果然，在不远处的丝绸市场，遇到一体魄雄健、仪表堂堂的男子，这男子见了崔申也神色专注地投来目光，崔旦立即把姐姐的手臂碰了一下，二人走了过去。这男子身子前倾双手打拱，满眼满脸都是亲热，朝身边的几个雇手说："这一车卖完，和两位贵姐儿下馆子去！"姐妹俩看见他们的丝车，长长溜溜，高高荡荡，尽是上等真丝细绢，花色繁多，绚绚烂烂，兴致立时高了。崔申问道："大哥莫非是外地人？口音这么硬的？"这男子朗声笑了："我本周圣人之后，秦人一个！"他朝腰间一指，又几步跨了过去，让她们仔细端详他的黄腰带。哎哟！这扎得棱棱整整的黄缎带上，均匀地缀着五件玉龙，玉是莹白沁亮的上等玉，龙是腾跃如飞的钻天龙。姐妹俩互相使了个眼色，抑制着内心的激动，欣然等候一旁。后来他们进饭馆，住旅店，姐妹俩连给母亲的招呼也来不及打，就离开故土入了秦地。谁知这"龙人"竟是一个拈花高手，一路对崔申百般体贴，殷勤备至。崔申也柔情蜜意，心花绽放。进了雍城他就变了心，就像一个阔人花钱买了一件玉器，玩了几天就腻烦了，很不经意地将它抛在一边。他对崔申这么说："我的家到了，媳妇娃娃眼巴巴地盼我回来，你跟过去不合适吧？雍城这么热闹，你和妹子多逛几天再回去吧！"他掏出一把钱来，硬是塞给崔申手中，又朝崔旦挤了个怪眼，就吆喝他的雇手赶车走了。姐妹俩只觉天旋地转，心死神丧，接连几天都昏了头、麻了身。在街头流浪了几天，幸亏秦王宫在都城召选侍女，依她们的姿色教养，二人双双入宫。崔申还被公主孟嬴挑中作了贴身侍人，崔旦则分在司服班中。

崔旦在很长的日子里回首往事，总会想起那个长发卜人的话语。直至姐姐崔申顶替了公主孟嬴，她虽然焦虑不安，但仔细一想，公子建不正是一位龙人吗？他是楚平王的嫡长子，楚国上上下下，谁不知道王位是留给他的？是的，尽管宫廷风云险恶，公子建将面临不测，但长发卜人的预料终究得到了证实。

异人，自己将要遇到的……

崔旦每每这样顺理成章地想下去，心里就会既激奋又不安。这个异人，他究竟是怎样一个实实在在的人呢？

秋阳带着暖意，给广袤的原野播下了刺目的亮光，让大路两边的玉蜀黍林更加金色煌煌，渭河这边的土地与郃地和西岐东西连成一片，平坦肥沃，有渠有井，年年保收。和其他地方一样，这里已找不到田、渠、路成方划定的井田模式，望不到边际的玉米田已是某位地主的个人田园。

崔旦无意向田地观望，她不时地回过身子，把目光投向大路远处。那汉子一路尾随，一个小黑点屎壳郎一般朝前滚着。

“尹哥哥，我要请教一个……”

“叫我尹叔叔吧！”尹喜偏过头，面色和悦地纠正，“你还是个黄花闺女，而我呢，胡子一大把了！”

“嘿，你这胡子还算胡子？脸上白白润润的，也不过三十出头吧！”

“我没有那么年轻吧？告诉你，离四十的坎儿，只剩下——”，尹喜伸出三个指头晃了一下。

崔旦把他的手推过去，眼睛撒了个娇，“哥哥比叔叔好听嘛！”

尹喜咯咯笑了，“还是叫叔叔吧，我的女儿十五岁了，个儿跟你差不多。”

“呃，有一件事我弄不懂。异人，你说什么叫异人？”

“不同寻常的人；有奇异才能的人。”尹喜用手指不断捋着颔下小胡须，思忖了一会儿：“我的夫子老聃常常感慨说‘众人皆有以，我独顽似鄙。我独异于人……’独异于人就是异人！”

“你的夫子，他可是达官贵人？”

“嗨……”尹喜扑哧一声笑了，随之摇摇头，郑重地望着崔旦，“他比达官贵人还要高贵呢！”

崔旦乐了，白里透红的脸孔显得更润泽了：“尹大夫，车上多单调啊，我唱个歌儿好不好？”

“好——，唱个秦地的吧！”

崔旦歌一出口，情不自禁地手舞足蹈，朝左右和后方扭动着身子——

什么长在终南山？（终南何有）

有楸有梅结果繁。（有条有梅）
君子幸运来此地，（君子至止）
身着孤裘锦衣鲜；（锦衣狐裘）
颜面漂亮又红润，（颜如渥丹）
仪表如君很庄严。（其君也哉）
什么长在终南山？（终南何有）
杞树海棠枝叶繁。（有纪有堂）
君子有幸来此地，（君子至止）
五彩绣衣袍袖宽。（黻衣绣裳）
美玉佩身叮当响，（佩玉将将）
愿你长寿永平安！（寿考不亡）①

歌声甜美，尹喜笑盈盈地称赞。当然，他看不出崔旦唱歌并手挥臂舞的真正意图。

车子很快到了槐里。这是咸阳与岐山之间的重要都市，管辖渭水南北的方圆数百里地区，包括草楼观所在地神就乡闻仙里。秦哀公去渭水南面狩猎时常常经过这儿。

天色未晚，但离咸阳尚远，不得不在此地留宿。找了客栈，尹喜还为崔旦安排了房间。崔旦放下行李推说有事，急急出门，很快找到那汉子。这人心急火燎地待在附近，躲躲闪闪地朝客栈门口张望。彼此看见的一霎间，都好像久别重逢似的，两人毫不犹豫地拥抱在一起。

防备尹喜看见，他们去了一家僻背的小饭馆，要了面条，边吃边叙。这个威猛大汉名叫徐甲，正好是崔旦的同乡。他的祖上是姜子牙的亲兵，姜子牙被封到齐国，先祖随之同往，仍然给这位开国元勋当驭手，享受士阶的爵禄，世代相传，倒也优裕。但是到了祖父这辈，私门势力迅猛发展，公室岌岌可危，被迫裁冗，祖父失去了职位，忧愤而死。徐甲的父亲已年

① 选自《诗经·秦风·终南》。

过六旬，他和徐甲都练就了驭马驾车的本领，却不能承袭旧爵。又不甘心低眉俯首地为他人当一个奴隶般的驭手，无奈中他想到了姜太公。父亲让他离开家乡，顺着黄河寻找渭河，沿河堤溯流而上，寻找五百多年前姜子牙垂钓的遗址，在这仙迹胜处焚香，叩首，静静守望。与此同时，他的父亲日日守在太公像前叩首祈祷。父子俩里应外合，直到太公显灵，有了祥瑞之兆，方可回家。父亲临行时对他哭着说："儿啊，这是不得已的法子，但愿咱这神爷念先祖之亲，降下福音，我儿日后能图大业，我死了也就能合上双眼了！"

徐甲说着，由不得眼圈红了。他放下筷子，把崔旦揽在怀中说："随我走吧，先取功名，再过自己的小日子，至于你姐姐的事情，牵扯到楚国上层，只有听天由命了！"崔旦却不愿这么仓促地离开尹喜，她说："你想走你就走吧，要是真心爱我就这样一直跟在车子后边，我要一心找到姐姐，难道你不愿意与我为伴吗？"

两个人的心就这样相融了。世间的爱情产生是没有相同缘由的，只有不同的或类似的。因为每个人的境况不同，上帝的手法不同。不过，它所带来的激情与勃发力都是无比强烈的。崔旦和徐甲就这样有了自己的爱情，心上和身上都生出了这样的勃发力，这力量会给他们带来哪些变化呢？

第二章

守藏室内

一 观图议象

尹喜观星望气，主要是为周王室提供资料，“仰则观象于天，俯则法类于地”。天地的征象是人和万物效法的准则，所谓观天象而知人事，王室可据此参修政务，迁恶从善，重德保民，保持掌握天下的核心地位。尹喜回来后根据草楼所记精心绘制了星象图，准备呈给周天子景王。但是他要让守藏史老聃早知，顺便和他交谈，向他请教。当然，每次的观测图最后都要归存于守藏室，这已是宝贵的天文典籍了。

吃罢早饭，尹喜收拾了绘好的图表，就乘车往守藏室找老聃去了。

尹喜的宅邸与老聃的守藏室，一南一北，各在洛邑城内的东部，却相距较远。作为天子之都的洛邑，其街市布局是很有讲究的。建城有法，所谓“前朝后市，左右三廛，中为公宫”，即前面是三公六卿、宗庙、社稷，后面是商贸场所、手工作坊，寓先义后利之意；“廛”即民房，两边的民房与前朝后市将王宫主公围在最核心的位置,表示天子取得居重驭轻之势。

今非昔比,如今的洛邑城岂能与往日相提并论！南面冷落,北面繁华,两边的民廛群中不断出现新的豪宅华屋。自平王东迁到当今的周景王执政,二百多年间，王城已变得面目全非。王宫的宫殿庙台陈旧得变了颜色，该修葺的一直没有动工，宗庙与祭坛面前不再有祭拜的大批公侯。王室的衰落明显地表现在通往王宫的大路上。这条道路非常宽阔，可以让九辆马车并行，路面由大块方砖和鹅卵石相间铺成。如今砖面磨损得坑坑洼洼，颜色灰黑，缝隙内杂草丛生，两侧由于长期没有车辆通过，黄蒿野禾肆无忌惮地生长，齐刷刷约有半人多高。

尹喜每每看到这么晦气的景象，心里便会生出难言的酸楚。作为王室大夫，他虽然不愿参与各种势力的争斗，对天子也不有意取悦，但对周王室的前景仍然抱有希望。眼下王室一蹶不振，诸侯争锋，战争迭起，怎能不令人担忧呢？

距瀍河不远的这条大街有条小巷，进入巷道不远，就是幽静的守藏室了。大院内的房子有三进，分别为客厅、库馆、卧室，老聃为它们一一取名，客厅为“不争”，库馆为 “不积”，卧室为“不矜”。当年他还自己操刀，把笔画瘦软的篆体字刻在黄杨牌匾上，挂在每座房子的正面墙壁上。老聃曾说这些匾牌是他刚刚任职时的负气之作，带有自我追求的意味，但也在自我炫煌，本该摘下来的，后来却索性不去管了，任他风雨剥蚀，黑漆掉色，也不再拿眼睛去看了。

尹喜沿着右边通道一径朝卧室走去，通常时候老聃是足不出户的。卧室的外间是小小的会客室，老聃和苌弘正在一起交谈，见到尹喜后都很惊喜。苌弘是王室大臣刘文公所属的大夫，刘文公推荐他在宫廷担任司乐，成为王宫主管音乐歌舞的官员，是一位热情洋溢、才华过人、卓尔不群的老人。他离开屁股下面的青藤垫席，嗖嗖地快步迎上去，抱着尹喜的肩膀问：“小弟弟，那伙野蛮的秦人，没有张开血盆大口，把你吞进肚子吗？”尹喜笑着说：“他谁敢？都知道我观星望气，天上有那么多星宿护着，存心巴结还来不及呢！”

老聃依旧坐在水青石上，眼睛眨了一下又闭上了。“呃，你不是说过，秦地的秋天常有连阴雨，我还以为你过些日子才能回来。”

“还好！临结束的前一日，秦岭以北至槐里，有一场箭杆白雨，下得急也收得快，我回来途中，渭河堤面还有积水呢！”

听见他们讲话，里间的老聃夫人希、苌弘的女儿苌姬急急走出，喜滋滋的和尹喜相见。十五岁的苌姬机灵活泼，她像男人那样揖礼后，俏皮地说了句："尹叔叔，别来无恙乎？"

尹喜朝苌姬笑着点点头。他急忙取出星象图，送到老聃面前，苌弘他们三人凑过来围观。这是五尺长的黄色绢帛，炭笔描绘，正中是夜空的星月显示，旁边有尹喜分析的文字说明。

"庚桑楚呢？让他过来，念给我们听！"老聃这么说。

苌姬听罢，笑呵呵地急步出去了。

庚桑楚刚满二十岁，长得高高瘦瘦，桑树皮一般土褐色的长吊脸，一袭黑色长袍宽松下垂，腰间的粗布大带象征性地束着，仿佛怕勒坏了这孱弱的身子。他进来后怯生生地笑了一下，朝几位夫子和师娘希揖过了礼，就接过绢帛朗声念了：

> "终南山，闻仙里，草楼观台，八月既望，遂夜双十。秋多怒气，略与前同。唯二十八宿之东井、舆鬼，光色形体稍异。天狼星南，曰老大星者，匿隐不现；其东天狼星，荧荧乎，恍恍乎，忽闪忽匿，闪则孛孛然，似凶异象也……"

老聃面色呆滞，眼皮搭蒙，腮上的皮肉微微抽搐，鼻孔的气息吹得唇边银须呼呼颤动。他在凝神思忖，专心谛听时，就是这种神色。

似乎明白了七八分，除了苌姬，他们心里都冷沉沉的，一个个屏声敛气。

"庚桑楚，你说说，是什么意思？"老聃问。

"那我……我就……说了，对与不对，还望各位夫子和师母指教。"庚桑楚身子站直，两臂垂下，怯怯地环视一周。"依天区划分，二十八宿的东井、舆鬼与秦国雍城对应，这两个星体光色外形没有异常变化，秦的国势日趋雄健；南老星屡观不显，必然在它的下方楚地，兵戈相见，战祸连年；天狼星出现可怕的狼角，盗贼滋生，事端烽起，天下不得安宁已为时很久了！"

老聃点点头："不错。哪一位给你指点过？"

尹喜感兴趣了："'日趋''连年''为时很久'，这些词语是怎么来的？

过去的情形你知道吗？”

苌弘似乎心情沉重，他脸上的笑容早已消失，喃喃地问：“真的……是……这么严重吗？景王不是一位深得人心的君主吗？”

苌姬贴着干娘希的身子坐着，希把她的双手握着，两个人都不言语，凝神望着老聃和庚桑楚。

“库馆有许多天文资料，我见过尹大夫逐年绘制的观测图，详细地作了比较，又翻了《周礼·春官宗伯》和一些星占学图书，明白了‘天垂象，见吉凶’的道理，反过来再看这些图像，联系这些年各国的态势，就能对这张图进一步理解。至于‘日趋’‘连年’‘为时很久’，也是看了过去的图像，了解今天的情形，水到渠成的用上了。我斗胆说了这些，请各位夫子多多指教！”

庚桑楚依然站直身子，面色诚恳庄重，朝各位长者和师母又一次打拱揖礼。

“哎呀，庚儿，看不出来呀！”希高兴地频频颔首，一直微微笑着，拉着他的胳膊坐在旁边的凳子上。

尹喜的稀疏胡须也在笑声中抖了抖说：“你日后会很有出息的！”

“有出息！”苌姬仿照尹喜的口吻，抬起手臂指着庚桑楚，“日后必定是个振振君子！”

“唉——”苌弘叹息一声，又抬头望着庚桑楚，“这后生是个人才，安定天下，振兴王室，今后就靠你们了！”

阳光从窗纸上透过来，把耀眼的光亮辐射得满屋满墙，客厅的空间被白煞煞的光线填满。老聃迎着窗户，壮阔脸盘的红润，与浓密的白发、白眉、白须形成格外分明的对比。他的眼睛似乎怕让阳光刺着，眼皮合得很紧，蒜头鼻的两翼微微搐动，说明他在苦苦思索着什么。

看到老聃这个样子，别人再不言语了。

“咱们坐在外面说吧，外面的阳光正好！”希看见大家都沉默了，想出了这个法儿。

二 父女争执

苌弘来找老聃，是要完成一个使命——刘文公让他查找历代典籍，或者请老聃参与，设计出一种大格大样的钱币，让人看到它、摸到它便生出赫赫大气的感觉。

尹喜到来之前，苌弘和老聃正就此交谈。一张新绘的星象图，让苌弘心头罩上一团阴影。

“景王执秉朝纲后，严明纲纪，身体力行，励精图治，力挽狂澜，至今二十年了，为什么依然是颓废之象？”苌弘把绢图拿在眼前，一边仔细端详，一边自言自语，之后又迎着明灿灿的阳光，抬起头来，仰望湛蓝廖远的天空，朗声诵出《大明》中的句子：

明明在下，（文武明德天下扬）
赫赫在上；（赫然显应在天上）
天难忱斯，（天意莫测难置信）
不易维王！（不改变的是君王）

苌弘神色沉郁，黑亮的山羊胡子一抖一抖的，带着宽袖的双臂随着目光向上斜斜伸去，双脚牢牢地站着，一动不动。

除了老聃，其余的人都被感动了。

看到苌弘仍然直直地站在那里，发痴似的凝望着天空，希急急走过去，把青藤垫席放在他的身后，拉住胳膊让他坐下来。“苌叔兄，你坐下！把自己搞得憋憋屈屈的，何苦呢！”

苌姬端着茶水，递到父亲面前。“在家里唱歌呀，弹琴呀，编舞呀，整天忙乎，在人家屋里做客也像演戏一样。你歇一会儿好不好？”

“苌夫子上忧天子，下忧生民，没有丝毫的私欲杂念，令人敬仰！”尹喜用这话打圆场，他的内心也有所触动。

苌弘呷着茶，目光对着旁边的老聃说：“聃大公，景王在朝廷的作为，你也知道一二，我说他励精图治，力挽狂澜……”

老聃忽然睁大了眼睛，目光直直地逼过来：“你说什么？‘励精图治’‘力挽狂澜’？我怎么有一种如读天书，如闻梦呓的感觉？”

话一出口，所有在场的人都吃惊了。

老聃顿了一下，睁大的眼睛朝众人扫视了一圈，语气稍稍和缓了，继续说：“库馆里有记载可查。景王二年，蔡国太子般杀其父献公而自立，是为灵候；景王四年，楚国令尹子围杀君郏敖而自立，是为灵王；景王十一年，陈国公子招杀太子偃师而立公子留，楚国出兵杀公子招，并乘机灭掉陈国。战祸连年，尤其是吴楚之间，攻城夺地，愈战愈烈；鲁国由私家三分公室，国君名存实亡；晋楚各拉势力，结盟抗衡。这一切，难道天子充耳不闻、举目无睹吗？平王东迁以来，尽管王室衰颓，一些诸侯国尊礼重信之风还有沿袭，宗周王，言祭祀，重聘享……可是，如今呢？实际的情形你们都知道的！大堤已溃，横流漫滚，我实在看不出谁在力挽狂澜！”

“唉——”，苌弘长叹一声，苦笑着望了望老聃，又把脸庞转向尹喜和希，“大堤已溃，横流漫滚，这局面即使先王在世也不好收拾的！自平王东迁至景王，换了十二位天子，相比而言，难道景王不是一位心高志雄、严以自律的君主吗？有这样的君主执秉朝纲，我们做臣子的就有了信心，实现振兴宏愿，不过是早晚的事！”

老聃冷笑了一下：“景王在位这么多年了，仍然是一派没落之象，还奢谈什么振兴？”

希怕伤了苌弘的面子，对他歉意地一笑，又把目光对准丈夫。“不管怎么说，一位志向远大、希望振兴的君王，总比骄横暴虐、荒淫无道的君王受人尊敬吧？这和一个家庭一样，掌家的人行为端正，尊礼重义，别的事情就都好办了。尹喜小弟，你说是不是？”

尹喜笑眯眯地应着声，望着老聃，又望望苌弘，再望望希、苌姬和庚桑楚，对谁都抿嘴笑着、不住点头。

苌弘好像获胜了似的，仰脖咯咯咯一阵大笑，转过身对着老聃正要讲说什么，不料苌姬突然朝他高声说：“你还好意思在这儿说三道四？干娘刚才说，管家的人行为端正，尊礼重信，别的事情就都好办了。这话你听到了吗？你在自己家里是什么样的人呢？这个家如今成了什么样子呢？”

苌姬说罢就悲愤地背过身去，不住地唔唔啜泣，两只手紧紧捂着脸孔。

希急急地把苌姬揽在怀中，脸孔挨着她的发梢，和婉地说：“孩子，你爸他是个热肠热肺的人，把那个歌女接到家里，是为了赶排宫室歌舞，两人商量着方便，你不要瞎猜想了。你不愿意在家里待，伯娘这儿也能长住，伯娘还盼你不要回去了，干女儿成了亲女儿，那才好哩！”

庚桑楚一直手握着星象图在旁边站着，凝神静气地听他们争论，看到这种尴尬场面，他便放下绢图，向各位夫子和师母揖了一礼，回库馆去了。

“羊有跪乳之恩，鸦有反哺之义。做子女的都知道孝敬父母。可是这女子——，”苌弘低头沉思了一会儿，走到苌姬面前，用哀怨的口气，生气地说，“存心跟我过不去！你妈跟我胡搅蛮缠，厮闹不休，你不设法劝阻，还要推波助澜！真是国无宁日，家无宁日，我这老头子，只有不再恋家，将这条命完全交给王室，交给音乐了！”

“你悄悄儿的，坐到一边去！”希嗔怨地望着苌弘，“我这女儿，她懂事得很！她爸自小疼爱娇惯，拿她当宝贝看，教她吟诗学礼，咏歌抚琴，诗书礼乐不让须眉，自然也知伦理，岂不怜念她的父亲？不过因一点小事生了点误会，赌了一点儿气，才说出这种话来！”

尹喜也说：“苌姬非常精灵，我知道，她五岁就能背诵好多的诗，悟性极好。如今天下大乱，贤人、才子备受重用，我还很少见到哪个女子成了国家栋梁，或者成了一位学问家。苌姬今后是有希望的，她会把心思用在大事上，不会跟父亲的这点小事计较的！”

苌姬仍然咿咿唔唔的抽泣，却也不再言语。苌弘不断唉唉吁吁的叹气。老聃却在全神贯注地进行日光浴。在天气晴朗的中午，日头当顶，阳光充裕，老聃便要在这块水青石上倚墙而坐，默静闭目，面色木然，好像不仅仅是整个身子，就连体内的五脏六腑也要浸泡在溶溶日光里。

“聃大公，我今天为朝廷的事来请教，还没有听你的高见，就这么被打断了。好，我先回去，改日闲暇时再来领教！”

老聃双目睁开，朝苌弘欠了欠身子，点了点头。

尹喜站起来，朝苌弘弯腰行礼；希拉着苌姬的手走到苌弘面前，苌弘感激地朝希连连点头。他摸摸苌姬的额发，轻轻拍了拍才匆匆转身离去，腰间成串的玉佩在身后摇摆相撞，发出叮叮当当的响声。

三　师兄师妹

苌姬五天前就赌气来到老聃家了。那是一段让人伤心流泪的日子。这些天，苌弘常常把歌女硕人带到家里，二人抚琴唱诗，编排设计舞蹈动作，忙得不分昼夜。硕人不仅是一位体态丰盈的美人，她还有一种炽热浪漫的风情。她和苌弘之间的亲热，已经毫无遮掩地显示出来。苌姬和她的母亲郑杨把这些看在眼里，心中早已不满。在那个年月，男子纳女立妾，已不是什么稀罕事儿，但一定要遵循规程，先行礼仪，以正名分。但苌弘却没有这么做。他连一声招呼也不打，就不明不白地把这个女人领回家了。十五岁的苌姬，她的敏感和排外之心，甚至超过了她的母亲。这天中午，在乐房里，苌弘弹琴，硕人起舞，二人酣畅动情，硕人忍不住走过去，拉住苌弘的手，邀他与自己共舞，把“鹑之奔奔，鹊之彊彊”的情感意趣在形体舒展的旋动中显现出来。硕人按照自己的设计起跳舞臂，苌弘看了一遍就默契地配合了。“交颈”“和鸣”中二人动了真情，硕人便生发了创意，脸对脸、胸贴胸、跷腿展臂“飞飞长鸣”时，竟有一种久久压抑等待释放似的哼哼唧唧的呻吟声发出。正好这时苌姬推门进来，她惊讶而又激愤，拧身快步走出家门了。

毫不犹豫，苌姬很快来到一直疼爱她的伯伯、干娘这儿。

老聃和希非常了解老友苌弘，知道他那种率真任性、潇洒通脱的性格，对于苌姬的伤心哭诉深信不疑。不过，老聃没有心思应付这些事情，也没有对苌姬多说什么。希把苌姬带到卧室的里间，对她说：“你的父亲担任司乐，为了培养舞女，才将她带回来。即使生活在一起，也不会影响他与你们母女的感情。他这个人有激情、爱冲动，难免有过分的地方，你不必认真计较，既然在我这儿住下，就跟在家里一样，读诗习文，有兴趣了跟我学卦。我没有女儿，你能长期住在这儿，我比有了亲女儿还高兴呢！”

苌姬白净的脸上，又绽开了笑容。希走出里间对尹喜说：“咱们一起到库馆去看看吧，庚桑楚这后生不知忙些什么？”

尹喜笑盈盈地说：“咱们去吧，这个年轻人了不得呢！”

库馆是守藏室的核心建筑，外观如一座斗拱大柱撑起飞檐翘角的古老宫殿，里面却整齐地隔成无数小间，里外墙壁都是双层，当中的空心填着炭灰，很高的顶端吊着隔潮板，再用条砖包砌，即使遇火也不能烧燃。它的侧面是一排平房，庚桑楚和另外三名侍人就住在那里。

“嘿——‘不积’？这是什么意思？”苌姬望见库馆大门上方的匾额，顿生疑问：“大学问家老聃伯伯为什么弄出这么个奇怪的名字？不积？难道知识不需要积累吗？”

“苌姬，我问你，积累知识的目的是什么？这也就是人生的目的了！”尹喜指着匾牌，用他一贯和缓的语气，比画着讲述。“不积，是指不私自积攒收藏。你的伯伯他说过‘圣人不积’。他这个人非常崇尚圣人，而圣人呢，自己不积藏，尽量地给予别人。库馆里的文册典籍，新老图书，不论朝廷官员还是君子庶人，汲取了它的精华，目的在于‘为人’‘与人’，而不在于自己。”

“噢——，我爸他也崇尚圣人呢！在家里，开口圣人，闭口圣人，怪不得他俩是朋友呢！”苌姬想起伯伯的客厅和卧室的名字，又好奇地问：“‘不矜’‘不争’是什么意思？怎么都用了‘不’字？伯伯为什么偏爱这个字？看来，伯伯是喜欢和人唱反调了！”

聪敏的苌姬把尹喜和希逗笑了。

尹喜暗中称奇，这孩子的直言快语中含有一般人难以企及的眼光！

庚桑楚正在天文资料室内，他一个人蹲在砖漫地上，为一摞竹简换札带。本来，这些竹简用麻绳或皮绳绾着，他弄来了一缕缕牛筋，要把旧绳子换下来。

听见有人推门进来，他抬起头，急忙站起，尽力站直身子，又朝他们深深地弯腰，鞠了一躬，表示对师娘和尹喜夫子的欢迎。

“在这儿就不必多礼了！”希爱怜地说。

苌姬走到竹简旁边仔细观看，明白了庚桑楚在干什么，不禁感慨了。她拣起地上废弃的皮绳，发现它们一条条还都柔韧结实，粗细均匀。

希也感动了：“庚儿，你歇一歇，有空看看书多好！”

尹喜多次来过这儿，熟悉这些图书册文的编目、分类和排列情形。那一个个书架的外侧，挂着老聃手刻的木牍，上面是简约的文字说明，书图分列，秘档另存。夏商周以来的几乎所有观测记录、星象著作以及一些陨星石片，都放在这儿间不起眼的房子内。

整体的布局排列，倒没有多少变化，不过庚桑楚把这些典籍摆放得更整齐，收拾得更得体了。尹喜还发现，桌面上放着一张新绘的星象说明图。“东有启明，西有长庚……维南有箕……维北有斗。”《诗》中的句子和二十八宿的名称，竟然也抄在上面。

“这是我东拼西凑，自己捏弄成的。请夫子多多指教！”庚桑楚看见尹喜翻动这张绢图，很有些羞窘，慌忙来到跟前。

尹喜说：“我看相当不错！自己动手整理，亲手绘制，闲暇时多看看，这样才能烂熟于心，才能像辙印一样嵌在脑子里！”

“这孩子，自己动脑筋，也很刻苦，有出息！”希也凑过来，看得蛮有兴致。

苌姬左看右看，看不出名目，却发现图的左下方绘着一株小树，树下标着日期。

“这肯定是一棵桑树了！是你的姓名代号吧？”苌姬这么猜想。

庚桑楚怯怯笑着，扭过脸，没答话。

果然是棵桑树！希有所悟，对苌姬说：“这里面有个故事哩！”

庚桑楚的母亲是楚国一个作坊主的女儿，和希的娘家是远房亲戚。她十六岁时被陈国带子塬上一个土匪抢去，这土匪就是庚桑楚的父亲。庚桑楚三岁时父亲就在抢劫中被杀，母亲一个人抚养他，在他身上贪的心很重。他的母亲非常敬仰一个女人，希望儿子能像这个女人的儿子一样，日后成为圣贤之人。“伊水泱泱，伊相扶商。”是说楚地和伊水流域，流传的一个故事：伊水边住着一位孕妇，一天夜晚梦见神灵对她嘱咐，如果捣米的石臼冒水出来，就要发大水，你赶快向东逃，千万不要回头。第二天果然石臼冒水，孕妇赶快通知四邻向东奔逃，但无人理会。她只身一人向东逃去，走了一段回程，回头一看，村庄已被汪洋淹没。这一回头，她的身子就变成杆儿空空的老桑树了。过了几天，有人发现空心的树杆内藏着一个啼哭的男婴，知是灵异之才，将他献给国王。这婴儿就是伊尹，后来成为辅佐商汤开国立业的一代大贤。这个故事是庚桑楚的母亲在楚国当姑娘的时候听说的，她对这个故事深信不疑。她常常对人说：“只要我儿成才，我宁愿做那棵桑树！”她的丈夫为儿子起名“亢仓子”，她为儿子起名“庚桑楚”。

庚桑楚十八岁那年，母亲得知希随李耳住在洛邑，听说李耳是个饱学之士，便打发他前往投奔。希的怜念之心和悲悯情怀，让她做了破例为丈夫收徒的决定。当然，庚桑楚既是门人，也是侍人，反正站住脚就行了。

“庚桑楚，你比我苦多了！反过来说，你肯定比我有出息！”苌姬感动了，双手抓住庚桑楚的胳膊摇了几下。

“你们谁没有出息呢？”尹喜一手揽着庚桑楚的后腰，一手拍着苌姬的肩膀：“在老聃夫子身边，不论谁都会有出息的，何况你们这样聪明！”

“苌姬，有空儿就多来库馆看看，伯伯和我既把你当女儿看，又要当弟子管，你愿意吗？”

“那当然好！我也想成名相当贤人哩，我的娘哟！”

“从今往后，庚桑楚就是你的师兄了！”

“师……兄？师兄就师兄吧！反正这个愣愣学人，老实巴交，神气怪可爱的！”

庚桑楚偏过头，眉眼里挤出一丝笑意。他不好意思地瞥了苌姬一眼，又忙着绾竹简上的牛筋绳了。

第三章

少年李耳

一　雄雌奥秘

“书国之王。”苌姬接连几天都兴致盎然地在库馆徜徉，出于感慨这儿藏书的丰富，给伯伯老聃，私下送了这么个称谓。

可是她并没有从老聃那儿直接领教过什么，这位书国之王好像并不在意她读书的情况，没有过问过她读了哪些书，更没有为她讲解过什么。

这天她忍不住了，把满腹疑团抛给了老聃：“伯伯，你是位书国之王，伯娘说我已是你的弟子了，你却不教我怎么读书。你是怎么考虑的呢？”

老聃好像被她提醒了，嘿嘿一笑：“这样吧，先养蟋蟀，和庚桑楚一起养。没有过多的指望，只要养活了就算你们有本事！”

苌姬愣了一下，觉得很好笑。蟋蟀谁不会养？养活它有何难？难道这也算学问吗？

从希那里讨了钱币，她和庚桑楚上街了。

北面的街市上，店铺里有各种蟋蟀，也有供养蟋蟀的盆罐。本来，出了洛邑城门，到田间野地也可以逮一些，但是街市上卖的毕竟种类多些。

尽管王室大势已去，但王城洛邑的繁华景象，在北部的各条街道仍然兴盛不衰。自平王东迁以来，王公贵戚、各路诸侯、外蕃使臣、巨商小贩、苦役百工，都向这儿云集。旧的骨木作坊，新的铜铁器店，日常的纺织品、陶器、皮革、油盐，以及郑国的刀，宋国的斧，鲁国的削（一种长刃有柄的小刀），吴、越的剑，秦国的丝绸，都设街投市，应有尽有；人流熙熙，车马攘攘，满眼尽是热闹。另一方面，也有把人当物品交易的奴隶市场和适应战争的兵车武器市场。川流不息招摇过市的，既有驷马华车的王侯卿相和珠光宝气的贵妇人，也有成群结队的伤兵、乞丐和强盗。令人恐惧的正是这些强盗，他们就像荒山野岭中的狼群一样，出没无常，说来就来，凶残地袭击行人和店家。这样，一些巨商豪门便私用武士亲兵，在店铺外面把守防范。

庚桑楚和苌姬在大街上走得急急呼呼，二人没有心思在别的店铺逗留，他们直奔目标而去，一径找到了蟋蟀市场。但见半条大街上，一边是盆罐店，一边是蟋蟀摊，另半条街是斗要蟋蟀的地方，因而有东西两方，东卖西斗之说。

蟋蟀在堂，好盆好养！
蟋蟀在屋，玉盆养之！
蟋蟀唤唤，良人玉罐！
……

一阵叫卖声接着一阵吆喝声，一家盆店连着一家罐店，陶品、玉品、铜品、铁品、木品；方的、圆的、扁的、八棱的、带把的……各种盆罐一一陈列，琳琅满目。

“都这么好看，我眼睛都花了呀！”苌姬困惑了。

“不要急，先看看。”

“大兄弟，你过来！给你妹妹拿上这玩意儿：鹭鸶弹莲，玉雕金边，银镂宝盖。像你这样的富贵人家，这宝物儿才相配。”一位中年店主笑吟吟地说着，留住了他们的脚步。

苌姬的心动了：“多少钱？”

“半镒。”

“天哪！十两黄金？”

“还有十镒的呢！贵公主，依你的身份，是掌事的主子，这位兄弟不过是下人罢了，方才卑人有眼不识泰山，请多包涵！”

庚桑楚苦笑了一下：“我们为了养，不是为了玩，不在乎名贵还是低贱。”

“拿这个青铜的吧！里面有隔间，外面有纹饰，一般的士人之家，出门在外，提着既方便又体面。”

苌姬把这个外表打磨得光可鉴人的椭圆铜盆捧在眼前，仔细端详，不忍释手。

“贵公主，你是有眼力也有主见的。贵重的，添一件，置一件；便宜的，终究是过手货。你们总不能把土盆土罐往家里带吧？”

“好，就要这！”苌姬当机立断，不容庚桑楚言语，就付了钱。

庚桑楚不好说什么，但是他看见一伙身穿真丝纺绸，腰系叮叮玉佩的人，也在一家陶器店，围着几个小罐，指指戳戳地说着什么。

“走，到这边看看！”

“还看什么？”苌姬有些诧异了，“不是买下了吗？”

“铜盆与陶罐，究竟有哪些不同，弄明白了，用起来就心中有数了。”

苌姬只好跟着庚桑楚走了过去，他们很快被这伙人的议论吸引住了。

“‘南盆北罐’，咱们只能买罐，不能买盆！”

“洛邑算南还是算北？”

“楚为南，燕、晋为北，齐、鲁和洛邑，不南不北，盆罐皆可用吧！”

“这个陶罐就可以了。玉的、铜的、铁的、木的，绝对不能要！”

“对！那些玩意儿中看不中用，不好养！”

苌姬当即就蒙了。铜盆怎么不好养？为什么还有南方北方之分？

庚桑楚走到店主面前，深深弯腰，庄重地深施一礼：“请问贵主，陶制罐器，为何善养玩物？”

店家笑着说：“碎土和泥，选了特别的料，加了草屑做胚，烧成了自然透气。小虫子跟人一样，要出气么！”

苌姬“哎哟”一声：“看我这么笨的！”她踌躇了一下，又说：“好了，再买个陶罐吧，我自个儿掏钱！”

陶罐非常便宜，没费口舌，就买了一只畅口小罐。

南面的蟋蟀摊点，有店铺，也有道旁小摊，站着的、蹲着的、门里的、门外的，成堆成行，人挤得密密实实。他俩有了经验，多听听、多看看，不急着购买。

出身农家的庚桑楚对蟋蟀并不陌生。在桑园、在玉米地、在房檐下，甚至在放着碗筷的锅台上，他常能看见这种既爱鸣叫又善于跳跃的小虫子；苌姬虽然不怎么熟悉，却也在院子的梅树下，偶尔碰见它的身影。但是他们对蟋蟀从来没有仔细观察过，没有投入自己的注意力，因而看到这么多的小虫子，心里便有新奇异样的感觉。

眼花缭乱！不知所措！

庚桑楚一手提着铜盆，一只胳膊把陶罐抱在胸前，让苌姬挤到前面。二人听着、看着，一连转了好多摊点。

“嗨，这名字多好听，金眼油葫芦！”

“你听，仍然分南方、北方的呢！”庚桑楚想起了南盆北罐之说，觉得这个问题相当重要。

“对。北方的，牙齿白；南方的，牙齿红。”苌姬从议论声中也听出了门道。

“为什么呢？”

苌姬被问住了。她学庚桑楚的样子，向店主鞠躬请教。

店主“噢”了一下，回答得很耐心：“这和水土相关。北方的土壤，多为黑、褐色，水为硬水，土块疏松；南方的土壤，多为红色，水为软水，土块坚硬。”

“哎哟，和水土相关！”

苌姬忽然想到一个问题：“庚桑楚，你知道吗，雄的与雌的怎么区分？”

“我只知道雄的爱叫鸣，雌的产小虫。”

“怎么从长相上区分呢？”

“没注意！你去请教嘛！”

“我去请教？好！请教就请教，怕什么！”

苌姬又模仿庚桑楚的样子，在一家顾客稀少的小店，端直站在店主面前，深深弯腰，鞠了一躬："请问贵主，虫子有雌有雄，如何从外观上区分？"

店主抿嘴直笑，脸色怪异而又无奈："姑娘，雌的是三条腿，雄的是两条腿，跟人正好相反。"

"它们不都是四条腿吗？怎么成了三条腿两条腿？"

"后面的尾须叫腿。你……不要……问了，叫你的下人过来。"

"你只管说。腿就腿嘛，谁没见过？"

店主笑得更厉害了，背过身去，不愿作答。

庚桑楚走过去，照样的施礼询问。

店主招手，让庚桑楚凑近身子，附耳密谈，说罢又挤眉弄眼地笑了起来。

庚桑楚羞怯地望着苌姬，低声说："回吧，不用买了，一切都清楚了，咱们到城外野地里去捉，不花钱，还好养。"

"那人说了些什么？鬼鬼祟祟的，这么神秘。你给我说呀？"

庚桑楚拗不过，只好说了："雌的是三条尾须，其中一条是产卵的。"

"腿是什么意思？为什么说跟人正好相反？"

"嗨——"，庚桑楚瞪了她一眼，心里好笑，却不能说出，只有步子加快，头也不回地向前走着。

苌姬追上去硬是拽住他的胳膊："师——兄——，我这么称呼你，该行了吧？你说呀，三条腿就三条腿，为什么跟人相反呀？"

"呃……我不说也不行了！告诉你，有些……男……人……那个……太……大，人们就叫三条腿呢！"

苌姬愣怔了一下，狠狠朝他胸膛捅了一拳，"这么坏呀，庚桑楚，你哪里是温温良人，分明是佻佻邪人！"

二 "狸儿狸儿"

老聃闭目枯坐，除了在屋檐下，还常常在屋子里，坐在那个厚重的四方木机上，身子纹丝不动，面色呆滞，不喜不忧，形同槁木。

他的心境渐渐静下来，微波不生；水面越来越平，越来越净，如平坦广阔的皑皑雪原，没有一点杂色，无边无际，森森森森；渐渐地，现出一面亮闪闪的镜子，镜面忽忽动着，随他的意愿而移动，既可近观，又可远照，近观可察乎其微，远照则照见一切。近观，远照，不断交叉反复，终于清晰地看出一些物体，观出一些景象。

老聃周围了解他的人都明白，他的闭目枯坐其实是在静心思维；老聃自己呢，则把这种方式称作“玄览”。听起来似乎有点玄奥，有点神奇，但它并没有违背认识规律。这只不过是他本人久而久之形成的直觉思维习惯。“不出户，以知天下；不窥于牖，以知天道。其出弥远者，其知弥鲜。是以圣人不行而知，不见而明……”他自信地说过这样的话。他有别人难以企及的广博的学识，别人难以持守的特别的沉静，因而便达到这种异乎寻常的境界。

他的奇异，他的玄奥，他的圣人之言和哲人之思，让人迷惑不解而又仰之弥高。于是，关于他的身世，在种种猜测中涂上了神秘的色彩。

大约在周灵王即位（公元前 571 年）前后，老聃降生于陈国相邑（苦县）曲仁里（今河南省鹿邑县太清宫镇）。①他的出生是一个谜，这个谜被传得沸沸扬扬。有人说他的母亲在河中浣衣，见水中漂来一颗熟红的李子，拣起吃了，不料有了身孕。母亲怀他八十一年，他一落地，就白发、白须、白眉，生而皓首，便得名老子。圣人出生，天降祥瑞，曲仁里的房屋和树木全被紫气笼盖，梦一般的朦胧。有人说他降生得太艰难太奇怪了，竟是出自母亲的腋下，母亲也因此丧生；有人说他落生在院子，旁边长着一株葱茂的李树，这个不知其父的孩子便随了李姓。福大之人，双耳垂肩，这个孩子的耳郭特别大，就取名“耳”，字聃（古人以耳长大为聃）。有人说，他生于夏历虎年，民间将老虎称“狸儿”，这孩子大头大耳，虎虎生气，村人便“狸儿”“狸儿”地叫，后来学堂的先生顺音取名，定为李耳；还有

① 据河南鹿邑和陕西周至两地资料，李耳生日为农历二月二十五日。

人说，当地“李”“老”同音，“老”同样可为姓氏，因而常常以此冠名，“老聃”“老子”，就喊得漫天响了。

苌姬五岁时摸过老聃伯伯的耳朵。这耳朵外轮太大了，她的小手揪着下面的肉垂，软乎乎厚墩墩的，非常有趣。

“伯伯，这么大的耳朵，跟狗舌头一样！上面的轮子，大得像一张弓！”

“这弓也有名堂，它是后羿的！”

“伯伯，那只天狗，是后羿这个人养的吗？后羿有大弓，他会射箭吗？”

“天狗不是哪个人养的，它在天上哩！它很善良，也很凶，见了恶煞就扑着咬，离月亮很近很近，有人还以为它咬月亮呢！后羿也很善良，他的力气很大，箭法高明，当年天上的太阳很多，烤得庄稼树木都枯焦了，后羿用箭射下来九个太阳！”

“月亮、太阳，就这样一样多了吗？”

“是啊，一个太阳，一个月亮，一个在白天，一个在夜晚。”

“为什么一个在白天，一个在夜晚？”

苌弘早就摆好棋盘，看见女儿依偎在老聃怀中问个没完没了，笑着把她拉到一边。“苌姬，弹琴去吧，伯伯要和我战一回呢！”

“咱姑娘兴头多大呀！好了，明天伯伯拿一个好玩的东西——八卦风车，咱一边玩，一边说，怎么样？”

八卦风车，老聃当初如苌姬这么大时，对它疯魔似的着了迷。正是这常见的玩物，把他的心扉之门蓦然撞开了。

曲仁里东边有个村子，出了一位有名的算卦先生，姓商，人不称“商卜人”，却称“上卜人”。上卜人以算卦为业，却不是集集摆摊，日日必课，而是兴致来了去外面挣几个钱，没兴致了就四方游玩，是个喜欢逛荡、不贪心过日子的人。他上街摆摊，一只凳子屁股下坐着，手里擎着炫人耳目的八卦风车。这玩物，下飘十二条黄绫长带，上露二十四个头尖，中间四道符，灿灿金色，如一团祥云；两个轮子迎风哗哗吹动，带得敲棒呼呼旋转，雨点般打在小鼓上，噔噔噔响个不停。

“风吹轮子转，驱灾保平安！”上卜人口中不断地喊着，手握两根乾坤杆，忽悠忽悠地摆动胳膊，风轮欢快的转动，响声既脆又密。少年李耳和别的孩子一样，挤在大人的腋下，着迷地向里边瞅着。

“上卜人！你这风车轮子，为什么转得这么快？”

“上卜人，你这鼓点，为什么比别人敲得快敲得密？”

“我不叫上卜人，我叫商卜人！我只能混一口饭吃，没有什么过人本领。问我这风车为什么这个，为什么那个，各位请看——八卦图。这上头有八卦。”

小李耳随着他的手指，看到了黄绫上的黑色八边图案。

上卜人这时候清了清嗓子唱开了——

两个杆子主乾坤，
四道黄符四季分，
十二绫条月份在，
二十四道节气循。
我顺天道造风车，
车轮随着风儿轮。
叮叮咚咚驱六邪，
凶吉祸福带缘分。

唱毕，立即有许多人求卜问卦。上卜人便将风车放在面前的白布单上。李耳挤过去，把这玩意儿拿起，仔细端详，发现打小鼓的棒子竟有三个，插轴特别灵活，稍一遇风就轻灵转动。竹子做的猪蹄子扣，削得有棱有角，它和转轴咬得不紧不松，恰到好处。

李耳回家后自己动手做，接连几天，忙得顾不上吃饭，做出的却全是废品。

转轴太死。

猪蹄子扣太松。

邻居的大娘和李耳的养母正在纺线，看见他泥巴纸屑沾得满脸满身，笑着劝阻："狸儿，算了吧！那点手艺，是上卜人祖传的，要是人人都会弄，岂不都成了能行人？"

李耳无奈，就去那个村找上卜人了。

李耳带着他在桑园采的一袋紫红色桑葚，作为礼品。"上伯伯，请指点，帮我扎一个八卦风车吧！"

"叫我商伯伯吧！商伯伯考你个问题，你答上了，我就教，答不上，把你的桑葚拿走。"

"好吧，我试试。"

"就说桑葚吧！开始绿生生的，后来变得淡红，最后成了这样，红中带紫，咬到嘴里，黏糊糊的甜。种子种下去，忽儿就是一棵树秧。慢慢地，大了、老了、死了；种、栽、长、死。一茬又一茬，为什么会这样？"

李耳立即想到他的八卦风车，想到他说的话、他唱的歌。

"有一个轮子转着。桑葚、桑树，都跟着轮子走。是这个轮子把它弄的！"

上卜人惊喜得厉害，他几乎发呆了！

"好，伯伯现在就教你。走，到涡河边儿选泥去！"

涡河，在村北几里路外。几丈宽的堤岸，清悠悠的流水，在这儿是东西流向，再向东南一拐，注入淮河。它的周遭，全是沃土良田。上卜人在河的东侧，经常漫水的洼地里，选了淤在中间的"黄角泥"，晒干、粉土、筛土，用糯米的汁再和……

"猪蹄子扣，不能贴得太紧……"

按照上卜人的指点，终于做好了。那样的精巧奇妙，那样的炫人耳目！

"可是，商伯伯，为什么上面要画个八卦？八卦是什么意思？"

"哎呀，你这伢子，想抢我的饭碗吗？"

"不……不是的。伯伯，太阳、月亮都是圆的，八卦呢，看起来不圆不扁，却是一个边对着一个边。它跟太阳、月亮有联系吗？"

"问得好，狸儿，这里边有学问呢！这样吧，除了上学，你有空儿就过来，伯伯详细地告诉你。"

这个随和而又古怪的上卜人，就是希的父亲。

三 隐山星夜

希五岁时，便见到家里这本祖传的秘典了。它的封面是深黄色的缎锦，用朱砂写着篆体“易”。这个书名是上卜人的老祖宗后来添上去的，其实，它的真名为《归藏》，是商代大学问家商容以《三坟》为本，融汇个人特有的智慧，潜心著述的。商容是天下少有的智者，他能够在杀人如麻的纣王虐政下安然下野，不失其清高气节，就连周武王也对他赞佩有加。这部书虽然也以阴阳衍绎六十四卦，但以坤为首，主旨偏阴。商容执意将该书妥善传后，并要亲授玄秘。时值五百多年前，上卜人的老祖宗在商丘以贩铜为业，不知是怎么遇合的，姓商的碰见了姓商的，商容为之动心，把书传给了他，面授机宜。自此，贩铜的年轻人改行行卜，这个家庭代代出卜人，且都遵循“只养人，不存银”的训律，过着清淡安恬的日子。书名也改得普通常见，不再引人注目了。

希随着父亲识得一些字，父亲要求她能够背诵一些段落。

父亲游逛的地方多，他在一个修建土地庙的村子听到一首歌谣，便记在心里，常常一个人躺在院子的树荫下念叨。希听了几遍就记住了，有时候也跟着父亲一起念叨：

坤为方方地象哟，
我把黄土叫娘哟。
切土垒墙苫棚棚，
生下人人在门庭。
种下田禾穗儿长，
我家囤里有了粮。
黄土供我成人呢，
我把黄土当神哩！

希的母亲按照商家五百多年的传统，为女儿缝制的裙服必为黄色：嫩黄、大黄或深黄。希穿了几年的黄衣黄裙，就喜欢了这颜色。这和七月里刚刚挂在梢头的桑葚，白菜嫩嫩的芯子，山岭上的野菊花一样的颜色呢！

希的性情温顺，按照母亲的吩咐，终日在家读书、习女红。她很快就记住了“坤”，还向母亲提了问题：“牝马是什么马？它跟女人有什么关系？”“‘阴疑于阳必战’怎么讲？为什么女孩子要特别学习这一节？”

母亲总是笑着说：“别问了，傻蛋希！长大了你就自然明白了！”

情形正是这样，过了几年，希影影绰绰地明白了。她的父亲为人占卜，总要说阳道阴，免不了天地交合，男婚女嫁；《诗》中那些表现男欢女爱的篇章，歌谣中许多表达强烈情爱的词句，左邻右舍发生的男女之间明勾暗合的故事，都让她少女的心一阵阵波生浪涌。

有一次，村道上群集的孩子齐声咏唱了这么一首歌：

天大大，
地妈妈，
生了个人儿会爬爬。
男娃娃，
女娃娃，
长大就要过家家。
不过家家心里怕，
当心天上雷公抓！

她听了，心里热热的、怯怯的。这天，李耳又来家里跟父亲学卦，她暗暗留心，在他与父亲道别后，她尾随着到村道，抓住他的手说：“狸儿哥，我看你虎头虎脑，大脸大耳，模样挺可爱的。你是乾，是天，是公；我是坤，是地，是母；咱俩什么时候过家家呀？”

“嘿，真是个傻蛋希！这么小就想着过家家？”

“提前过么！你笑什么，不是总要过的吗？”

“那好，明天晚上我去隐山观流星，在那儿过，四周没人，只有咱俩，你敢不敢去？”

希眨巴着眼睛犹豫了一下，点头同意了。

李耳自学八卦以来，对天地万物倍感兴趣，养蛐蛐、扎马车、看烧陶、观星空，爱好越来越广泛了。

近几天，夜幕中的流星引起了他的注意。流星，它究竟是什么东西？为什么会突然出现，还划出一条长长的直线？它发端何处？归于何方？

隐山，距离曲仁里不远。征得母亲同意，希就随他去了。二人在天黑前就到了山顶。希最关心的是过家家，她怀里揣了三根香，面朝刚刚露脸的月亮，把香点燃，插在石块下面的沙土中，两个人双腿跪着磕了三个头。李耳暗暗发笑，希却很认真，跪毕她就蹦了起来：“狸儿哥，从今往后，你要干什么，我就跟着你去！”

隐山并不高峻，但起伏的梁峁连成庞大的躯体，夜幕下成为黑黢黢的巨型剪影，沟壑树林全都隐去，变得雄浑而神秘了。黯蓝的夜空群星闪烁，密集的无数小星汇成亮闪闪的银河，几颗灿耀的大星构成一个个星座，彗星拖着暗幽幽的尾巴，不知名的其他星星也都不甘寂寞地眨着眼睛。天穹的所有空间都是星星们炫耀的世界。

“你看，你看，傻蛋希！”

随着李耳的手臂，希抬起头，却只看见流星划过以后留下的短暂的光线。

希决心自己也发现一颗流星。她抬头望着另一面的天空。

“你看，你看——”，李耳又发现了一颗。

希没有动，她的目光依然在那片夜幕巡睃。不久她就如愿以偿 ，“在这儿，在这儿——”

李耳立即转过身来，他也只看见了短暂的线段。

这种惊喜，既是微妙的，也是强烈的。若不自历其境，怎么也不会生出这种感觉。

“天上有多少星星呢？它们为什么有这么多形状？有的为什么会落下

来？它们之间有哪些关联？那个世界跟人间一样吗？”

李耳自言自语，头脑里似有流星忽忽闪过。

“傻蛋希”似乎比他老练。她自信地说，这些问题，也许天皇、地皇、人皇三位神仙知道，只有向他们讨教了。

希还说，她的父亲对这三位神仙很崇敬，家里有一间密室，供着三皇画像。

第二天，她趁父母外出之机，带李耳去了这间位于后院的小房。果然，桌案上的陶炉里，香烟轻袅，正面墙壁挂着三幅绢质彩色绘像。

三皇形象，李耳先前从听到的传说中，大约知道一些，因而立即判断出当中的是天皇，左右两侧分别是地皇和人皇。天皇掌大口大，肩上十二头，左手执规，右手执矩，效法天神，立世济民，化阴阳，续人种，施柔刚，理人世，定方圆，将天下分为十二方；地皇力大于人，智高于人，肩上十一头，传五行生克之理，造石斧石针，以斧捕猎，以针缝皮，人得以饱腹御寒，天下十一方而治；人皇身高九尺，肩生九头，力若九牛，人称“三九”，得火种，熟食物，亡疾大减，天下九方而治。

李耳不敢轻慢，立即燃香插炉，和希跪倒在地，连连叩首。

非常奇妙，他此刻仿佛听到天上传来一阵笑声，这声音具有空谷震荡之势，如天边远雷，似啸海涛声。

李耳一惊，蓦然抬头，恍惚看见三位神仙全都向他凝目启口，舒心畅意地笑着。

李耳急忙叩头，伏地良久。

“《归藏》！《归藏》！这本书，你千万要得到呀！”

冥冥之中，惊雷似的笑声，直捣耳鼓。

“我知道了！我知道了！多谢神灵指点！”

李耳抬头，望着酣笑中的三皇，高声回答。

由商容改编的这本书，一直如宝藏秘籍，在这间小房的墙洞里藏着。希隐约知道这个机密，后来她偷偷翻出，交给了李耳。上卜人发现破绽，问及女儿，希便如实招供，上卜人仔细思忖，忽然悟到了什么，高兴得用拳头直打自己的额头。商家辈辈传书，总有两句令人不解的言子：“传老不传少，八十一为妙。”他想起李耳的长相，想起关于他身世的传说，忽然觉得眼前一片明亮。这不是上苍有意的安排吗？

四 养虫学卦

只有苌姬能够进入老聃和希的卧室。庚桑楚则不能。庚桑楚每天把房檐下的水青石搬出搬进，一早一晚主动干这个活儿，也只能从门外到客厅，里间他是不愿进去的。

八卦风车，这个令少年李耳失魂落魄般喜欢的玩物，如今还被年已五旬的他珍爱着。它常常挂在里间卧室左侧墙壁的正中，让人一进屋，就被那黄灿灿的绫带符旗所吸引。四十年了，岁月无情，原先的耀眼光色消退了，车架轮子也变形了，希就一次次更换，一次次修整。从陈国到楚地，再到洛邑，其间无数次迁徙搬家，老聃总要把这件爱物带上。

苌姬过去也曾见过这个令她迷惑的玩物，由于是做客式的匆匆来去，她不能仔细地观赏琢磨。如今，她有了充裕的时间、闲适的心情了。她小心地把它从墙壁取下来，仔细端详，用力吹气，风轮带动敲棒，咚咚咚咚，逗得她坐在床沿咯咯直笑。这物件，不知叫什么名字，她在洛邑街头是不难见到的，但从来没有留神，没有把玩过。这玩意儿分明是孩子的爱品，伯伯这般年纪，为何还要弄它？

“庚桑楚，你过来！”

外间客厅里的庚桑楚被她大声吆喝着“请”进去了。他看着她手中的东西，眼睛一亮，频频颔首，连声说：“八卦风车！八卦风车！好东西！好东西！”

“你过去见过？”

庚桑楚摇摇头。“我娘说她见过。我娘是楚国人，她的娘家和师娘的娘家是远房亲戚。师娘的父亲是个卜人，老先生出门算卦，拿着这个招摇。当地的人，远远地听见风打鼓，咚咚咚，就知道他来了。”

“这可是祖上传下来的宝贝！”

两个人边看边琢磨。“十二道绫带、四面符旗、八条对边……对了，核心是八卦！这些数目一定有名堂！”庚桑楚的细小眼睛不住眨巴着。

苌姬只是觉得有趣，手托住它一摆，轮子就不住地打旋儿，鼓槌就不停地敲击鼓面。绫带飘飘，符旗摇摇，简直是神仙之手做出来的！

希从外面回来，看见二人对着这东西东瞅西弄。她说：“你们看到了，这八卦风车，是你们的伯伯、夫子，他小时候亲手扎制，如今还不时拿着把玩。八卦八卦，帝演神画。这里边的名堂，深不可测。你们想跟我学算卦吗？”

苌姬却有些不屑。卦呀，《易》呀，是卜人揣弄的东西，哪里是什么学问？她说：“伯娘，算卦问卜，就不讲了吧！给我弄张琴，闲暇时光抚抚弹弹不好吗？”

“嗨，伯伯不许在这儿弄琴！他说过，‘五色令人目盲，五音令人耳聋，五味令人口爽，驰骋畋猎令人心发狂！’，[①]别处的歌舞丝竹他听之任之，守藏室可不能马虎。这一点，你们要记住！你爸爸知晓他的性情。”

“学卦，我赞成！”庚桑楚用手指着风车上的八卦图案说，“我娘说，那个辅佐商汤灭夏的伊尹，自小就钻研这，才成了天下少有的人才！”

苌姬咯咯笑了：“这么有用，我看不出！”

“你现在自然看不出，一头扎进去就知晓了。弄精了就通阴阳，知天地，察万物，明事理。学问的根基正是在这儿！”

希说得一字一板，神色庄重，手指朝八卦图一点一点的，毕了，还目光乜斜的特意对着苌姬的眼睛。

次日，乘着老聃的马车，希带着庚桑楚和苌姬，去了北面十几里外的黄河岸边的伏羲庙，这段河床正是当年伏羲发现龙马的图河故道。相传上古时候，这里有一条图河由此注入黄河。有一天，河水中现出一头怪兽，头如龙，身似马，背上的鬃毛卷成一个个旋涡。伏羲仔细观察，发现这些

① 选自《道德经·第十二章》。

旋涡涵显奥秘的图案。他把记忆中的图案描画下来，加以推衍，绘制出“乾、坎、艮、震、巽、离、坤、兑”八卦图，即“伏羲八卦”。

伏羲庙前方，靠近宽阔河道的地方，有一块卧牛般的光溜溜的石头。希指着它说：“伏羲正是在这儿坐着，不避日晒雨淋，经过八八六十四天，才弄清了图像的寓意。”

苌姬立即想起了好玩的八卦风车，那上面有四面符旗，十二条绫带，八面互相对应的卦图。她又想起了家里的古琴。她五岁就开始跟父母学琴。父亲曾告诉她，优良的琴都是桐木做的。桐树和人一样，有灵性，知时令，普通年份生十二个叶片，闰年生十三个叶片；琴的上部是圆穹形的，象征着天；底部是平阔的，象征着地；身长、形宽、弦音、岳山等一一都有来历。

苌姬眨巴着眼睛,清澈的眸子闪着好奇的光彩:“它们之间有何关联？”

希把一页精致的木牍递过去，让她看上面的文字：

乾三连，坤六断，
震仰盂，艮复碗，
离中虚，坎中满，
兑上缺，巽下断。
乾天坤地，震雷巽风，
坎水离火，艮山兑泽。
交叉组合，变化无穷……

希教他们背诵这些口诀。每天清晨，苌姬就手捧自己绘制的八卦图牍片，来库馆外面的银叶杨下，找庚桑楚一起背诵。

庚桑楚早已起床，他用长长的井杆拔了几十桶水，把草坪和几排树木浇了一遍。苌姬赶来时，庚桑楚刚刚忙完，脸庞脖子上挂满汗珠，偏耳麻鞋沾着泥水，褐布衫子的袖头和下摆也都脏兮兮的。他冲她一笑，草草用手掌抹了抹脸，就凑过来，站在她的面前。

“去，师兄，洗脸洗手，换了鞋袜衣裳，再来背诵吧！”

庚桑楚却憨憨笑着，用胳膊肘部的袖布在脸上擦拭，不愿去洗换收拾。

“邋遢鬼，真不像样子！”苌姬生气地拉住他的胳膊，用手指着他的眼睛，大声斥责，“相鼠有皮，人而无仪；人而无仪，不死何为？”[①]《诗》中的句子，成了她教训他的依据。

庚桑楚红了脸，无奈地笑了笑，回房间梳洗去了。他在乡间养成了简朴、实用、不事修饰的习惯，他的内心也鄙视那些衣冠楚楚、仪表讲究的人。

庚桑楚洗换之后又去了库馆，拿了一摞竹简，对苌姬说：“这是我找的《易》，是启蒙用的版本，六十四卦都在上面。咱们先看看，再请师母讲解吧！”

苌姬凝神注视，一页页竹简自庚桑楚指间翻过，果然，数页文字过后，连缀而成的四页简面上刻着一幅卦象。数页文字，一幅卦象，如此循环，直至六十四卦而终。

读着，说着，笑着，太阳的绛红色脸盘从东侧的墙顶露现时，两个人都有些疲惫了。庚桑楚一屁股坐在树下面，脊背靠在了银白杨光滑的主杆上。

“呃，痴货，你究竟想当星占家呢，还是当卜人呢？”

“学这是为了当卜人吗？”庚桑楚抿着嘴唇，目光中含着一丝嘲笑。“你没听师娘说，通阴阳，知天地，察万物，明事理！不论为君还是为臣，治理天下，这是根基之学！当卜人，那只是小菜一碟！”

“看不出，果然有伊尹之志！不错！不错！像一位振振公子！”

庚桑楚说：“尹喜夫子也曾说过，即使观测星象也要学好《易》，说《易》中有大学问。”

苌姬皱起眉头，困惑地说：“伯伯为什么没这么说呢？他是书国首领，学问最深，却只叫咱俩养小虫子。”

---

① 选自《诗经·鄘风·相鼠》。

庚桑楚也有点纳闷，夫子为什么还要说，把蟋蟀养好就算有本领?

过了几天，两个人就有些发蒙了，陶罐里的两只金眼油葫芦就像抽了筋、掉了魂似的，蔫巴巴、灰叽叽的，整日不挪身子，只有小腿偶尔还蹬几下，不吃不喝，病恹恹的症状非常明显。

吃的有叶，喝的有水，透的有气，难道你还比娃娃难养?

庚桑楚和苌姬很快又在郊外的玉米地里逮了几只，棺材头腿带须的那种，蹦蹦跳跳生龙活虎，放进陶罐，把原先的几只蔫货放在铜盆里。

每天及时地供水供叶，白天放树下夜晚端进屋。谁知过了些日子，它们也都如前面的几位“兄姐”，一个个蔫头耷脑，缺力短神。不会是妖魔附身，故意和他们作对吧?

希注意到了，他俩向她询问时，她笑而不答。“老头子有经验，问他去吧！”

这天，老聃坐着车子从外面回来，苌姬就把他领过来了。老聃仔细看了铜盆、陶罐里的虫子，闭住眼睛嘿嘿笑了几声。

“草叶、清水按时供着哩，没饿着没渴着，为什么成了这样子？”苌姬问得急急呼呼。

老聃望着庚桑楚，指着旁边的井杆：“用的是井水吧？”

“对！每天打了水，都要添要换。”庚桑楚说毕，很快意识到什么。“井水不行吗？”

“是的。井水不行。我小时候也是这样。井水干净，觉得蟋蟀跟人一样，肯定喜欢喝。其实，只有房檐水它才能喝。”

“哎呀！”苌姬瞪大了眼睛，庚桑楚忽然僵直了身子。

五 王子为徒

老聃眼下有三个弟子。除了庚桑楚和苌姬，另一位是个显赫人物——王子朝。

王子朝不仅是一位王子，而且还深得周景王宠爱。他生得一表人才，聪明睿智，言谈举止显出勃勃英气。

老聃原本不收纳弟子，守藏室也不是讲学场所，庚桑楚算是库馆中的侍人，苌姬是老朋友的女儿，他们因为种种特殊缘由师从身边，这是无法推诿的事情。

王子朝的收纳，说起来也是勉为其难的。这位年轻英武的王子去年独自登门，下车后手擎大雁，款步向前，在老聃卧室前双膝跪倒，言称专来拜师，守藏史不点头，他是绝不会起身的。王子朝虽是天子之后，却不贪享淫逸，一心拜他为师，笃学务才，壮心弘志，以待施展。老聃见他如此虔诚，如此执意，知道违拗不了，便收了贽礼，招手让他站起身来。

这个弟子的虔敬之心，后来让老聃和希感动得不知如何是好。除了大雁、兔子、狐狸、麋鹿、香獐……凡是他狩猎得到的，就会拣一只优等的带来，既作为献给夫子的美味，又炫示自己的武艺，与夫子共同分享驰骋山林的喜悦。

王子朝总是一月两月才来一次。平日里，他不离天子左右，因为周景王经常把他带在身边，看来有培养重用的意思。另一方面，他也有意亲近父王。他不是嫡出的王子，因为聪灵而有大志，景王才喜欢他，并把振兴王室的希望寄托在他身上。近年来他须臾不离父王身边，也有察看动静，防止意外的动机。他血气方刚，处事果断，既有才华，又英气逼人，自己对自己的行为处事颇为得意。但老聃却对此摇头叹息。老聃说："你这样锐气四溢，咄咄逼人，注定要失败的。告诉你一个法子吧！知白守黑，知雄守雌，知荣守辱。你虽然一颗雄心藏在腹内，却不能外逞刚强。常有人因荣贵显达而高高在上，骄肆于人，而不能忍受屈辱，终究自取灭亡。"

王子朝当即领会了老聃的教诲，觉得夫子的法子非常英明。王位之争，历来隐藏杀机，不论周王室还是诸侯公室，兄弟之间常常因此闹得不可开交，甚至大动干戈，引起动乱。如今虽有父王偏爱，但自己毕竟不是太子，若处处锋芒毕露，别人就会看出觊觎之心，事情就复杂化了。他打定主意，照夫子的指点去做。他也试过一段时期，无奈父王与他议事，私交甚好的臣子为他献策，总不能在这种情况下违心敷衍。白就是白，黑就是黑，装作糊涂软弱岂不坏了大事？

王子朝发觉老聃夫子的这一方略不过是一种忠言和告诫罢了，自己能否采纳是另外一回事。往后，这方面的话题他就有意回避了。他后来寻找老聃，往往是请教一些具体问题，或者查看文献借阅图书。

王子朝这次来见，带了一件少见珍品——七岔鹿角。这是他昨日的收获。他和父王及二十多名臣子策马驰骋在深山密林中，自己一马当先，发现了鹿群中高大的首鹿，便瞅着它穷追不舍，几经迂回，终于在悬崖边一箭中的。当他把这只鹿王驮在马上带到众人面前时，周景王和众臣子齐声喝彩。这只鹿的岔角很多，一层层连成曲折交叉的形状，庞大而又华美。周景王用目光扫视着群臣："怎么样？今后带兵打仗，谁能敌得过他？"

王子朝双手捧着鹿角，进了守藏室院子就加快了脚步，临近卧室便高喊"夫子"。老聃闻声走出，一只手微微抬起，把他让进那间小客厅。

王子朝没有落座。他把鹿角捧到夫子面前，指着说着，请他仔细观赏。

"这只鹿必定成了魔精，世所罕见！"老聃连声赞叹。

希在旁边，仔细地一岔一岔地数着。"哎呀，七岔成仙！不知山有多高，林有多深，草有多密，它的腿有多长，跑得有多快。怎么将它弄到的呢？"

王子朝淡淡一笑："第一眼看中了我就把决心下了，它跑到天上我也要跟过去。我当时只顾打马，向前，向左，向右，再向前，再向右……风在耳边吼，马在身下飞，鞭子是怎么抽的，口是怎么喊的，箭是怎么射出的，现在已经记不清了。只记得，这只鹿驮上我的马背，已经过去了两个时辰，后面的狩猎人马才赶了过来！"

"果真厉害！来之不易呀！"希听得入迷，连声赞叹。

"我令他们把这角完好地取下来，又擦洗打蜡，看，这灰褐的底色上面，还有一层亮峥峥的光气呢！"

"稀世之宝，也就是难得之货了！"老聃忽然脸色阴沉下来，圆大而深陷的眼睛蓦然闭下，蒜头鼻子搐了几下，鼻孔出气的声音带着粗喘的深重。"我一向不喜欢这些宝物。它能给人带来灾祸，甚至夺人性命。这只鹿，不是因为它而丧生了吗？”

“确实是这样呢。太抢眼，太珍贵，就会引起人的抢占争夺。平平常常的样子，反倒安然无恙。”希说得和婉恳切，眼神里含着弦外之音的告诫。

王子朝似有所悟。他不再眉飞色舞，也不好再说什么。

“好出风头，显能逞强，这是很不明智的！你现在的处境，可以说是猎人包围的鹿群中的一只鹿。知雄守雌，等待时机。唯其如此，才有继位的可能。”

“夫子，我无法这么做，”王子朝直言不讳，“父王和臣僚，都对我倍加关注。我只有一腔热诚，两具肝胆，锐意进取，毫不怯懦，为他们作出满意的回报，怎么能违心地颠倒黑白，装傻卖乖，以庸常之辈自许呢？”

希显得尴尬不安了：“王子，你的夫子，他主张和光同尘，藏锋敛锐，以静制动，等待来日。这可是上等方略呀！”

王子朝向老聃拱拱手，歉意地笑着说：“夫子传授的是君人南面术，帝王执掌天下的韬略，是诚心诚意的教诲。这些，我自然心里明白。但是，也许是这个心性吧，我虽然试图这么去做，却一遇事就由不得了。君子阳阳，士人刚刚。我自小就是这么个脾性，怕是怎么扭也扭不过来了。”

老聃并没有生气。王子言出肺腑，直爽诚恳。但是说这是心性的原因，其实也不尽然。“王子，你说的不完全对。你没有透彻理解我的意思。含虚自敛，晦迹韬光，不以外在的才华示人，别人在内心才能佩服，而自己也会长久地立于不败之地。你如果以长久为计，就不会这么难以自制了。”

王子朝望着老聃高眉骨下满含期望的眼睛，不再辩解。夫子学识渊博，自有高深的理论，但他毕竟是局外之人，冷眼旁观，很难体会自己的处境。他今天来这里，一是为了探望夫子，二是为了借阅先朝典籍，了解夏商及周王朝早期王子继位的典章制度。他站起身，恭敬地朝老聃躬礼告别。

“夫子您多保重吧，我跟师母到库馆那边去看看。”

苌姬正在库馆外面的墙壁下侍弄蟋蟀，庚桑楚在旁边整理牛筋绳，二人各忙各的，时而扭头说话。

苌姬看见干娘领着一个人走来了。这人穿着纯白色的羔羊皮宽袖旋腰袍子，袖筒上镶着花斑彩的豹皮，亮灿灿的三道镶饰，正是《诗·羔裘》中“羔裘豹饰，孔武有力”“羔裘晏兮，三英粲兮”的真实写照。她被这个人的衣着气色吸引住了。“哎哟，真是一位振振公子呀！”

王子朝是认识庚桑楚的，但他和苌姬却是初次遇面。希对他说：“这是我的干女儿，大司乐苌弘的女儿，名叫苌姬。”王子朝笑了笑，“噢，这么文雅秀气。”当苌姬听说这个人就是王子朝时，心里一震，这就是未来的天子么？她的父亲在家中和几位朋友闲聊时，语涉朝事，预料宫廷变化，多次提到这位王子。

“苌姬小妹，你好悠闲呀，专心致志地要逗蛐蛐儿？”

希说：“你的夫子有安排，让她和庚儿逮了这小虫子饲养。”

苌姬反问：“要逗蛐蛐有什么不好？宫廷的王子臣僚，斗鸡走马，谁不会玩儿？”

王子朝凑过去，看着铜盆陶罐里的小虫子：“嘿，还不少哇！我不喜欢人玩虫斗鸡！可是现今的京城，玩虫子、斗鸡，不仅成了风气，还押宝赌钱哩！”

“那你怎么喜欢打猎呀？”苌姬立即反驳。

“田猎不能算是游玩。这是另外一种练兵！”王子朝驳斥道，“它考验你的驭术、箭法、争胜心，磨炼你的意志，助人建功立业的勇气！”

希对庚桑楚说：“庚儿，王子要看看夏、商和文王、武王、成王一些文诰典章的资料，你给找找吧！”

王子朝望着庚桑楚，大度地颔首微笑，以赞许的口气说：“这是个细心负责的人，一丝不苟，兢兢业业，今后可以任用为朝廷的史官。”

王子朝又对苌姬说：“你跟着苌大夫抚琴习瑟多好，日后我破格让你继承父职，朝廷的女司女吏至今还没有呢！”

“真的吗？朝廷可以任用女子？”苌姬立即被他的话吸引住了。

“只要我继位。我要干一番前所未有的事业。要开创，决不墨守成规，不会甘当平庸之辈。”

“如果能这样，天下就有希望了。”苌姬目光凝聚，牢牢对着王子朝的面孔，清澈的眸子熠熠闪亮。

“天下当然是有希望的！”王子朝显得非常自信，“不论他们怎么争斗，洛邑仍是定鼎之都，王室的中心地位是牢固的。父王图谋振兴的方略正在实施，咱们这些年轻人都有施展才华的机会，何愁天下不得安宁？”

第四章

追踪“异人”

一 小店欢会

崔旦依偎着徐甲，眼睛微微闭着，心情暂时放松，任徐甲在她光润如玉的脸庞亲吻。窗外是黑沉沉的夜色，没有闹市的喧嚷，也没有荒野的虫鸣，小镇的这家客店显得十分宁静。

真正属于他们二人的夜晚，这是第一个。这天午饭过后，尹喜的车子就与他们分道扬镳了。现在，在晋国地面，在这山麓旁边的陌生小镇，她要开始进行新的谋划，也面临新的遭际了。自得知姐姐崔申被楚平王偷香窃玉的计谋牵连后，她的一颗心就晃晃不定地悬在空中，一直不得安稳，只有让姐姐脱离了险境，或者自己与她生死相依地待在一起，心里才能平稳下来。可是，这样的情景何日才能出现呀！那天，在渭河南岸的树林中坐上尹大夫的车子，觉得只要牢牢攀住这个高枝儿就有希望了。谁知今天在路上又有新的遇合，尹喜断定那位陌路汉子是位真正的异人，说服她随着他走，她才改变了主意，暗中尾随那人来到小镇。

说来也巧，尹喜的马车过了函谷关不久，正在朝东的方向一路驰去，忽然从北面的小路上急匆匆驶来一辆马车，险些和他们的车子相撞。尹喜的驭手急忙喝住牲口，下车察看，发现马儿并没有受伤，便用眼睛狠狠地瞪着对方驭手，抱怨说：“你长着眼睛没有？竟然给这车子上撞？”按常规，小路上的车辆要为大路上的让路，民间的车辆要为朝廷的让路。但对方那个驭手一直稳坐车前板，显得大大咧咧，好像没有看见他们的车子。这会儿那家伙的火气更大:“你的眼睛叫狗吃了吗？看清了,我这是军车！”尹喜和崔旦也不由得吃惊了。不错，对方的车子轮边包着铁皮，辐条很粗，但车型大小和车厢构造与一般车子无异。“怎么能叫军车？想必刚刚打了仗，丢了盔甲剑戈，伤了大队人马，单丢下你这个小卒吧！”驭手开始动手整理边绳，一边讪讪地取笑对方。

这当儿，那边车厢站起一个人来，双目前眺，轻轻呃了一声。那个傲气的驭手急忙回头，惊慌地望着他。“荒唐行事，必须向人家赔礼！”那人说罢就从容坐下了。那个驭手连连说“是”，向他们拱手弯腰连赔不是，这场风波也就过去了。

本来这汉子是不怎么惹人注目的，但在吃午饭时他们凑巧又碰上了，这才引起了尹喜注意。崔旦和尹喜、驭手围在一起，坐在饭馆外面的席棚下，等着上菜摆酒。她暗中焦急地环顾左右，希望看到随后赶来的徐甲。有尹喜的马车做显明标记，徐甲果然不久就赶来了，他远远地朝崔旦点了点头，闪身进了附近一家饭馆。

这时，路上碰到的那辆车子驶来了。那汉子早就下车，步行跟在车后。他穿着普通的深衣，宽大袖裤，颜色淡褐，虽然是中等身材，但形貌端庄，身子壮实，步履稳健，从他们眼前经过时，那目光的一瞥中，透出凛然之色，仿佛含着一股冷森森的光气。

尹喜眼前一亮，立即用目光跟踪。从衣着看，这人仅仅比一般庶人稍强一些，但头顶竖着的木弁，前圆后方，精致得如同玉雕；他脚上穿着只有登山者才用的葛屦，棉布袜子的颜色雪白显眼。这人过了一会儿，又带来两位当地老者，进了相邻的一家饭店。他们坐在里间，从敞开的窗户可以听清几个人的谈话。看样子，这人专程去了附近的崤山，考察一百年前秦军被晋军围歼的事，观察那儿的山势、树林、道路和坡地，还绘制了细致的地形图。从言语中不难看出，这人读过姜太公的《阴谋》，这书原存于守藏宝，据老聃说此书已经丢失。尹喜断定，这是一位很有来头的兵家高人！

“呃，崔旦姑娘，那个汉子你看见了吗？这人可了不得！我敢说，他是一位异人！真正的带兵高手！他日后一定会受到重用的！你跟着他，扒定他，往后的事就好办了。他的车子轮大毂高，可能住在水乡南国，说不定还要去楚国。你跟上他比跟我强。我虽然是朝廷大夫，如今却徒有虚名，说白了是一介书生，能帮你什么忙？跟他去吧，不要错失良机！”

崔旦听得明白，尹大夫说的有理有情，尤其是“异人”一说，令她心底的潜流波涛汹涌，当即眼含泪花。饭后，她双手抱着尹喜的肩膀，哽咽着说：“尹叔叔，你这好心人，行善积德，解人危难，我一生一世，都不会忘记的！”

送走尹喜，找见徐甲，二人又尾随了那汉子的马车，向端南的方向行走。那汉子究竟是什么人？此番又去哪里？扒住他能实现自己的愿望吗？崔旦心中还是有些忧虑。而徐甲呢，却明确地对此人表示鄙夷。这人看上去跟做小本生意的药材贩子差不多，怎能稀里糊涂地跟着他的屁股转？

徐甲还说，踏上晋国的土地，就想起了焦灼等待的父亲，心里也就酸溜溜的。晋国如今变化最大，诸侯不再得势，政在私门，韩、魏、赵、范等六家势力强大，他们为了壮大私家，都在广纳贤士，他早就向父亲提出来这里闯一闯。但是，父亲生性倔强，不愿丢掉先祖遗业，宁愿守着三顷领地，等待时机，直至看到齐国公室恢复强盛。他相信，只要姜太公显灵，周王室和各诸侯国都会有穆穆皇皇的光复之日，他的子孙也会有宏图大展的一天。老头子还在家里诅咒那些豪门私家。齐国的田氏、鲁国的“三桓”、晋国的“六卿”、都是他咒骂的对象。

“现在晋国六卿都急于用人，我们去投奔任何一家都可能被任用，说不定还会在这儿发迹呢！”徐甲把宝剑提在手上，沮丧地望着前方模糊的车影，对崔旦提出新的设想。

“我哪里想发迹，我只是一门心思地想姐姐。她落入虎口，生死未知，我朝思暮想的是如何去解救！”崔旦恳切地叙说心事，她也充分地理解徐甲，对他的慨然相助和一路艰辛深怀感激。她又说：“是我连累了你。为了恩爱，你把父亲的嘱托置之度外，一路呵护照料，让我的心得到宽慰。

要在晋国寻找机会，这个主意不错，你去试试吧，我们也就这么分手了。你愿意这么做吗？”

徐甲猛然抱住了她的腰，语气急促地说：“我们永远不要分手！我跟定了你，纵然那人是个药材贩子，也要暂时跟着，等弄明白了再说！”

就这样，他们一路尾随，黄昏时分到了这个小镇。

红铜单杆台上的蜡烛燃了半截，微红的烛光带着几分昏黄，淡淡的，浑浑的，溶满了整个房间。一间房，一张床，一根蜡，对这一对情侣来说，也就很知足了。

崔旦任徐甲热抚狂吻，自己一动不动。静静地过了一会儿，她坐直身子，用手摩挲着他的头发，秋水盈盈的目光里充满怜惜：“跟在车后面，两条腿不住地抡，一步一步，走了半个多月吧？每天睡觉前，我只能偷偷见你一面，害怕尹大夫看出破绽，我还得回到他住的旅馆，把你一个人孤零零地搁在那儿。幽静的夜里，总想着你一个人憋闷的样子，躺在床上，翻来倒去，老睡不着。”

几句话说得徐甲热血涌动，他的双臂像勒稻捆的草腰子一样，把崔旦的身子再次抱住，双臂搂得更紧：“今天晚上，我就不憋闷了！”

“这是咱俩头一回的晚上，其实，是入洞房哩！”崔旦深情地注视着他的面庞，畅畅快快的笑了。

徐甲的脸孔涨红，浑身发烧，急急地把她朝床上推：“咱们先痛快一回，过会儿拜天地，好不好？”

崔旦却像记起了什么，她用手掌拍拍他的脸蛋，告诉他：“这个陌路汉子，尹大夫推断是个兵家高人，可他的姓名、地址、身份、性情，咱一概不摸。不是有个驭手吗？你到那边去，设法找他问问，或许能弄清头绪，这样，咱就心中有底了。”

徐甲说：“这倒不难，跟驭人打交道，是我的拿手戏。”

崔旦撮着红红的双唇，凑近他的耳孔柔声说：“迟去一步，人家睡了怎么办？赶紧去，我打水净身，为当新娘精心地洗一回澡吧！”

二 “义人”“异人”

月亮从云团中溜出，露着玉盘似的圆脸，挂在高高的树梢那边，把它的清晖无边无际地撒下来，让客栈院子裹在臬臬的晨雾般的光亮中。

那个冷傲的驭手正在树下喂马,他用手指来回拨搅着小木槽里的草料。徐甲走过去搭讪，人家瞪了他一眼。徐甲径直走到大灰马身边，马打了个响鼻，尾巴朝他扫了一下。徐甲笑了，伸出手掌搭住马背，慢慢地顺毛捋下，搓背似的朝着一个方向，肚侧、脖项都抚拭了；从上到下，从前到后又整个梳理了一遍。他蹲下身子，双手逮住马的蹄掌。这时马已乖顺，它停止了吃草,静静地等待这个人的清理。徐甲熟练地从蹄缝抠出石片木渣,原来四只蹄子都有危险的附滞物。

徐甲的老练殷勤让驭手大受感动，问啥说啥，这人打开了话匣子——

“嗨，我的主人公，一个务菜的农人！吴国罗浮山下，三十亩园，一片竹林，几间房子，两个雇人。春天韭菜冬日葱，豆角摘了辣椒红。一年四季，园里有菜，拉到集上没少换铜子儿。不过，这都是雇人干的。他呢，野逛成性，整天在外面跑。说是游山玩水吧，并不专去名山大川；说是赶热闹吧，却去那没人烟的地方。山旮旯、岭背后、坡面面、沟底底、树林、河川、沼泽、草地、沙滩、村庄，全由着自己性子，逛到哪儿是哪儿。说富贵吧，菜园主儿能富到哪儿去？说贫穷吧，在外面东游西逛不花钱吗？他这个人，不穷嘴，也不坑人，吃饭睡觉把自个儿搁得舒坦，倒不像个穷酸人。给我和雇人的工钱，从来不拖不欠，说话挺讲信用。不过，这人面冷，心硬，一言出口，任何人不得违拗，要不，就狠心地把你辞了。我的前任，已经换了三个。”

“至于他的家庭、交往、发生的怪事，这我就难说清楚了。听人隐隐说过，他有家，一妻一妾，不知在罗浮山什么地方。他有两个车子，两个驭手。我赶的是这辆逛游车，另一辆是平常车子，另一个驭手驾着。没见过什么重要客人到菜园来。粘不粘女人？有人说他粘，粘的是美人，像夏姬这样的美女他喜欢。不过，我从来没见过。壮士哥，咱这是大天野场子说话，风一刮就没了踪影。你千万莫向外人漏个缝儿，要是让主人知道了，我不光掉了差事，说不定连小命也要丢了呢！”

徐甲说：“我还当是个药材贩子哩，谁知是个没出息的浪荡鬼！”

“对，是个浪荡鬼！”

“看来是个闲人，怪人，吃不了大馍的人！”徐甲太失望了。

崔旦听罢徐甲的叙述，也感到诧异、怅惘。这人不像胸怀大志、才品出众的贤达之士，也不像位高权重、门第显赫的名公要卿，就连买房占地、经商设市的富豪也不可能，但他绝不是靠土地为生的农人。这不是，那不是，毫无疑问，他的确是个异人！而且，凭着她的眼力，他可能是个“埋头萝卜”，说不定有什么来头呢！

“那么，这就是自己的终身所靠，自己婚姻的归宿了。”

人生的遭际，有时就这么离谱，这么令人难堪。崔旦，这位相貌出众、聪慧过人又有远大志向的闺中女子，当她即将委身于一个豪爽汉子时，早已心仪的男人却突然出现在眼前。在她的第一个夜晚，在情人火热的怀抱中，自己却旁骛滋生、心绪不宁。难道命运就这样巧妙而残酷地捉弄人吗?

徐甲初涉爱河，急切、亢奋而又鲁莽，虽然心里涌动着一种深深的爱慕，但此刻被窝中的崔旦却似一只烹熟了的嫩羊，任他不顾一切地大口吞食，风卷残云般地一饱饿腹。崔旦经历了瞬间的慌乱，凭着坚毅的冷静，听任了他急急风式的突袭，在这当中她的甘愿报答让自己变得坦然从容，也少不了与异性的肌肤之亲产生的新奇、愉悦，还有一种她自己内心能够体验的滋润感。

后面的这种感觉，来源于她对母亲的了解，或者是母亲对她的感染。她的父亲，与其说是一位学人，不如说是一位游人。他只知道带着一帮书生流动式讲学，一年在家待不了几日。母亲呢，耐不住闺房寂寞，在家里常有嗔怨之声，只有见到归来的父亲，白润的脸上才展出喜气。若在团圆的日子，素来衣着考究的母亲必定要修饰一番，衣裳换成丝织的絮纩，鞋面是滚边的金线和五色描的花朵，头发、脖项和双手都用蓝麝洒着的水洗了，远远就有甜馨可人的模样和气息。那几日母亲的笑容多了，脚步欢了，话语甜了，仔细看她的脸庞，真有一层新添的油津津的红光了。这时候母亲常常拿起窗台上的铜镜观照，一边扭摆粉脸，一边高声地给两个姑娘说："看，八分白，两分红！老夫子一回来，我就滋润了！”有几回吧，父亲到家不几日便要再带门生出去，母亲的双目便有了灼灼火气，关起门来嚷嚷：“你真狠心呀，一年能滋润我几天呢！”

这种心理上的认同无意中成了承传，她和姐姐的闺中春情终于有了难以遏制的时候。有了姐姐必逢龙人，自己必遇异人一说，她俩就隐瞒了母亲大胆地飞出去了。仔细回想，喜好闺房之乐的母亲正是她心中春情热涌的鼓动者。有这种欲望在心底，崔旦就非常看重同男人的遇合。后来在秦王宫，她的眼界大开，知道了什么叫钟鸣鼎食，什么叫锦衣驷马，什么叫公卿爵禄。与此同时，王侯宫闱的种种轶事、招招技式她也耳闻目睹了。既是春风悦事，又要爵禄荣华，崔旦就此把自己的婚姻理想定格在这里。当徐甲彪壮的躯体以狂暴的方式结束了放任，这种理想的思绪蓦然飞动，让她心头一阵苦涩。

徐甲精力异常充沛，竟有马不停蹄鼓不息声的意味。他家世代为公室驭人，祖祖辈辈都是姜太公《六韬》中规定的合格的武车士，习武的重点是坐马功。每天清晨，打拳踢腿舞剑挥戈之后，还要在门前那尊石马的背上练一番功夫。作为男人，只穿短裤，骑在坚硬的物件上狠狠摩擦，其苦不难想见。正因如此，才能练出功夫。先祖不但传下了规矩，也传下了秘诀。父亲耐心地教他“马上静功”“提肛”“缩卵”“举枪”等要领，他都一一掌握了。这是一种先动后静、先热再冷、扶助本元的功法，可以把人全身的经络扯活，每一处的精血泛旺，元气肾力自然充蓄盈满。从先祖到徐甲，二十几代人都有充沛的精力和娴熟技艺，跑起来能追上奔马，并在奔驰中跳上战车，可以在马背上前后、左右、上下多方位对敌应战，臂力大得能拉满八石的硬弩。当然了，元肾精气旺盛常让他欲火难捺。今夜与天仙美人合配，尽兴了又觉未能知味，一会儿燥热又起，犹如渭河岸边催马赶坡，黑虎掏心与鹞子旋顶的鞭法一并上手，舒心畅意中高声喊叫：“崔妹，从今往后我就是你槽上拴的一匹马了，任你牵随你骑，驾车拉磨，怎么使唤都行。”

崔旦的眼泪哗哗淌出，她急忙用白嫩的手指去拭，徐甲却拉了枕巾为她抚拭干净。

“崔妹，我的亲蛋儿！你怎么了？身子不舒服吗？”

“……哎……壮士哥，你有情有心，这没说的，只可惜不是个异人！”

“怎么不是？人都说我为人正义，好多人当面称我为义士哩！”

“我知道，你是个义人！”崔旦破涕为笑，双手掬住徐甲的脸庞，不无惋惜而又无奈地望着他的眼睛。

“亲蛋儿，我现在倒不想追寻官爵富贵了。只要有你在身边，我这一生就知足了，平平淡淡的日子也可以过嘛！”

“不，你说错了。这是没志气的话！现今天下大乱，正是人们追寻各自理想的时候，不再是公卿贵胄少数人活人，大家都要活人！我的壮士哥，你要有大男人的胸怀呀！当马为奴的话，今后再不要说了！”

徐甲心头一热，竟又兴奋起来，死了的鱼儿在河里即刻活了，快意地游动打飘，跌宕俯仰，任情击浪撒欢。崔旦渐渐觉得变了，身子被风吹着，被船载着，被车拉着，飘乎乎荡悠悠，驾云乘雾一般，来到晴空万里的天边。情至意会，她忽然生出一个乘兴作乐的念头。她想真正地做一回夏姬。去年，她在秦王宫，闻听人说夏姬不仅美貌无比，肌肤嫩腻，且在枕席上有内视之法，遂向太医询问。太医秘为指点了“抱阳”窍门，她暗中动念动体，自我操习，久而久之，便有身心异常的妙趣产生。她沉静下来，回忆，引念，发意，欲让冰山雪峰上的瑶天池化冰为水，层层涟漪中的出水芙蓉绽苞怒放。她几次努力地掀动臆波，几度春风中芙蓉轻轻地摇曳，却没有瓣气松开的征象。一片灰暗的云团从峰背后飘来了，风中渐带寒气，雪山飞狐的一声哀啼隐约可闻。坏了，赶忙斩断放飞的风筝缆绳，任那天空风雨飘摇，我且自顾自地匆匆收场吧！

徐甲酣睡，均匀的呼吸声衬出小屋静夜的沉寂。崔旦却毫无睡意。细思阴阳之交，真有深不可测的玄奥。过去，她独身自处，浮意联翩中心热意到，竟能春风漾漾，芙蓉展蕊。为什么有徐甲身心俱应，反而不能如愿？看来，对方，负阴的一面，与抱阳者只有达到切实的对应，才能相谐合一，跨上那层妙不可言的台阶。也许徐甲并非异人，已经在自己心中投下了阴影，情之诚意之切，还不能达到盈盈至态……

三 当上驭人

尹喜的判断没错。这汉子正是个兵家高人。他就是后来被人称作中国兵家鼻祖的孙武。

孙武出生于齐国的军事世家田氏家族，他的先祖是陈国的公子完，因避丧乱，公子完逃到齐国，被齐桓公重用，后来赐以孙姓。孙武的出生也很不寻常。传说在他降生的前夜，他的母亲一直做梦，梦中有两只利剑在空中飞舞交战，铿铿锵锵，火花飞迸，厮杀得不能罢休。二剑战得正酣，高空出现一位巨人，乃轩辕黄帝，俯首对人间大喊：“谁能收缴二剑，止息争战？”连喊三声，不见人应。黄帝颇觉失望，摇头叹息。这时，孙武的母亲只觉腹中婴儿浑身抖动，刹那间飞了出去，迎着二剑，伸出双手，并巧妙地随着二剑移挪奔腾。二剑顽强而狡猾，不仅愈战愈烈，而且把柄总是背着婴儿。婴儿情急中奋不顾身，两只手竟然对着剑刃抓去。他很快逮住了，剑仍在扭动，鲜血从手掌流出，婴儿却不肯丢手，就这样，收缴了飞剑。黄帝连声大笑：“好好好，以血止战，天下安宁了！”此时床上分娩的母亲忽然感到轻松惬意，一声婴儿啼哭宣告了新生命的降临。母亲急急拉住婴儿双手，只见每个手掌都有一道直直通过的深沟，俗称“攥刀印”。母亲记着梦中黄帝的话，她不愿儿子以后流血，希望他以戈止战，遂为他起名孙武。

这一天，是润腊月的十三日。正逢鸡啼，一只红冠子大尾巴的雄鸡在窗外扯开嗓子，拼命地啾啼，一口气啾了十三声。

三个十三，加上两个攥刀印，卜筮观相之流便都把自己的好奇化为关注，背地议论说这孩子命中三把火，想必是天上的红胡子爷脱生，来人世专事杀戮，今后可能会成为杀人魔王。果然，孙武自小就爱玩刀，家里家外，上学读书，总有一把雪亮的鸾刀带在身边。

这把鸾刀系先祖所传，刀锋寒光闪闪，刀尖和刀把带着小小铜环，环上有铃，既可刻竹简，又可作防身之器，它常常吊在孙武的腰带后面。这次孙武来晋地考察，仍然身不离刀，车上备有木牌竹简，沿路削削刻刻，记事画图，得心应手。他乘着自己设计的车子，这车可以驶过一般的河流，可以爬坡下沟，不怕外车击撞。车厢里有一木箱，装着刻画过的文牍。

边察看，边赶路，昼行夜宿，走到哪儿算哪儿。孙武这次考察已经好几个月，从吴国到楚国，再到晋国，然后再去卫国的城濮，看看一百年前晋楚两国在这儿交战的遗址。一车，一马，一驭，连日来倒也安然无事。

这天发生的事情有些蹊跷，他作了部署，稳坐楼台，以观其变。清晨，他故作慌张寻找驭手的样子，在车旁徘徊、思忖，只见一位佩剑的彪壮汉子笑着走来，凝望着他，试探地问："高人，在下赶过车，养过马，祖辈几代都是武车士。眼下正愁一碗饭吃，如果大人你有什么事，尽管吩咐！"孙武斜睨了他一眼，当即说："你真有眼色呀，我正想睡大觉，你就递枕头。好，给我当驭手吧！"

徐甲想不到这人不经盘查，也不和他谈相关事宜，就慨然让他留在身边，看来他和崔旦施的妙计，没有受到怀疑。他坐在车前板上，鞭子抱在怀里，眼睛顺着马耳的位置看着前方，听马铃叮叮，车轮辚辚，想着可爱的人儿在后面跟着，心里舒坦极了。本来他是不善歌咏的，这会儿却心涌热流，好像不歌唱喉咙就憋不住了——

我赶车子把家离，（我出我车）
来到郊外牧野地。（于彼牧矣）
我本来自天子堂，（自天子所）
天子命我来御敌。（谓我来矣）

召集所有车夫们，（召彼仆夫）
让他车马装载齐。（谓之载矣）
眼下国家多忧患，（王事多难）
军情紧迫莫迟疑！（维其棘矣）①

尽管唱得没有多少韵味，但声音高亢，惊得大灰马直翘尾巴，车子奔得平稳而快捷。他很得意，回头看着车上的主人，见他仍然阴沉着脸，头颅不时转动，一心朝前方和左右两侧观望。人家显然没有注意他的唱歌。

“呃，我的主人，你的尊姓大名，高宅贵府，我还一概不知，连怎么称呼也不知道，能给我指点一下吗？”

徐甲不见应声，回头一望，这汉子仍然径自向周围的野地注目，对他的话充耳不闻。

“主人，我有话问你，你听见了没有？”

“放肆！舌头想流血了吗？”

徐甲并没有惧怕，他顿了一下，回头望着孙武，继续说：“主人，你用下人，是叫他只干好一样事呢，还是让他死心塌地为你卖命呢？若是光叫我赶车，我只盯马看路就行了。若要防强盗，斗恶人，遇到战事还要拔剑杀敌，大人你不掏出一颗心来待我，我能奋不顾身吗？常言道，士为知己者死。我徐甲，人称义人，待人不留外心，总要掏出肝胆。你讨厌我这样的人吗？”

“这么说，你有心当我的贴身侍人？”

“我徐甲不仅善驭，还自幼习剑，屡上战场，身经浴血战事。不够格吗？”

“你打过哪些硬仗？”

“周景王十九年，齐景公讨伐徐国，我是率领三十辆战车的伍长，在蒲隧城外打了一仗，我们的先锋队伤亡过半，却冲破了三道防线，打到城

① 选自《诗经·小雅·出车》。

门底下，徐王才求和了。周景王十八年，栾氏、高氏袭击田氏一个都邑，我连夜被召去当卒长，昏天黑地打了三天……”

孙武心里好像有一根绳子被扯住了。他虽然早早离开了齐国，躲在这几个家族的生死争夺之外，但血脉亲情总是忘不了的。徐甲所说的田氏，正是他的先祖公子完的后裔。这些年自己隐居他乡，外表看来不问国事，实际上心系天下风云，田氏的兴衰荣辱自然令他关注。

“这么说，你是齐国人了？”

“当年姜子牙受封齐地，我的老先人就跟着去了。老人家是姜太公的亲兵呀！我家祖祖辈辈，都是士爵士禄，虽然都是武车士，却又兼公卿驭人，住在公室城中。到了父亲手里，他让我习武练艺，眼看人家都成了大宰邑守，老人家就憋慌了，切切地盼望太公望动心显灵，给徐家后人带来弘光大运。”

“那么，你们世代相传，懂得太公望的兵法了？”

“不行！不行！我们世世代代，不过是牵马操鞭的人，像这辕里的大灰马，出力拉车，跟着人家的号令跑。不过，一颗忠心，一身勇气，比一般人要强得多！”

“壮士，我答应了，你就暂且委屈，做我的随身侍人吧！”

徐甲兴奋难捺，正置车子上坡，他右手抖开长长的鞭梢，打了一个鹞子旋顶，随即用烂铁锅般的嗓子唱了起来：

我赶车子把家离，（我出我车）
车子如飞到郊区。（于彼郊矣）
旐旗猎猎插车上，（设此旐矣）
又把彩旄来竖立。（建彼旄矣）
……
天子下令派我去，（天子命我）
筑城北方如铁壁；（城彼朔方）
南仲为将多威武，（赫赫南仲）

扫除狎狁保边陲！（玁狁于襄）[①]

一个带兵的人，看到下属的热诚和激动，就会情不自禁地受到感染。孙武此刻也来了激情，心中久久沉压的豪气骤然上升，喉咙也似乎痒痒的了。但这个人生性阴沉，从不曾在外表上宣泄，而善于在内心化豪壮为静思。另一方面，他也不愿让下属看到自己真实的感情，故而又沉下脸偏过头，思索眼前这个突然邂逅的人了。

崔旦在车后听到了徐甲隐隐的歌声，也由不得高兴起来。她高昂着头，遥望着马车，深情地放声唱了——

……
野地长满青青草，（野有蔓草）
草叶上面露珠多。（零露瀼瀼）
有个姑娘好俊美，（有美一人）
眉清目秀如花朵。（宛如清扬）
不期而遇多幸运，（邂逅相遇）
我们同行共欢乐！（与子偕臧）[②]

---

① 选自《诗经·小雅·出车》。
② 选自《诗经·郑风·野有蔓草》。

第五章

乐人情怀

一 大钟盛典

周朝夏历九月，天气明显的寒冷了，洛邑城四周的田野，庄稼已经收获完毕，天空成排的大雁扑扇着翅膀向南方飞去。这个季节，按照王朝典章规定，天子采用狩猎的方式训练军队，让士兵驾着战车，拿起刀、剑、矛、戟、矢，在旷野密林一面围猎，一面进行实战演习。

周景王生性好强，对这种展示军队雄风的活动尤其重视。周王朝以夏、商为鉴，以健全的礼乐安定天下，政务、用兵、生产、住宿等所有活动都依照季节月令安排，配以十二音律中相应的一种，以应和天地之气。他喜爱九月，与九月对应的音律是无射。这样，周景王就特别偏爱无射。他下令造一口特大之钟，既能表达无射的音律，又能当作乐器演奏，置于宫院正中，让宫廷人员和众臣子都能常常目睹它的风采。

尹喜得到旨令，要他择吉日，定良辰，以便安放大钟，隆重庆典。九月，太阳运行到二十八宿的房宿附近，初昏时虚宿出现在南中天，黎明时柳宿出现在南中天。秋天在天干中属庚辛。于是，尹喜选定了既望这天的卯时（日出时分）。

苌弘这天扮演的角色令人瞩目。庆典开始，首先由景王推动特制的金色横木，对着大钟连撞三响，宣告无射钟铸造成功。接下来是乐队和着大钟的器乐演奏，大司乐苌弘担任现场指挥。

苌弘胸有成竹。他早早绘了一张典乐图，把编钟、编磬、鼓、球以及多种丝竹乐器分布在相应位置。由于无射钟形体巨大，编钟和编磬增加了两套，鼓和球增加了三套。无射在十二音律中位于第九，五音中音质次浊的商音与之相配。苌弘让乐工们调好音准，试着演奏了《颂》的首节，略作了编钟的位置调整，就让无射大钟与乐团的所有乐器音调和谐了。

太阳从院外升起，如火的光线炫亮耀眼，带着桃色的光彩，宛若绛紫色的云霞，落在这雍雍熙熙的王家乐场。苌弘峨冠博带，一身大红宽袖短裾袍，既是大夫官阶装束，又以色彩的绚丽，脚下的矫捷，突出适应指挥者的身份。正式演奏开始，他站在临时搭成的长方形高台上，一抹橙红色的光亮映着那张血红色长脸和黑亮的山羊胡子，微笑的眼眸溢出自信，手中的玉笛向下一挥，如同开闸泄洪，乐曲的流水华章就此开始了。

苌弘是位乐中仙人，只要和悦的乐声响起，他就随之换了魂魄，霎时成了疯魔，浑身每一个关节都热了痒了，情不自禁地四肢扭动，喉咙发音，轻盈的身子舒展的飘荡起来。他人在舞，口在哼，手中的玉笛朝该点的地方点示。乐工们望着他的身姿手势，一个个灵气活泛，超常发挥，人在乐声中交融，乐从人心中化出，把周围观赏的人们也融进了同一境界。

周景王冕旒华衮，仪容肃穆，坐在乐队对面的正中位置。他一直手拈长须，悉心瞅着苌弘，两耳被《颂》的曲音浸满，心里异常舒润。此曲终了，苌弘躬下腰，做了暂时休止的表示。周景王立即大声叫好，让人送去一条酱棕色貂尾，当众奖赏给司乐大夫。

"尊贵的大王！方才听见了无射钟声吗？它的声音并没有突出呀！"

想不到有人责问。大臣宾孟，景王身边的重卿，他已经跪在景王面前。

周景王笑了："这话是什么意思？赶快平身吧，咱们再欣赏一曲，不要吹毛求疵了！"

"大王，难道我们精心尽意的铸大钟，不是为了威威雄雄地突出它吗？它的象征，它的寓意，能容许众多的琐屑乐器淹没吗？"

苌弘忍不住了，当即在高台上跪下，身后的玉佩也呛啷响了："让无射钟游离于百声之外，宾起大宰，你是何居心？"

苌弘的上司刘子，深沉练达，随和大度，他朝台上不紧不慢地说："苌弘大夫，宾孟大宰并没有诋毁的意思，他只是不谙熟乐理，完全是个局外人，平日忙于政务，无暇赏乐听曲，才闹出一点笑话。你为大王一心演奏好了，何必为这区区小事计较？"

"不，大王，刘挚上大夫正是背后的主谋！他平日自尊自大，不把天子放在眼里，门下受到感染，也才目无王君，将大钟等同于一般乐器，望大王明察！"

刘子从容一笑，慢步走到王子朝身边，深揖一礼，"聪慧的王子，你出面评个理，大王今日令现场演奏，这大钟在乐声中是突出的好，还是和谐的好？"

王子朝不满地瞪了刘子一眼。面前这个狡诈的家伙，用这种不能回避的方式，离间他和宾孟的关系，企图假他之口，为宾孟脸上唾口水。他气得把袖子一甩："我也是个局外人，唯你是音乐天才！"

"王子真的不懂吗？夜夜笙歌，后庭美女知多少？艳词淫曲，郑国靡音成滥调！哼，风流王子，宫中谁不知晓？"背过身嘟囔的，是太子猛。

王子朝气得热血冲顶："你血口喷人！谁是花花太岁，谁心里明白！"

太子猛回过身，面朝景王跪倒："请父王明察！王子朝除了骑马游猎，就是寻欢作乐，不读诗书，不习礼乐，不知德政为何事，竟然在父王面前轻慢臣子，背后的放肆无礼就可想而知了！"

王子朝也急忙跪倒："猛仗太子名分，私下拉帮结派，内勾外连，扩充势力，密谋夺位，请父王及早察断！"

南宫极、单旗等十几位大臣也都纷纷跪倒，他们分成两派，准备为各自的一方辩护。

"你们全都快快住嘴！"周景王气得从紫檀木椅上起身，挥动手臂，怒斥这些只顾钩心斗角，不知顾全大局的王子、臣僚。盛典仪式变成了吵嚷争斗，这是什么兆候呵！

周景王只说了一句，就手捂胸口，心里像有一把刀子铰着，刹那间脸色苍白，猝然倒地。

众人慌了手脚，急急将天子送回深宫，请太医救治。

景王休养数日，身体有些康复，惦念着田猎练兵的安排，分别将太子猛、王子朝、刘子、宾孟召到宫中，一一恳切训示，要他们消除隔阂，精诚一心，振兴王室。他指定刘子为这次田猎兵训的临时指挥，宾孟和王子朝辅助，一切照原定安排进行。虽然王室现有兵车不足百辆，士卒只有三万，威势远不及秦、楚、吴、越等强大的诸侯国军队，甚至不如鲁、晋、齐三国的私家势力，但王室军队毕竟由天子直接指挥，除了官军特制的服装，仪仗旌旗旄旆依然赫赫皇皇，这是国之共主号令天下的标记呀！这样的军队从街市穿行，从田陌经过，自然会产生重大影响。

二　天子嘱托

周景王在无射钟铸成庆典仪式中猝然倒地，令苌弘忽然想起老聃的刺耳之言，自己不免内疚起来。那天他在老聃卧室，谈及景王欲铸大钟的事儿，老聃闭目不言，看样子不想议论。苌弘便用话语激他："你身为守藏史，谙熟历代宫廷典籍，按规程天子应该首先征询你的看法。现在圣上把你撇在一边，自作主张，先造大钱，再铸大钟，众臣一致地吹捧赞扬。我想你不是个卑俗小人吧，该说的还能不敢说，该议论的还不敢议论吗？"

老聃果然不再沉默了。他望了苌弘一眼，突然起身，昂头，像吟咏诗句似的朗声说：

企者不立，（踮脚者站不稳）
跨者不行，（跨大步者走不远）
自见者不明，（以为自见者却看不明白）
自是者不彰。（自以为是却听不明白）
自伐者无功，（自我夸功的没功劳）
自矜者不长。（自傲者不会长久）
其在道也，（依道的学说看来）

曰余食赘行。（如剩饭赘瘤）

物或恶之，（让人厌恶）

故有道者不处也。①（有道者不这样做）

苌弘冷笑一声："有这么讨厌吗？"他说，景王造大钱、铸大钟实在是不得已而为之。尽管这么做有虚张声势，掩人耳目之嫌，但毕竟是一种姿态，是一种信心的彰显。以王室目前的处境，这么做已是很不容易了。再说，大钟铸成之后，想必还要热闹一番，说不定还要让宫廷乐班与之配乐演奏，大钟还是一件举世无双的乐器呢！

"哼——"老聃冷笑着，"用它演奏？这洪钟之音，会把他的心震碎的！"

这分明是负气之言，怨愤之语，想不到却被他不幸言中。这正是他内疚的症结所在。听了老聃所说，当时他心里咯噔了一下。作为一位久在乐场的乐才高人，他怎能不知道"听和则聪，视正则明"的道理呢？无射之音律，应用林钟相配；无射主商音，林钟主宫音；无射五行属金，林钟五行属土。因而，还应造一具与之匹配的大林钟，上为林钟，下为无射，当中以青铜丝网隔开，同期而鸣，才能生和谐之音。但苌弘却没有向景王申奏。这么做费财劳力，太麻烦，太不便，不如尽量从配器中调整。他做了几次试验，觉得可以对付过去了。那天，在王宫演奏现场，景王和一班官僚果然没有听出破绽。但苌弘还是感觉到了。这无射钟，可谓天下第一大钟，那青青铜体发出的浑厚之声，一下一下，随着硕人缓慢的节奏分明的击打，响彻于所有乐声之外，似有闷雷在低空轰吼。这情形，唯有他能够觉察。"政象乐，乐从和。听之不和，离民怒神，必伤天道。"乐典的这段话，苌弘事后想起，禁不住出了一身冷汗。如果是天怨神怒，让周景王有了报应，那么，自己隐情不报，还要推波助澜，该担负怎样的罪责呢？

苌弘回到家中，眼前总会不时想起天子那天的种种表情。奖赏他的时刻，景王坐在紫檀椅上欣慰地笑着；臣子们争吵时，他的脸色铁青，头歪

① 选自《道德经·第二十四章》。

向一边；忽然间，他手捂胸口，如大树伐倒一般身子扑向地面……

苌弘的美妾硕人，见他在家中郁郁寡欢的样子，就问："夫君，你还想着演奏场的事吗？"

那天，在演奏现场，硕人也是很令人注目的。她是乐队成员，她在击奏大钟。由于大钟的特殊，它的音量变化幅度很大，形体恢宏，引人注目，演奏它的人一定要选得恰当。出于了解，出于信任，苌弘把这个位置安排给自己的爱妾。硕人形高体丰，肤肌白嫩，是令人炫目的美人。她那天穿着高领束腰下裾垂地的粉红丝纩裙，发髻挽成旋式高冠状，两排整齐的金穗从双肩垂下，一双倩目似乎泡在清澈的水中，很有贵人的雍雅之气。她的乐感极好，音准、节奏都能成功把握。当然，对于大钟来说，主要的表现还是节奏。硕人的模样和位置是显眼的，演奏完毕她的兴奋也超过了一般乐工。但是一场争执却由此产生。看见苌弘忧心忡忡地在屋内踱步，玉佩轻轻的叮当声每一下都让她深感不安。

"夫君，宾孟那么挑剔，是不是我的力气太小，撞得过轻了呢？"天真的硕人忧虑地凝望着他，脸上有几分歉意。

"呃……这事不要你管！也没有你的过错！你只管欢欢乐乐的，把自己的丝竹歌舞练好就行了！"

那条酱棕色貂尾，和硕人平素常用的铜镜一起放在案几上。硕人舍不得用它作围领或衣饰，而是常常爱不释手地把玩欣赏。硕人一面和苌弘对话，一面拿起毛茸茸的貂尾，眉眼神气溢露出几丝珍爱和感激。

苌弘的心底，也不由得涌出对天子殷殷感念的潮水。苌弘的先祖是刘挚先祖的家臣，连续五代传承不变，到了苌弘自己，被刘挚的父亲刘耿器重，升任为大夫，后来又推举给王室，周景王慨然封他为朝廷大夫。苌弘在司乐的职位上施展才华，如鱼得水，也为刘子家族增添了光彩，刘子对他也愈加信任。

苌弘思来想去，决定去宫中看望景王。

周景王并没有在安寝宫静养，他本想立即去田猎练兵现场，但王子们和众臣竭力劝阻，他无心独自赏乐欢娱，就去一些重要宫殿和祭祀场所转悠。

周景王此刻正在王宫最显要的大殿——明堂察看。这里是历代天子宣明政教的地方，所有的朝会、庆赏、祭祀、选士、教学等大型典仪，都在这儿举行。“赫赫明堂，居国之阳。嵬峨特立，镇压殊方。”诗人这样歌咏它的雄伟和显赫。景王由一位侍人陪着，他伫立于院子中央，望着森森大殿，巍巍红柱，猎猎龙旗，想起先祖当初秉朝施政，威仪天下的兴盛景象，不由得心中伤感，泪水潸潸而流。

“圣王，我探望您来了。莫要伤感，王室的振兴是有希望的！”苌弘跪倒在地，高声安慰着天子。

“苌弘大夫，听见叮当的玉佩声，我就知道你来了。你是一位天生的乐人呵！我每每望你在目，都会有云开日出，愁肠顿解的感觉！”

“假如大王真的这样想，苌弘就很荣幸了。乐人就是乐人，能让大家欢乐，尤其是让圣明的君主欢乐，我这个乐人也就够格了！”

“够格？”周景王示意他平身，对他恳挚地笑着，“岂止够格！你的激情，你的才华，还有你的诚心，天下哪个乐人可比？我敢说，宫廷臣僚中，最称职的臣子，可以和王室先前最优秀的臣子相提并论的，就要数司乐苌弘了！”

周景王说得动情，也说得诚恳，让苌弘再次生出得遇知音，幸逢明君的感受，他顿觉浑身发热，心头漾出汹汹暖流。

“苌弘大夫，你说，铸大钱、造大钟，这些做法对吗？”

“依下臣看是没有错的。但这无射大钟不是一件普通乐器，它体大身沉，应有一件大林钟与之相配，方能音律相谐。下臣知情不奏，那天演奏时，已有沉郁之音向上冲发。也许是这原因，才引起后面的种种不快吧！”

“哦，是这样吗？”景王诧异地眨着眼睛，但很快又释然地笑了。“没有你的责任。我是执意为之，不合民意，也有悖天道。俗语说，打肿脸充胖子。自己没有吃胖，却要用另一种手段胖起来，内心总是虚的嘛！”

“我的朋友，守藏史老聃也这么看。他精通历代文典，谙熟世间物事情理，主张处下不争，不自傲夸功，不追求浮华，做表面文章。他的话应当重视呀！”

“噢——，老聃，他当然要这么说了！我曾经与他长谈，让他讲述英明君王治理天下之道。他崇尚上古时期的帝王，说什么百姓盼望的是‘帝力不显’，还把治大国比做油炸小鱼儿。唉，这个人，他眼里哪有纷纷争斗的现实社会呀！”

“圣王，老聃博览群书，学问高深，他的话有一定道理！”

“唉，这个人……”周景王长叹一声，闭上眼睛，不再言语。苌弘已经明白他的潜台词——我不欣赏他的主张，只是出于无奈，不得不用他罢了！

周景王和苌弘在台阶前的机凳上坐下来，谈及宫廷秘事。苌弘怎么也不曾想到，这次君臣对话，竟成了天子对他的托付之言。

景王问：“苌弘大夫，依你看来，几个王子，谁继位合适呢？”

苌弘几乎不假思索，话语脱口而出：“世子猛，他敦厚仁义，喜读诗书，而且，已册封为太子。这是合乎典章的事，是王室的一贯做法呀！”

“王子朝呢？他天资聪颖，很有才华，尤其是长于带兵。如今天下之争，实际上成了以兵相争。另外，他也很招人喜欢呢！”

“天子应当心怀天下，以王室为重，以典章为律，不能有所偏爱！”

“唉，情怀所系，由不得人呀！再说，王室眼下也只有抱希望给继位者了！你知道，尹喜大夫连年观星望气，征象多有不吉，上苍喻示，天子应重施仁德。王子朝很有进取之心，他会以天为宗，以德为本的。”

苌弘看出天子的执意，也就低着头，不再言语。

“苌弘大夫！这事还没有最终确定，我还要慎重考虑一番。不过，不论哪个王子登基，你们做臣子的，都要一如既往，竭诚效忠，让姬周王室，雍雍穆穆之气不减。眼下，如《诗·出车》所言：王事多难，维其棘矣！我把心里话全都告诉你了，你要尽心尽力为我分忧呀！”

景王说着，再次热泪涌出，声音也抽噎起来。

三 硕人习琴

硕人本是狄人，属于齐、鲁、晋等国夹缝地带艰难生存的白狄族。战争中全家人被俘，又被当作奴隶卖来卖去，后来成为秦国一位大马贩子死后的殉葬品。殉葬之风当时在秦国还有势头，苌弘正是在渭河以北的黄土原上发现硕人的。

苌弘每年春季都要去各地采集民歌。春秋乱世，既有残酷的虐杀，激烈的竞争，又有士人自由的论辩，活跃的思想，没有谁能管得住的行为和激情，因而也是一个诗与歌风行的年代。早在远古时期，黄帝让民歌于野，恣意咏情抒怀，畅达心志，生民在艰难时世方有了宁和心境。至西周，歌充于市，曲盈于野，王室派员搜集，诸侯公室也设专人采风，加之礼乐并行，诗集乐典层出不穷。音有律，歌有调，人们言必吟，行必唱，诗与歌就像柴米油盐一样融入人们的日常生活。在秦国豳（今陕西旬邑西南），周人的祖先曾经居住的地方，有许多优秀歌谣广为流传。苌弘在这里听说有一位体形高大、皮肤白皙、能歌善舞的年轻女子将为死者殉葬，人们为之惋惜，他立即赶去了。按交易法则，他可以用财货赎人。他在十个殉人中挑出了她，从自己身后系的十三页玉佩中取出一页，一手交物一手领人。

这位二十岁的狄奴没有姓名，只有绰号“硕人”。三年内她被卖了四次，先后经过了晋国、陈国、郑国、秦国，当过农人、桑人、陶人，买她的人出过两张羊皮、一具耜、二斤蚕丝，苌弘付出的这件月光玉佩环价值最高。硕人当时穿好了缟素丧服，头裹白布，蒙着眼睛，面前放着药碗，只待时辰一到，就可告别阳世。这时候苌弘赶来了。

硕人随了苌弘。经过洗梳更衣，犹如《诗》中的“硕人”，或者说，《诗》中的“硕人”正是这位活生生的硕人：

身材修长而秀丽，（硕人其颀）
穿着可体的锦衣。（衣锦褧衣）

……

纤手茅芽般鲜嫩，（手如柔荑）

肤色凝脂般雪白，（肤如凝脂）

牙齿如瓜子一样整齐，（领如蝤蛴）

……（齿如瓠犀）

额上两道蛾眉，（螓首蛾眉）

笑盈盈露出酒窝，（巧笑倩兮）

顾盼中神采飞逸！（美目盼兮）[1]

妙手偶得，美人做伴，五十出头的苌弘二度春萌，焕发了年轻人特有的热力。他随身带了鹅蛋那么大的陶埙，动情地吹奏《硕人》《关雎》《桃夭》等情歌曲调。硕人闻声起舞，动作自如，情意酣畅；苌弘吟诵着“窈窕淑女，琴瑟友之”“窈窕淑女，钟鼓乐之”，硕人便哼起白狄人举行婚礼时的歌谣，两人都有如鱼得水、如鸟翔天的自在舒展。从秦地到洛邑，在旅馆，在车上，一路呦呦埙鸣，咿咿歌声，龙凤呈欢，鸳鸯交颈。仿佛天地之间只有他们二人了。

苌弘把硕人安排在刘子宫中的乐班，让她在那里练习了半年舞蹈，又把她带回家里练习古琴，一起设计新的舞蹈动作。

苌弘的夫人郑杨并不反对丈夫纳妾，如果事先有了礼仪，正了名分，她会接受这个变化的。十五岁的苌姬就不同了，她自尊敏感的心灵，容不了这个妖娆的陌生女人。

苌弘和硕人都没有考虑他们之间的关系需要什么名分。在他俩看来，他们是真正的天作之合，丈夫与妻子的那种结合都不能与之相比。另外，在那个年月，鬼混也罢，夫妻也罢，生活中到处都有没有名分的同居恋人。这样，在苌弘的家中，矛盾就不可避免地产生了。

苌弘对夫人郑杨说：“硕人是我用一只月光玉佩环换来的，她就是一

① 选自《诗经·卫风·硕人》。

件月光玉，上苍赐给我的月亮，我无比爱她，你也应该这样。”

苌弘对女儿苌姬说：“硕人是我用一只月光玉佩环换来的，她就是一件月光玉，天赋灵韵渗透周身，与我的灵感相通，希望与你的情意相连。”

硕人在郑杨面前，弯腰施礼，毕恭毕敬，不敢苟笑，俨然低了一个辈分；但在苌姬面前，她却伸手抚抚她的额发，拍拍她的肩膀，亲热无比，好像是一位亲密的姐姐。

苌弘自以为夫人和女儿会跟他一样，满心欣悦地接纳硕人。他整天和硕人抚琴唱诗，轻歌曼舞，陶醉于欢娱场中。

这天中午，苌弘与硕人编排试跳，二人臂合体拥，不觉动了实情。正在尽兴之中，苌姬却闯了进来。她看不惯，想不通，当即手指硕人，骂她是妲己，是褒姒，是夏姬，气得苌弘几乎动了手。

苌姬一气之下就离家出走，住进了伯伯的家。

这天夜里，苌弘有意和夫人郑杨待在一起。郑杨把头埋在他的肩头，泪水汪汪地说：“我并不为女儿担忧，她会受到老聃和希的照顾，女儿长大了总要出门的。我现在担心的是你！”

苌弘奇怪了，“我有什么可担心的？”

“妾美不如妻贤。你听说过吗？”

苌弘听出了她的弦外之音。他说：“硕人能给我带来灾祸吗？难道她是一只妖狐？”

“她让你热得凉不下了呀！老聃曾说，飘风不终朝，骤雨不终日。你们怕不能长久呵！”

苌弘紧紧握着她的双手，望着她恳挚爱恋的目光，笑着摇摇头：“不会吧！《大武》你是熟悉的，它热烈奔放，气势雄强，王室演奏了五百多年，不是照样往下演吗？”

郑杨柔顺随和，看到丈夫这么自信，硕人这么纯真无邪，倒也不生嫉妒，能够心平气和地与她相处。有时候想念苌姬了，就去老聃家里看望。

硕人的主要功课是习琴。过去，她是狄人婚礼丧仪上的歌舞乐人，丝竹管弦没有操弄过，苌弘便选了古琴为她授艺。尽管她的悟性极好，却没经过专门训育，说到宫、商、角、徵、羽，黄钟、大吕等十二律，调试音准与指法，她懵然不知，只有一一从头学起。演奏无射大钟，只要把握节奏和轻重就可以了，但坐在古琴面前，转轴拨弦，轻抚慢挑，却不能得心应手。

“嘣——嘣嘣”，硕人拨动最下面的丝弦，浑厚的低音响起，让她想起冬天的子夜，从北山刮来的刀子风掠过芦苇棚顶时，响起的不间断的低沉声音；想起一群大雁受惊以后从她身边的草地蓦然起飞。她喜欢大雁，这守时有信的鸟儿；也喜欢天空不时流动的雁阵。但大雁又是非常流行的礼品，猎捕它成为一些人的热门营生。硕人很想得到一只大雁，拿到街市换来一件衣服，但山林旷野河汉湿地属于公室或贵族私家，像她这样的隶人，在河滩捡回一只死雁，也会被砍掉一只胳膊或一只脚的。硕人只能眼巴巴地望着雁阵，细心用耳朵捕捉空中传来的呼呼嗤嗤的声音。

“噌——噌噌”，硕人拨动最上面的丝弦，崩脆的高音响起，让她想起春天的正午，湖面的无边冰块沐浴着阳光，突然响起的炸裂的声音，想起采摘桑叶时手底发出的轻微而又清晰的响声。作为隶人，硕人每日要采够八十大笼桑叶，这个数目意味着从日出到日落双手不停地劳作。园里的桑树不高，依硕人高大的身材，伸手就可触及顶端。四五月间枝叶茂密，满园葱绿，阔大的叶片摘起来并不费力，只是主人要求不能弄坏嫩枝，不许同时抓住几片叶子猛揪，而应一片一片地采，这样就非常耗费时间。八十笼采毕已近天黑，在这期间没有饭食。她担着叶笼去蚕室，望见墙根旁边堆积的蚕屎，那些晒干了的暗褐色颗粒，就像见了小米一样，大把地抓着往嘴里塞。除了吃蚕屎，她还吃雁粪。雁粪分布在河湾的滩地上，晒干后成了蚕体般的绿棒儿，抓起来是不粘手的。食物异常匮乏，管理也很严酷。但桑园里，田埂上，歌声咿咿，谣曲呀呀，青年男女频频传情，偷空儿幽会，不论诉衷情还是寻欢媾合，这方面倒放得很开。硕人双手采摘桑叶，口不离曲，唱着哼着，叶柄脱离枝条发出的噌噌声，犹如有意打出的节奏。有时候，身边的男奴，被她的歌声打动，拉她到树下交欢，人家力大情急，她也就心软了。反正都是奴人，都在漫漫苦海中漂浮，能欢乐一回总比没有欢乐强吧！

苌弘知晓硕人的这段经历。他为她作示范演奏时，选了《秦桑曲》，多用底弦的低沉音色，表现采桑女的凄凉身世，抒发心中的幽怨和悲愤。他右手弹拨，左手按抚，哀伤的目光直直地对着硕人。硕人立即被感染了，她流着泪水说："夫君，还是弹王室欢快的曲子吧，我不想再伤心了。"

"不，正因为它的忧伤，才让我看重。我准备把它编入宫廷乐谱，加上舞蹈，为天子和臣僚们表演。如今天下乱成一片，下层人的苦难最深，要让上层权贵们了解他们，一心谋求天下安定，不再钩心斗角。"

"这个主意好！舞蹈动作也很容易编排。我看，景王一定会喜欢这个曲子的！"

第六章

老聃玄览

一 诗咏夫子

庚桑楚真像一棵小桑树，朴拙、平易、温良、坚韧，在平原山地的田埂、坡坎和成片的园林里，很不显眼。但那茂密的叶片，厚大而带有甜味，可以任蚕儿贪婪地咀嚼。苌姬觉得先前小看了这个师兄，他的身上潜藏着令人敬佩的品质。

庚桑楚暗中琢磨，为什么蟋蟀只能饮用房檐水？草棚、瓦房上面的泥土、杂草、灰尘、落叶、藻类，以及许许多多的小虫子，雨水把它们浸泡了，从檐头一滴一滴淌下来，不是和窝着麸皮谷糠的醋缸里淋出来的香醋一样吗？井杆吊上来的井水怎能和它相比！

他把这个想法告诉给苌姬，苌姬恍然大悟，连声叫好。

庚桑楚又问："小蛐蛐为什么喜欢喝房檐水呢？"

"它里面含着养分，就像香醋，人当然喜欢用它调味了。"

"还有呢？八卦风车，风轮随风而转。天上之水，四季不同，寒暑有别。尹喜大夫观星望气，知天体，察人寰，讲顺时应势。师娘讲的八卦，也是时势之变。小虫子是不是与人一样，应顺应天时呢？"

"好你个痴货，已经成了大学问家了！"苌姬说着，眼睛散射出快意的光芒。

苌姬知道庚桑楚暗中苦学。他勤于动手，常常把可用的资料，思索的心得，随手刻在竹简上。一日，在他的那间小卧室，苌姬发现了放在床下的一片木牍，上面有他刚刻罢的诗句：

夫子恍恍，
在屋之阳；
面如土兮，
如木僵兮。

夫子惚惚，
在屋之侧；
杂念除兮，
玄览[①]得兮。

好痴货！照着《君子阳阳》揣弄，刻画伯伯静坐玄览的情形。逼真是逼真了，可惜太僵太板，缺灵动，少情趣。她回去后仔细琢磨，很快凑捏出这么一首：

大耳伯伯，
在墙之角，
枯坐久兮，
磨烂臀兮！

我爱伯伯，
大耳摸之。
阴阳之道，
从未教之。

---

① 玄览：《道德经》通行本为“玄览”，帛书乙本为“玄鉴”。

只养蟋蟀，
云何乐之？

书国之王，
自腹饱之。
天下大乱，
闭目躲之。
忧心烈烈，
夫子知之？

苌姬把这首诗用树枝划在库馆外边的场地上，叫来了庚桑楚，让他观赏。“看看吧，比你藏在床下的那首怎样？”

庚桑楚左看右瞅，微笑之后蹙起眉头。“你对夫子有成见哩！岂有此理！”

苌姬毫不避讳：“我就是有成见！你照着刻成竹简，我拿去送给他，让老夫子自读自思，看他有什么说的！”

庚桑楚摇摇头：“夫子并没有回避时局。他在静心思考，表面看起来冷头冷脸，内心却也很不安然。深思熟虑，苦思冥想，正是为探求天下治理之道。”

“何以见得？”

“你没注意吗？夫子每天玄览的时间，比过去增加了。有时候，我把那个水青石朝屋里搬，上面还是热的呢！”

“嘿，这么细心，石头上留下的体温你都能摸到。还有呢？”

庚桑楚显出几分诡秘的神色：“夫子发愁呵！忧心烈烈，不要说朝廷官员，即使一般士人都是这样的。夫子先前只是白发银须，自来皓首，可鼻毛全是黑的。现在呢，你没看，偶尔跑出鼻子窟窿的几根长毛，已经成了白色！”

“是这样吗？”苌姬惊讶之后，又不以为然了，“五十多岁的人了，鼻毛还能不白？”

“再……再就是，尹喜大夫于秦地草楼绘制的星象图，夫子来库馆看了几次。他还在那几间封闭的藏室，一待就是半晌，出来时，脸色都灰青了。”

苌姬“噢”了一声，不再言语了。

守藏室的院子日光清朗，成排的银白杨枝叶苍翠，路面被雇人扫得异常洁净，没有任何声响，一派宁静祥和。除了几个侍人偶尔走动，零星来几位查阅资料的客人，平日这里一片寂静。只有午后阳光特别和暖时，苌姬和庚桑楚养的蟋蟀的“喁喁”叫声显得特别响亮。

“蟋蟀在堂，岁聿其莫。”（蟋蟀在屋里鸣叫，一岁之末即将来到）苌姬诵读《诗》中的《蟋蟀》，未免触发联想，心中涌出一股惆怅彷徨的意绪来。来这儿已经一年多了，伯伯和干娘对自己亲热体贴，但这样日复一日下去，将有怎样的结果呢？近日，她的母亲郑杨赶来，母女畅叙了一天一夜，话题多是她今后的出路。按母亲原来的设想，掌握了琴艺熟读了《诗》《礼》的她，凭出身、相貌和才艺，嫁给一位高爵贵人，便可乘肥马、衣轻裘，钟鸣鼎食，荣华富贵。退一步讲，即使不能嫁入高官显贵人家，还可以进王室或某公室的乐班，也可过一种舒心惬意的日子。母亲还说，如今色艺双绝的女人最走红，因为富豪人家纷纷组办私室乐班，非常看重能歌善舞、操琴鼓瑟的女子。母亲为她的出路操心，一年来她可以说与丝竹无缘，伯伯老聃不喜乐事，根本不置琴瑟，她过去学的一点琴艺业已荒疏。母亲说：“咱们回去吧，在家里，我重新教你！”

苌姬没有顺从母亲。但是她的心里却惴惴不安了。“我要在这儿待到何时？将来嫁给何人？过什么状况的日子？眼前的‘小桑树’庚师兄，他能做我的丈夫吗？”

苌姬不知道，庚桑楚心里也有同样的絮团，而且比她还要紊乱沉重。他出身寒门，凭母亲娘家与老聃夫妇的乡里关系，才勉强来到这儿。母亲希望他日后能像伊尹那样成为高官大贤，但这谈何容易！老聃夫子能举荐自己成为王室史官吗？尹喜大夫能带自己走上占星的职位吗？如今战祸连年，周室衰微，守藏室会不会遭到变故？还有，像他这样学八卦、知阴阳、养蟋蟀、辨雄雌的青春男儿，心里常常泛起难以抑制的欲情，自然而然地想着“寤寐求之”的事情。

两人各怀心事，互不言说，但似乎也都意识到了什么。苌姬毕竟大胆、开朗，她从庚桑楚目光中的一丝躲闪，看出了师兄“如有隐忧”，她开门见山地问：“你这个痴货，是不是把我看做窈窕淑女了？”

“我……我……癞蛤蟆……想吃天鹅肉吗？”他内心这么想，嘴里却说：“我想什么呀？如今天下汹汹，民众蒙难，我哪有心思考虑自个儿的事情？”

“以天下为己任，好一个振振君子！既然这样，为什么衣服洗得净生生，头发绾得高挺挺，连脚上的麻鞋布袜也不是脏兮兮的了？”

“你不是让我注意仪表吗？‘人而无仪，不死何为？’你当时愤而言之，何等厉害！”庚桑楚说真话了。

“我看你是别有用心！《诗》上说：‘有女怀春，吉士诱之。’你就是那个吉士么！”

庚桑楚又羞又窘，桑树皮一般土褐色的长吊脸很快背了过去。

“我是开玩笑哩，你这痴货，给我当侍人，我还嫌没眼色！”苌姬把嘴一撇，“你说，王子朝怎么样？”

庚桑楚不假思索，话语脱口而出：“人家可是真正的振振公子！才貌双全，英气勃勃，又是景王的爱子，日后可能成为天子！你若成为王后，小人我也就沾光啦！”

苌姬凝神沉思，又失望地摇摇头：“越是这样，越是悬乎。不过，他若能信任我，我在宫廷当个女司乐，也就随心所愿了！”

庚桑楚也有如此心愿：“王子朝执秉朝纲，他是夫子的弟子，还能不尤其看重守藏室？若有夫子进言，我也就摇身一变，当个史吏小官不成问题。”

“可是，王子朝能继位吗？”

“卜他一卦！”他们的师娘教过，用蓍草占卜，一面游戏，一面可习卦学《易》，旨在洞悉阴阳。二人找来蚰蜒草，掐成五十五根，经过组合，得出屯卦，变出豫卦。

苌姬一下子乐了："屯，厚也；豫，乐也；内外有车，顺利引导，引水灌溉，厚土生物，可资享用。"庚桑楚却蹙紧眉头，静思默想之后说："二卦所示，八占优势，闭而不通，爻无为也。不吉！不吉！他这人阳气太重！"

二人争辩不休。"走，找娘问问！"苌姬一把拉住他的衣袖……

二　玄览起由

老聃在玄览。阳光灿烂的日子，或者日头隐匿的天气，只要心有所动，他便在檐下的水青石上照坐不误。这位身形特别高大，脸盘壮阔，白发浓密的老者，此刻的神色特别安详。他的盘石般的大脸上，一对眼睛大而深，上眼睑很厚，蒜头鼻抢眼地压在中间，鼻孔圆张外露，似两个浅坑。他坐稳之后，瞅一眼半空，便调整身子，双臂垂下，手掌自然地抚住膝盖，眼睛不知不觉地闭了，两只厚大嘴唇也轻轻挨住了。

没有谁能清晰地想象出他此刻的所思所悟和脑际心屏上的迷光幻影；确切地说，就连老聃自己也不清楚这些纷繁的意象是怎么来的，也不能预料每次玄览会有什么结果。

这种有意识的静坐默想，最早是在大约三十年以前。那天发生的事情几乎让他丧命。他被抓去当苦役工，为楚国修筑城墙。赶路途中，苦役工全被牛筋大绳拴在战车后面，胳膊朝后绑着，只能跟着车子奔跑。奔跑中有人摔倒了，他被绊倒在地，后脑勺枕着别人的腿，身子被紧箍在腰间的绳索拉着紧贴地面向前擦动。脸孔朝后，仰面朝上。在这特别的时刻，他眼中的一切景象全都颠倒了。树木、房屋、行人、庄稼、牲畜，所有能瞧见的，统统倒了个儿。地成了天，天成了地；柔软的茅草作了房屋底座，厚重的土墙基座反而成了顶端；嫩枝碧叶支撑着大树的根基，光秃的枝杆反而压在上面；谷子的狗尾巴般的大穗成了根柄，齐刷刷朝上直竖的是黄褐色的底杆。最有趣的是那些行人和牲畜，他们竟然头朝下脚朝上地行走，

而且走起来的样子，完全朝后退去……

颠倒看世界，竟是这么奇异有趣！

忽然，天上传来一阵雷声，真是晴天霹雳，突如其来，似乎不见耀眼的闪电，呵嚓嚓，呼隆隆，沉闷的巨响具有空谷震荡之势。随着这轰响之声，他的眼前仿佛出现了三皇：三位神仙面含惊喜之色，一个个伸出手来，指点似的高声说："孩子，你务必沿着这个思路继续探索，寻找观察世界的特殊目光！"

在这一霎间，老聃眼前呼啦一亮，胸襟豁然大开，浑身轻松爽朗，情不自禁地放声唱了——

穆穆者地，
昊昊者天；
颠倒颠兮，
玄之玄兮！

穆穆地兮，
生万物兮；
吾独察兮，
吾静思兮！

往后不久，老聃便有了"玄览"的欲望。他当时为楚国北方一个江边重镇修筑城墙，自己干的活儿是打石夯。苦和累，那是不用说的，但已没有了生命之虞。那天，他一屁股坐在松软的泥土地上，脊背靠住夯石上的直立木桩，阖上眼皮，才觉得胸口憋闷。尽量让自己静下来，让脑海成为纯然的空白。渐渐地，心如止水，一片沉寂。蓦然间，一面亮闪闪的镜子飘然而入，荡荡悠悠，忽远忽近，始终不能落定。他努力使自己镇定，再次凝神敛气，所谓虚极而静笃。在一片空漠的背景中，遥远的臆想，灵异的幻觉，夹杂着现实的场景，纷至沓来地出现在飘动的镜面上。镜面不断移动，忽儿近，忽儿远，如一只自如的手操纵着，随心所欲地供自己观看。于是，野外风光被颠倒观察的那一幕，渐渐出现了，明晰了，放大了。

楚地乃水乡泽国，江河湖汉，藕池稻田，一条条，一片片，川流融会，泱泱盈盈，满眼都是透亮的水色。天下事物，柔弱、处下、不争，莫过于水，而水又利于万物，滋润群生，由于它总是流向为人所鄙弃的低凹僻背之地，因而无倾覆之患，终究安然无恙。

他想到了《归藏》，想到了“坤”与女人，想到了黄帝“三缄其口”的教诲，向善、包容、甘愿处下的水，不正是它们精神的体现吗？

阴柔，难道不是一种别致的处世法则么？

大夯落下，坚硬的石头被砸成碎片，而松软的泥土只是改变了形状。

苦役犯同伙中，那些强硬地顶撞上级，心性不太温顺的汉子，不是被监管人员的斧钺杀戮，就是被送到军营上了战场，唯有柔顺刻苦的人才能活下来，他们懂得忍耐，把坚强藏于内心。

他曾经狂热地喊号子。号子中的语言，肆意地针砭时弊，无羁地东游西探，倾情地与恋人交往。他是个十足的“豪放派”。但在楚服劳役期间，有了种种的遭遇和奇妙的玄览之后，他又萌生了守柔处下的主张，又成了鲜明的“婉约派”了。

老聃那时修筑的城墙在柏举，位于举水入长江口以南的开阔地。劳役四年，柏举有了像样的城墙。离开柏举已经二十多年了，在守藏室安静的长方形小院也已十多个年头了。过了五十岁的年纪，头上与生俱来的白发似乎稀疏松软了，额上密密的纹沟明显加深了，眉棱突出了，步履缓重了，话语少了，沉默多了，“玄览”更有规律了。

但近年来的情形却有些异常。尹喜观测绘制的星象图，说明天象示异；实际上他并不迷信天象。他主张“天道无亲”，但他却信奉“敬天、修德、保民”的圣王宗旨。景王造大钱铸大钟，既扰乱了正常的社会生活，也反映出景王本人自矜、浮夸、执拗的心态。苌弘带来的消息让他隐隐不安。静坐之后，常常有一股莫名的意绪袭来，头脑中的屏幕，空漠辽阔，那面镜子忽悠悠飞来了，却不落定，似有风吹，飘飘移移，时左时右，不断抖闪。一会儿，觉出了异常之后，作为背景的辽阔底色上也涂了一层浑浑蒙蒙的斑影。神妙的灵感之门好像堵住了。心生旁骛，便不能虚极而静笃。这让他自惭自恼，连连摇头。双目的闭阖不由自主地用力，眼皮挤了又挤，鼻头不住抽搐。

时局太乱，心绪太乱，不能“虚极”而“静笃”！这种情形过去也曾有过，但却出现得很少……

三　忆念儿子

希的内心有时万分忧虑，万分痛苦。思念儿子。那个唯一的儿子宗，远在他乡，身处军旅，每日都有生死离别的可能。

看见庚桑楚、苌姬、王子朝这些年轻人，总能让她心絮如飞，落在千里之外的儿子身上。

看见了八卦风车，她往往心生痉挛：“儿子呀，你为什么不喜欢它，而要选择刀剑冗冗的戎马生涯呢？”

看见丈夫气色有衰，她就不禁皱起眉头：“儿子，你的父母已渐入老境，他们日甚一日的思念之情你可知否？”

在闹市街巷，总有人纵情放歌，或随意哼哼唧唧，抒良人远征、君子于役、朝夕不暇、不知其期之幽怨。她若目睹耳闻，便有同感滋生。

“我心悲伤，莫知我哀。”这年月，有丁从军的家庭，谁不是这样的心境呢?

尤其是近几日，她的心里好像有一支划船的桨在搅动，层层漩波荡起，让她昼夜不宁。尹喜从宋国带回消息——华氏家族策动叛乱，宋元公调动公室军队反击，战争已经开始。而李宗正是宋军中的卒长。

“尹喜，你怎么知道的？”老聃也很焦急，经常奄拉着的眼睛忽然瞪圆了。

尹喜是被齐、鲁两国国君请去占星，才离开洛邑到东面的。在齐国，他就听说华氏家族已有叛乱迹象，宋国民众已纷纷外逃。到了鲁国，鲁昭公亲口告诉他，宋元公已经出兵包围华氏府宅，由于华氏兵力强大，宋元公还向鲁、齐两国求出援军。

尹喜知道李宗正在宋军服役，闻听这一变故后，急忙赶回洛邑，先到守藏室，向他们告知这一情况。

希急得额上冒汗，一会儿又伏在案几上哽哽咽咽地啜泣起来。

“箭在弦上，不得不发。戴盔披甲，执剑荷戟，吃人家的禄粮，还能不打仗？”老聃虽然脸色阴沉，却说着不痛不痒的话。

“夫子，你不必焦急。依我看，华氏家族还不比鲁国三桓、晋国六卿那样强大，宋元公反倒比鲁昭公、晋顷公有实力。仗虽然打起来了，定然会很快结束的！”尹喜不安地站在那儿，尽量找出话语安慰他们。

当夜，希和老聃都失眠了。希在床上不住翻动身子，老聃则仰面朝上静静躺着，出气声轻细而均匀，却没有一阵又一阵忽高忽低的鼾声。希知道他并没有入睡。

傍晚，希独自一人占筮，得《复》卦。这显然是一个吉卦。“归正”，“复，亨。出入无疾，朋来无咎；反复其道，七日来复。利有攸往。”这些象征和卦辞，正好针对了她的问事，有了明确的令人欣然的指向。但是，事有凑巧，此卦令她想起另一个卦来。

二十年前，她和老聃离开洛邑，回到陈国家乡，婆婆已下世三年。两间土墙瓦屋依旧，房顶灰颓颓的，杂草与青苔丛生，小小院落铺满灰尘败叶，檐下那株挺拔的李树已皮皴叶黄。人是房中楦，没有人的支撑，屋里自然就冷落而衰败。她和老聃结婚十年，生了三胎，都是女婴，先是由婆婆抚养，婆婆去世后便送到她的娘家，小屋自此闲置下来。她的父亲商卜人，也已鳏居多年，儿女失散四方，他的性情变得懒散，把外孙女一个个送人，竟然连下落也不过问。她的心里很不是滋味。跨进老屋的门槛，她就心生愧疚，总觉得对不住祖先，对不住老聃。

也许是自己和老聃尤喜《归藏》，才一次次都生了女孩吧？

关于这一点，她思索得很久。结论是否定的。不错，老聃喜水、贵柔，主张恬淡、不争、和光同尘，但这只是他的思想方法。当然，他的性格也因此发生了变化，沉静、从容，不事张扬，少出风头，但这并不妨碍他具备一个男子汉应该具备的特质。他自信、坚韧、自制力强，遇事有主见，外柔内刚，偶尔敢碰硬，显得很有风骨。另一方面，作为妻子，夫妇之乐，床笫之合，她是参与其中的“此一半”；而“彼一半”的老聃，其阳刚之锐、之趣、之情，自己深有所感。

老聃才是真正的阳阳君子！

她有信心为他和他的祖先生个男孩。

这天下午，在那株开着零星白花的李树下，她专门卜了一卦，得《复》卦。她兴奋得大呼小叫，及时告知了老聃。

老聃拈须微笑：“为何这么焦急？你看上老屋的风脉了吧！”

这一年，老聃三十岁，希二十九岁。正当年富力强，精力丰沛，“妻子好合，如鼓瑟琴。”房檐挨着那株李树的这间侧屋，正是十年前他们度过新婚蜜月的“洞房”，希有意点燃了一支大红蜡烛。三月孟春，乍暖还寒。希却脱得一丝不挂，皓体呈露，并抚逗着老聃的大轮硕耳说：“我至亲的聃！老天爷给你这副超常的肌体，让我有幸为之亲受。你的每一寸肌肤，每一处皮肉，甚至每一根须发，都能换去我的整个身心！”

老聃也心血来潮，用一双阔掌大手掬住她的脸，以颤抖的银须摩挲她红嫩的双唇，开玩笑说：“那好，今夜兴起，我就要像老虎一样吃掉你的身心！”

希张开双臂拥过去。“你不就是一只老虎吗？狸儿！李耳！只有我知道你有多威猛！”

“那当然！人家潜龙在渊，我是饿虎沉潭，要是没有雄威，可就沉到底里不能再上来了。”

不管是龙呵虎呵，戏水游潭，一任腾跃。“负阴”与“抱阳”，真正成了“得一”。

感谢这天下溪、天下谷！畅怀舒意，浪情欢心，探微解密，生乐至趣，道不尽它的玄之又玄，妙之又妙！

……

阳以刚为德，阴以柔为用。红烛之侧，绣纬之下，绵绵絮语，烈烈温情，“德”与“用”成就了“两位快乐神仙。”

就此他们有了儿子宗。

宗满月时，老聃曾说，宗儿的性情肯定像我，他是一个《复》卦算出来的呀！

事实却正好相反。李宗八岁时就爱上了剑。他的外祖父商卜人爱心爱意为他扎的八卦风车，他只要弄了几天，就厌恶得用手撕动脚踹。他是天生的剑客，在这个年龄就无师自通，门前过道舞起剑来，已能显出一些招式。受到邻居夸奖，他的兴趣陡增，跟着附近的武士侠客结帮厮混。十二岁就长成高大身胚，喜欢腰佩宝剑，说什么“君子无剑不游”，不久就出门游走四方。十六岁竟外出不归，下落不明，两年后捎话回来，说他已参加楚军，是战车上的剑戟手。老聃闻言气得脸膛发青，希在屋里号啕大哭。三年后他又捎话回来，说已投奔宋国，在公室军队当了卒长，还说他将步步荣升，直至挂上一国帅印。

“我向来诅咒战争，把兵戈相争视为不祥之举，想不到我的儿子却是一个赳赳武卒！”老聃曾对苌弘、尹喜等人这么幽怨地发着感慨。

《复》卦！《复》卦！前一个《复》卦应验了，有其父未有其子，父子俩的人生目标大相径庭，看来并没有“归正”成功。那么，这一回的“归正”，也就令人满腹疑窦了。

睡不着，她用胳膊肘轻轻碰过去，撞得老聃翻过身来。

“呃，我知道你的焦虑。”老聃的手掌在她的脸蛋拍了拍，“娘的心在儿身上，儿的心在石头上。应了这句俗言，谁也没法子呀！”

“仗打起来，必有伤亡，即便公室军队强大，也叫人难以放心。”希说着，泪水涌出，轻声啜泣起来。

“让苍天决断吧！你哭、喊、打、闹也无济于事！何必呢？”老聃的手移过来，扳着她的肩膀摇了几下。

希还是低声啜泣，即使被老聃一胳膊揽过去，还是抽咽不止。

第二天，她带着庚桑楚和苌姬，乘着老聃的车子回陈国老家去，那儿离宋国不远，可以再去宋国看看。

但是离开洛邑不久，听说楚国已发兵攻打晋国，陈国是必经之地，也面临着被攻占的危险。于是，只好返回，等待消息了。

第七章

孔丘问礼

一　两个后生

玄览中免不了回忆。

回首往事，有两个人，准确地说是两个乳臭未干的小后生，有时会闯进亮闪闪的镜面。

此二人，一为孙武，一为孔丘。

那时，老聃并不知道孙武何名何姓，而孙武也有意隐瞒自己的姓名。

十七岁的孙武，来自齐国贵族之家，却是短衣粗褐的庶人打扮，只是墨黑茂密的头发梳得精细，高高竖起的挽结上戴着一顶精致的玉冕。他的身材不能算高，也不是精壮的敦实，但却匀称而爽利。

老聃正在库馆翻阅资料，听了侍人禀报，来到前面客厅。孙武早已恭候在那里，待老聃坐下，轻步走到他的对面，双膝跪倒，深深叩首，然后抬起头说："拜见夫子，本该贽礼在先，无奈弟子飘游在外，多日离家，手头不便，只有头上这顶冕还算能拿出手，权当礼物送给夫子吧！"

老聃连忙摆手。同时，他的心中已有一丝不快：这小子有点诡诈！我能要你头上的东西吗？

他凝目而视，看这个貌似谦恭的小后生面目端庄，神色凝重，目光大胆，骨子里有股厚重之气，但偏于冷傲阴沉。就在目光交流的这一霎间，他好似看出了他特有的资质性情，心头微微颤了一下。

孙武不愿落座，站在他的对面，身子直挺挺的，虽然说明来自齐国，却胡诌了姓名，讲了来洛邑游玩的经过。他要请教几个问题：

"'十三'有什么意味？如果一个人生于润腊月的十三，将有何预示？"

老聃并不在意来者的地址姓名身份，也不在意他是否言语举止得体，在讨教者面前，他只有一片坦诚。

"十三，如果指一年的月数，它与十二基本是一个意思。但十三更有昭示的意义。昼有日，夜有月，日月运行，有序有时，积累下来便有了四季与年月的轮回。我这儿库藏《四分历》，是前些年王室新出的历书，对于年与月的吻合有准确的置闰规定。一年十二个月，十九年设七个闰月。十二是月数，十三也是月数。你知道吗，天地对应，最早的天地分野图，二十八宿对着十三州；后来也有十二州、十二次、十二地支；乐有十二音律；古琴古筝有十二柱、十三柱，用以搭弦。它的形状，上圆似天，下平如地，方有和谐之声，人称仁智之器。至于一个人生于闰腊月的十三，也许是上苍的暗示。他须循天地之道，和时应势，所谓圣者随时而行，贤者应事而变，天地人和融一体，天下方能安宁。"

孙武听得入神："怎么和时应势？望夫子明示。"

老聃的目光与孙武的目光直直相对。他恳挚地说："我也正在探求，还没有完全悟出。不过，依我前些年摸索的为人处世之道，当以守柔不争为上策，以谦卑为怀，甘处下位，知白守黑，知雄守雌，知荣守辱。这样做，看起来是柔弱的，下位的，实际却是刚强的，居上的。"

"夫子的意思是伪装？在教我韬晦之计？"

"年轻人，你听着——"老聃不易觉察地笑了一下，他看到面前这后生双目中闪出一束昂扬的光芒，"浅俗的看法是这样，认为这是给人过招儿，教计谋，实质这是一种人生姿态。"

孙武似乎没有完全听懂，但已经信服地频频点头。

"请问夫子，我看过一些兵书，其中有一句箴言：兵者，诡道也。不知夫子怎么看？"

老聃斜睨了他一眼，白眉抖了一下："我实在不想作答。说到用兵打仗，就有一股阴森森的气息扑来，犯了我的忌讳。你是个正在读书的后生，慕名登门，看在这个分上，我就说几句吧！我参加过战事，我也想在交战中求胜，上了战场没有谁希望吃败仗的。但我不是个合格士兵，我缺乏宁愿战死也要求胜的气概。这并不是说我看出那场战争该不该打，而是看出了为那样无能的指挥者去卖命的不值得。昔日有宋襄公战场上仁义御敌的笑话，又有秦穆公强令军队长途奔袭郑国的蠢事，还有不少违背天理时势人情地理的愚昧将领，他们的故事在今天并没有绝迹！想想看，战争是拿人命作赌注，对方的将领在和你赌命，而你的部下全是你的赌注，你就处在这样一个网络纠葛的中心点。那一回我们替晋国打楚军，十万大军合成一条长龙向人家的营地推进，对方把你的意图看得一清二楚，这不是白白去送死吗？嗨，年轻人，那一仗我知道在劫难逃了，但还想着如何逃命，我实在不想去死。那时候我二十岁了，你现在年岁多少？”

“十七岁了。”

老聃苦笑了一下，又目光炯炯地对着孙武：“眼下到处是战争，弄得人心惶惶，素常讲话离不开打仗，所谓境内皆言兵。你要是出身贵族，就不会有兵戈之虞了！”

孙武却涨红着脸，不好意思地说：“夫子，我家辈辈尚武，祖父和父亲都教我读兵书，习武艺，而且，请看我的手——”

他把双手直直地伸过去。老聃俯身而视，看见了左右两只手掌正中横行穿过的通掌印。他先是一惊，之后又淡然笑了。

“不错，攥刀印！按常人所说，你的心好狠毒哟！有人说，这样的人适宜带兵。过去，常说尧舜文武之道，逢战乱以战止战，求得天下太平。不过，我还是劝你尽量不要染指战事！我反对所有的战争！”

“我也曾这么想过。我生在钟鸣鼎食之家，为什么要在战场上冒险呢？官位要紧还是性命要紧？可是，人生一世，哪个不想立功建业呢？而且，这个时代盛行的就是战争，人们身不离剑，言不离兵，我怎么可以躲避？”

老聃瞥了他一眼，不再言语。

“夫子，这么说下去，又犯了忌讳，惹您不快了！”孙武微微弯腰，酱红色脸膛显出一缕歉意，拘怩地望着老聃，话语又转入“兵者，诡道也”的题旨，询问说是否可行可用。老聃说所谓“诡道”，是指“奇异”，所谓“以正治国，以奇用兵”。二人就“奇”与“诡”“诈”的异同展开讨论。老聃说到兴头上，向孙武推荐了姜太公的《阴谋》一书。他带他进了库馆，在兵书房间找到了它。孙武翻看了一会儿，就央告说要把它借走抄下来，老聃破例答应了。

孙武借书后再也没有踪影了。

这小子是个窃书贼，阴谋家！

不过，他极有可能成为一个人物哩！

和孙武相反，另一个小后生孔丘却是极诚恳的。

孔丘，这个长身伟干、阔额高颧的后生，初见时还有些腼腆，渐渐的，大脸盘上现出老成的沉稳，跟前跟后，喋喋不休，提出一连串问题，显出求知若渴的急切。记得那是鲁昭公七年，住在鲁国巷党的一位友人去世，其家人邀老聃前去主持丧事。同时邀请助丧的，还有当地的这位后生。刚一落脚，孔丘就急急赶到面前，揖礼后连声说“幸遇、幸遇”，两只如河段一般宽宽的眼睛闪动着愉悦的光芒。

“夫子能接收孔丘当弟子吗？”他的声音怯怯的，头抬了一下又低垂下去。

“我没有设庭讲学，从来不收纳弟子。”

“夫子是博学之人，对礼仪精研深修，若不传授后人，岂不可惜？”

老聃被逗笑了。“这有什么！普天之下，周礼风行五百多年，婚庆丧祭礼节哪个不会呢？你在鲁国，这儿是周公旦之子伯禽的封地。周公制礼作乐，以殷商之礼作鉴，完善法典，礼仪兴国，功莫大焉！公室太史那里至今还存《易》《像》和《鲁春秋》，你的夫子就是它们，何必舍近求远呢？”

想不到孔丘却没有被问住，他即刻说：“学以致用，用起来就不那么简单了。何况礼仪之学如海洋般浩瀚，我初习乍学，涉足未深，遇到意外变故就不知所措，自然应该向夫子多多请教。”

次日出殡，送葬的行列白幡招引，满目缟素，吹鼓手奏着撕心裂肺的哀乐，哭丧手唱着鲁地伤感的歌谣，灵车缓缓启动。

忽然，不见丝风的空中，云翳不知何时移到日头周际，又一点一点向那边压过去，天空渐渐昏暗。人们抬头观望，才都惊慌起来。

日食！这可是少见的天象呵！

老聃高声喊道："停止行进，靠右站立，中止哭泣！"

遵从他的指挥，鸦雀无声的队伍静等了半个时辰。

送葬归来，众人议论纷纷，大多数人称赞老聃的决断。

"夫子，中途止柩，不合大礼，何况死者是公室官员！"孔丘发问，又觉得礼貌欠周，恭敬地补充说："我是头一遭遇到这种情形，若由我来主持，可能不会这么做的。死者毕竟是官员身份么！"

"这你就不懂了！诸侯朝见天子，日出上路，日落休息。夜间在车上或驿站设位祭奠。大夫出访也是日出而行，日落而息。送葬可以此为参照，不可日出前出殡，不可日落后止宿。若遇日食，暂停下来，日食过后再走。星夜赶路，只有罪犯和奔丧的人才这样。礼仪君子不应把别人刚去世的亲人置于夜间奔走的不祥境地。"

孔丘似乎还不明白，又问："谁又能知晓日食发生多久？若遮天蔽日的时间太长，亡灵不安，送葬者急成一团，怎么办？"

老聃被他的不厌其烦打动了，而且，这后生问得有根有据。他貌似恭敬，内藏锋芒，有一种咄咄逼人的气焰在呀！

二　孔丘投门

老聃记住了孔丘的姓名，也看出了他心胸隐藏的盛锐之气。留下这个印象。他想，下次要是遇见，就要狠狠打掉他的锋芒！

想不到十多年后，即周景王二十三年，孔丘专程从鲁国赶来拜师问礼了。

既然是专程，他就有所准备。择定吉日，备一份贽礼，见面跪拜，方为入门。孔丘是以贯通礼乐名扬鲁地的，他自然在日常礼仪中身体力行，率先垂范。车子临近守藏室的巷道，就缓行慢进，马铃的叮当声不再那么脆响了。庚桑楚已在门前迎候，他微微笑着对驭手点头。孔丘急忙下车，随行的弟子南宫敬叔①也跳下车来。孔丘从南容手中接过一只灰褐色大雁，双手擎着，高高越过头顶，目光直直，步履款款，随庚桑楚走了进去。

"夫子，孔丘尊兄到了！"庚桑楚站在客厅门外，向里面通报。

老聃看见孔丘这么恭敬肃然，急忙摆手说："算了吧，别这么循规蹈矩的，快到里边坐！"

孔丘抬头望了老聃一眼，又赶紧把头低下。他的双手一直高高举起，那只大雁被麻绳绑了双脚，浅白色茸茸细毛罩住了他的双手，也隐蔽了这双手的微微颤抖。他举得太高太直，时间也不短了，大胚子脸已经显出涨红，阔额上几乎有汗珠沁出了。

孔丘本应跪下，但他的身躯高大，双腿又长又直，青色袍子紧紧地在腰身和腿上箍着，要做下跪的动作很不容易。他不愿意双腿试探地活动一下，只想原地不动地跪倒，因而迟迟没有动起来。

南宫敬叔看出来了，夫子此刻不能把一只手放下来去拽袍裾，自己又不能上前帮助——他也是准备跪拜的弟子呀！

南容凝望着旁边的庚桑楚，向他打了手势。

庚桑楚走过去，伸出双手去接那只大雁。

孔丘却没有反应。他仍然高擎大雁，双膝一下一下地向前抖着，纯青袍子布面如被大风吹皱的潭水波纹，一闪一闪地粼粼动着。

他终于跪下去了："夫子，孔丘今日诚心拜见，请收纳为门下正式弟子！"

老聃的鼻孔长长出了一股气息，不知是"哼"还是"欸"，反正是应了一声。在这一刻，他也显得异常庄重，脸盘挺得平平，眼睛一直凝望着对方，侧过身子做了个请进的手势。

庚桑楚接过大雁，对孔丘和南容说："请二位里边坐吧！"

这儿不同于老聃卧室外面的小客厅，它的布局摆设属于守藏室官方应

① 南宫敬叔：鲁国贵卿孟僖子的次子，名南宫适（括），字子容，一字敬叔，通称南容。

有的规格，红木桌机漆玉屏风尽管都是陈年旧器，却因它们的古雅形色而令人望而生敬。

坐定之后，老聃首先开口：“听说你主张有教无类，专设讲坛，广收弟子，已经闹出名声。我这儿门人不过两三个，而且他们还兼职别事。你怎么能投到我的门下？”

孔丘说：“三人行则必有我师，我可以尊任何一个高明于我的人为师。何况夫子以博学多识名闻天下，尤其是礼乐之学烂熟于胸，坐拥王室书城，学问器识自然非同一般。孔丘纵然有千万弟子，也不能不对夫子仰之弥高呵！”

“你仍然像过去那样耽于礼仪的各种细密规程吗？”

“礼仪的纷繁细节弟子已经略知一二，但愈是这样，愈会感到这个汪洋大海的深不可测。尤其是我的弟子们常常提出这样那样的问题，我有时不能给以圆满解答，遂萌生了专程投师的愿望。至于弟子设坛讲学广收门人，是为了让年轻人成德达材，改变礼崩乐坏的局面，实现仁政德治天下大同的理想。”

老聃抿了抿嘴，默默冷笑了一下。

孔丘和南宫敬叔在洛邑住了下来。按照老聃提议，他们在王室宫院游览，观看祭祀天地的天坛和地坛，考察赫赫明堂——天子举行朝会发布政令的地方。

庚桑楚在前面领路，他们在庙内游转一圈，看清了庙堂陈设，参拜了庄严的后稷塑像，最后来到庭院右侧的一尊铜像面前。

“这就是金人！夫子让我们在这儿多多留神！”庚桑楚指着铜像说明来意。

孔丘望着铜像，记忆的潮水猛然冲开闸门，眼睛忽然亮了。他读过的文献中，有周武王向姜太公请教的记载。周武王问：“三皇五帝给我们留下的最宝贵的教诲是什么？”姜太公答：“我为天下共君，黎民百姓尊我为上，我心中惴惴不安，常有如临深渊，如履薄冰之感，生怕言有不慎，让万民有所闪失。”

黄金般的塑像为的是黄金般的警示——三缄其口，慎言慎言！怪不得这副嘴巴紧紧地闭成一条线呢！

铜像背后刻着铭文，据说这是黄帝亲自撰写的。孔丘让南容一字一句朗声读了——

戒之哉！戒之哉！戒之哉！

无多言，多言必败。无多事，多事多患……

不要说孔丘，就连南宫敬叔也明白老聃的用意了。

“难怪守藏室的三个匾额：不争，不积，不矜，挂得那么显眼，原来跟这有关！”

孔丘点点头。两次接触，亲聆教诲，守雌，处下，素朴，他对这些语汇并不陌生，想不到这也正是黄帝的教诲。

孔丘望了庚桑楚一眼，“夫子肯定推崇黄帝，一定尊他为圣人了！”

庚桑楚说：“正是这样，夫子心目中的圣人就是黄帝！”

三 临别赠语

入周观礼、考察浏览的日子，孔丘竟然夜夜梦见周公。他生在鲁国，在比较浓厚的礼乐氛围中长大，过去对周公制礼作乐的伟业只是见诸书文和口耳传说，从来没有见到源头故典。这几天在王宫、明堂、祖庙、后稷庙、孟津等场所故地参观凭吊，看了五百多年前绘制的“周公辅佐图”，读了黄帝“三缄其口”铭文，又在守藏室库馆看了夏、商礼制文典及周公亲手刻的一系列文诰竹简，观看了大司乐苌弘指挥的王宫乐舞《大武》，深感周室礼乐之制的浩繁博大，不禁在心里惊叹：“郁郁乎文哉，吾从周！”

梦见周公，对他来说以往隔三岔五的已成常事。那个头戴木弁、身穿布袍、手握文简、留着三撇胡子的清瘦长者，总会在适当的时候光临梦境，为他讲述当年在岐山修订礼乐制度的盛事，讲述那一代始祖安邦定国的艰难历程；有时这位先贤好像很熟悉当今的战乱现实，以他声泪俱下的诉说给他以激励；或者在他干完某件事之后，用他脸上欣悦的笑意表示嘉赏。

梦见周公，在洛邑，他觉得这位先贤的面目装束似乎更真切更清晰了。这些天，周公一直笑吟吟的，清瘦脸上的每一道皱纹都舒展了，三撇胡须中的当中一撇，即下巴的灰棕色长须，总像有风吹着似的往上飘忽。看来他在岐山住久了，说话带着浓重的秦西地方口音，一只手捋住被风吹动的长须，眼睛郑重地一眨之后，定定地望着他说："李耳是个大学问家，你要不失时机地问礼探道，多多向他请教呀！"

向他请教，当然，孔丘是求之不得的。但是，笃学好敏的他又分明感到了这位长辈的居高临下，他的劈头盖脸的教训和不着边际的斥责，带着一种倔傲的神气。第一天在客厅，他向他询问关于夏朝造车的情形，孰料老聃解释之后这么警告说："听说你以大夫的身份自居，行走不离车子。告诉你君子得势后就坐车子，不逢时不得势就老老实实的步行，像蓬草一样随风飘零，少摆阔架子为好！"

联想自己设庭办学广收弟子，以教诲人为职业，被众人尊为仁者，孔丘不禁红云自脸上泛到耳根上了。他这人是天生的大雅君子，"不患人之不己知，患不知人也。"这么一想，老聃夫子的旁敲侧击也就不往自己心里去了。

临别前日，他又去找老聃了。

按周公所示，问礼探道，机不可失。

老聃正在库馆阅书，听了通报，让孔丘进来。

孔丘已是二次入库，在这竹简木牍的大海中，他真有一种"郁郁乎，焕焕乎"的感觉。而老聃其人，也好像从里到外地与这里融为一体。他正埋首于一摞青灰色文简中，书人合一，身子纹丝不动。孔丘的目光触及了这个瞬间，忍不住怦然心动。老聃夫子这么沉静，那雪团一般的头发犹如陈木老桩上浮现的一朵蘑菇；那张脸孔是正面下斜的，顶圆孔露的蒜头鼻依然那么显眼，高高突出的眉棱却不再显得异常，两侧平平垂下去的腮肉微微颤动。不知他正在阅读什么，那份专注的神情不容旁人打扰，当然他也没有觉察到孔丘已经来到自己面前。

孔丘没有吭声，悄悄地在附近一方供上架用的木机旁站定，眼睛也不左右环视，只是定定地望着长者。

库馆是半地下室的暗柱多梁广厅式建筑，四周砖墙砌得很厚，两边窗子置得很高，里面冬暖夏凉，光线很弱。好在竹简上的字体较大，老聃在靠南的一方窗户下坐着，目力所及，还能字字清晰。他一边读一边轻轻卷简，待读罢全卷，才抬起头来。

“夫子，孔丘在这儿恭候多时。我来王城多日了，即将返鲁，行前再来请教，望不吝其赐，门人孔丘自当不胜感激。”

老聃微微一笑，身子向前一倾，又沉下脸来。

孔丘有所准备，他的心尽量往下坠，闭气似的让自己冷静下来，等待这位长辈劈头盖脸的训示。

“仲尼——”

“叫我孔丘吧，夫子。”

“呃……如今天下无道，马都成了战马，车都成了战车，人都成了战士。这些书籍文献，不知会变成什么？”

“变得像天子的玉玺、诸侯的封诰一样金贵！天下无道，道就集中在这里！”

老聃的头颅向上一昂，很快阖上眼睛，叹息一声：“唉，谁又能看重这些书文呢？谁能像古代圣贤那样，一点一滴地照着它去身体力行呢？”

“孔丘就是一个！而且，孔丘还有那么多门人……”

孔丘说着，忽然紧急地闭了嘴。他发现，老聃对望的眼睛里分明闪出讥诮的神采。

老聃闭了双眼，慢慢摇了摇头。

孔丘瞪大眼睛。为什么他表现出明显的不予信任？

“孔丘，我问你，你要克己复礼，朝这个目标不遗余力地进行下去吗？”

“是的！弟子这次入周拜师问礼，考察王室古建遗制，就是为了明了礼乐之源。”孔丘虽然看出他在这方面可能持异议，还是坦露心声，并且提出新的问题求教于他：“周公当年制礼作乐，可有亲笔手迹入档？夏商两代是否也有什么资料？夏启召集各方酋长在钧台聚会，算不算礼制之始？羲农黄帝时代有流行的礼乐吗？”

“什么？”老聃诧异了，“上古的情形，你还要刨个一清二楚？”

“依弟子看来，伏羲黄帝，都是亲身为大众受累受苦；尧舜禹时代，王者茅茨土阶，粗衣服，菲饮食，卑宫室，重民生，阶级无多大差别。到了后世，狡黠跋扈的人，窃夺了生民的公权公利，垄断霸持，不但阶级过严，并且鱼肉民众。到了今日，这些欺凌大众的豪强，因分赃不均，驱使庶民奴人，捐命战场。民众苦不堪言，弟子救世心切，慨然想用上古礼乐沐化世风，创造上古那样的大同世界。”

“大同世界能靠礼乐创造吗？”老聃冷冷笑了一声，“我告诉你，黄帝治理天下，使民心淳一，死了人，亲人不哭泣别人也不非议，有什么礼仪？尧治理天下，使民众相亲，有人为了与亲人毫无束缚的相处而减除礼节，别人也不非议。舜治理天下，让人心竞争，运用心智机巧，便有争斗出现。禹治理天下，使人心多变，人们各怀心机而且用兵作战，认为杀盗不算杀人，自以为独尊而奴役天下的人。至夏、商、周，每况愈下，而礼仪愈是周全。因而谈起礼仪，我顿觉索然寡味！你说的这些，事是古老的事，人是烂朽的人。你比我年轻呵，怎么还把心思朝这儿用？”

孔丘准备辩解几句，但老聃的双目直直对住他，一束冷厉的光芒令他几乎打了个寒噤。

“我看你的内心藏着骄矜之气，你有过多的功名欲望，自以为是，喜欢彰显，这是很令人讨厌的！”老聃站起身，蒜头鼻子抽搐了一下，显出一丝温和的神色，“我听说富贵的人送人以钱财，德行高的仁人送人以良言。我没有钱财，就自不量力地当个仁人吧。有人说善于经商的反而隐藏货物，盛德之人谦虚的好似愚人。去掉娇气、多欲与淫志，才于自己的身心有利。唉，也许你日后是个人物哩！”

老聃虽然不赞成他对礼仪的热衷，但还是做了安排。

庚桑楚领着孔丘、南容来到库馆的一间藏室，苌姬已在那里等候。几天来，南宫敬叔和庚桑楚、苌姬常常待在一起，三个年轻弟子敞开胸襟，知无不聊，聊必尽意，似乎有许多共同言语。

这儿全是古代礼仪文档。苌姬说：“伯伯刚到守藏室任职，精力所致，全是礼仪典章，这些都是他收集整理的。后来他的兴趣转移了，不过，我的父亲还常常来这儿查看呢！”

在孔丘埋首典籍的当儿，三个年轻人走到院子草坪旁边又聊了起来。

“你的父亲，苌弘伯伯，他是一位内心火热的长者，是王室的有德之臣。”南宫敬叔感激地望着苌姬，“这回问礼访乐，苌大夫安排得那么周详，让我们大开眼界。孔夫子还要去你家向伯伯告辞呢！”

“你跟着一起去吧！”庚桑楚对苌姬说，“好长时间没有回家了，该去把伯伯、婶娘看看。”

第八章

智士冰心

一 云团兵阵

孙武，这位在中国乃至世界战争史上光彩夺目的兵圣，平素总是一副冷冰冰的面孔，除了钢刃一般的严酷，再没有别的形色。他在野外流动考察的途中，碰见了热恋中的徐甲与崔旦，会是怎样的情形呢？

徐甲设法弄巧，支走驭手，适时来到孙武身边，一路相随而去。小小花招，怎能瞒过孙武的眼睛？不错，这个陡然而来的汉子爽直、仗义，擅长驭术，是可以充分信任的。可他为什么要煞费苦心地为我当驭人呢？依他的衣着装扮，言谈举止，绝非缺衣少食无路可走的鄙人，在这动荡不安的年代，智者和勇者都会被纳贤者录用，像他这样出色的武士车夫，若去投靠热战中带兵的将领，也许会当个三车十夫的小卒长。“他为什么刻意地把我贴紧呢？”

车子在两侧都是禾苗芃芃的田野路上行进。孙武端坐在车厢内，平平地向前眺望的目光，总是越过徐甲的黑发高挽的头顶。徐甲时而大声吆马，时而挥动鞭绳，时而嚎叫几句，他的毫不遮掩的粗豪与耿直，又让他心底生出了由衷的好感。

日头偏西，一阵冷飕飕的风从西北方向吹来，把天上的云块拂动，渐渐的，朵朵白云变成翻腾的乌云，团团卷卷，密密层层，从天穹的那边朝正南的方向聚拢。

可能要变天了！孙武蹙起眉头，拉了拉腋下的缁衣衽边。

“过阴兵了！过阴兵了！快看！”徐甲突然回过头来，兴奋难捺地向他报告。

噢，半天灰突突的云团，果然如一支行进的大军，马匹、战车、兵士、旗幡，黑压压连成一片，奔腾、滚动，整齐有序地向前推进。

“姜太公！那是姜太公！在当中的战车上坐着！”徐甲手执鞭杆，朝偏西的方向指着。

是的，有点像太公姜尚。清瘦的老者银须飘飘，斗笠盖顶，蓑衣披肩，在车上正襟危坐，从容地观望前方，形态酷似传说中的这位兵家始祖。孙武在阅读《阴谋》《六韬》时，有时闭目沉思，眼前就会幻出这种模样的太公望。

奇了！昨天夜间，孙武在旅馆的单人床上，还在心里盘算：“明天，腊月十三，自己三十三岁的生日，正巧也是出外流动考察一周年的纪念日，该怎么度过这一天呢？将出现怎样的情形呢？想不到姜太公英灵有知，他以仙气蒙蒙的面目，清晰地在眼前出现了！”

日头隐去，云团还在移动变化。那兵马徐徐前行的长蛇阵，这会儿又是另一番景象。先头部队过毕，色块变得乳白，朵朵云团镶了金灿灿的外边，有的如山峦重叠，有的似牛马耕田，有的像桑榆成林……真乃一幅雍和升平的绚丽图景。后来呢，这一团那一朵的形状光色又改变了，乱云飞渡，七零八碎，幻化成两军或多军的交战。狰狞的将领，飞奔的战车，交击的剑钺，你来我往，杀得烽烟滚滚，天昏地暗……

“唉，战来战去，至今还是个战！金戈铁马，刀枪剑戟，何日才能停止交锋，让马去耕田，车去载粮运草呢？”

徐甲显然看懂了这幅图画，联想当今乱世情景，不由得感慨万端，坐在车前板上大声嚷嚷。

“依你看来，如今战祸连年，兵戈不息，怎样才能制止战争，实现天下太平呢？”孙武发问。

“得有圣人出世。他，像姜太公一样，用兵如神，百战百胜，哪家诸侯任他为帅，东杀西剿，尽扫强敌，天下就靠他的战车碾平了。”

“嘿，真的会有这样一位能人出现吗？”

“圣人，不是能人，也不是贤人！他一定会出现的！告诉你，我的先祖是姜太公的亲兵，为他当驭人，就是刚才咱俩看到的那辆车子的赶车人。你想，太公望当年怎么起事，他的根根梢梢，先祖自然比谁都知道的详细。太公望是武王的太师，我的先祖在他身边左右不离，知道他先前的种种情形。太公望不得志的时候贩过猪，当过屠夫，住过草庐石屋，肚子饥了就去钓鱼。等到文王任用，他已年过八旬。干成大事的人，都有苍天的恩惠，苍天有意安排他历尽磨难。先祖把这话记住了，一代一代往下传。我的父亲，至今还在家里等待我的消息。这个老驭手，他要我沿着黄河堤岸找渭河，顺着渭河再找太公望当年垂钓的地方，磕头焚香，乞求圣人显灵，给我人生路上带来好运。父亲的另一层意思我明白，他是想叫我风吹雨打，经受磨难呢！父亲希望我在军中谋个职位，或者到王室、诸侯手下当个侍卫头儿，再莫要当这攥鞭杆儿的。嗨，咱就是这下人的命！折腾了好几年，还是个贱赶车的！”

“赶车的怎么了？你的先祖，给姜太公赶车，这份荣耀谁人可比？”

“是啊！”徐甲回头一笑，黑黝黝的四方大脸上现出自得的神情。“先祖的确荣耀一时，要不我们祖祖辈辈五百多年一直享有士的爵禄？话又说回来，驭手毕竟是驭手，终日抱着鞭子坐在马屁股后面，吃黄尘闻马屁，一年辛苦下来挣不了几个子儿，怎比人家当统领干邑宰的？除非给天子，给姜太公这样的大人物赶车。像你这样既没有高官显位，也没有万贯家资的人，我能混个肚儿圆就不错了！”

“呃，壮士，接你刚才的话题，姜太公这样的兵家大贤，如今能出现吗？”

“不是大贤，是大圣人！能！我说能！我敢肯定能！”

“为什么？”

“你没听人说，涝池大了鳖就大么！如今这世上，角角落落无处不在打仗，无处不在用兵。天下是一个大涝池。涝池里都是鳖。这道理还不明摆着！”

说话间，南边半个天空的云团又化成新的图景，原先四方混战的人马变得很小很小，他们集中在天际东边的一隅，从西边杀出大队的军车，浩浩荡荡，势如破竹，直向前扫，为首的统帅坐在一辆轮高厢低的特制车上。此人一脸阴冷，目光中透出凛然之气，头顶高高竖着精致的木弁。徐甲看了一眼，猛然回过头来，目光对准孙武。孙武看得出神，没料到徐甲会转脸投以审视的目光。

“呃，天上的这位兵神，和你还有点像呢！”

“哼，你说像就像！我真的是一位兵神呢！我正乘着车子，追赶前面的姜太公！”

“想得挺美！姜太公当年能破文王的八卦，才被文王重用。你，一个到处闲游浪逛的人，岂有神机妙算的本领？纵然你有这本领，谁又能眼带光气，隔七岔八地寻到你的门中，请你出任大军统帅呢？”

孙武不言语了。不错，即使你有通天彻地之才，谁又能慧眼识珠，委你重任呢？孙武在紧张的考察途中，也常常夜不能寐，思索这个问题。不过，今天，在这特殊的日子，“过阴兵”的情景让他心中窃喜，让他自信陡增。这不是上苍的垂青和昭示吗？

二　路遇“率然”

江南的暮色来得蹒跚，没有高大的丘陵遮掩，坦荡的一马平川在血红的夕阳沉没之后，才渐渐蒙上灰黑色的纱幔。

崔旦看见徐甲跟着那汉子进了一家饭店，才踅踅摸摸地拐进附近的客栈院子。她尾随着他们来到临近长江的这个镇子，在暮色和行人的掩护下，看清了他们将要投宿的旅店，趁他们吃饭的工夫，再对那汉子的车辆行李进行观察了解。

在尾随途中，崔旦听到了徐甲舒畅洪亮的歌声，望着小甲虫一样的车子向前逶迤而去。她的内心最牵念的，是这位汉子的根底。他究竟是不是异人？归根结底是个怎样的人？在路上，她一边思忖，一边打量。有几次，车子停了下来，她远远看见那人下了车厢，跷着慢步，到附近的田地仔细察看，或弯腰，或蹲腿，或大步丈量，或用双脚一踩一踩地试探着什么。她发现，这几处都是特殊的地形——芦苇荡，低洼地或水草浜。看来，此人相当心细，他有意进行各种地形的观测。

崔旦心中已有几分预感，对尹喜的分析有了一半的赞成。她觉得只要看看这个人的行李，如果有什么书简之类，就能做出明确判断。她步履轻快，一闪身来到客舍院子，沿着墙根的木头垛子间的缝隙，来到一辆车子旁边。不错，旁边的木桩上拴着大灰马，这辆车子的轮子较高，轮外包着兀角铁皮，正是尹喜当初看出特殊之处的车子。

崔旦很清楚地看清了车厢内的摆设。卸了牲口，车子就会双辕着地，厢口倾斜下来显得很低。厢内除了一个大木箱，空无一物。看来，他的物件用品都在箱内。

崔旦看清了，箱盖下面没有吊锁，虽然有铜制的吊链和凸隼，但只是自然的扣着。也许没有贵重的东西让人偷吧！

她目光紧紧盯住箱盖，犹豫了一会儿。

揭开，还是不?

不能揭开！

她又蹑手蹑脚地退了回去。

这天晚上，和徐甲在一起，她把欲看箱内藏物的打算说给了他。徐甲心想："这有何难？我来个顺手牵羊不就行了？"

次日上午，徐甲赶车途中，遇见了一条蛇。徐甲并不怕蛇，也常常见到俗称长虫的这种爬行动物，这次沿渭河堤岸向西行走就在两边草地遇见几条，他都不予理睬，人蛇无扰，各走各的。

但这回徐甲却异常惊慌地喊了一声："蛇——"

显然，马受了惊骇，立即停蹄，鼻孔喘着粗气，尾巴急速的左右摇摆。

孙武仍然稳稳坐在厢内，虽然脸色沉静，但他的心已蓦然缩动了一下。一条不大不小的蛇，长约三尺，粗似秤杆，横卧大路一侧，毫无惧怕之色。它仿佛意识到了什么，粗大的三角头不断向高抬升，机警地扭动探测，身上的五色斑纹在阳光下闪着点点亮彩。令人诧异的是，它不仅看起来恶毒暴烈，那个如铁锥的尾巴梢还向上翘着，一下又一下的颤动。前仰后抬，纹丝不动，着地的身子只留下短短一截。

“好家伙，没见过！说不定它敢咬马呢！”徐甲惊讶地望着孙武，“看我把它除了吧！”

“不要动手！这叫‘率然’。过去听说过，从来没见过。我要好好看它一番！”

孙武吩咐，要徐甲按他的意思逗弄，看蛇会有什么反应。徐甲使出本领，把车退后，车马都不怎么弄出响声，以免惊动了它。腾出场面，他和孙武走了过去。徐甲手握鞭杆，鞭绳直直地吊着。凭着他的手眼功夫，一根鞭子也就够了。两丈开外，率然蛇跟霸道的诸侯爷似的，很是镇定。徐甲眼瞪着它，它也头对着徐甲。徐甲没有用力，只是一抖鞭梢，鞭绳的下端就准确落在蛇的尾巴尖。

“嗖！”蛇的细颈巨头猛然扭过去，徐甲还没有反应过来，鞭梢尖儿就被它咬住。

“哎哟！”徐甲向上一提，蛇头也被带起，眼看提起蛇身，但那尖儿被它咬断，它仍静静地待在原地。

“以首援尾！”孙武惊喜地点头。

徐甲又抖抖腕子，长长的鞭绳忽然飘去，梢子准准落在蛇头的顶端。

蛇头猛地一摆避过，尾巴尖如飞箭一般扫过来，一下子扎在鞭梢上。

鞭绳忽悠忽悠摆动起来。

“幸亏不是我的腿！”徐甲惊愕地笑了。

“以尾援首！”孙武又点点头。

话音刚落，那蛇头猛然一蹿，又咬住鞭梢，蛇尾及时卷过来，噌，如针一般，扎住鞭绳。

徐甲慌乱了一气，想甩，想抡，又怕无意间将蛇抛到孙武身上。孙武突然蹲在地上，顺手抓住一块石头。

徐甲毕竟不会怯场。他想起一个法子——抖。双手抓住鞭杆，唰唰唰，用力抖动。所有的蛇，最怕身子被这么抖颤，这样下去，它的骨头关节会一个个脱落的。

“欻！”蛇直直掉了下来。

徐甲又用鞭梢撞其腰部。

蛇没有疲倦，它反而更怒，更凶，更厉害。令人不可思议的是，它的头和尾会一齐出击，闪电般袭向鞭绳。

它太狠心了，咔嚓一下，鞭绳断了。

徐甲又惊又气，挥动鞭杆，大步向前，直接用鞭杆末端抽打。蛇也向他扑来，鞭杆落下，打中它的尾巴。蛇头又回过去，鞭杆再举上去……

孙武“哼”了一声。

徐甲迟疑了。

“算了吧，说不定是个仙物。让它回去吧！”

徐甲无奈，鞭杆梢儿快速伸过蛇身，一挑，它飞落一旁，那儿是片绿茸茸的草地。

徐甲不知道这汉子为什么要对这条蛇逗击戏耍，他也不怎么精通文墨，待孙武下午将木牍刻成，经过他的手放进箱子，还不明白孙武的用意。

当晚，崔旦得到了这面木牍。

小旅馆的小小房间，烛光明亮，几只蜢虫自窗外飞来，朝黄白相间的芯焰撞。崔旦将木牍拿在烛前，仔细辨认着蝇头小篆的字形。

细读慢认，她终于看清楚了——

> 率然者，常山之蛇也。击其首则尾至，击其尾则首至，击其中则首尾俱至。敢问：“兵可使如率然乎？”曰：“可。”①

哎呀，他果然是个兵家！是个善于观察，长于思考的兵家！他的衣着、举止，又与一般的兵家大不相同。

---

① 选自《孙子兵法·九地第十一》。

这不是个异人么?

巨大的心悦！巨大的兴奋！“振振君子，归哉归哉！”她一下子有了这种感觉。

在和徐甲相抚相拥，肌肤共亲之中，她说明心中所思：“这汉子是兵家高人！日后必显荣于世！趁他如今还不得志，投在他的帐下，同甘共苦，度过危难，日后他成了大气候，咱们也能备享荣华！”

徐甲却不以为然：“嘿，整天看地势河道，岭高洼低，要不就要蛇打鸟，拣石摸鱼，不是个风水先生，就是个卖艺的。整天吊着脸，抿着嘴，沉默寡言，独来独往，怎么带兵？”

崔旦摇头苦笑：“唉，徐甲呀徐甲，你除了真诚和蛮勇，再没有另外的可爱之处。有眼无珠！不识时务！你们徐家几百年不能发达，这就是根源所在吧！”崔旦一针见血，毫不留情，说得徐甲直眨眼睛。

“是时机了，不可错过！你是兵勇之徒，先辈的期望很重，只有站对了将军大麾，才有望施展个人才华，日后当邑宰晋军阶也才有可能。我是为你着想，才筹思了这个计谋……”

三　崔旦诉情

孙武已对徐甲发生了好感，这员猛士不仅诚实豪爽，技艺出众，而且某些迹象预示出未来的兆头。他的先祖与姜太公有特殊关系，而太公望正是他心目中的圣者。有了他在途中，过阴兵的一幕才得以出现。还有，率然怪蛇只有在传说中见到，他这回也活生生的碰见了。

孙武对徐甲完全放心，用不着防范。可是，他背后的那位指使者，又是何人呢？看样子，这是个年轻女人。徐甲那天在途中唱歌，总是朝车后吼叫，伸臂挥拳，打着手势，而且词意缠绵，借歌打出什么暗号。夜晚，徐甲不在他住的客栈过夜，这也是明明白白的破绽。

一个年轻女人会把我孙武怎样?

孙武心里是踏实的，从容的，但又有一些奇妙的猜想，有一种好戏将临的期待。

果然，徐甲清早见他时，手里拿着那页木牍，愧疚地说：“大人，小人有错。这文牍拿去读了，想跟着大人学些知识，却没有打招呼，现在归还大人。”

孙武已看出蹊跷。“你放在箱子行了，何必给我手里？”

“呃……呃……请过目，上面还有话语。”

孙武接过木牍，只见另一面添了刻文——

……

驾我乘马，（骑着我的骏马飞奔）

说于株野。（停在那神往的株林）

乘我乘驹，（骑着我的宝马飞奔）

朝食于株[1]！（株林有我的美人）

这是一首著名的情诗，叙说陈灵公与天下美人夏姬幽会于株林的故事。看得出，虽然刻者没有具名，却是以夏姬自许，发出爱悦的信号，表示她春情的内心。

谜底就要揭开了。

孙武凝望徐甲，目光中含着疑问和期待。

徐甲神色羞窘，低头不语。

一会儿，他抬起头，慌张地瞥了孙武一眼。

“我不明白。”孙武一字一板，语气严正。“不明白这是何意？”

“我的……妹妹……妹妹，随我一同离家，准备投奔得势显爵之人，出门已久，盘费花光，和大人相处虽日短，却看出大人的人品才华。妹妹小旦也不是丑陋女子，她正当青春年华，有心随了大人，作妻为妾，怎么都成。就是这个意思，她说你看了牍文便知晓了。”

---

① 选自《诗经·陈风·株林》。

“哦——那，不成！”孙武沉思起来，一脸的冷酷。

“大人，我妹一片热心、一片芳心、一片苦心，都叫你糟蹋了！好了，我不跟你说了。你等着！”徐甲脚一跺，拧身出门而去。

腾腾腾！脚步声一阵山响！

女人。成亲。夏姬。母亲。孙武一下子想起了这些。

孙武的先祖原是陈国的公子完，因避战乱，公子完逃到齐国，被齐桓公重用，后来齐景公赐以孙姓，并封有采邑。大约公元前532年，齐国贵族田、鲍、国、高四个家族之间，发生冲突，孙武不愿纠缠其中，便离开齐国，到新崛起的吴国。因避乱而离国，隐名埋姓，颠沛流离，他恨透了这个争夺杀戮的年月，但他也渴望出人头地，重现祖庭荣耀。近年间，飘零不定，辗转流离，很难知晓父母兄弟的详情，隐约得知他们在齐国东边靠海的偏僻地方隐居，躲开了争斗漩涡。母亲是个心思很多的人，他决定避乱离家独身出走时，她知道拦不住他，坐在他的床头哭了一夜，双手一直攥着他的手掌。母亲用手绢擦着眼睛，每次擦毕都要把他的双手拉到面前，对着掌心看着上面深深的横印。她多次给儿子讲述那个怪诞神秘的梦，也许是神谕天旨，儿子果真有喜刀爱剑的性情，平日寡言少语，冷硬倔蹭，她很为他担心。临行前，父亲和兄弟们已藏匿外出，母亲连连悲怆的叹息。她说：“你已经二十岁了，这年月，男子汉不摸刀剑不行，不要功名利禄不算好男儿，可娶妻生子传宗接代比这更重要。要是碰见了可心女子，决不能轻易放过呀！”

孙武昂着头，脸板得很僵，只是用眼瞳中的柔光表示对母亲的理解。

可心女子？什么叫可心女子？孙武的心目中唯有夏姬。表面很冷，心气很高，这样的汉子必然有极高的择偶标准。他不娶则罢，要娶就娶夏姬这样的绝代佳人。

夏姬是何等之人？她的姿容，足以令陈灵公和他的臣子们倾倒；她的名声，历经八十余年而不衰，在人们的口耳相传中化成神秘的仙女。传说中的她，不仅容貌佚丽，还有神仙所授的吸精导气之法，与男交合，就中采阳补阴，却老还少，宛如处女。男子与之欢会，自有妙异之感。当年陈国一君二臣，为之嬉戏争风，欢淫无忌，终成丧乱，夏姬也成了乱朝祸国的妖孽。如此口碑，愈发增加了他对夏姬的好感。君不君，臣不臣，玩物丧志，叫一个女子怎么应付？男子汉雄视天下，胸有百万甲兵，万里山河，岂能守着女子消磨时日？再说，她是你的妻子，你的情人，纵是神女下凡，终不过是穿红挂绿的物件，是供你逗开心的用品，岂能拿捏不住？一种挑战的欲望在他的心里膨胀。

夏姬，她已经遥不可及。孙武自然把自己的想法压在心里。避乱离乡，他曾先后遇见过两个女人，她们也都有惊人之貌，得到他的倾心。第一个，吴国一家饭店掌柜的女儿。他在餐桌上与端饭的她四目相对，二人心中的波流同时漾漾而生。“可心人”三字在他的头脑中一闪也就过去了，想不到姑娘晚上却出现在他下榻的房间。她美丽而正直，在避居地和他生活了三个月，就被他打发走了。这个人干练、直爽、有激情，却缺乏婉转、柔媚、内敛和花招。听人说，夏姬令人舍命以图，不知何故？

第二个蔡国女子是在路旁一片桑园边儿相遇的。看来她是个闲人儿，一身洁净衣着说明了桑园主之女的身份，巧笑倩兮、美目盼兮的神情十分抢眼，对着过路君子一一注目观望，有时还欢声媚气地唱上几句，好像存心等待一位如意郎的出现。孙武坐在车上，目光随意一瞥时就被她勾住了。她的神色情脉脉、意悠悠，似有无限的馨香蜜意含在其中。他在心里骂了一句“烂贱”，拧过头再也不去理睬。一会儿他又想：“莫非夏姬正是这样？柔情善媚，令人怦然心动，女人的天性正是这样，或者说所谓的尤物就是如此，才能和男人的心灵契合。”他向驭手做了暗示，自己没有动，驭手把车停下，朝后望着那女子，并打了一个响鞭。

闲人儿蔡国女像一罐割到好处的槐花蜜，又甜又黏。她热情、单纯、轻佻，终日要与他厮守，他外出一步都希望陪伴左右，而孙武是什么人，他的心里想什么，他的脾性、好恶是什么，她全然不管，也浑然不觉。她天生就是一个欢心的纯净的女人，却不能让孙武感觉到夏姬的韵味。才过几天，他就烦了，用了声东击西的办法，把这个女子抛甩了。

遇上这样两个女子，孙武的心里冷凉了。夏姬原来只是传说中的尤物，人世间是不可能产生的，这真是“有美一人”“不可求思”了。

那么，现在这个以木牍传情，自称夏姬的女子，她又是怎样的情形呢？她什么要以夏姬自许？她真的具备夏姬的资质吗？

自从遇上徐甲，孙武就觉出了蹊跷，因为看清了有个年轻女子在背后主谋，他才没有戳破，不露声色，稳坐钓台，静观其变。想不到“夏姬”竟然处心积虑地找上门来了！

这是个怎样的“夏姬”呢？

崔旦来了。

崔旦仍然是长途奔波时的衣着，但显然经过洗浴梳整，脸颜、脖项和双手的皮肤白白嫩嫩，仿佛清晨阳光下的草叶表面的露珠儿匀匀地附着了一层，柔和地泛着银亮的光色。这是长期以丝瓜水敷面养颜滋润出来的效果。这种皮肤在新浴之后，只要用双手搓动半个时辰，就会泛出银亮亮的色泽，内行人叫“露珠白”。她用浓绿的水仙花叶片剪成翠钿，贴在乌云般的鬓发上。她十分自信，大而黑的眼睛朝孙武望去，盈盈眼波透出撩人的气息。

孙武的眼睛眯着，身子朝后一倾，双唇紧抿，显出不置可否的沉静。

崔旦充满歉意地笑了一下，脸上现出几分羞赧。她向前走了几步，朝孙武深深揖了一礼，搭讪说：“大哥是很厉害的人，眼头子自然很尖，什么事都瞒不过您。您能原谅我的冒昧吗？”

孙武的鼻孔哼了一声：“呃，有什么事，就直说吧！”

崔旦走到椅子旁边坐下来。“大哥，《诗》中的《野有蔓草》有两句：‘邂逅相遇，适我愿兮。’我能与大哥在这生僻的异乡相遇，多年的苦苦追寻就有了结果。我听人说，要是没有上苍的安排，天南地北的君子与淑女是不能遇合的。现在，能与大哥在这间小房相处，我要真心感谢上苍了！”

泪水从崔旦眼里滚滚落下。她强忍着，没有让声音哽咽，只是稍作停顿，让情绪平缓下来。她把腋下的青布包袱解开，取出一枚黑褐油亮的球状疱物，双手捧着，几步走过去，献到孙武面前。

“这物儿稀罕哩！秦岭终南山橡树林里的特产猴头菇，是贱人亲手在山麓密林的一棵大树的枝杈上采的。这是在秦国。而我本是齐国人。为了寻找命中伴侣，我私自离家，从齐国到了秦国雍城……”

崔旦说着，终于忍不住了，鼻子发酸，除了泪水汩汩涌出，声音也呜呜咽咽的颤着。姐姐崔申为秦公主孟嬴陪嫁，楚平王偷梁换柱娶走孟嬴，崔申顶替孟嬴被公子建娶走，自己担心姐姐遭到不测急急离开秦国，钻山渡河顶风冒雨艰难奔波二千多里，拐来弯去不知走了多少条路，却意外地碰见了早已心仪的振振公子，这不是神灵的指引上苍的安排吗？

孙武被这个妩媚女子的诚挚感动，也为她的遭遇深深怜惜。但他又很纳闷：“我和你素不相识，怎能是你的命中人？”

他看着手里的猴头菇，又瞥了一眼伤心落泪的崔旦，浑身涌动了滚烫的热流。不错，她是自作多情，对一个人还不了解，甚至还未谋面，就动了许配终身的念头。但这也就更显得多情，更能激起对方的情感。她确实相貌不凡，夏姬也许正是这等姿色。据说，俊俏的夏姬肤色雪白，一双美目脉脉含情，对男人有一幅炽热心肠。还有传说，夏姬通晓房中交接之术，可令男子采阴还春。他留意这些，是有原因的。战争，也是一种交接，它不过显得极端化一点。自然界，人世间，交接有千种万种，各式各样，多姿多彩。不过总体来说，交接是在阴阳之间，正负之间，主体与客体之间进行。战争的理论，应该在摸清了天地万物，做到了人情练达，明了了各种交接，然后才能产生。

也许眼前的她，从外到里，正是当今的夏姬！

孙武抬起头，目光正好与崔旦期待的目光相遇。

“那个赶车汉子，他是你的什么人？”

“他是我的表哥，也离家几年了，我们在路上碰见。他不碍事！我和大哥您才有缘有情！我让他帮着赶路，一起寻找追赶。我好像心有所系，魂有所牵，直到与您相逢。您可以向他询问么！”

“他这人挺豪爽的，也有本领，比我有出息。你想把他甩了？”孙武试探了一下。

“他是赶车的，大哥是坐车的！日后君王拜将，接过金玉帅印的正是大哥！”

“你凭什么讲这话？无稽之谈，令人好笑！”孙武心里一惊，好像被她戳中伤疤。他恢复了阴冷神色，酱红色的脸膛平添了青黑的森气。

崔旦尴尬了，勉强笑着。忽然，如狡兔般身子一纵，直直扑了过去，张开的两臂将要往孙武的脖子上落。

孙武没有动，只是用目光注视。那目光是平静的，镇定的，但包含的神情却严正，冷峻，凛然不可冒犯。

崔旦的双臂即将落下去，触着孙武的脖颈，露珠白的脸蛋也将贴在他的腮帮上。但在一霎间，她的身子一颤。他的目光中分明有闪闪的剑光，把她的心震撼了。在僵住的片刻，二人目光对峙。崔旦笑得异常娇媚。孙武觉得体内有麻嗖嗖、痒酥酥、热腾腾的东西生出，身子似乎轻飘飘的将要晃悠起来。崔旦的眼睛里，那热辣辣美滋滋的流盼中，绿莹莹的光气显而易见，只有梦境中的女人才有这种情色，娇艳的绝代佳人夏姬也许就是这样吧？

“你坐下！”孙武以手指示意，“有话好好说嘛！反正你这么辛苦的来了，我不能拒之门外。我是个菜农，也有了家室，若要随我，就老老实实跟着务菜。怎么样？”

崔旦犹豫了一下，欢悦地说：“好，遵命就是！”

第九章

王室内乱

一　火烧寝宫

一场大火在周王室宫墙内燃起，烈焰熊熊，火光冲天，浓浓夜幕被它撞得一塌糊涂。噼里啪啦，飞檐上的翘角碧瓦开始坠落，椽檩大面积烧得焦红，顶上的琉璃瓦不知什么时候已经倒坍落地。火中带风，似乎打着旋儿，发出刺耳的嘶嘶厉叫。一会儿，一道道通间方檩变成火锭，远远地闪出耀眼的赤光。

火光如剧烈的集束闪电，不仅映红了高空，也把附近几条大街照得如同白昼。奇怪的是，不但没有人去救火，连近旁围观的人也没有，闪亮明澈的街道上空空荡荡，除了几辆配备兵士的战车放在那里，别的人连一个影子也找不见。

接连多日的街头拉锯战难分难解。在尸体如玉蜀黍杆儿般铺的横陈，又被急驰的战车轮子多次碾过，直到血腥的浊气浓得能把人的眼睛腐蚀致伤时，胜负才见分晓。曾经一度占领王宫的王子朝[①]部队撤退了，受到晋国支持的王子丐完全控制了局面。刘子和单子根据情报分析，王子朝可能没有逃离王宫，便及时封堵宫院大门，派武士逐室搜查。后院原先周景王

① 公元前 519 年，周景王崩，刘子、单子杀宾孟，立太子猛，是为悼王。未几，王猛病卒，复立其弟丐，是为敬王。王子朝在其党羽与百工依附下自立。周人呼丐为东王，朝为西王。

的寝宫，门从里面死死关着。他们判断王子朝负隅顽抗，便一把火点燃了这座巍然宝殿。

虐杀酷战把洛邑万千百姓变成了惊弓之鸟。人们不敢到街道去。据说这几天街战中，连无数受过刖刑而成无脚残疾的乞丐都成了屋檐下的饿死鬼。人们躲在僻背街巷，或者待在自家院子，仰头遥遥望着暗红色的夜空，并交头接耳地传递着一个惊人消息——王子朝正在被活活烧死！

在守藏室外面的巷道上，老聃、希、苌姬、庚桑楚和另外两个侍人，也在惊异地观望烟熏火冒的夜空。这儿离火场五六里路，那里噼噼啪啪的响声已很隐约，并没有烈焰强光把他们的脸孔照亮，但他们却如在火场，心被腾腾的火苗烧着，一个个焦灼不安。

苌姬想到现场看个一清二楚，就推推庚桑楚的胳膊肘，要他一块儿去那边。庚桑楚迟疑了，他知道去那里是有危险的。这些日子，王室下属的所有宰司都严守大门，不许人员外出，街上行人无辜死亡的消息不断传来。老聃虽然没下什么命令，但希却给他们一一打了招呼，不许任何人到大街走动。

“你去不去呀？究竟有没有人在救火？咱应该看看呀！”

“恶兵恶战的，有什么看头？你不怕受了误伤？”庚桑楚悄声嘟囔。

苌姬双手拉住他的胳膊，向前走了几步，望着一个黑黝黝的四方高台状的东西说：“咱们上去吧，站在这上头看。”

凭借微明的淡薄月光，庚桑楚看清了，这是一辆战车。近来的大街小巷，尸体、死马、刀剑和断轴裂轮之车到处乱扔。他自己脚踩辐条手扳厢沿先上去了，再拉着她的手把她吊上了车子。

老聃和希站在他们的斜后方，两人一语不发，长时间的沉默着。希与他比肩而站，她矮他一个头，头发似乎受到了他粗重的喘气和鼻息的喷扰。

眼前由王子兄弟内讧演绎的这场活剧超出老聃的预料。安葬了景王以后，王子朝就不再回宫，新天子也借故解除了他的职务。双方兵戈相见，各自的支持者充分调集力量，洛邑全城及近百里郊围的青壮年男子几乎都拿起兵器。金戈铁马在人的狂奋中挥旋奔突，人在金戈铁马的犀利疾飞中流血丧生。在这一过程中，人变成了猎物，在强弩利剑下一钱不值。而每一个人，都在血沸腾心发狂，车轮滚动的声音能把天顶震坍！

争！争！争！个人的名分利惠之争！派系的恩怨爱恨之争！众人的稀里糊涂之争！

不争！不争！不争！这却多么难以实现呀！

自柏举筑城苦役后，他又参加了几次战争。回到故乡，由于对《易》的黯通，加之聪颖谦逊，崇尚俭朴，饮誉乡里，被周王室任用为守藏史，记载朝议，掌管典籍。此间博览群籍，学识大进。就在这个时期，他对夏、商、周三代礼仪之制悉心探究，稽古冥搜，融礼乐汪洋博赡之学与精审卓绝之识于一体，周景王也常常问询典策于柱下（李耳曾任柱下史，即朝会时站于柱下，备天子咨询），但礼崩乐坏，天下纷乱的局面依然不能扭转。他发现，根源不在礼乐之制是否健全，而在于人们攻心斗智，机巧黠滑，抢先贪夺，便从自己多年的感悟中得出匡世之道，推出了柔弱、不争、处下不为强的主张，以日常可见的水为喻，希望世人像水那样利于万物而不争。知雄守雌，知白守黑，知荣守辱，是他探索出来的处世方略。人所正面思考的，他却逆向谋虑，反常道而行之。可以说，他的“道”，是一种戛戛独造。他毫不隐讳的陈述己见，对苌弘，对王子朝，曾经恳挚的以此劝导。而苌弘反唇相讥，王子朝则委婉的予以驳斥。

冲天大火见证了他的正确，也增添了他内心的痛苦。

难道岌岌可危的周王朝，还要架在这燎天大火上烧烤吗？

此刻，凡是王室享有官爵俸禄之人，不论是这派那派，都在为这场大火而痛心疾首呵！

站在老聃旁边的希，忽然听见前面那堆人惊骇的赞叹声。王子朝，那个英俊而富有朝气的振振公子，他此时正以自己的肉体化作大火中的一缕黑烟吗？

庚桑楚忽然觉得自己的肩膀被抠疼了。苌姬的手一直攀着他的肩膀，两个人对着西边半个天空凝神注目，他不像苌姬那样心里还有另一种牵念。对王子朝，这位显贵身份的师兄，他有一种本能的反感。这个人身上有股咄咄逼人的气息，好像总是居高临下地俯视你，倨傲地指手画脚，趾高气扬。尽管印象如此，但听到他葬身火海的消息，他还是感到惊诧而悲哀。

想不到苌姬那么伤感，她的手指蓦然攥紧，不自觉的过分用力，把自己的肩膀抠得生疼。

“他本该是当天子的！天子天子，苍天为何不护佑自己的骄子？”苌姬的声音颤颤的，显出无限的激愤和悲凉。

庚桑楚双手扶着苌姬的胳膊，凄婉地吟了两句诗：“王事多艰，维其棘矣！”

苌姬接着说：“王事多艰，苍天无眼！让这大火放开烧吧，直烧得星月焦烂，天穹坍陷！”

“你悄悄的，莫要胡说！以天为宗，以德为本，这是最重要的乾坤纲常，今后再不要天呀地呀的乱嚷了！”

在另一边，王宫门前的大街上，半空的火光把地面照得一片通明，连铺路的青砖卵石也能让人看清。刚才这儿还空空落落，除了几辆兵车，没有人敢去那里围观走动。但过了一阵，一辆三马连辔的车子急急驶来，马蹄嗒嗒，鸾铃叮叮，径直到了王宫门前。

战车上的士兵急忙出动，他们手持长钺，迅速列成一队，严整地堵成防线，拦住马车。

车厢四周没有华帷绣幛。苌弘峨冠博带，一身临朝时的缁褐色锦袍，一脸威严，坐在正中的高凳上。

“呔！我有紧急公务，要见圣王！”他板着脸，抖动胡子，语调急昂昂的，仿佛下着命令。

为首的卒长冷冷回绝说：“天子没有在王宫，里面空无一人。”

“刘卷①大夫呢？我要见他！我要立即见他！他在哪儿呢？”

无人应声！

刘子是他的主子，和单子一起，同是悼王军队的指挥者。自景王葬礼

① 刘挚于公元前519年亡故，其子刘卷继上大夫之职。

之后，刘子就卷进拉锯战，再没有他的影子。生死相搏中他能够活命，能够反败为胜，已经很不容易。秘密的指挥部在哪儿？连天子的去向也不知晓，怎么去找刘子呢？

苌弘失望了。他跳下车子，呆呆朝大门里望着。隔着前面几座殿宇，可以清楚看见寝宫顶端的火光，听见呼啸的风声和梁檩爆断的嘎嘎声。

大火如烧着他的肌肤呵！

为什么要这么烧呀！这是周平王之后十三代天子住过的寝宫，是威仪的王宫一角，怎能忍心用一把火去点燃呢？王宫失火，官员、军队、士人、庶民，怎么任其焚烧坐视不管呢？

苌弘瞪目望着，忽然如饿狼一般，低头纵身朝门内扑去。

锵的一声，武士们的长钺齐刷刷伸过来，正好堵住他的胸膛。他抓住面前一根杆柄，还没有用力去甩，人家就使了劲，朝后一推，他就打了个趔趄跌倒在地。

他顺势躺着，歇息片刻，又一骨碌爬起，像疯魔了的恶犬，在兵墙前面的场子兜着圈儿，双拳抱起，一边跑步，一边嚎叫般吟咏："文王武王，周公圣姜，成王康王，宣王景王，明明在下，赫赫在上，嗟嗟列祖，申锡无疆，保有厥土，于以四方，贤明治世，懿德昭彰，民受福祉，丰年穰穰，天降丧乱，纷争熙攘，礼崩乐坏，威仪竟殇，蟊贼叛逆，士民多殃，瘼众饥馑，民卒流亡，于乎哀哉，吾独忧伤，哀哉哀哉，何不我亡……"

激情所至，灵感顿生。除了三五句自编，宴会的乐歌及祭祀礼乐中的唱词油然在他的喉前组合，配合着脚下的节奏脱口而出。身后的月光玉佩随着脚步的移动呛呛作响，脸色凄怆而绝望。末了，一屁股跌倒在地，山羊胡子一抖，嘴唇痛苦地翕动了一下，大放悲声地啼哭起来。

二　苌姬显锋

火烧寝宫与王子朝被烧死的噩耗，强烈地震撼了洛邑。自平王东迁以来，尽管王室在诸侯逞强的干戈声中日落西山，如今只剩下方圆二百里的管辖地区，但这一切变化都是外部原因造成的。如今同室操戈，焚烧宫殿，却是实实在在的自毁自弃。王城上空那一缕淡淡的“王气”，眼看要被这冲天大火的浓浓烟雾遮蔽了。

王城将变成什么样子？

“雪上加霜，王室怎么存得住呵！”希的心情沉重，亲眼看见火光烈焰已化作一条绳子，把她的心结狠劲朝下拉着。清早，她去瀍河边上的市场买菜，发现菜场遽然少了许多摊位，买菜的人也大为减少。一问，才知道送菜的农人不敢进城，居民也不敢出门了。在瀍河的南北高堤上，聚着一个个人堆，还有众多的人向昨晚着火的方向眺望，伸出手臂，指指点点，议论纷纷；还有人高声地反复唱着《黍离》中的句子：“悠悠苍天，此何人哉？（苍天哪，这是谁的罪过？）”

冷森森的歌声，噗啦啦地朝她的心扉撞击。她想起了老聃。他昨夜睡得倒也安稳，但早晨起床后却不似往日那么平静。他在守藏室院子的通道上孤零零的踱步，悠悠地兜着圈子。本来，晨曦的一缕流彩涂上窗棂，他会准时在檐下的水青石上坐着玄览。庚桑楚早就将水青石搬到那儿了，他却没有去坐。

她挎着菜篮焦急回来，发现老聃却在檐下水青石上坐着。她特别留意他的神情，发现他虽然像往日那样双目闭阖，神色木然，但眉棱上的几根长眉却如蟋蟀的尾刺那样微微颤抖。显然，他的“虚极”“静笃”不如往日。

就在她的脚步即将跨进卧室门槛时，背后却传来了老聃沉闷的声音：“把那两个弟子叫来！”

希回过头走了几步，看见老聃的目光冷冰冰地射了过来。

希很快叫来了庚桑楚和苌姬，四个人坐在卧室外面的小客厅。

老聃坐在那把藤椅上，抬眼望着两位弟子说：“我先前虽然坚信自己的主张，但并不要求你们刻意效仿。现在我有所改变，既然收你们当门人，就要坦诚地予以教诲。你们都看见了这场大火，知晓那个不祥的消息。”

他的头拧过来，目光对准板柜上的一件猎品——麋鹿的七岔犄角。希走过去，双手取过它，轻轻放在当中的木机上。

“我的弟子王子朝，他多么敬重我呀！这鹿角，岔上长岔，层层叠叠，可谓稀世奇珍，百年不遇，也许是万鹿之王才能长出这宝贝。长出这宝贝有什么好处？猎手见了，千方百计，拼命追赶，哪怕你逃到山之巅，沟之底，都会穷追不舍。你生了它，又因它丧命。你露锋芒，显棱角，喜炫耀，逞才华，必定成为众矢之的。所以我主张知雄守雌，知白守黑，不要逞强好胜，赌气似的与人争高下。说起来这并不是我的发现。《尚书》中就有‘夫唯不争，故天下莫之与能争’的话，我不过在亲身经历中感悟了它的至理至正。王子朝，你们也知道他是何等睿智，何等机敏，何等正直呀！但他雄心毕露，志得意满，锐气四射，结果怎么样？”

老聃说着，不由得动了感情，石板似的大脸上泛出红光，眉棱下的眼睛瞪得老圆，腮帮的肌肉微颤几下，抢眼的蒜头鼻下的双孔喷着粗气。加上天气炎热，他的额纹内沁出点点汗珠。希斜睨一眼，轻声说：“不必上气，慢慢地说。”又把一杯茶水递过去。

老聃起身，走到木机旁边，望着眼前的鹿角，手指索索抖动，在琥珀色的角面摩挲。也许是想起了王子朝，那个生机勃勃的年轻人，蓦地，两股滚豆般的泪珠从眼眶溢出。

庚桑楚连忙上前，双手搀着他的胳膊，扶他坐上藤椅。

苌姬和希也都哭泣不止。尤其是苌姬，她背过身吭吭哧哧的哽咽。

受了室内气氛的影响，老聃的情绪升级，不能自制，他三两步跨过去，双手抓起鹿角，正当狠劲用力朝墙上摔去时，希用双手架住他的胳膊。庚桑楚和苌姬急忙夺过鹿角，将它放在原先的柜架上。

小小房间顿时静寂了，各人默不作声。希让老聃一个人待着，她把两个年轻人带出屋子。

库馆前面的草坪沐浴着刺目的阳光，茸茸绿草抵不住太阳曝晒，叶子卷成窄窄的细条。银白杨的枝杈上吊着两根细绳，一盆一罐都在上面挂着。阔大的树冠如撑起遮阳巨伞，他们在树荫下席地而坐。希为他们讲了买菜时见到的情形。王室能否久存，确实令人心忧。这次内讧血战，自相残杀，虽然不能说归咎于那一方这一派，但王子朝无疑是一位受害者。由王子朝的心性脾气又说到老聃的处世主张，继而谈到《归藏》中的“含章可贞”，后来又回忆父亲商卜人“只养人，不存银”的点滴趣事……

苌姬在她讲说时紧蹙眉头，眼皮一眨一眨，目光中满含疑虑。她脸色抑郁，嘴唇紧抿，一直在心里想着什么。待希的话一落点，就抬起头不满地说：“娘呀，你和伯伯的教诲，够得上语重心长，但我却越听越糊涂了。知雄守雌，知黑守白，含章可贞，不要英气外露；这么下去，会变成怎样的人呢？他能遇恨则骂，遇嬉则笑，遇快则赏，遇奇则惊，遇愤激则按剑相从，遇节侠则欲以身代吗？妈妈你过去说过，坤之气，要求直、方、大，不是以正直、端方、博大为标准吗？不敢暴露自己心志，不能直抒胸臆，不去抵制歪风邪气，又怎么做一个堂堂正正的人呢？”

苌姬一口气说了许多，包括对那只鹿角的看法。“作为一只鹿，哪个不想长出好角？只有生命长久，身强体健的鹿才能长出华美奇珍之角。如果怕吸引猎人，带来生命之虞，那就干脆不要长角了，但无角之鹿是什么鹿呵，当这种鹿还有什么意义？至于王子朝，他的英气四溢也没有错，他不才华外露父王如何发现得了？他不敢作敢为臣僚怎么会死心塌地地跟着走？王子朝没有照夫子的话去做，是一个振振公子应该有的表现，他实在没有什么错误。”

希被她的一席话震惊了。出乎意料，这姑娘居然反其道而言之，而且道理一拨儿一拨儿的，有根有据，一板一眼，看来她心里有了一套可怕的主张。究竟为什么呢？

庚桑楚也很惊讶，她怎么向夫子的主张挑战？听起来头头是道，而且还带着好恶的感情。看来王子朝对她是有影响的，她的性格中也有争强好胜的成分。

希伸出胳膊轻轻揽着苌姬的肩膀，凝望着庚桑楚说：“庚儿，你是怎么看的？”

庚桑楚毫不隐晦地说：“我对夫子和师母的教诲心悦诚服。苌姬之所以看法上有偏差，是由于没有真正领会夫子理论的深层含意。知雄守雌，知白守黑，知荣守辱，其中含有刚健勇为的意思，而不是纯粹的懦弱。这个‘守’，不是畏缩不前，也不是后退回避，而是含有主宰和把握，具有内收凝敛、包藏的意义，只待时机成熟，就可实现抱负。”

庚桑楚还想把那个王子朝指责一番，但望着苌姬懊丧的样子，只好忍住了。

“我要是一只鹿，绝对不长华贵耀眼的角，而把功夫用在双腿，能蹦善跳，可越山岭，可跃深涧，任何猎手都休想靠近我！”

庚桑楚仿佛自言自语，不拿眼去看别人，脸色平平，头微微向上扬着。在这一刻，一贯沉实寡言的他动了感情，高声大气地吐露自己的心声。

苌姬被激挑得沉不住气了，她瞪着眼睛，不屑地问：“你能跑善跳，整日地待在山林，只是为了吃一肚子草而活着？”

“呦呦鹿鸣，食野之苹。我有嘉宾，鼓瑟吹笙。”庚桑楚吟了几句诗，脸色虽然平静，却透出了一丝得意：“我不是能自由的鸣唱吗？我可以唱出自己心声，还可欣赏深山老林的四季美景，和伙伴们安闲地分享那份宁静。”

“还有什么？”苌姬似乎有了兴致。

“还能再有什么？这就够了！”

“好痴货！”苌姬望了一眼微微笑着的希，又傲气地望着庚桑楚，“你知道鹿为什么呦呦鸣叫？它为谁发出悦耳的叫声？长出美丽的岔角，有什么作用？这跟‘关关雎鸠，在河之洲’是一样的。‘喁喁草虫，趯趯阜螽’‘雄雉于飞，泄泄其羽’，甚至‘桃之夭夭’‘青青子衿’，都含有明显的所指。你连这些都不懂，还指教别人！”

希被他们的舌战逗笑了。她握着苌姬的手腕说：“庚儿没有嘴上的明示，未必就不明白这些。”

三　文告天下

就在老聃他们面对夜空的熊熊火光揪心难挨时，王子朝并无火焚之虞，这个深得人心的王子被人暗中救助，已安然离开洛邑城区。

父王猝然暴病而亡，宫廷矛盾霎时明朗化了。经过一场干戈，王子朝非但没有登基，还被异派排斥，不能在王宫立足。依靠旧党和百工组成的军队，他英勇出击，卷土重来，又占领王宫，扬眉吐气地执掌新的朝政。但好景不长，刘子求得晋国支持，大兵压境，进入洛邑后很快包围王宫，并发出生擒王子朝的命令。

王子朝在众多手工艺人中享有极高威望。他曾经多次去北街的弓矢作坊，和那些工匠一起研制改进桑弓铜箭，以亲近的态度、精明的见解获得他们拥戴。受其影响，这条大街的其他作坊店铺，那些制作青铜礼器、金器、玉器、铁器、漆器、木器和纺织皮革等行道的匠人，都期望他能如愿得位。王宫失守时，眼看在劫难逃，身边一位木工想出声东击西的法子——让几个士兵从寝殿里面顶死大门，保护王子朝从后面逾窗逃走，藏在运木材的车上离开洛邑。

王子朝秘密住在郊地，暗中网罗旧部，组织人马。另一方面，他要将事情原委告白天下，获得道义的支持。他颇费踌躇，亲自操笔，起草了一份文告——

从前武王克殷制胜，成王安靖四方，康王与民休养生息，一起分封同胞兄弟，以此作为周室屏障，还说：“我不能独受先王功业，为了从长计议，一旦因荒淫败落而陷入困境，就可以得到拯救。”至夷王，恶疾缠身，诸侯遍祭名山大川，为其健康祈祷。至厉王，内心乖张暴虐，民难忍受，就让其住到外地，诸侯各自离开原位而参与王室政事。宣王有德有识，又得了王位。至幽王，上苍不保周室，天子昏庸不顺，又失王位。携王违背天命，被诸侯废弃，新王迁都郏鄏。以上这些全赖兄弟们效力。至惠王，上天生扰，生出祸心，波及王子带。惠王、襄王避难弃离都城，此时晋、郑派兵驱走邪恶之徒，王室得以安定。幸亏兄弟相助。定王六年，秦人受妖孽滋扰，散布说周室会生一长胡子天子，以其尽职而使诸侯顺服，两代谨守职分，有人觊觎王位，诸侯不为王室谋划，得到动乱之实。灵王果然生而带须，他神奇聪灵，诸侯不做恶事。灵王、景王都能善始善终。

如今王室动乱，单子、刘子扰乱天下，他们倒行逆施，还说什么："先王登位没有定规，可以任意立王，看何人敢来讨伐？"凭一伙邪恶之徒，在王室制造混乱。他们的侵吞难以满足，贪求无度，惯于亵渎鬼神，轻慢刑律典章，违背盟约，蔑视礼制，轻蔑先王。晋国无道，首先赞助出兵，放纵邪恶。如今我流离失所，逃至荆楚，无有归宿。假若兄弟甥舅顺天意遵法度，不助邪狡之徒，按先王旨意，防止招惹上天惩罚，解我之忧，为我谋图，就是我所乞愿的了。在此我敞开心扉重申先王之命，望各位诸侯三思。

以前先王有令："王无嫡子，选立年长者，年纪相当的依德而立，德行相当的占卜而立。"天子不偏爱，公卿无私心，古制如此。穆后和太子寿去世已久，单子、刘子却从幼而立，违背王令。请各位诸侯明辨是非……①

写罢最后一笔，他手按几案站起身，目光对着一行行整齐的篆体文字，又默默地从头读起。这三尺黄绢留下的朱砂字迹，一笔一画都是他难以抑制的心声啊！在父亲的满目皆白的灵堂前，在战车滚滚斧钺撞击的战场，在重返王宫步入龙庭的时刻，在躲进牛车狼狈逃窜的路上，他都反复地想过祖宗之命，先王之制，父王之意，上天之象，想过无视道义的兄弟及倒行逆施的异党制造的这场混乱。摇摇欲坠的王室怎能经受这打击啊！也许天意灭周，自己和王室的命运就该如此呵！

王子朝静静读着，沉重的凄凉一阵阵袭上心头，不禁潸潸泪下。

悲痛中他忽然想起了一个人——夫子老聃。

这位博学的长者，他通晓典籍，熟悉经史，明了礼义，一定会在理论

① 据《春秋左传·昭公二十六年》意译。

依据方面给以支持；何况这位恩师还一贯关注自己的为人处世，希望他能平平顺顺地躲开纠纷，最终实现南面为君的意愿呢！

他决定秘入洛邑去找老聃。

老聃和希怎么也想不到王子朝还活着！

那天晚上，寝殿完全成了灰烬之后，天上的烟色火光全部消失了，他们才从巷道回到卧室。希在床头闷闷地坐了一会儿，又暗暗取了三炷香，去了院中的海棠树旁，将香别进一堆虚土点燃。她恭敬地面对夜空的北斗星拱了三揖，以安度那个屈辱不安的灵魂。

不难想象，王子朝不期而至，让他们又惊又喜。

过去几乎每次会见夫子，他都会带着猎物。而这次就不同了，他带来的是一张弓，特选的桑木作背，弧顶镶着三颗宝石，整个弓身很长，和人的身高差不多。这是他过去狩猎用的爱物，是他驰骋山林的见证，也是他性情心志的象征。

“夫子，师娘，我今后可能再也用不上它了，弟子现在是被难之人，没有什么宝物，只好以这弓作为礼物，表达弟子的思念。”王子朝双膝跪地，蜡烛的火苗照亮了他脸颊上的莹莹泪珠。“快起来吧，孩子！”希收了弓，握着他颠倒的双手让他站起。

老聃睁大眼睛，看着星夜偷偷赶来的装扮成贩盐的弟子，望着他一身暗褐粗麻布短袍，窄带的破旧衣服，心里酸楚得厉害。

“噢——死里逃生，能活着就好！我想恐怕再也见不到你这王家弟子了！战争，那是不祥之事，你要超然一些，不要再卷进去了！”

“夫子，箭在弦上，不得不发啊！”王子朝擦干眼泪，诉说动乱前后的处境及收复王宫继而失守的经过，谈至伤心处，这位昔日英气郁勃的王子，又一次眼泪哗哗的了。

希被感染得热泪涌出，她宽慰地说：“天意如此，其实你并没有错；如果你的父王不患暴疾，有了太子名分，就顺理成章地为君了。”

王子朝苦笑了一下，却这么说：“师娘，夫子和你一心栽培我成为一个贤人，如今招贤纳士已蔚然成风，王室应该择贤而立，名分当按这个原则去定，而且，我还比他们年长呢！”

王子朝从腰间取出一个布包，掏出那卷黄绫，展开后双手呈于老聃面前，请他过目。

老聃边读边思，颇为吃惊。这位印象中尚武而不重修文的年轻人把王室的继位史探究得何等透彻！有理有据，很有说服力；他看过的守藏室文档，和文中事例大体吻合。

“不错！你是怎么弄清这些史实的？”

“父王讲过一些，我的母亲像指导我读书一样，常常把那些掌故刻成竹简，一段一段边读边讲。当然了，母亲关心我的前景，她专门安排人才弄得一清二楚。”

老聃连连颔首：“一定有史官参与，要不怎么和守藏室的资料毫无二致？武王、成王、康王的文稿，惠王、襄王谈话的记录，直至你父亲出巡狩猎、祭祀时的讲话，都能说明这些。”

“呵——”王子朝惊喜得拍手叫了起来。

“不过——”老聃话锋一转，讲起了尧、舜、禹的情形，说明禅让之风如何深得人心。王子朝觉得禅让之制符合选贤任能的法则，于他有利，不料老聃把话题又转入人的德行。古代圣贤以百姓众生为本，从来不考虑自我，达到了忘我境界。他们不炫耀自己，不与人争，如禹治水有功却不愿谈及此事，明知自己是光明的，却甘居于暗昧的地位，愿为天下溪天下谷，能够容忍泥沙和污水从身上流过……

王子朝抬头凝目，克制着自己的情绪，竭力地静下心来谛听。怎么了，夫子后面的这段教诲为什么不能提神入耳呢？

四　琴瑟和音

苌弘找到刘子时，已是半月之后。

酣战暂休，洛邑复归平静。由于刘氏家族与晋国范氏家族世代联姻，刘子出面搬兵，晋国才派大军支援，从而打败王子朝的军队。这样，刘子的功劳威望在朝廷无人可比。

刘子那天晚上下了纵火的命令后，就匆匆离开王宫。他是天子依赖的核心人物。防备再战，重新组阁，恢复洛邑的正常秩序，许多政要军务必须由他亲自处理。

苌弘急于见他，却不知他的去向。

刘子回到自己宅邸，立即差人去找苌弘。

两人都很着急，目的却迥然不同。

苌弘为了指责，为了发泄，为了纠正错误。见到刘子后，他单刀直入地问道："寝殿大火是你下令放的？"

"是的。"

"……你……你下了命令，他们才把寝殿点着的？"

"是的。"

"你……你……你……就是纵火的指挥者？"

"是的！怎么了？"

苌弘气得浑身抖抖索索，面色铁青，目光发直，而刘子却一直不屑地笑着，神态坦然，甚至有些得意。

"荒唐、胡闹、缺德！魔鬼迷了心窍！恶狼把心肝啃了！或者早就长了一颗黑污的心！"

刘子是他的主人。按常规常理，家臣这么辱骂主子，是要遭受处罚，甚至被砍头的。但苌弘是他父亲重用的臣僚，受到景王嘉赏，又比他高一个辈分，应该让他几分；而且这种人心地纯洁透明，头脑聪敏而简单，一腔血液任何时候都是热滚滚的，只要善于使用，就会掏心掏肺地为你卖命，所有的热情才智都会化入你的事业。

刘子眨巴着小眼睛，微微笑着说："苌公，不要动气吧！千金难买老臣心，有什么指教，就畅开言子，坐下来慢慢说吧！"

"平王东迁，王宫始建，英明的先祖在位四十九年，直至驾崩，宫殿群落方才告竣。穆穆皇皇，十三代天子安寝之地，圣明昭昭，岂是一般的楼馆房舍可比！"苌弘说得动情，脸孔也涨红了。由于气愤和焦虑，他的胡须这些日子也变得苍苍发白了。“再说，即使是普通房屋，一砖一瓦也由民脂民膏堆积而成。以德配天，以民为本，三皇五帝，周祖后稷，圣言遗教，岂不遵循？从前国人暴动，百工起事，都是因为当政者暴虐无道，不能惜民佑民，致使天有凶兆，降下灾祸。这些年尹喜观星望气，已见不祥征象。果然天降丧乱，王子朝自立为王，反叛朝纲，带来的损失影响恐怕是百年少见了！”

“这话算说对了！”刘子斟了一杯酒，递了过去，脸色变得庄重阴沉。“王子朝，他是一条罪孽深重十恶不赦的毒蛇呀！他很狡猾，也十分聪明，洛邑全城所有的手工艺人都被他感化了，他可以一呼百应卷土重来，正儿八经的打坐金殿，南面称君的神圣起来。对这种人的处置就不能施用常规之法。我送给他一把火，让他在一座巍然大殿的燃烧中丧生，这才能表示他死的分量。当然了，我故意要造成一种炫示，让全洛邑的人都能看见这冲天大火。究竟这熊熊火光说明了什么，让人们自己去思考。苌公，除了这些，我再说几句利己小人的话——我也在出自己胸中的闷气。您想想，新立的天子被赶出王宫，我和单子一伙如饿狗一般夹着尾巴东藏西躲，险些做了刀下之鬼。我恨不得将这条毒蛇生吃到肚里！”

苌弘的双眼呆呆地瞪着，他有些犯傻了。

这位年轻的主子怎么说出这样的话来？他还怒冲冲气汹汹的，理正词严，态度强横。究竟是他对还是我对？

“当然了，苌公您讲的也有一定道理。”刘子谦恭地笑了一下，“这是十三代天子的安寝之处，是穆穆皇皇的圣明之地，理应格外尊重。以天为宗，以德为本，这是先祖遗训，马虎不得。可是，当今世界，谁还迂腐地光动嘴皮子？先前是诸侯放恣争霸称雄，周失其纲，朝贡废缺。后来是私家崛起，大夫擅权，家臣得势，齐国的田氏、鲁国的三桓、晋国的六卿，他们谁还把诸侯放在眼里？什么天呀、德呀、民呀、圣呀，统统地碾在滚滚战车的轮子底下！王子朝明知景王立了太子，明知太子顺理成章地登基了，却还要自立为王，率军叛乱，因为他有军队支持；反过来说，有了晋军支持，我们也才能消灭叛贼。道理就这么简单。因为有我的亲戚范氏帮忙，王室就安然无恙，您才能继续任大夫之职，司掌乐舞，笙歌管弦红男绿女任您指挥。”

苌弘点头默认。怎么了，自己竟然赞同他的道理，甚至心里满怀着感激？在这段日子，他自己在家里待着，王子朝并未派人骚扰，而刘子、单子等一帮要臣却随悼王躲避流窜，可谓出生入死，历尽险恶。要不是刘家的亲戚，还有王室今天的光复吗？还有自己峨冠博带执掌乐舞的可能吗？

“苌公，您说，我讲的占理吗？”

“唔……唉，你有你的处境，毕竟是天子面前的重卿，比我见多识广……”苌弘手拈长须，不自然地笑了。

刘子也挤着小眼睛笑了。

刘子接下来的谈话完全是为这位长辈唱赞歌。关于苌大夫的音乐天赋和造诣，关于那次无射大钟的演奏，关于有硕人参加的宫廷歌舞……这些在刘子看来都是常人不可企及的，在当今礼崩乐坏的时代，大司乐的职位尤其显得重要。

刘子说，他和周王室都要为立下功勋的苌弘大夫晋爵加禄。

他又为苌弘作了安排：王室正常的秩序恢复，首先应有正常的礼仪，天子临朝、出巡、祭祀、庆典等项礼乐近日应该抓紧演练；另外，刘子自己府邸也该有一套相应的礼乐；晋国范氏家族拟聘请苌弘担任司乐训导，希望他作好准备。

苌弘的心里又热烘烘的了。音乐、歌舞、事业，提起这些他就兴致盎然。他站起身，高声说：“好了好了，诗书礼乐，乃天地之精华，若整日沉浸其中，既能兴邦安民，我也会非常快乐，这是求之不得的呵！”

苌弘想不到他回家后竟然碰了一鼻子灰，妻子郑杨和美妾硕人都给他泼了冷水。

那天晚上，他望见火光后愤然离家去找刘子质问，回家后疯疯癫癫叫喊不止，口口声声大骂刘子。郑杨和硕人好不容易才让他安卧床上，二人又返回庭院对着半天的烟火发呆。她们认定刘子一伙是祸国殃民的宵小之徒，公然纵火自焚王宫殿宇，哪里有半点人臣良知！硕人抱着郑杨的肩膀浑身战栗，她很害怕，仿佛这通红的火焰会猛然蹿到自己身上。

接连几天，硕人像患了焦虑症似的，关门不出，轻声呻吟，不思茶饭，浑身乏力，一闭上眼睛就有火光在胸际出现。她总是怕这怕那，担心自己和苌弘被什么灾祸夺去性命。

郑杨定神沉思，她深感周室无望，在这动辄杀戮遍地的年月，当一位朝廷命官整日提心吊胆，还不如一介庶人平安清静。待苌弘神志好转，她便委婉劝说，要苌弘离开王室，到民间当个自由乐人。

苌弘被刘子的安排鼓舞着。他兴奋地叙说刘子如何答辩，如何驱散了他心头的疑云，又如何重视恢复朝廷礼仪……

“我不想再进王宫了！那地方没有礼仪，全由恶人掌管，连鬼也不敢去呢！”硕人沮丧地说。

郑杨已经看出了刘子的奸诈阴险。这个人巧言令色，颠倒黑白，不可信赖。他如今执秉朝纲，大小官员都得对他言听计从。奸佞当道，还是回避为好。

郑杨和硕人都劝苌弘辞官归里，在远离都市的大天野地过一种无拘无束的日子。“想想看，五亩田园，三间草屋，一妻一妾，一琴一筝，该是何等畅心舒意！”

郑杨还说：“聃大公多次提醒，不要逞强外露，显才求宠，不要和那伙掌权者过从甚密，以免越陷越深。”

苌弘拍拍郑杨的肩头，又握握硕人的手，双目审视似的望着她们，嘴唇一直为笑意咧着。“不要杞人忧天嘛！我不贪不邪，心底无私，只知竭尽心志为朝廷效力，敬天爱民，忠贞不贰，有什么可惧怕的？再说，景王待我不薄，曾当面嘱托后事，寄以殷殷之心，我怎能愧对圣上，危难之中苟安逃生？刘子既是王室要卿，又是我的主子，食人之禄，忠人之事，这一点良心总该有吧？”

郑杨、硕人不再言语，但仍然郁郁不乐。

苌弘把她俩带到乐室。他拿起陶埙，郑杨抚琴，硕人弹筝，呜呜叮叮，奏响了《凤鸣岐山》。

这首乐曲不在王室统编的《颂》《雅》之内，它是尹喜在秦国岐山一带收集的当地民歌。传说周文王元年，周人的先祖聚集地岐山，凤凰成群飞往而鸣，音长而不息，惊天动地。这是吉祥的预兆。果然，周文王似有神灵相助，国邻和睦，民康物阜，诸侯归顺。

苌弘在曲子的过门奏后，不再吹埙，而放开喉咙唱了起来——

穆穆文王，
于昭于天；
祥瑞有兆，
凤鸣岐山；
其声之魂，
有周不显……

他唱的激情洋溢，摆开双手，扭动腰肢，尽情舞之蹈之，身后的玉佩叮叮呛呛，随着脚步节奏分明地响着。

郑杨和硕人在演奏中焕发了和悦之情。她俩低首凝目，手指如飞，全神贯注的神色中隐含着一缕自赏的兴奋。

“好了！你们说，这埙、琴、筝之间，要不要往一起和？我的歌，你们的曲，要不要往一起和？我的舞，你们的演奏，要不要往一起和？”

郑杨自然明白他的用意。她不能违拗他的意思，只好温和地笑着对硕人说：“既然夫君一心效忠朝廷，我们自当热心跟随。燕燕于飞，上下其音。怎能让他孤零零的单飞呢？”

第十章

秦佚失恋

一 橡树林里

经咸阳，过槐里，又坐船渡过了渭河，沿着熟悉的三十里平坦路径，尹喜回到了终南山北麓闻仙里。这里有他的草楼，有他魂萦梦绕的山林，也有他视为亲人同胞的村民。

与以往不同的是，庚桑楚也随他来了。

庚桑楚，这个看来迂板老实的青年，其实心中埋着另外的主意，他要暗暗学得观天占星之术，在王室或别的公室谋个一官半职，实现母亲的夙愿。尹喜出发前夕来守藏室向老聃告别，庚桑楚在大门内侧等着他，向他提出了请求，得到许可。庚桑楚又向师娘希告假，希也同意了。

关中平原的肥沃，渭河的壮阔，秦岭的巍峨，都超出了庚桑楚的想象。站在状如穹隆而又向外突出的这座麓峰面前，尹喜告诉他，草楼就在这上面。他又向东西两边挥手指着说，东边几十里外是古扈国，西边几十里外是古骆国。古骆国的首领骆明是黄帝的儿子，是鲧的父亲，鲧的儿子禹就生在这里，之后建立了扈，建立了夏。不难想象，在陶唐虞夏时期这里是何等显要！往西不远，又是周天子姬氏一族分脉落脚的领地，还有周文王当初练兵的南原。从秦岭最高峰太白山发源流经千岭万壑蜿蜒泻出的黑河，其出口黑水峪，是周穆王观景赏乐的地方，至今西山壁上留有演乐洞。

“遐哉邈乎，巍乎大哉！”庚桑楚内心有一种见到天外之天的感觉，只觉得眼前一片豁亮。

“这是另外一个世界，一切都是奇妙的！”尹喜又指着身边翁郁苍翠的树林说，“秦岭是中华大地的南北分界，是位于正中的东西走向的屏障，这儿又是最中心的地段，还是生物最旺盛的地方，且有天然的峻岭高台，真可谓天造地设的胜景，是梦中方可得遇之地！”

“人间仙境，上天所赐！”庚桑楚高兴得忽然冒出一句，“应该让苌姬也来看看！”

“不光是苌姬，以后有机会，我还要把李耳夫子请来呢！”

边说边走，尹喜带着庚桑楚进入一片奇特的橡树林。

“哎哟，这么粗大的树！”庚桑楚惊讶地喊起来。

纯一色的橡树，一棵棵主杆壮硕，如盘似磨，匀称分布，直直溜溜的耸上去，在高处撑起枝条，展开碧绿肥大的叶片，形成巨伞般的树冠。树冠连着树冠，人好像进入望不到边的迷宫。脚下，嫩黄的草，枯败的叶，隐约露出头的蘑菇，都在不经意间映入眼帘；沿着缠绕在树干上的藤条攀上去，又从另一棵树上吊下来挡在面前的，是一串串类似牵牛花的长蔓花草，惹得蜜蜂嗡嗡的飞来绕去。野兔、青蛙和蜗牛随处可见，麻雀、斑鸠、乌鸦、喜鹊和灰鸽子在头顶嘈嚷不休。从树枝缝隙向天空眺望，还有鹞子、秃鹫和苍鹰在高高的云团中盘旋。

“尹大夫，我从来没见过这么古老这么大气的树林！”

“往里面走，还有原始森林呢！”

尹喜说罢，一只手把下巴的小胡须捋了一下，眼眸里透出几分得意和诡秘，宣布似的说要进行回声表演了。他正了正身子就敞开嗓子叫喊了——

动——如——流——水

静——如——明——镜

音调很高，却很尖细，长长的亮亮的，像一根葛条有力的甩出去，直直的在空中飞动，匀称的节奏仿佛有两只翅膀扇动，气流的涌动似乎有呼喊的声音伴随。

尹喜喊罢，一个眼神打过来，提醒他注意收听回声。

整个林子回响的声音，好像一个女人的呐喊，音调当然低了一些，吐字也比较模糊，但节奏却没有改变。

听罢，二人都会心地笑了。

尹喜告诉他，这片林子的前方是一片缓坡地带，坡地与参差的树杆形成看不见的障壁，声音碰过去再返回来，才产生这种效果。

尹喜说，回声现象说明了事物的应和变化，实际上天地万物都符合应和变化的规律，人也是一样的。

“王室为什么会发生内乱？王子朝为什么当不了天子？”尹喜举例说明他的理论的合理性，“必定有前因。现在的混乱、杀戮，不过是以前堆积的‘屏障’碰出的‘回声’罢了！”

庚桑楚不断点头称是，他对眼前的尹喜大夫刮目相看了。

忽然，从不远的地方传来一阵歌声，也许是猎人或者采药人泼烦了才唱的吧！

叠和叠和，心生焦火。
镢头跟地叠和，生下田禾；
爹跟娘叠和，生下我我；
犍牛跟乳牛叠和，生下牛犊；
儿马跟草驴叠和，生下骡骡；
车轮跟路叠和，生下辙辙……

歌声如身边的粗大树干，皮儿皱皱巴巴，毛毛躁躁，不起眼，太平常，甚至还不如这树干的端庄，但内中却有硬成的东西藏着。庚桑楚虽然不懂秦地方言，却也能明白七厘八分。他觉得十分粗俗可笑，尹喜却告诉他，“叠合”一词本是卜卦术语。这看似粗鄙淫秽的歌子，实际上表述了“天地氤氲，万物化醇，男女构精，万物化生”的道理。

“秦人真是爽快呀，唱得这么放肆！”他忍不住畅快地笑了。

尹喜问：“唱歌的这人，你想见吗？”

“当然想见！”

“他马上就过来了！”

话刚落点，就听见有人在附近喊：“尹大夫，我知道是你吊嗓子，我这跟屁虫就来了！”

“我就知道是你在唱骚歌！”尹喜转过身，模仿当地口音回答，“‘怪毛’，快来呀！”

只听噗里扑通的脚步声渐渐大了，闪过远处大树的汉子终于出现了。这家伙的样子真是吓人：灰头垢脸上只有眼睛和嘴唇是灵活的，汗水尘污把头发脸孔和衣服全都浆成硬块，衣袖和裤腿被荆棘刺划得绺绺絮絮，一双赤脚不知怎么从山林踩过来的。他的腰上缠着葛条，上面别着镰刀。他一年四季干的卖柴营生，把被当地人叫做“铁扫帚”的荆棘割下来后打成“背子”，背到八里外的乔镇卖掉。除了三九寒冬，来来去去的双脚没穿过鞋。二百多斤的“背子”状如一只竖起来的小船，贴住脊背就会高高冒过头顶，走得快了或者下坡就会头重脚轻栽跟头，但是他却能掌握自如。但有一次遇见大风，“背子”像帆一样让风掀着，他无法控制，终于栽倒在地。要说辛苦，他在村里可能是头号苦汉子了，养活五个孩子能轻松吗？村里人说，幸亏他是天生的“耍娃子”脾气，见谁都会出丑弄怪地说“二话”，才没有累坏病倒。

“怪毛”是他的外号，也成了他的名字。说来有趣，这儿的村民一般都没有姓名，因为他们的祖先是为了躲避官家勒索陆续迁徙来的，老一辈用的假姓假名，新出生的连姓名也不用。在自己家，“大货”“二娃”“三女子”就行了；村人之间，则以该家茅屋所在地的特征为代号，如“崖底下的老汉”“橡树林边的老二”“梁顶上的大货”……反而显得更亲切、更明确。

庚桑楚望着“怪毛”的样子，大为惊异。

尹喜介绍说：“这个‘怪毛’不论什么时候都爱说怪话，不论什么场合都没正经，这一点，咱们做不到。”

“怪毛”的眼珠子好像鼓起来了，嘴唇一撇说：“念书的还不如下苦的？尹大夫不是故意要笑人么？”

尹喜说：“念书的人都高明么？有的人巴结贵人，有的人心贪利己，有的人心胸狭窄，他们未必有你的人品好，未必有你事理通达。”

“你把屎壳郎当成玉石蛋了！河里的鳖是啥，咱是啥。你少攮人！”①

庚桑楚听不懂他的意思，却能分明感觉到他的风趣。

“他，是秦佚未来的岳丈。”尹喜指着“怪毛”，对庚桑楚说，“他家大闺女，和秦佚一起在溪水河里耍大，是一对小鸳鸯呢！”

“下了！②下了！这话甭提了！”“怪毛”忽然背过身子，抽出镰刀准备马上走开。

原来，“怪毛”的大女儿，当地人叫“大姐娃”，半月前去乔镇卖毛桃不幸失踪了。当然，秦佚也遭遇了飞来横祸。

二　即兴歌舞

秦佚的家在溪水出峡谷的豁口，前面一弯溪水河，后面一架疙瘩山，两间草棚孤零零的坐落在一坨台地上。

秦佚的父亲正在溪水边放牛。这是个满脸络腮胡子的中年汉子，约有四十多岁。他看见尹喜，就像碰见了救命恩人，撒腿跑过来，连声说：“赶紧的，赶紧的！”双手抱住客人的胳膊，身子朝后退着往家里走。

秦佚正在炕上睡着，他的母亲在灶膛口煎熬草药。人称“溪口串脸胡子”的秦佚父亲，急忙走到炕边叫醒儿子。秦佚并未睡着，受到精神挫伤的小伙子像抽了筋似的全身瘫软，整日困乏得不愿下炕 ，他的母亲便采了山萸肉和五味子，用石块支了陶皿点起柴火煮熬安神养气汤。一股烟气

① 攮人：关中方言，即嘲笑之意。

② 关中方言， 同屙。相当于“坏了，不好了。”

从那里升腾弥漫，小屋内罩满了呛人的气味。

秦佚支着胳膊从炕上坐起，苍白的脸上没有丝毫表情，两眼痴呆呆地望着客人。庚桑楚想起尹大夫过去的讲述，发现这个山里后生果然眉清目秀，皮肤白皙；如果打起精神，衣着考究，一定和王子朝一样，是个相貌英俊的振振公子。

秦佚内心的灼痛是无法言说的。他凝重的脸色，木木的眼神，久久的沉默，很是让人焦急。尹喜轻轻拍着他的肩膀，不断地劝导安慰，但他还是皱眉板脸郁郁不语。

"这娃钻到牛犄角里了！"串脸胡子叹息后对尹喜说，"除非把'大姐娃'救回来！这几天，他老是做梦，回回都梦见口外女子在乔镇等他见面哩！"

"梦中约会？"庚桑楚心里一沉，看来这对"交交黄鸟"的感情已经很深了。

"这娃心里受亏了。"秦佚的母亲端来了熬好的药汤，站在炕边，双手把灰灰的陶碗递过来。庚桑楚伸手接住，再递到秦佚面前，但是秦佚猛然伸出手来掀开陶碗。蓦地一下，陶碗倾斜，药汁倒出，汤汤水水全都掉在粗麻布条缝裹着兽毛树叶的被子上。

"哟哟哟，这娃呀，你咋成了这呀……"两个做父母的各自背过身，掩面啜泣，哽咽得令人揪心。

这当儿，秦佚也把头偎在尹喜的胳膊上哭了。他一边嚎哭，一边说他要去当兵卒，上战场，挣一罐子钱回来。"我要去队伍里当鼓手！我能成！我能成……"

"你先要练好鼓，在村里比，真正拔尖了，成为一个出色的鼓手，在队伍里才能受重用呀！"尹喜摸着他的头发说。

庚桑楚说："兄弟，我还没见过你敲鼓。走，咱们去热闹热闹！"

秦佚虽然哭丧着脸，不吭一声，但还是被庚桑楚连说带拉弄下炕了。

他们沿着傍溪小径朝几里外存放锣鼓的里长家走去。

天气晴朗，满天没一丝云彩。太阳把碎金似的光点投到树荫下的坡路，斑斑驳驳，静静地落在石块草丛间。四周不时有声音传来，除了飞鸟欣悦的啁啾，坡岭梁峁上闷悠悠浑沉沉的牛哞声，野沟荒岔的人家屋里刁汹汹的狗吠声，深幽幽的老林里隐隐惚惚的鹿鸣声，还有需得你仔细分辨才能感受到的风声和流水声。庚桑楚从这远远近近的声音中听出了山林的辽阔，而眼前能够用目光感受到的更令人陶醉。秋天的雾岚是深碧的，透明的，覆盖了远方的幽谷,而背景的上方是坡顶谁家茅棚顶端的一柱淡白色的炊烟。

“秩秩斯干，幽幽南山。如竹苞矣，如松茂矣……”①庚桑楚油然而吟。他拉住秦佚的手问：“这诗画中的小路你经常走动吗？”

秦佚仍然脸色沉郁，但却打开了话匣子，讲述他与大姐娃在这条路上一起放牛，打野果，采蘑菇的情形。他说，大姐娃是为了得到一支镀金簪子才去山下卖毛桃的。大姐娃要在与他成婚那天用一只像样的簪子绾住发髻，像贵妇人那样盛髻高挽，她说这样才不枉当一回新娘。她背着他，一个人到僻背的山洼采了圆溜溜、金茸茸的上等毛桃，用背笼沉沉的背到乔镇，谁知在街上一露面就被人家“抢女”了。

“抢女”是山下的乡村城镇，包括中原不少地方常见的穷人、土匪、盗贼劫女为妇的凶恶行为。秦佚和大姐娃的父母当初并不知道她要下山卖果。

秦佚说，他一定要弄钱，一定要买一只灿灿发亮的真金簪子，放在大姐娃已经准备好的梳妆盒里，等待她有朝一日回来与自己完婚。

这个“钻到牛犄角里”的小伙子还说，他和大姐娃早就双双跪在大石头上，面朝山尖尖峰顶顶许了愿：将来老死了也要一起埋在山后边洼地的毛桃树下，那儿是他们定情的地方。

庚桑楚不由得心里酸楚眼眶湿润。他想起：“死生契阔，与子成说。执子之手，与子偕老。”②的诗句。这位比自己还小两岁的不曾识字的毛头小伙，早已享受过情爱的欢愉，因而才有了失恋的苦恼。

走了好几里路，他们到了“坝子”。溪沟在这儿拐了个弯，弓背形的

---

① 选自《诗经·小雅·斯干》。

② 选自《诗经·邶风·击鼓》。

沟道里积下淤土，成为一片难能可贵的平畴沃地。人们在地沿头垒石砌坝，也挨挨挤挤的造了石墙茅顶的小屋，聚邻而居了十来户人家，成了闻仙里人烟最旺的一处宅区。

里长是位满脸黑红麻点的瘦小老汉，人称“大麻子”。村里的锣鼓乐器由他保管。看见了尹喜他们，大麻子笑得很开心，脸孔的圆形麻坑全都漾在鼓起的皱褶里。

秦佚迫不及待地滚来了一面鼓，拣了一对山桃木鼓槌，在里长家门口咚咚地敲起来。

“鼓声喧，喧以立动，动以进众。”周礼有规，一直延续下来，村人闻声而聚。人们见了尹喜，个个乐不可支。每年尹大夫来这儿观星望气，预报来年雨雪风霜，旱霖阴晴，山民大大受益。坡岭田块，不能浇灌，全凭天气收庄稼。自古以来，山地不能种麦子，粮食作物只有一料子玉米，但六月无雨就会旱得秧杆出不了天花，俗称“卡脖子”。尹喜的观测可以大体料知来年天气，若明年三伏久旱，他们就早早种了大豆和马铃薯。

众人将尹喜和庚桑楚围在中间，嘘寒问暖，说长道短，已然忘了秦佚在旁边敲鼓。

尹喜对大麻子说了秦佚的遭遇，大麻子笑着说：“狼虫虎豹伤人了。山还是山，林还是林，松管①他！”

大麻子召集众人围成一圈，观看秦佚敲鼓。

大姐娃的父亲，那个浆头污面的怪毛也来了。他把一对“三尺桃桃”递到秦佚面前说：“要打就日狼日虎地打！”

秦佚换了鼓槌，掂在手里，伸胳膊展腕子的疯打起来。

双棰在头顶顺旋、逆旋、交叉旋，鹞子盘顶般的“挽花子”，在鼓面上乍落快擂。

身子绕着鼓围正打、反打、跳跃打，金猴撒野似的兜圈子，在鼓帮上密击猛砸……

---

① 关中方言，不用管之意。

他敲的是土祭鼓谱。

围观的乡亲再也站不住了，十几个平时参与敲打的人，有的拣了鼓槌，有的拿起锣棰，有的挽起铜钹，有的抡起小钗，所有的乐器都上手配位，应合而响；另一侧，以大麻子里长为首的十八位中老年男子跳起了土祭舞。舞者的穿戴应是黄衣黄冠，腰系葛条，手执榛木杖，面目朝下，双脚合着锣鼓踩跺，神情虔敬肃穆，以示对土地之神、百谷之神、田舍阡陌之神的感激。由于是仓促起舞，大麻子他们只是用树枝圈成绿环戴在头顶。

围成一个大圆的众多乡亲则和着节奏齐声唱起祭歌——

土地变成良田咧，（土反其宅）
流水淌到深潭咧，（水归其壑）
野虫甭耍麻缠咧，（昆虫毋作）
草木长在大园咧。（草木归其泽）①

秋阳清爽明丽，悬挂在西方逶迤的山峦上方，用它宁馨的光辉，照映着山这边生民们的虔诚与狂欢。庚桑楚只觉得天摇地晃，山川跃动，他问尹喜："这歌舞源于何时？"尹喜说："据说黄帝时期就有了。黄帝顺应天地四时规律，预知阴阳五行变化，依照时序播种百谷，驯化鸟兽昆虫，使天不异灾，土无别害，水少波浪，山出珍宝。他有'土德'的祥瑞，土色曰黄，才号称黄帝。"

"噢，我明白了。"庚桑楚似有所悟，"老聃夫子是崇敬黄帝的。师娘给我教的《归藏》，以坤为首，也许与这个有关吧！"

三　溪边观石

打了一通鼓，出了一身汗，酣畅了一回，尽兴了一番，秦佚的脸色活

① 选自《礼记·郊特牲》。

泛了。

日头在鼓声与歌舞的激扬声中沉没了，莽莽苍苍的群山失去了青黛的亮色，剪影似的厚墩墩的峦峰上面已有星斗闪烁，夜幕在清凉的气息笼罩中降临了。

这一方挤挤密密的草舍前面，分别有一个死树枯木堆积的柴垛，连接起来的“垛子”实际上就是一道围墙。山里人特别好客，尽管口粮短缺，但来客一进垛墙，不论在谁家坐定，隔墙呼邻的声音就会响起，刹那间门里门外就拥满了人，大家都会向客人献殷勤，玉米糁、洋芋片、干香椿、酸枣、毛桃，稀罕的或者常见的，一大碗或者一小把，拿到这家的锅台上。

秦佚和两位客人一起，被大麻子拽进了茅棚。不大一会儿，屋里人满，屋外人拥，松明子点了好几把。稀溜溜糁子方块“黄黄馍”，全是苞谷粗食，又是指头粗的咬起来咔哩咔嚓的萝卜缨子浆水菜，让客人吃得有滋有味。

大麻子的用心是明确的，既要欢迎客人，又要开导秦佚。乡邻们把各自的馍片片、果蛋蛋摆在锅台上，大麻子取过来放在客人面前，又递到秦佚手中。大麻子说：“山里的吃货不值钱，山里的生民也不贵气，但是山里人跟从来不厩养的黄牛一样，虽然吃不上麸子糠皮，倒也不会叫人杀了当祭品！”

尹喜、庚桑楚和秦佚一边吃，一边听大麻子“飞谝”。大麻子虽然说的一口地道的闻仙里方言，但他的祖上却在邰地，即槐里端西三十里外的村子，当然是个富庶的粮食产地，下民奴人虽然受人管制盘剥，但也能吃上白生生的麦面。灾难也就由这些而生，这个当初后稷教民稼穑的周人后裔最密集的地方，徭役税赋也厉害得出奇。一百一十多年前，秦穆公意欲称霸中原，多次出兵与晋国交战，频繁征兵，秦佚的老先人中就有五个战死在崤山。亩税由“十交其五”逐升至“十交其八”，活着的人饿死了三成，不少人生了逃跑的念头。大麻子的往上七辈的老祖宗拖儿带女流窜到这儿落了脚。这年月是秦哀公主政，虽然减了亩税，但承续了先王之道，看重军事，重奖战场上的勇士，以人头论英雄，杀得越多奖励越多。一个乡间鄙人一仗过后就可能升为军官，因而平头百姓想参军的人很多。秦地广泛流传着这样的顺口溜："要想升，多杀生，一个人头一亩葱。"

"战场上死的人像地里横摆竖卧的麦捆子，大概有三成是自己兵。"大麻子布满黑红圆坑的脸孔冷森森地仰着，细眯的眼睛一直望着秦佚，"秦兵死的少，但也死得惨。鼓声一响就啥都不顾了，只知道往前冲，对方就怯了三分。人家好不容易砍倒你，总要趁机报复，几个人上来再给你一刀，把你剁成几截子才住手。我的一个堂兄，他的侄儿去年在西域战场，被人家杀死后剜了眼睛。你说，挣这卖命钱划得来？"

不待秦佚回答，庚桑楚就感慨说："鼓励杀生，是王公诸侯给下民灌的迷魂汤。有道之君，教人平和相处，谦让不争，这才是上策。"

"他说的老聃之道呀！"尹喜向众人解释，"在这纷纷攘攘的乱世，有识之士各有良策，老聃主张为而不争，我主张清静虚无。要不怎么爱往咱这山里头钻呢！"

秦佚一直沉心静气地听着，他的脸庞在松明的照耀下显得红润多了，白菇般光洁的额上增添了几许清朗的气息。

"大姐娃出了错儿，你还能再出错儿么？看你还狰[①]不狰？"大麻子忽然提高了声音，目光厉厉地看着秦佚。俊秀的小伙子羞愧地低下头。

第二天，不知是大麻子的怂恿谋划，还是怪毛本人的意愿，怪毛找上门来对秦佚说，要把大姐娃的妹妹二姐娃许配给他。

"二姐娃也有心呢！"怪毛手里提着一双稗秧子打的草鞋，里面衬着麻布剪的鞋垫，"她的个子跟她姐一样高，也是红汪汪的水柿子脸。她可不要咧戳眼惹事的金簪子，你穿上这就能把她背过来。"

三言两语，说得屋里人全都哈哈大笑起来。

中午饭成了定亲喜宴，尹喜、庚桑楚又赶上了好招待。

坐西朝东的溪畔茅庵前，一席见方的白光光的场地，四角的石头支了一面光溜溜的水青石板，上面摆的小陶碗里盛着绿湛湛的毛桃酒，盘里垒

① 关中方言，冒失、欠考虑的意思。

着耽软的大水柿。

“先敬尹大夫，尹大夫是个好人！”串脸胡子端起酒碗递向尹喜，“娃的名字是你起的，娃跟你带缘分。不光跟你学看星星，出了事也正好碰上你回来，你是能掐会算的神仙哩！”

“我不能先喝，要先敬二姐娃她爹！”尹喜把陶碗递向怪毛，“你先喝，你是深明大义的老泰山！”

“啥嘛啥嘛，咱是个下贱货，光知道出笨力，咋能跟有学问的先生比？”怪毛的黑脸上掠过卑懦的笑意，真诚地看着尹喜说：“娃是你的徒弟，只要能把娃教成学问家，叫咱这山袷袷也出个人物，大伙烧香磕头也应该！”

“庚大哥，你也请——！”秦佚终于露出一丝喜气，话语也多了，“这几天没有招待周到，还请见谅。”

“噢——”庚桑楚笑了，“终究是尹大夫的弟子，说话也这么文雅！”

“你看——”尹喜指着前面的溪沟说，“在河道里，有那么多水青石，上面有自然形成的图案，像星辰、星座、银河的，他都捡起来放在堤内。他是很留心很用功的学生。”

串脸胡子高兴的插话：“二十四节气娃也能背过，雨水旱情的乡谚也记了不少。娃能当个星象家呢！”

庚桑楚定定地望着秦佚，觉得这个眉清目秀的后生有一种亲近感。大麻子、怪毛、串脸胡子和秦佚，这儿所有的生民，也都和自己息息相通——同样是鄙野庶人，同样的淡泊平和。

庚桑楚很想看看秦佚拣的石头。饭后，由秦佚带路，他和尹喜沿溪边堤岸漫步，果然看到溪沟里特意摆放的石块。在清澈的汩汩流水中，躺满了大大小小的石头。这儿的河道与其说是水的世界，不如说是石头的王国。石头真多，多得叠叠累累；有的块头很大，大得如牛如驼。石面上都有色彩瑕斑，如人工描绘的图画，或人物，或动物，或山水；工笔，写意，变形，儿童涂鸦，全是大自然的造化。像北斗、猎户、牵牛、银河等星象的图景石全都被挑了出来，靠岸而立。秦佚说，他要把这些石头一个个搬回去，放在门前，仔细琢磨。他还指着一块彗星石说，这是大姐娃先发现的，她说这长长的尾巴真像扫帚星。一霎间他的脸色又忧郁了，“我这几天一直在想，也许她无意间撞上了扫帚星！”

尹喜说：“心居善地，不受邪气。大姐娃在另一方天地也会受到上苍福荫的，你不要为她担忧了。”

庚桑楚望着溪水边的石头，他忽然有所发现：“哎呀，怎么全都是水青石！是清凌凌的流水长期浸染的吧？”

“它们原先躲在深谷远溪里，洪水涨了冲到这儿，从上到下，一直在水里泡着！”尹喜说罢，抬头望天，“就像这天，云洗气蒸，时间长了也就干净得发青了！”

秦佚不明白尹大夫的用意。直至多年后老聃大驾光临，他看到了仰慕已久的老夫子随身带来了一块水青石，才觉出了奇异的巧合与其中的玄秘。

第十一章

罗浮山下

一 菜园韬晦

孙武的车子逶迤而去，愈行愈远，后来落停在他隐居的地方。

徐甲和崔旦随同而去。

罗浮山北测，一片荒丘改成的贫瘠沙地上，弯弯扭扭地排列着一些蓬庐茅舍，共七座。奇怪的是，这些茅屋下面数丈高的房基，并不是人工垫起的，而是自然形成的蘑菇状的土疙瘩，每个疙瘩之间约有十丈的距离。南面是罗浮山，北面是一条不知名的河流，七个土疙瘩竖在山与河的中间，土疙瘩周围已开垦成耕地。这就是孙武的菜园。

这里很少有外人涉足，即使有人来到这僻静之地，也不会看出什么奥秘。但是，对孙武来说，他当初能够选中这里，既可以说是天赐，还可以说是慧眼所识，其中的玄奥，只有他自己知道。

罗浮山，因有十三峰如根根兀柱，直直插入云霄，当地人便称它为“柱石（十）山（三）”。孙武辗转流离，到了吴国，闻听有这一奇特的山，就赶了过去。他登山、览胜、观景，对这天然柱峰惊叹不已。但是，他从来不喜欢游山玩水，不喜欢恬闲地浪浪逛逛。对这奇特的自然景象，偶尔观赏一下是可以的，可若要长久的待在那里，忘情地陶醉其中，那是绝对不行的。再说，这石山石岭，上上下下没有可耕种的土地，怎么生活得下去？

那天，孙武看完了十三柱峰，不经意间顺着北坡小路下山，准备到附近找人打听，暂住了一家旅馆。就在下山途中，在折来拐去的“之”字形路径的交叉点，正好有一块碾盘状的大石靠崖放着，供游人坐下歇息。他没有坐。“天圆地方”，这不是一层天吗？他跨上去，站在中央，向下鸟瞰。罗浮山北面的座座村庄，以及丘陵、湖泊、河流，都一清二楚。这是以平原为主的江南风光的一般化地貌，不过，丘陵呈点状，湖泊多条形，作战布兵，宜隐蔽，车慎行。他的目光移过来，忽然，心中一动。山坡不远处，河流的这边，一溜显眼的土疙瘩，弯来拐去，正好构成了夜空一个熟悉的星宿，即大熊星座，俗称北斗七星。他目光定定，心神凝凝，又仔细看了一会儿，觉得这形状真如神手造出，其形貌比例与天上的星座毫无二致。

他快步下山，到这儿实地察看。这片山河之间的山洪冲积地带，原先的石砂很多，七个土疙瘩正是七块石堆。后来洪水减少，石堆的外围风化成土，地面的石砂也改变了质地，既有砂也有土，茂盛的杂草已经长出。看来，土地可以耕种。四野无人，倒也安静。

北斗七星为什么被他看重？原来这个星座又被称作“帝王之车”和“斗”。所谓“帝王之车”，即司令部、指挥车，指示方向的意思；所谓“斗”，与争斗、战斗的斗（繁体字为鬥）谐音，其意正是兵家所事。它位于山之北水之南，正可谓阴阳界内，自有乾坤。

孙武在这儿建园种菜，已经有好些年头了。园里有雇工二人，他若外出，仍然有雇工作务看守。七间茅屋，他自己住在当中的那间，驭手、车子、马匹占了左边三间，雇工、库房、保管占了右边三间。北斗七星，个个都是有名称、有讲究的。从底部开始，依次为天枢、天璇、天玑、天权、玉衡、开阳、摇光。底部的“星星”状似“斗魁”，上部的“星星”形如“斗柄”，当中的这颗，则把“魁”与“柄”连接起来，居于中央，暗含“天权”。

头年，孙武和雇工着力掏砂换土，平整土地，修渠打畦，把这里改造成一方良田。

次年，他们播种、中耕、除草、灌水，施草木沤成的腐烂肥料，看着小苗成秧、萝卜探头……

孙武夜读兵书，日观物候。随着寒暑变化，节气推移，气温与地温随之生变，这些作物的生灵萌芽、绽叶、促茎、开花、结籽，一一发生相应的物候，显出各自的皮肉花色。天上的阳气，地下的阴气，在无形中交接。这神奇的交接成就了造化，决定了万物的生生不息。各个种类的菜秧和大地上的所有生物一样，只能时时节节的顺应时令，才能应运而长。但另一方面，雄心勃勃的孙武又不甘心墨守成规的顺应，他要大着胆子去创造。比如韭菜，孙武平时很喜欢吃，据说它可以活血壮骨，益气祛疾，尤其可以让人壮胆镇静。他看到这几畦靠栽根繁殖的条条绿叶伸伸挺挺的嫩韭，“惊蛰”过后渐渐露出柳叶般的淡青，“清明”时节便旺长了，水汪汪的绿色惹人眼目，头镰韭让黄狗见了也会淌涎水的。割过三镰，到了“夏至”，铜板厚的叶子又不知不觉地成了碧板板的硬片。热至三伏，蔫奄奄的叶片细软得如牛毛丝，绿色褪得像洗过无数遍的旧布条。“七月韭，驴不瞅。”谁还忍心这时节下镰呢？到“秋至”，干尖黄梢袭扰了每一片叶子，让人想起坐在门首的咳声连连的老人。孙武和雇人们商量，盛夏搭一层遮阳的天棚，隆冬捂一尺松软的干粪，一年中多了两镰美韭。

日观物候，夜读兵书，让孙武有了对人事、物事的比较。

兵书上的阴阳，你死我活，此消彼长，剑拔弩张，势不两立；这里血肉横飞，有谋略，有战机，是豪壮的英雄用武之地。

菜园里的阴阳，彼此融洽，水乳交融，交替变化，相辅相成；这里宁静和谐，有汗水，有智慧，是勤劳的耕耘者收获的乐园。

菜园里的阴阳是看不见的，它的对象是蔬菜。但在孙武看来，这蔬菜也是有头脑有灵魂的。务惯了庄稼的雇人们说：“凡是生灵都灵得很。就说菜根吧，虽然埋在地下，但它知道粪肥在那儿，会卖力的撵过去，扎在那儿过日子。”孙武点头沉思：“这不是诱敌深入吗？”雇人说：“蔬菜栽培是一个川流不息的长链，一熟接一熟，要不断倒茬，紧凑衔接。”孙武暗忖：“这不和打仗一样吗？兵贵胜，不贵久，僵持必耗己……”

看来，对付一切生灵，都需要用智谋。这智谋，也叫阴谋，叫诡道。

其实，姜太公的《阴谋》一书，已经明明白白这样讲过了：“实者虚之，虚者实之，将心莫与人知。诚笃者莫与之兵。”

务了几年菜，孙武就特别记住了这段话；而他的父辈和祖辈从来都尚勇、重器，主张严正用兵，看不起谋韬运术之将。

孙武务出了园中好菜，也“务”出了胸中韬略。

两年之后，他就走出去了；他经常外出，孤车飘零，南游北荡，在一个个古战场，在一处处特形地，现场察看。

韭菜叶子碧光闪闪的时节，他带着徐甲、崔旦回来了。

二　美人负义

到了这里，徐甲很快吃了一惊，那个赶车的驭手并没有逃离！见了他，驭手自豪地笑着说：“咱们又见面了！看来，你的车子比我还赶的好！”

“这才怪了！明明接了我的钱走掉了，再无踪影，怎么又出现在这儿？不怕主人收拾？”仔细一想，原来此人并没有被那几个钱买动。他可能按照孙武指示，等待他们的把戏上演，暗中护佑着主人。发现他们都很可靠，才径直回到这里。

崔旦呢，此时变得颓丧萎靡，蔫蔫溜溜，脸上露珠白的那层粉嫩之色，已经黯淡了许多。她还躲在僻背的山脚下，一个人扯着长声恓惶地哭了几场。

进入吴国地面，她就得到了消息，姐姐崔申与太子建成婚后，楚平王怕偷梁换柱父纳子媳的丑行暴露，再三施计设圈，屡屡对太子建打击陷害，先是调遣他去远离都城的城父做镇守将军，后又诬陷他有叛心，逼得他出逃离国。姐姐随之逃亡，至今下落不明，凶多吉少，可能已死他乡尸骨早寒了！

崔旦在罗浮山脚下的乱石杂草滩上孤零零地坐着，高一声低一声的号啕啜泣。

三五只乌鸦嘎嘎地叫着，在附近的大树梢头盘旋；带着凉意的风从山谷刮来，嗖嗖的拂动草叶，也把她的衣领和头发吹得朝后卷起。

崔旦为姐姐悲伤，也为自己的命运哀恸。

那个心硬如铁的孙武，虽然同意她一起前行，但却拒绝与她亲密接触。孙武对她说："不错，你美若夏姬，但我没有娶夏姬的福分。我是个云游浪人，四处飘零，无以为家。我不想连累别人！我娶谁，谁便成了苦命女子！"

一路行程，坐的是一辆车，吃的是一桌饭，但夜晚各自为宿，孙武住一间，她住另一间。徐甲欲与她同住，她高低不允，无其奈间睡在了马房。

来到罗浮山下的菜园，孙武的隐居地，这位冷面人仍然对她不露笑脸。

徐甲住进了驭手茅棚，这间屋子有床有被，也有陶盆布巾和一些零碎用品，是为原先的驭手配备齐全的。徐甲对她说："你过来吧，不要再执拗了。"

"义人"徐甲仍然那么爱她，那是十乘之车无法拉去的爱，是万千剑钺不能斩断的爱。他虽然不能完全窥透她的心思，但已能看出她的移情，看出她的变心。他是不会就此罢休的。

他很感激孙武。这是一位正直君子。这个满脸酱红色的流浪汉子，看来很有血性，不仅没有横刀夺爱，而且具有坐怀不乱的品格。这年月，到处是淫歌，遍地有欢媾。乱糟糟的世态，让男女之间的情感没有拘束，自由自在随心所欲的释放，以至于风月之事成为多数人的嗜好。然而孙武却不同于凡人。他真是一位值得敬仰的君子。

崔旦接连哭了几场，心情渐渐平静下来，内心打定主意。蔫蔫溜溜，没精打采，外表虽然沮丧了些，但心中的光焰并没有泯灭。她非常自信，今后一定还会打动孙武的心。她在另一侧的边儿，过去的库房里，挪挪腾腾，弄出了一块地方，铺了些柴草，从杂物中拣了几张毛茸茸的兽皮，凑凑合合可以睡觉了。

崔旦在菜园里心不在焉地转了一圈。黄昏之后，她早早关了门，睡下了。"雄雉于飞，下上其音；展矣君子，实劳我心。"[①]孙武究竟是个什么

① 选自《诗经·邶风·雄雉》。

人？他的葫芦里卖的什么药？真叫人捉摸不透呀！

她刚睡下，徐甲就来敲门。

“咣咣咣，咣——咣——咣——”声音一阵紧一阵慢。徐甲既焦急，又有所顾虑。

崔旦在地铺上如一条晾在沙滩上的鱼，身子剧烈的抖动。徐甲敲动的每一下，都能把她的心房震得发疼。

她的心灵深处，那最隐秘的地方，还藏着对他的感激。没有他的相助，怎么能波波折折来到这里？

可是，她在犹豫了一阵之后，又铁下心来，不理他的哀求式的急急敲打了。

徐甲火了。怎能不怒气攻心？我怎么能到这鬼地方？怎么能撇下父亲托付，死心塌地跟着你的屁股转？从秦地的渭河滩到这儿，几千里的路程，两年多的日月，我承受了多少苦难！为了路途的花销，我连祖传的宝剑也卖掉了！

徐甲动了拳脚。门板“嘭嘭嘭”的响着，拳头像重锤砸去，又接连用脚踹，“咣当咣当”，半面墙壁似乎都摇动了。

崔旦惊恐地爬起来，坐直身子。“你这蠢货！砸坏了门板，怎么向人家交代？你不怕惊动别人弄出了坏名声？”

徐甲听罢，停止了动作。他的整个身子直直僵僵，贴住门板，手指平平展展，轻轻滑过门楣，无语无声，静静停留在那里。

一会儿，他绝望而又深情地说：“贤妹呀，哥不打搅了，你困乏了，心里也不宽展，就早早安歇。哥不该打搅，哥走呀！哥的亲蛋儿！”崔旦已经走到门边，双手轻轻握着拴桄，听着他一字一板，说得恳恳挚挚；又听着他的脚步，腾腾腾的如石夯砸桩一般向那边移去。

你没有得逞。

你还在替我着想。

而我，却横下心来，不念恩爱，十分利己的考虑自己的前景了。

在这一刻，她自责、愧憾、懊恼，一颗心在阵阵翻涌的酸涩潮水中浸泡着。

握紧拴棍，却没有拉开。

也许，自那个卜人一番江湖言子，她的人生目标就锁定了，苦苦追求的历程也开始了。“异人”“龙人”之说，尽管云里雾中，朦朦胧胧，似隐似现，但对于她们姐妹来说，却有正中下怀之效。母女三人，读诗书，重养颜，有美色，“夏姬”之誉传遍乡邻。可以说，“振振君子，归哉归哉”，早已成为她们姐妹的夙愿，卜人之言不过是点燃夙愿的引火罢了。

姐姐崔申的厄难，加重了她的心愿。

她终于没有开门。泪水汹汹的流过脸颊，滴落在深色缁衣的前胸。

徐甲头一次遭遇了失眠。他躺在床上，接连翻了几次身子，眼睛狠劲地挤了又挤，可就是没有睡意。茅屋是在高高的石丘上建造的，四野的风狂肆地吹来，尖厉的嗖嗖而叫，击打着茅草编织的窗苫。地里的蟋蟀从墙根的小洞蹦出，它们在黑暗的空间找到了自己的极乐世界，是互相嬉戏呢还是双双求偶呢？不得而知，但可知的是它们都很欢心，都很亢奋，咀咀啾啾地叫得特别嚣张。人一厌睡，外在的响动就会加倍的袭扰，他越发不能阖眼了。

烦躁不安，心絮就难免飞到家乡，飞到亲人面前。老父亲，当了一辈子驭手的武车士，他不安于现状，以祖上是姜太公的亲兵为荣，以自己的未能擢升为耻，把毕生的希望寄托在儿子身上。他送走儿子之后，这几年和年迈的母亲过着怎样的日子呢？望眼欲穿，盼子归来，他们二老的思子、念子的泪水已经流干了吧？

想到这里，徐甲有了主意。天明就动身，往家里赶。至于崔旦，那个面容姣美、心肝多变的女子，不可再留恋交往了，不打招呼屁股一拍走了算了。

三　猛士受罚

天麻麻亮，茅屋旁边的树上鸟声嘈嘈，徐甲刚打了个懵愣就被吵醒了。

他穿好衣服，把自己随身携带的包裹打理好，挽了个能背的环子，准备挎上肩膀就走。

这时候，马的“呃哦——”“呃哦——”的嘶叫声一阵阵传来。

他浑身一震，立即放下包袱。

他要去看马，跟马告别。这匹灰褐色牡马虽然与他相处的时间不长，但作为驭手，他有爱马的禀性。马知人心，人知马性。如果不在旅途，他就会清早遛马，让马活动筋骨，舒展精气。如果马不卸套，每天清晨，他也会为它梳毛刮趾打理一番。

也许马在有意呼唤。他迅速出了茅棚，沿着台阶下了石丘。这儿背靠石丘搭了间简易房子，做马厩和车房。就在他将要抬脚跨进简易房子的瞬间，他忽然看见了孙武。孙武正好面朝东方，熹微已现，霞色渐明，那张酱红色的脸膛被映照得非常清楚。徐甲朝后一退，靠石丘站住，待他匆匆走过，才几步踅进马房。

马还在嘶鸣，见了他，眼皮眨了两下，一摆头，鼻息重重地吭哧着，蹄子尾巴也都动了起来。他上前摸脸抚背，用自己的头顶把它的背犄了一下，昵声地说：“乖乖儿的，你今日歇下了！”

旁边，放着这些日子由他驾驭的车子。昨天傍晚，马和车子是由他弄到这儿的。当时，还没有想到离开。现在，别情依依，他的手掌轻轻拭过辕木，握了握厢板上的鞭杆。

徐甲没有想到意外在刹那间发生了。他的目光无意中向后一瞥，靠墙放着的一排木条进入了眼帘。他凭着职业的敏感，意识到这些木条可能是车轮上的辐条。他走过去，仔细察看。这儿的十几根辐条，长短不一，宽窄各异，质料驳杂，而且都是陈年旧物，上面灰渍渍的，看来拣自露天野外。徐甲拿起几根，判断是攻战的轻车、载粮秣军械的辎车所用。有一根特别长，几乎和一般人的身高差不多，是上等的楸木料，板子也比较厚。他分析这可能是用以侦察敌城的特殊车子上的，这种车叫“望楼车”，他只听父亲说过，自己从未见过。

他为何有意收集这些玩意儿？

崔旦的判断评价是正确的呀！他是隐蔽的兵家！

徐甲的心突然砰砰急跳。鬼使神差，他的头脑中似有雷鸣电闪，轰轰隆隆，火光耀眼，风起云游，昏天黑地。一会儿，雷电停息，黑云在飘移中渐渐淡化，一团团轻柔的云朵簇拥着，排排挤挤地向一边推进。他那天在路途看到的“过阴兵”的情形似乎浮现在眼前。兵圣姜太公乘坐的车子过去了，后边的那位，酱红色的脸孔阴沉着……

一个老苍苍的声音——分明是父亲在高喊：“你要仔细看看这个人！”

“噢，看清了！看清了！他就是孙武！我的主子！”

刚才，孙武俄而一闪，那迎着熹微之光的脸膛，再次证明他正是姜太公后面那位指挥三军的神秘统帅。

不走了！

徐甲兴奋地转过身，几步跨到马前，解了缰绳，对马说：“走，咱去遛遛！”

孙武清晨被徐甲看见的时候，他并没有发现徐甲。他走得稳稳当当，没有向两侧注意，加之天色尚暗，什么也看不清楚。

孙武是从罗浮山回来的。昨天是夏历的望日，即腊月十五，太阳西下时，月亮正好从东面升起，一升一沉，平等地完成阴阳交替。后半夜，他穿衣出门，走向罗浮山。在主峰的北侧，那个“之”字形坡路的折拐处，他静静地伫立观望。月光皎洁，菜园中的七个白褐色疙瘩，仔细搭眼也是看得见的。当然，天幕上的北斗七星，此刻明光灼灼，斗柄偏向南方，与下面菜园中的疙瘩图形，正好差了四方之一，即一个季节。望天观星，以北斗为主，就可掌握夜间知时指向的方法。

夜气转寒，风中带着水雾。他又去上面的谷壑旁边，观察浓雾形成的过程。

孙武回到菜园，天已拂晓。他又躺在床上，睡了一觉。

徐甲遛马，也去了罗浮山。遛马并非使役，不能让马疲劳，而要让马既欢欢溜溜的尽兴奔跑，又不可完全让它狂纵下去。徐甲先是牵缰，继而放缰，终于收缰，舒心展意的遛了马，也遛了自己。

日上三竿，徐甲回到菜园。

他立即去找孙武。他要向他禀报遛马的经过，表白当好驭手的决心，进而当他的亲兵，当他的贴身侍人，要死心塌地地为他当一名忠勇之士，日后在他帐下混个带兵的头目。

想不到碰见了崔旦。她此刻正不安地站在孙武门前。看见徐甲，她紧张的愣了一下，黑密的睫毛连连眨着，随后不自然地笑了。由于哭了几次，眼泡儿胀胀的，眼圈青了一层，脸盘儿整体微微发黯，看来夜间没有安恬入眠。

崔旦清早就去了厨房。他问了雇工，知晓孙武平日喜欢吃的饭食，就精心准备。黄干酥香的葱花合子，糯米粥黄豆稀饭，生切萝卜丝调姜末，都一一弄妥帖了。

她来叫他吃饭，却发现门还关着。细心的她没有敲门。

她朝他打了个手势，示意别高声，别敲门。

徐甲却不予理会。他想，日上三竿了还睡什么觉？主义仆忠，主勤仆苦，将信士诚，将仁士勇。我为他着想，为他效命，怎么不敢敲门呼叫？

“咚”、“咚”、“咚”……徐甲大大咧咧，毫无顾忌，敲得很响。

崔旦生气地走了。她一见徐甲来了，原本就要走的。她不愿意让孙武看见自己和徐甲亲近的样子。

“咚咚咚咚”……一声重过一声。

怎么，敲了好大时辰，仍不见开门。

好生奇怪，他的拳头在门板上停住了。

又过了一会儿，他听见门板后面的栓杠拉开了。

门扇却不见拉开。

徐甲急了，双手用力，咣当一声，推开门扇。

孙武威严地坐在几案旁，他的目光如直直打来的鞭子，往徐甲的鼻梁上落去。屋外的亮光倏地扑了进来。徐甲看见他的瞬间，镀金的光线强化了孙武脸上的怨愤。他的心蓦地一缩，脚步立即止住。

孙武昂头仰脸，神色凝重，并不搭话。

徐甲开口了："我早早起来，打理了马，拉着它，到野外去遛。这马要使，也要让它自由活泛的动动……"

孙武突然偏了一下头，满脸的激愤之色。

徐甲随即沉默。望着面前的主子，只知道他很不愉快，自己好像犯了什么错，却不明原因，不知所措。

"道之以德，齐之以礼。君臣上下，父子兄弟，非礼不定。你说，你在我这儿是干什么的？你是什么名分？你为上，我为下，对不对？"

"小人不敢为上！"

"那你怎么把这房门当马厩门来打？入门进屋,先行通报,你知道吗？"

"怎么通报？你有侍卫、仆僮在这儿吗？"

"那好，我现在就让你明白！"

门外，棚檐的椽头上，吊着一颗金褐色铜钟。孙武走到那里，拿起墙根放的木棒，伸手对钟敲了三下。

驭手和雇工急匆匆赶来了。

按照孙武吩咐，他们把徐甲带到孙武居住的茅棚对面，即高高的石疙瘩面前。一条沙石通道连接着七个茅屋。通道旁边，三角形的木架上吊着半片弧形石磐。驭手板着脸说，有事找园主，敲磐三声，轻轻的，缓缓的，不能连声。园主有了回钟，方能去他的茅棚。报告园主开饭，轻轻敲两下。有紧急事情，急急敲四下。违反规定，干错事情，都要受罚。怎么罚？头顶这页磬片，站在这儿，挨够规定时辰。

"我当罚了？我实在不知道呀！"徐甲嗨儿吁儿的急得直跺脚。

驭手和雇工一声不吭，脸上没有任何表情。

三脚架上的弧形石磬，被解下来了。

徐甲只觉得热血冲顶，拳头攥得如一团铁疙瘩。什么规矩？山旮旯烂菜园子还有规矩？小小园主，手底下领三几个刨土上粪的，也立下整人的法令？

唉，真想抬腿一脚蹬翻了他们，转身立马走人！

但这一声"唉"，也就自己把自己限定了。谁叫你看重前程，立定决心，要为徐家争得一份面子呢？

也许先祖们没有混出名堂，根子就是不能忍受一时屈辱，心胸窄、爱赌气，不能从长计议吧？

徐甲二话没说，接过石磐，扣在头顶。

石磐约有二三十斤，不算沉重，但形状如车轮切了一半，重心不在轮板中央，怎么放都会失衡。徐甲先后捺在头顶试了几次，都未成功。驭手、雇工站在一旁，只是观望，不卑不亢。

好吧，我用手扶着顶！

徐甲横下心来，权当习功练技，任头疼脖梗，大汗淋漓，也要咬牙坚持。

第十二章

赴晋风险

一 险情惊目

浩浩平川，叠叠野岭，都在滚滚车轮下向后滑去了。此刻，在车上，苌弘已不再惊惶，他的心情稍稍平静下来。他的怀中抱着爱妾硕人。他用爱抚的手指，宽慰的语言，殷殷地温润她的心田，以减少她难挨的惊惧。方才，一次意外的袭扰，险些让他们丧命。

按照刘子的安排，他要赶赴晋国，为上卿范氏私家艺伎排练歌舞。出发时，刘子派来五十辆战车一千名士兵，将他的车子安插在中央，浩浩荡荡离开了洛邑。如此大动干戈的护卫，苌弘却不以为然。王室叛贼王子朝虽然未被大火烧死，也如丧家之犬灰灰溜溜，他的余党残部远在楚国苟喘，通往晋国的这条官道上还能有什么险情？但行了三百多里，从两边小树林里忽然窜出一群歹匪，他们手执剑戈，高呼“活捉苌弘，严惩奸臣”，亡命地向战车扑来。一场恶战，匪徒死的死，逃的逃，才化险为夷。

他们正是王子朝手下的一股残兵。

苌弘的华帷高厢的车子旁边，卫兵与匪卒的尸体横倒竖倚，挤压交叠，殷殷血液发烫散热，烧得带血的铠甲和乱扔的钢刃还在嘶嘶地响着，冒出丝丝烟气。

硕人就在看到匪徒冲杀过来的瞬间，吓得猝死一般忽然倒在坐板下边。

苌弘急得高声叫喊，士兵们只顾迎敌，没有人顾及车上。他在呛呛当当兵戈交击和受伤士兵惨痛呻吟的混合声中镇静下来，记起备用药物，急忙从衣袋中取出一包犀角粉，先含于自己口中，再口对口地让硕人服了。自那夜王宫寝殿起了冲天大火，硕人就患了焦虑症。医生让苌弘备药，不论在家还是外出，都要做好防备。

硕人苏醒后浑身痉挛，颤抖不已，待车子行了十多里路才镇定了。她斜躺在苌弘的臂怀里，由于身躯过分高大，她的头像枕枕头一样枕在苌弘的一只肩膀上，脸孔朝上，鬓发丝丝缕缕地垂在苌弘的脊背后面。

险情过去，爱妾的情绪好转，苌弘才有了笑颜，苍白的山羊胡子开始抖动，声音也洪亮了许多。

硕人常常这样躺在他的怀里。两情相悦中，他就会侧过头，下巴正好抵在她粉白柔滑的脖子上，山羊胡子就像马鬃刷子一样，搔得硕人痒痒难耐，咯咯笑着扭动身子，双臂伸过来搂抱他的肩膀。

此刻苌弘便有了这样的兴致，他想这样逗惹一番让她高兴起来。“硕人其颀，衣锦褧衣……”他一面吟唱，一面用下巴抵过去，山羊胡子轻轻摆动，像马儿的尾巴梢扫过臀后的皮毛，一下又一下，爱意中不乏俏皮的耍逗。

硕人却一点儿不为所动。刚才的惊惧太厉害了，那凶气毕露的士卒的眼睛，闪闪的刀光剑色，仍然在她的眼前晃动。

队伍停止前进。带队的将领向他报告：“晋国到了，他们派来了迎接的部队。”苌弘站起身子朝前面眺望，果然，一片黑压压的车队列成长蛇阵，伺候在野岭之外的大路上。

“好呵，快看，晋国派了大军迎接咱们！”

苌弘激动地把硕人扶起，让她向前观望。硕人抬头看见了威武隆重的阵势，立即转悲为喜：“哎呀，这么多将士，威风凛凛，这下可安全了！”

“方才让你受惊，我实在于心有愧！”

“该死的王子朝！”硕人气得骂了起来，“应该让晋国发兵消灭他呀！”

“咱们此行，正是为了争取晋国支援。”苌弘握起硕人的手腕，把那只雪白手掌贴在自己的脸颊上。

日头白惨惨的，斜挂在团团青灰色的阴云之间。从正北方向刮来的风带着刺耳的呼啸，把两旁秃岭上的沙土掀起，一股一股地扬向空中，他们的头顶及四周的空间渐渐变成一片阴霾。

苌弘赶忙扶硕人坐好，伸手拉动厢前的纺绸帷幔。他怕风冷，怕土脏，但硕人却拉住他的手臂。“噢——噢——”她凝望前方，惊喜地连连赞叹，神情声音显出难以抑制的欢悦。她熟悉这里。路边一条斜斜伸来的水渠唤醒了她的记忆，残留的小片桑园仍然位于渠的北面。大片大片的桑林被排列整齐的一畦畦麦田代替了。不过，残留的老化桑树，东一棵西一棵，依稀勾勒出旧时田野的轮廓。

硕人扬手指着远处的桑树说，她曾经在这儿度过三年时光，那时她刚刚过了十岁。由于她自幼身材特别颀长，别人竟把她当作即将成熟的大姑娘。

硕人，这个心地纯正口、无遮拦的女人，她能够坦然地把自己经历的所有事情，包括那些私情、丑事，毫无保留地诉诸他人。她连一个诡秘的眼色、羞涩的微笑都没有，语气爽爽地告诉苌弘，正是在这儿的桑园，自己和一位陌生的过路君子有了“第一次”。当时情窦乍开，纯真活泼，别人几句歌儿的引诱，她就稀里糊涂的春光乍泻。之后，为了饱腹频频与人欢会，对方有军人、商人、庶人，也有土匪和园主。那位平素很冷酷的园主要她陪一夜就赏给一天特殊的权利——可以随便摘吃树上的桑葚。为此她很感激。每年五、六月桑葚熟了的季节，她就会格外欢心。她吃遍了三百亩园子各个角落的葚果。她发现，有一种乳白色的桑葚，熟得有些过期时，黏黏腻腻，甜甜香香，吃起来很是可口，就专意对那几株树留心。她的体格过大，肚子太饥，显得很贪吃，常常吃得口角白沫涌溢，手指粘连在一起。不知不觉间她的身体愈加丰满了，肤色闪出莹白的光泽。

“桑葚还能美容！匪夷所思呀！”苌弘拉起她的手放在眼前。

“手如柔荑，肤如凝脂，领如蝤蛴，齿如瓠犀……”他吟咏着《诗》中的句子，山羊胡子在笑声中抖得更厉害了。

“你想，我常常饿极了吃蚕屎，吃得整天拉稀，肚子掏空了还得吃。见了桑葚，就如同坐了上等筵席。那个园主，我很感激他。他也很喜欢我。他说唯有我合口味。他也喜欢唱歌。他每一回临到激情爆泄时，都要放开喉咙地唱‘硕人俣俣，公庭万舞……’”

“呃，别说了，本夫君受不了啦！”苌弘故意生气地摆手，其实他并没有醋意，“他这么喜欢你，怎么又把你卖给别人？”

“我不是由他卖的！他当时还不如我。失了园子，他连性命也保不住了！”

硕人是下层奴隶，自然不知道贵族之间掠夺竞争的内幕，只知晓这片濒临南端国界的土地已经改属范家。范氏得地后实行小亩制，租种土地的人按亩纳粮缴税当然要吃亏了。桑园也易主改制，部分奴隶被卖掉，那个园主跟着原先的主人早就跑掉了。

西北风依旧呼呼呜呜地嘶叫。车队人马愈是前行，风沙愈是猛烈，浑黄的天空完全失去了它本该享有的明丽。大雁低飞，“人”字阵形姗姗而过，似乎还能听到它们吃力扇动翅膀的声音。硕人的家乡白狄正好在大雁飞来的方向，距这儿一千多里。她小时候的梦想就是得到一只大雁。卖了大雁就会买一件衣服，或者在街上的饭馆饱餐一顿。虽然始终未得到大雁，但仍然对大雁心存感激。她吃过雁粪，那些绿生生、长条条的小小排泄物，被河滩的冷风吹得干干硬硬，可以捡起来往嘴里塞，甜味、咸味、草腥味，吃惯了倒也觉得口爽。但是在晋国的这片桑园，她没有吃过雁粪，因为大雁的粪便只有在河滩才能找到，作为奴隶，她们是不能随便离开桑园的。

不论是吃雁粪还是吃蚕屎，都让她无法控制地腹泻，有时拉得严重脱水，僵死一般爬在湿草地上，连一丝一毫的气力也没有。但奴隶生了病，只要不逃跑，不反抗，主人是不会因为误工而下处死令的。

但是，随着车子的前行，硕人看到了旁边的一幕惨景。离路很近的井台上，竖着桔槔的高秆，上面一根横木，一头吊着水桶，另一头吊着的却不是石头，而是一个人——确切地说，是一具尸体。两名劳工像抓木桩一样双手扽住尸身腿部，有节奏地一耸一拉做着动作，而那直直垂下的尸体也真如木桩一样管用，端挺挺、硬邦邦，即使猛然蹲在地面也不打弯，只是裹在头上的白布随之索索颤动。这情景让苌弘和硕人非常惊诧。

从围观的人们议论声中得知，死者是一名农奴，因没有完成担粪定额而被割喉处死，主人以这种特别的方式来警示他人。

硕人看到这幕场景之后又犯病了。她“哎哟”一声，双手挨在膝上颤抖起来，头耷拉下去，身子斜靠在苌弘的肩膀上。

二　范子强令

让硕人吓得丢了魂魄的这一幕，发生在晋国上大夫范鞅的田地里。在晋国，政在私门，六卿当权，而范鞅的私家势力最为强盛，他也骄横的不可一世，独吞晋国的野心已经显露，侵地掠财壮大势力的手段日益残酷。就在苌弘此次赴晋以前，那个像流浪汉一样四处奔波考察的孙武已经来过这儿。孙武当时很有感慨，看到和听到范鞅横征暴敛疯狂掠夺的情形，简直不敢相信自己面对的现实。范鞅的父亲范丐曾是一代名将，也是一位明智之官，危难关头，把伺候他的奴隶的契文丹书烧了，调动了这位奴人出生入死的卖命精神，终于冲出重围，取得胜利。想不到他的儿子如今是这副德性。孙武后来和吴王阖闾交谈时说：“晋国六卿在争夺兼并中，范氏、中行氏先亡，因为他们规定的田亩小，像对待奴隶一样对待农人，民心不顺呐！”

父亲在几十年前可以废奴为民，儿子现在居然视民为奴，一个重人道，一个轻人心，兴衰存亡就这样决定了。

苌弘并不怎么了解范鞅。在他的印象中，作为与他的上司刘子联姻、屡屡发兵支持周王室的范子，是一位精明强悍、豪侠忠义的官员。但一路行来，两边田地里可以看到的桔槔吊尸、农人挨打的情形，他的心里就有些不安了。硕人惊恐、失态、休眠似的蜗伏在他身上，让他的心情愈加沉重。

在宾舍往下来之后，苌弘安顿好硕人，立即登上范氏派来的车子。

绛都城原先是栾氏的邑地，归范氏后，栾盈先前的宅府就成了范鞅的住所。

范鞅，晋国的头号达官贵人，自命不凡的赫赫上卿，已经仿照周王室格局，在官邸修筑了明堂。自古明堂之制，唯天下共君独有。除了现今的洛邑，哪里还有第二个王者之堂？但在绛都，在范鞅的府邸，堂而皇之地修筑并堂而皇之地称谓了这样的宫殿。

穿行于回廊曲径、明庭幽院、左庙右社之间，满眼的金碧辉煌、锦翠玉莹、精雕美饰，苌弘不由得惊呆了。待认出了这儿是又一个明堂，他又迟疑了，深思了，不满了。他，一个诸侯国臣子，连天子的册封也够不上，怎能随便享有王室之制？

“苌大夫，我在这儿恭候多时了！”

范鞅一动不动，在他的几案前安稳打坐，只是两眼抬望他的时候，神色是喜盈盈的。

苌弘心里有气，仍然揖礼相见，点了点头：“噢，范大夫，多谢你大军迎接，一路才安然无虞。”

“来，坐在我这儿！”

范鞅指着身边的几案，要他在那儿落座。

“上大夫，刘公安排我来贵府，为乐队舞班排练演艺，不知具体事项如何？”

“弄个八佾舞，叫我痛快一回呀！”

苌弘心里咯噔了一下。说得轻描淡写，如同儿戏，可这是王室特有的歌舞，非天子不能观赏，岂能为你排演？

所谓八佾舞，就是舞女们列成八排，每排八人，六十四人载歌载舞。周天子祭祀时，此舞与九鼎、太牢之牲一样，作为最高规格的礼仪呈现。五百多年来，礼乐之典尽人皆知，天子八佾，诸侯六佾，大夫四佾，士两佾。

“上大夫，你不能有违纲礼呀！”苌弘心中恼火，却尽量克制。

“怕什么？我喜欢么！你不但要弄，还要比王室弄得更气派！”范鞅仍然嘻嘻笑着。

“君子中规，小人僭礼！”苌弘加重了语气。

“君子、小人，有什么标准？你在天子跟前待着，什么没看见？连王子之间都会反目、仇杀，诸侯也不拿正眼往王室瞅，臣子庶人的道德忠义值几个鸟蛋？”

苌弘被这看似不经意的一问，弄得声噎气闷。他无言以对，山羊胡子随着头垂脸偏，一下子窝在胸坎上了。

“好啦，苌弘兄，咱不谈政事，莫伤和气。我特意邀兄，是为了在政务忙迫之后，来一点开心的娱乐。我的亲家刘公，他会揣我的心，说来谁不会享福，谁不爱花天酒地，纸醉金迷……”

“他是很尊王道很重人情的！哪儿像你！”

“哈哈哈……”范子扯着高声开怀大笑，“他不过会拿捏，善演戏，自然就是一副君子模样，落下尊王道的名声。不说这个，为亲者讳。重人情，不错，他不重人情，哪儿有你这忠实老仆？不过，我偏要反其道而行之。人，跟牲畜鸟兽一样，你要使用它，先得制服它，你若好心相待，说不定会挨它一蹄子！”

苌弘惊讶地“啊”了一声，瞪眼敛声地望着他。

“话又说回来，重人情，我只能赞同你，像你这样的重人情。”

“我怎样的重人情？”

“我听说，苌弘兄有两件宝物。”范鞅挤了挤眼睛，笑得有些诡谲，“一件是玉佩，一件是爱妾。”

“嘿！”苌弘坦然笑了。“不错！此说不谬也！”

“我能不能看看？”

苌弘一出手就快速解下腰间玉佩，递给范氏。

一串金赤色的月光玉，明亮剔透，由纯丝的墨黑丝带系着，拿在范氏手中，一吊一甩，呛呛啷啷。

“明光闪闪，辉耀晶晶。不错！话又说回来，能值几个钱呢！”范鞅很快将它还回。

苌弘看出了他的不屑：“范大夫，你可知晓，君子必佩玉？这玉，其色有白苍蓝赤之辨，其声有角徵宫羽之应，其象有仁智礼乐忠信道德之备，或结或垂，所以著屈伸之喻；或设或否，所以适文质之仪。我看重它，绝非因其是否珍贵。我珍爱它，须臾不离。说来你也许不信，它不论有声还是无声，我都能感觉到它的存在。”

“那么，另一件宝物，又作何解释？”范鞅的目光中含着狡猞与轻佻，“听说爱妾的绰号叫硕人。这也是须臾不离的月光玉吧？”

苌弘倒不介意他的含有不敬的调侃：“她比这月光玉还要晶莹！这件宝物，本是一块贱石头，任人踏，任人踹，但质地却是纯洁透亮的。尤其是她有灵性，有正心，是天地为乐舞而生的一件尤物！”

范鞅被他话语和神情中透出的某种意思所触动，但似乎又茫然不解，神色凝重起来，坐直了身子，望着他的眼睛说：“言归正传吧！你是王室宫廷乐舞长官，天下坐头把交椅的大乐人。八佾舞的排练，非你莫属。六十四个舞女，伴奏的乐工，都安排好了。场面能不能再大些？看着能不能再热闹些？能叫我身上起火是最好的了！还有，三天？五天？多少天？我可是等不及了！”

苌弘仰头板脸，陷入沉思，手指在山羊胡子上轻轻捋着。这个人，傲慢而低俗，本不是同道，却不敢得罪。刘子的命令不可违拗。没有这个人的支持，周天子注定会被王子朝打败的。

“能不能排另外的样式？跟天子独享的有所区别，场面却同样热闹宏大……”

“天子是个狗球！”范氏立即燥了，“他给我当孙子我还嫌窝囊！他凭什么独享？我不发兵，他的小命早就丢了！”

“好！好！好……”苌弘赶忙起身，双手作揖，赔礼说：“悉从遵命！一切按上大夫的安排去做就是了。”

“好，那你先去宾舍安歇，我让他们准备一下，明天就着手，怎么样？”

三　邂逅南容

在宾舍门外，苌弘刚从辇车上下来，就意外地碰见了一个熟人——南宫敬叔。

“苌弘夫子！苌弘夫子！苌弘夫子！”

不知是喊他，还是惊喜地自语，这后生居然连呼三声。

苌弘愣怔了一下，才看清那张英俊的笑脸，不禁咧开嘴笑了。

“孔丘的弟子！一位仁义君子！”想不起姓名，就这样凭记忆表达，一边说，一边快步上前，不等这贵公子合掌弯腰行礼结束，就搂住他的肩膀。

“老夫子，还是这么飘逸乐观！真想不到，咱们在异国他乡见面了！”南容满脸堆笑，说得恳挚，“我又有请教的机会了！”

孔丘入周问礼访乐，这段往事不仅是一段佳话，后来还成为一则历史掌故，风靡九州，几千年后在洛阳还有一通石碑留作纪念。当时陪同孔丘进入洛邑的，就是这位彬彬学人。

苌弘笑眼而睇，频频颔首，眼前又幻出孔丘与南容那次求教的画面。对外，说是幸运，他们二人正巧赶上王室宫廷乐班演练《大武》。实际呢，苌弘是个热肠热肺的人，经不住别人的毕恭毕礼，敬言敬语，加之二位远道迢迢、风尘仆仆一副劳碌相，他才特意作了排练调整，把正式演出时间提前了。

次日，苌弘又安排他们师徒二人参观王室乐坊。

在乐工们排列有致的演奏现场，苌弘为他们一一展示了金、石、土、革、丝、木、匏、竹等八音俱全的乐器，又说明了建鼓、编钟、编磬与弹拨、琴瑟、吹奏类乐器为什么摆放的位置不同。孔丘对这些很感兴趣，他说：“位不正则音不和，音不和则调不谐，乐中之道与政中之道同，与万物之理同。不亲躬笃行，哪能有这等深切体会？”

“李耳夫子的谦让，不争，也是为了人和。”南容插嘴，看来他从老聃那里学得一点知识，显得比较得意，“你们两个老夫子经常在一起切磋，都讲和谐之道哩！”

“哪里哪里！我和他是笛子对石磬，搭不上一个调呢！”

“难道老聃夫子不常常来这儿观赏？”南容疑惑了。

“‘五色令人目盲，五音令人耳聋，五味令人口爽，驰骋田猎令人心发狂……’听听，聃大公竟这么言说。他能来这儿自寻烦恼吗？”

“哪……哪儿的道理呀？不可能吧？”南容急得脸红声高，表示不可相信，惹得孔丘也哈哈笑了。

这个活泼而又笃诚的小后生，就这样在苌弘脑海中留下深刻印象。

“南宫适！”苌弘忽然记起他的姓名。孔丘那天为他介绍过，有姓有名有字。“这姓名好记！黄钟之宫，必置正南，方适焉！”

“噢，南宫适！碰得巧，快到我的住所聊聊！”他又说了一句。

原来，南容按照孔丘吩咐，此次来晋国对范氏进行考察。在卿、大夫专权的诸多事例中，这个“家”自有其代表性。它在与别的“家”的兼并中，占有许多封邑和土地，掠夺了大量民众，扩建了强有力的军队，世族组织已具备一个宗法割据国家的性质，而且在自己地域内公然称“君”道“公”，设立朝廷，征收赋税，讨论政事，掌握了诸侯国家的政治军事实权，成为政在私门僭礼而行的抢眼人物。

南容告诉他，此次和几位同学实地暗访，还发现范氏对老百姓苛令峻法，施以暴政。例如，赵、韩、魏三家规定一百八十平方步为一亩，而范家的亩制就小了，一百六十平方步为一亩。庶人不但实耕的面积小，耕税租赋还是大斗进小斗出，对庶民重罚严惩甚至任意杀戮，奴隶制的痕迹很重。

硕人已经基本恢复了，她在案前清闲的饮茶，粉白脸庞像先前那样透出喜盈盈的神气。

南宫敬叔和苌弘就坐在她旁边。

“把人尸当作石头，过去，我的园主可没有这样狠呀！”她气愤的插话。

“岂止这些，他还要排演八佾舞，以天子的礼乐自享，俨然是一副天下君王派头！”

南容说：“我们鲁国的大夫季孙氏也是这样，让自己的歌舞队表演八佾，孔夫子生气地说，‘是可忍也，孰不可忍也！’。”

硕人走过去，挨着苌弘身边坐下。“咱们还能为这个人排练吗？这样厌恶他，怎么能唱出声、跳起步来呢？”

苌弘着实为难。他蹙眉沉思，喃喃地说："怎么向刘子交代呀？"

"不交代又怎样？不做官，也不担惊受怕了，咱们当野人，到处卖唱游乐，岂不更好？"

"王室、社稷、民众的命运，怎么割舍得下？"苌弘挥拳在案儿上狠狠砸了一下，"'乱生不夷，靡国不泯，民靡有黎，具祸以烬，于乎有哀，国步斯频！'"

不等硕人、南容明白过来，他就霍然站了起来，扬起嗓音，用惯常的口语化的词句，唱起这段悲哀伤感的歌曲：

祸乱生，不平静，（乱生不夷）
无有一国不遭殃。（靡国不泯）
民遭兵祸，人烟稀少，（民靡有黎）
劫后余生，濒临绝望。（具祸以烬）
唉哟哟，凄怆惨伤！（于乎有哀）
国运艰难，我心震荡！（国步斯频）①

他的声音不高，也没有动作，但却热泪长流！

"天哪！"硕人立即扑过去，抱住他的肩膀为他拭泪。

南宫敬叔低下头，不忍看他悲痛欲绝的样子。但是，过了一会儿，他却这样说："夫子，你的忧国忧民之心，自然不容置疑。效力于王室，也是很应该的。但王室无论怎么衰败，也不能依靠范鞅这样的人支持呀！再说，为他排演八佾，无异于助长他越轨犯上，为虎作伥。夫子，以大义的行为推动不义，你知道，后果是什么？"

"你知道什么？"苌弘忍不住火了，目光中含着凛凛凶气。"没有范子，天子早就驾崩了！朝纲落到了孽种手里，你愿意？"

南宫适沉默了一会儿，低声说："可是，僭用天子礼乐，会给夫子造

① 选自《诗经·大雅·桑柔》。

成不好的影响呀！《诗》中说：‘白圭之玷，尚可磨也；斯言之玷，不可为也。’①请夫子三思而行。”

硕人早已俯身伏案，此刻她头也不抬地低声啜泣。“我不想见范子！我不想见范子……”她忽然起身，还没有站定，又蓦然倒了下去，整个身子软瘫在地上。

就在这天夜里，苌弘与硕人乘着南宫适的车子匆匆离开绛都，返回洛邑。他已经想好了对策，见了刘子，以宾舍遭匪劫，不得已逃出晋地为由，准备搪塞过去再说。

意料不到的事情却发生了。就在洛邑城边，他们真的遭了劫难。王子朝由楚国出兵，卷土重来，占领了洛邑城北一百里区域，苌弘他们被逮了个正着。

---

① 选自《诗经·大雅·抑》。

第十三章

营救苌弘

一 堤路惊烟

庚桑楚随尹喜去了秦地，苌姬忽然感到身边空寂，从早到晚，总觉得心里惶惶蒙蒙的。

庚桑楚那单薄高挑的身材，圆突突的眼珠上的栗色纯亮的眸子，表面斯文内心却藏着小小计谋的神情，总会在她的脑际闪动。

还有那个王子朝，几乎在内乱交战中丧生的王家公子，一个英气勃勃敢说敢为的振振君子，他目前一定筹划着反击，准备卷土重来。他必然会这么做。但是，他面临的危险很大。像他这样峻利机敏、才华出众的人，苍天怎么不予护佑呢？

苌姬本来是喜欢读《诗》的，清早刚洗罢脸就会“桃之夭夭，灼灼其华”，或者“南有乔木，不可休思”地吟咏一阵，随手翻随便读，以无刻意无目的的心情，读出它应有的节奏和音韵，在抑扬疾徐的随意中感受一种特有的愉悦，而不单求其旨意的理解。

现今这种清晨的癖好，似乎愈来愈淡漠了。

人在烦忧中就会思念亲人。她这几天突然想起了父亲。前几个月由于城内大街小巷的血战，父亲母亲一直没有来守藏室。王子朝逃走后城内秩序好转，母亲一个人来探访，她对老聃说苌弘奉刘子命令去外地了，并在苌姬的小房间待了半日。母女相见，苌姬看出了母亲的忧虑。她忽然觉得父亲是那么可亲可敬。他火热的心肠，爽朗的性情，对王室的忠诚，对音乐的痴迷，这些突出的品行，在她的心目中蓦地明朗化了。这时候想起自己敢于顶撞父亲离家出走，完全是由于父亲平日娇爱惯纵，否则一个闺中女子岂能为长辈纳妾而心生嫉恨？现在看来，父亲把硕人领进家门，公然和她一起热恋挚爱的生活，正是他心性率真的体现。“窈窕淑女，琴瑟友之。”《诗》中不是这样说的吗？况且，父亲和硕人的感情也是有来由的。先是同情，继而发现她的超常天赋，顿然生出爱恋之意。珠联璧合，比翼双飞，职业的本能起了关键作用。

但是，父亲的另一面却不免让她担心。他忠于天子，忠于刘子，毫不含糊地卷进两派争斗的漩涡。伯伯老聃的劝说，他听不进去。王室的派系斗争那么复杂，他只能愈陷愈深。他的命运已经不能掌握在自己手中。天命会给他做出怎样的安排呢？

老聃的夫人希，这个细心而温良的女人，她却没有注意到苌姬情绪的变化。自从那天晚上大火烧毁王宫寝殿，老聃就有些意气消沉了。与王子朝秘密会面后，他显得更加郁闷。这在以往是不曾出现的。玄览，坐在檐下墙边的水青石上，老聃虽然像往常那样神情木然，别人也许不会发现什么，但是希却看出了变化。以往他闭目久坐，虽然没有神情的显示，但给人一种安稳泰然的感觉。现在呢，他的两腮皮肉时而微微颤抖，好似痉挛一般，眉宇间的踌躇纹也不稳定，常常有蹙动的抖闪。

接连几天，希发现老聃一直都是这个样子，“玄览”时两腮微颤，在屋中长时间枯坐，沉沉郁郁，闷闷忧忧，不愿出门。她只好找话搭讪，陪在身旁。

这天，她叫了苌姬，二人陪老聃到河堤去散步。

晚秋肃冷的风，摇曳着瀍河岸边杨树的枝梢，一片片黄叶从树上落下，又被卷到堤岸下边的河水中。一派萧瑟的暗黄成了洛邑城内的主色调，落叶、杂尘、河水与路面，以及悲风呜咽的天空，都被这种色调涂抹得恹恹昏昏。苌姬拣起一片落叶，捏着它柔弱的根柄说：“习习谷风，黄叶遍地，今年冷得太早了吧？”

希说："中原地势平坦，气候稳定，热冷随着季节变化，恐怕没有多大改变吧！"

苌姬说："尹大夫最懂节气。不知他和庚桑楚什么时候回来？"

希望着老聃说："他们快回来了吧？秦国不会有什么内战吧？"

老聃一直凝望着河中的缓缓清流，心里稍稍平静了。满眼肃杀的秋凉，虽然天气转冷，但比前几个月的情景大为改观。两派拼杀太惨烈了。在那段日子，河堤两边，里里外外，尸体横陈，血染寸土，瀍河河道成了堆尸场。为了战车从堤面通过，清尸的兵士抬着死尸往河里扔，淤得流水漫溢，从豁口流到堤外，淌得沿河街巷到处都是血水。老聃几次欲往河边游转，都被希拦住。六七、八九月份，从夏至秋，洛邑全城恶臭熏熏，这儿、那儿全弥漫着尸肉腐烂的气息。河道两边更是难闻，据说每天至少有十多位行人窒息在堤岸上。守藏室幸亏有一处院落，两方青草，三排银白杨，让这儿的气息清爽了些许。王子朝匿亡之后，王室组织人员对城内进行彻底清扫，河堤上下才渐渐恢复了清净。

老聃仍然望着河水，头不抬，目不移，慢腾腾地说："尹喜喜欢逛山，山林中清静安恬，他回来干什么？"

苌姬哼了一声，不满地说："游山玩水，他们倒有心情！"

三人边走边聊，踏着绵绵落叶，迎着烈烈的北风，走得慢慢悠悠。这时，在另一侧的堤岸上，来了一群持剑握钺的官兵，他们捕押着三个裸着上身满脸黑污的汉子，一边赶路一边推搡、踢打、叱骂着他们。从官兵的言语中看出，三个汉子都是"掘坑贼"。所谓"掘坑贼"，就是偷偷挖开掩埋尸体的大坑，剥走死者衣服的人。为了维护城区卫生环境，王室规定对这些人严惩，并在施刑之前游街示众。看来这三位是刚刚被抓住的。

除了老聃，希和苌姬都不禁扭头注视着这群人。忽然，她们看见一辆车子从后面急急赶来，车上坐的显然是个什么官，他一边挥手一边大声朝他们喊叫。兵士们立即站住，并很快动手，将这三人砍倒在地，顾不得处理尸体，又急急火火掉头跑去，辚辚车轮和匆匆脚步留下慌乱的迹象。

"肯定出了什么事情！"希悄声说着，和苌姬交换了眼神，又拍拍老聃的肩膀，朝那边指着。

老聃望着三具身首分离的尸体及仓皇奔跑的官兵，也惊疑茫然了。

“噢，兴许王子朝挥师进城了！”苌姬拍着手喊道。

“是吗？”老聃的蒜头鼻子搐了搐，两道白眉下的眼睛闪出幽幽亮光，大脸盘上溢出一丝振奋的神气。

旋即他又晦气摇头：“进城了又能怎样？”

苌姬也忽然沮丧起来：“他一得势，我父亲就要遭殃了！”

二　夫子求情

老聃得到苌弘被捕的消息时，一惊，脸颜失色，皓发乱颤；又一叹：“这是上苍的安排呀！‘我其夙夜，畏天之威！’咎由自取，奈何奈何！”

卧室内，苌姬和郑杨号啕不止。苌姬伏在希的肩膀上，郑杨从机上移到几案边；苌姬埋头、耸肩，哭声尖细；郑杨仰脸、捶胸，声音低沉。

郑杨得到刘子的通知后，立即赶了过来。她知道，王子朝是老聃的弟子，老聃若去求情，丈夫就可以活命了。

“王子朝，他为自己的君王地位而战，彼死此活，谁肯相让？”老聃沉着脸，怏怏地说，“他连刘子手下的兵卒都要杀尽，怎能放了他的心腹大夫？”

话是这么说的，但他心里已很焦急，反复思忖着营救之法。

只有向王子朝求情了！

苌姬请求与之同行。

“我见他，相信他会给面子的！”苌姬抬起头，莹莹泪珠遮不住眼睛透出的昂昂光气，“他曾说一旦为王登基，就要将我提擢重用，做朝廷第一个女司女吏！”

郑杨却显得惴惴不安。王子朝，在她眼里既是一位赫赫王子，又是一个佻佻公子，这种人，一个如花似玉的闺中女子怎么能去接近？

“让伯伯一个人去吧！一日师，终身父，伯伯的面子他会给的！”郑杨边拭泪边说。

希却主张让苌姬同去。两个人毕竟情面大些，再说，王子朝的品格做派，也是值得信任的。

王子朝率军在洛邑城西侧安营扎寨。他与自己的同父异母弟弟、现今的周敬王，生死攻杀，六年不决，后来失去大势。借楚国兵马，此次攻打洛邑，也只占领了西北郊野。

老聃和苌姬造访。王子朝始料未及！

“夫子！老夫子！明哲贤达的老夫子！”王子朝急忙离开座椅，趋身疾步，躬礼相见，“噢——，苌姬师妹，临窗读《诗》，倚树养蛐蛐的窈窕淑女，你们怎能来到这倥偬军旅之地？”

“‘兵者，不祥之器。’我说过这样的话。”老聃坐下来，不急不慢地说，“但天道人道，常有不测。有人主张义不入危旅，我原本什么旅都不看不入的。但又有什么办法！能来这儿，专程求见，必有缘由。难道你不明白？”

王子朝也不避讳：“要我释放苌弘？夫子，给我出难题了！我如今，一只丧家之犬，惶惶不可终日。这一切，都是我的弟弟夺位加害的结果，而推波助澜的是刘卷，刘卷的帮凶是苌弘。我有切肤之痛呀！夫子！”

老聃心头一震，搭蒙了眼睛。

王子朝对着苌姬勉为其难地笑了一下：“苌师妹，你是聪慧明达之人，又喜咏《诗》，必然知晓，昊昊苍天，肃肃王命，不可亵慢。君臣纲常，王室礼法，哪能悖违？‘予怀明德’‘显显令德’，岂可丢弃？可是令尊大人，拗天命，悖礼法，忘明德，助纣为虐，兴风作浪，致使王室如今落下如此惨局，是可忍，孰不可忍！”

苌姬的脸上一阵青，一阵紫，心中底气被喷射过来的灼灼光焰冲烧得一干二净。何况，在刚刚见到王子朝的瞬间，她的心里就咯噔了一下，仿佛被什么刺痛了。这位当年英气勃勃、风度翩翩的王室公子，短短几年，竟变得消瘦单薄，面容憔悴，那流光溢彩的眸子里，凶悍气焰代替了活泼英锐的神色；当年 “羔裘晏兮，三英粲兮”的衣饰，已被铁箍革裹的胄甲所代替。

但她不能沉默。

苌姬当即反驳说："一臣不事二主，他有他的难处。家父是令尊大人的宠臣，他若没有忠义之心，没有超常的热情，怎能抛家别舍，四处奔波，沦为今日的阶下囚？"说着，居然咽咽嘤嘤地哭了起来。

王子朝反而火了："助纣为虐，为虎作伥，是奸佞还是忠义？父王当年对我十分爱重，我为当立之长子，你父亲同刘子、单子强立他人。刘卷、范鞅，一个是王室把头，一个是晋国霸主，二人勾结，共谋私利。你父亲却要充当他们股掌之上把玩赏乐的璧玉鸟虫，如一只秋夜的蛐蛐在恶人的庭院唱着怡人心脾的曲子。他的歌里，哪里还有什么忠义之音？"

苌姬听出了话语中的不恭，便以牙还牙地说："你们王室的事，兄弟之间剑拔弩张，别人怎能分出善恶是非？一个要择长而立，一个要嫡出当继，何况人家还是堂而皇之的太子……"

"住嘴！你再这么馋口嚣嚣，我就不客气了！"

王子朝怒眉瞋目，从身边拔出寒光闪闪的长剑，起手一挥，几乎挨住苌姬的脖子。

苌姬打了一个激灵，不再言语，眼泪却如檐下的雨水，长流不止。

王子朝怒火未息，双手撑在案几上，吭哧吭哧喘着粗气。

"回——"老聃瞅了一眼昔日弟子，淡然笑了一下。

"好，不成敬意，多有得罪，请夫子海涵！"王子朝打了手势，几个侍从走了过来，领着老聃、苌姬出了营房。

但是，未有多时，王子朝又派侍从赶了过去，邀他们二次入帐。

王子朝在案几边久久站立，热泪滂沱。

案几上，放着一具七岔鹿角。角之形，层叠而架；角之色，碧青透光。

当年林中纵马逐鹿，驰骛不息，逞强显能，何其英迈！但老聃夫子有言：锐气四溢，咄咄逼人，注定失败。和光同尘，以待时机。若有"不争"之韬略，怎能有日后骨肉相残的血腥局面？

老聃随车带来的这件旧物，临别时交给了侍从。它勾起了他的痛苦回忆。

王子朝恭敬而懊悔，他抹着眼泪对重新坐在对面的老聃说："'诲尔谆谆，听我藐藐。'[①]《诗》中有言，正是为我而语。想起夫子一腔热诚，我愧悔不已！"

他说，决定了，遵夫子之命，立即放了苌弘一行！

他说，希望苌弘大夫不再为刘子效力。

他说，老公，苌公，二位长者将永远是他的夫子！

老聃稳稳坐着，面带微微喜色，却一直默默不语，双目牢牢闭阖，脸庞两侧的肌肉隐隐抖动。

"感谢了，淑人君子！"苌姬再次泪光闪闪，她郑重地朝王子朝鞠了一躬，"昊昊苍天，皇皇上帝，会把好运降临在你的身上！"

王子朝笑着望了苌姬一眼，转身走到老聃身边，脸上灰灰的，语调低低的："夫子，不知何日我们还能会面呀！"

说完，这个带兵的刚强汉子，竟然背身掩泣，把凄哀的哭声甩在他们当面。

三　歌抒已怀

仍然乘着南宫适的车子，苌弘携带爱妾硕人，回到他的宅邸。

为了表示自己的感谢之忱，苌弘邀老聃夫妇到府中做客。当然，苌姬也随之回来了。

老聃终日司职居住的守藏室位于瀍河之滨，而苌弘的府邸位于官员们集中的城中心偏南处，两地相隔约十里之遥。王室内乱引起了街市不安，匪盗窃贼趁兵马烈烈大显身手，闹得大街小巷无一处安宁。幸有刘子派来军队把守苌府，苌弘派人马来接老聃，两家人才得以团聚。

经过连续惊悚，一向开朗热情喜、歌善舞的硕人，变得沉静冷漠，孤寂时幻听幻视，有时眼前会有持刀的兵士突然杀来，便会发出令人毛骨悚

---

① 选自《诗经·大雅·抑》。

然的尖叫声。

老聃夫妇和苌姬赶来时，硕人的尖叫声正在厅内响起。三个人同样心悸、不安、晦气。

最为揪心的是苌姬。她不知晓这是什么情形，分不清这是谁的声音。她快速地第一个闯进内厅。

苌弘和郑杨正服侍在硕人身边——确切地说，是静悄悄地观察、应付着。这个白皙丰腴的绝色美人，惊叫之后并没有失态，她会一如既往地忙着自己的事情。这会儿，她又翻动穿过的衣服，这些都是苌弘为她特制的高级纱绸面料的深衣、礼服和演出服装，还把周景王赏赐的那条酱棕色貂尾拿出来比试。

郑杨为她送上一杯香气袅袅的热茶，苌弘则拉起她的双臂，要她去琴房抚琴作乐。

苌姬看到这一幕，心里稍稍安稳下来。

在琴房，老聃和希看到硕人与琴相依，手指在弦上时拈时挑，忽疾忽徐，似乎指法还不够娴熟，但脸上的神色却与整个音调相谐，喜滋滋乐陶陶的情调自琴身漫溢过来，弥漫于厅内整个空间。

苌弘沉浸于琴音，侧耳凝睇，频频颔首，合着节拍，心已完全入境。

南宫适朝老聃夫妇揖礼之后，立即回到如浓酒一般醉人的曲音韵中。他拭额沉思片刻，转身对着众人，敞开喉咙，跟着琴音，唱了起来——

南山有台，
北山有莱，
乐只君子，
笑对阴霾。

东山有桑，
西山有杨，
乐只君子，

邦家之光！

鲁有仲尼，
周有老聃，
乐人苌伯，
同为师范！

我问礼乐，
三师诱之，
克己般般，
终生受之！

显然，南容听出来了，这曲子是迎宾祝福常用的《南山有台》，便改动原词，加入新意，自出机杼，贴切自然。人们听着，拊掌而笑，连老聃也露出和悦之色。

苌姬也来了兴致。以《诗》为本，言志抒怀，有何难哉！她走到琴边，对着众人，轻松而又顺畅地唱开了——

南厅有豆，
北厅有簠，
乐只君子，
介尔景福。

西方有家，
东方有家，
一人两家，
两家一家。

父兮宠我，
母兮知我，
伯兮诲我，
娘兮疼我。

心乎爱矣，
遐不谓矣，
心中藏之，
何日忘之？

苌弘首先被打动了，他没有想到女儿竟然这么通情达理，这么透彻理解他的爱意。长期劬劳于王事，顾不得与亲友团聚，也不能与亲人一起丝竹歌咏。一经风险，一起消闲，便有一种难以言说的情怀萌生。

苌弘向硕人递了眼色，硕人点了点头，又埋首抚弦，漾漾不息的琴音，涓涓地从她的指尖流淌出来。

苌弘略一沉吟，歌声就脱口而出了：

南院有鼓，
北院有钟，
乐只君子，
敬尔有升（声）。

东厅有舞，
西厅有歌，
淑人君子，
云何不乐？

诗言志也，

歌咏情也，
乐极和也，
德之成也！

汹汹乱世，
无耻者华。
有德者乐，
笑对天下！

苌弘的血液里，流淌的是欢乐、直爽与豪迈，他的激情常常一触即发，一发即唱，一唱即酣。

意犹未尽！唱完之后，又朝硕人示意，音阶上升了一格，以宫为调，又高亢的来了一遍！

老聃为之心动，但他不喜形于色，只是淡淡地说："飘风骤雨！老死不改其性！"

苌弘向老聃示意——轮到你了！

苌姬说："伯伯早有诫言，五色、五音、五味，他是一概排斥的！"

"那他怎么活呀！谁能整天一丝不染地离开这些东西？"希纠正说，"他用过火的口气，反对追求声色之娱，要人务内而不逐外。他其实也是喜欢唱歌的！"

"哪里的话！"老聃瞥了他一眼，"你见过我唱歌吗？"

希也瞥了他一眼，"这些年没唱，不等于你不爱唱。"

苌弘说："对呀！当年在筑城工地，你领夯喊号子，晚上在隶人圈子里胡嚎浪哼，也是狂人一个。是不是事实？"

老聃笑了，笑中带着一丝苦涩，一丝无奈，最终还是激荡于心的豪情的迸发：

东山有日，

西山有月，
乐只君子，
云何不悦？

南国有水，
北国有山，
淑人君子，
陶然其间。

小歌者也，
心发狂也；
大乐者也，
天地和也。

汹汹乱世，
有智者哲，
今我欢聚，
得道者乐！

第十四章

孙武著书

一　刀下魅影

罗浮山下，七星石旁，“天权”之屋，孙武在这儿日夜忙碌，撰写他的军事著作。

“孙子曰：‘兵者，国之大事，死生之地，存亡之道，不可不察也。’”①

开宗明义：战争何等重要！生死存亡，皆系于此，岂可不察？

“孙子曰”如此直正，而且，凡后面各篇，皆以“孙子曰”起首，自标自称，决不谦恭，厉厉之色，森森之气，令人肃然拭目。

他一字一顿，默默读了一遍，又放下鸾刀。

这些天，他夜夜有梦，梦中情景，酷似当年母亲对他的叙说。那年润腊月的十三，他诞生的时日，母亲在这之前梦有征象，二剑拼杀，寒光闪闪，大哲黄帝空中观战，呼唤止战之人。是他自母体飞出，不惊不惧，冷静地伸手逮刃，居然一手一柄，将双剑收缴，给自己手掌落下两个攥刀印。不知何故，这二剑竟没有消匿，它们又复活了，嚣张了，在他梦中频频出现，搏杀不已，一阵宏大之声响亮地说：“孙武，快快以戈止战吧！”

一个寒战，打得他翻身坐起。

静下心来，仔细思忖，自从有动手著书的念头，便有了这隐喻深深

① 选自《孙子兵法·始计篇》。

之梦。

还有，那把祖传的鸾刀，一直在他的床铺内侧放着，在他执刀刻写时，似有铃声叮当，分明自床上那个方向传来。

俗语说，鸾刀之贵，贵其义也。此刀两端有铃，动则有声，前后相和。这声自刀上发出，必令人惊思。凡事当和，不和则杀。先王以义制物，以仁和之，用刀则三思也！

孙武深知祖上传下这把刀的意思。作为世代尚武的贵胄之家，虽然效命疆场，常有杀戮，但却不能忘记如鸾鸟一般和悦的声音，——它在提醒你：道义当先！

鸾声叮当！孙武闻声阖眼，冥冥之中，他看见了这样的一幕：一群美目倩笑，衣裙娇艳的姣色女子，一个个搔首弄姿地朝他走来，而他呢，神色镇定，并不迷乱，但佳人们仍然在他周围扭摆招摇。他起身动怒，厉声斥责，反而惹得她们浪声讪笑。

哲夫成城，哲妇倾城！在妩媚多情的女子面前，多刚烈的振振公子也会心软神酥的。

孙武犹豫了一下，却听见腰间的鸾刀，叮当叮当，铃声暴响！

他当即拔刀，迎着近前的二女，急促砍杀，手起刀割，人头落地。

刹那间，如云的美女们消散净尽，化作一片湛蓝晴空。

但在他的身后，藏着一个肤色白皙，爱意绵绵的女子。她拽住他的锦袍后摆，纠缠嬉闹，死不松手。

无奈之下，他又一次举起鸾刀。

嘿——这个女人，相貌神色，颇似崔旦。崔旦朝他媚笑，露珠白的脸上尽显漾漾春情，眼波带着一丝淡绿，眼珠在墨黑的睫毛下闪着粼粼波光，含着妖狐的撩人风骚，也露出苍鹰或雄鹫可怕的凶狠，这目光令他浑身陡然热了起来。

但另外两个红粉佳人却做了他的刀下鬼。她们只有狂热的媚态。

这，是何寓示？

孙武放下刻刀，凝神沉思，心中波水翻涌，不能平静。

恰在这时，磬声响了。这是通道旁边三脚架上吊着的石磬之音，轻轻地，缓缓地，三下而终。

他思索片刻，出到檐下，敲了回音钟。

他回到屋子，静等来人。心想，是徐甲呢，还是崔旦？是驭手呢，还是另一个菜农？

“噔、噔、噔——”，磬声又响了，比方才急促得多。

孙武莫名其妙。他走出去，站在平台边儿，向那边望去，发现崔旦正站在三脚架下，向他扬手，示意他下来，去她的身边。孙武有些踟蹰，但崔旦的手势那么执意，他只好走下去。

崔旦显然是在兴头上，八分白二分红的脸颜平添了过多的红晕，眼皮一扑扇就有喜盈盈的气息喷出。她大有含意地点点头说：“跟我走吧！”

秋风萧瑟，早已扫落了路旁几株白桦的黄叶，路面和起罢蔬菜的土地苍黄的裸着，一畦畦准备越冬的白菜全都扎了草腰压了顶，地里残存的绿色就剩下这仅有的一小片了。天边迟归的雁群贴着淡云向南飞去，逶迤的罗浮山被东升的淡青色日头照出清晰的轮廓。天显得高远了，地显得辽阔了。西风透出刺骨的寒意，带着罗浮山飞鸢腾鹞的啼叫声，一阵阵拂面而来。看来秋与冬的界限已很难划分。

为了弄清山地、平原、庄稼地、菜园的物候，孙武几年来常常有意观察，及时记录，对照节气，基本掌握了四季轮回的变化规律，即使从路边一株枣树的初绽芽叶，就可判定是什么时令。眼下这一派肃杀，乍临严寒的气象，说明寒露早就过去了吧？“霜降九月中，日躔在卯宫。”看着太阳煞白泛青的光色，斜向南方的与正东位置形成的角度，他已经意识到，“霜降”将要到来了。

在这样的季节，这样的田野，她发现了什么稀罕，要特地带我一看呢？

“你看见没有？”崔旦挥动手臂，朝正南方指去。

一抹黄色，贴着地面，犹如春季的油菜花，把一片金色云霞掩到那儿。

孙武心生疑虑，这不是莴苣地吗？

走近了，看清了，果然是莴苣开花，——确切地说，是莴笋的二次开花。莴苣分叶用、茎用二种，茎用的，以粗壮直挺、肉质细嫩的主杆为人喜爱，俗名莴笋，亦名笋，每年八月，即立秋前后，保留植株作为种苗的莴笋就会座苞开花。

想不到已经抽薹座籽的莴笋又添了一层絮状花苞，如今齐齐开放，高低齐整，满畦通黄。

令人惊异的是，邻近那片叶用莴苣，其种株也同时开过了花，却仍然一呈老态，低矮的主杆上苔包点点，根部的序形枯叶全部萎黄，整体的败落之色与田间地头的其它景致毫无二致。

“看来，这‘笋’——”崔旦用含着深意的目光，紧紧瞟住孙武，“是兴时的了！”

孙武心中一震，但脸色如常，板得僵冷。

“笋”，恰是他姓氏的谐音。这崔旦，她的睿智精明，实有过人之处！

想起这几日的梦幻，孙武浑身一阵燥热，心也狂跳起来。

但是，他的酱紫色脸膛是镇定的。他的双臂背在后面，手指握成拳头，无意之中，涔涔汗水自掌心沁出。

“好兄长，冬笋开花，这是大喜事，说明大有前程，老天爷光顾你了！”

“说这话是什么意思？”

“别装得铜板石箍的，一把土都扬不进去。其实，你是个城府很深的人，就像这园里的埋头萝卜，拔出来才见个头。你的心劲大，拿得严实，可什么也瞒不住我。”

“欸——”孙武的鼻腔里发出轻微的回应，脸膛板得愈发僵厉，冷冷地说：“天地万物，有格有则，天道无私，有为在己。我实在看不出老天爷对谁的光顾。”

望着崔旦舒眉展眼、情意殷殷的样子，孙武暗中心动。为什么要执刀杀她？他有些迷惑。这个女人，从始到终，对自己一往情深，又如此敏慧不凡，心中又藏着一股狠劲，怎能简单的抛开，近在身边而又不予利用呢？

二 浪歌采韵

天命，使命，与生俱来的尚武家道，化成他胸口喷薄待出的热团，憋得他日夜不安地亢奋起来。

崔旦的适时出现，不仅给了他精神的催促，而且让他产生了另外想法。崔旦，又一个夏姬，她不仅貌美，更有撩人心魄的风韵。从策略上讲，日后肯定是要利用她了。但是她带来的“利”绝不止于此。她带来的启示是：著作如人，亦要风韵动人。“桃之夭夭，灼灼其华”，方能“之子于归”。他想起先前读过的一些兵书，包括守藏史老聃向他推荐的姜太公所著的《阴谋》，其意可鉴，却略输文采。他深知自己虽然有雄视千古的气概，完整的理论体系，精于算计的具体方略，但只有与精妙的文字表述结合起来，弄出美文华章，才能易于为人认知。

“治军的原则是令之以文，齐之以武，要是我的著作文气不够，面目僵板，谁还能心悦诚服？”

“呃——”孙武还没有喊过崔旦的姓名，但这么一声“呃”，崔旦已经明白了什么。

她看出了他脸上流溢出来的喜悦之情，便走过来，靠近他，面对面，目对目，热诚地说：“兄长是我心仪之人，有什么吩咐，想干什么美事，就快开尊口，爽爽地给贱人说么！”

孙武也报之以热诚，露出少见的笑容，点点头说：“走，到我屋里去吧！”

孙武为情所动，并有看中而利用其人的筹思。基于此，就不难想象——也是难以想象他与崔旦之间是如何亲密相处的。他后来在著作中写道：“故三军之事，莫亲于间，赏莫厚于间，事莫密于间。非圣智不能用间，非仁义不能使间，非微妙不能得间之实。微哉！微哉！无所不用间也。”①仁义、厚赏而又微妙待之，圣智孙武自然会与这个女人处理好微妙关系的。

① 选自《孙子兵法·用间篇》。

崔旦敞开了自己。她很坦诚很愉悦地完全暴露。她使出了在秦王宫学来的精妙的床帏之术。她真是一个天生的“母精”！孙武左右采之，进退并之，明暗兼之，虚实应之，似乎都在她的期待之中。她心神凝聚，掀动臆波，渐觉瓣气松开，核石欲裂，从未有过的鸟语花香的谷地即将临近。她适时稳住阵势，用了移岸谷深之法。孙武忽而受制，忽而主导，直至有了营门大开的感觉。“来了来了……”崔旦的呼叫那么突然，那么急不可遏，但她自己并没有呼叫的意识。意乎哉！一道一道的营门顿然向战车敞开……

孙武感受到了“夏姬”的非凡，“夏姬”让孙武感受了“微妙玄通”。

事后，崔旦说，她的肤色情致，不仅源于母亲传授的丝瓜养颜之法。她的母亲在内心深处，渴望“滋润”，她的心灵里，藏着难以叙尽的情思与向往。她的父亲，这位带着弟子长年在外奔波讲学的士人，和母亲聚少离多，一旦归家，二人的“琴瑟钟鼓”之乐是登峰造极的，即使在两个女儿面前也很少收敛。

崔旦说，父亲多去楚地，那里流传着许多民谣，父亲无意间收集了一些。其中一首，他唱给了母亲。这是很真切而又很狂热的一支床上歌谣：

牡兮，且兮
乱我心曲；
牝兮，谷兮，
狂我体躯！

节奏短促，音调高亢。反复唱第二遍时，又慢了节奏，缠绵悱恻，细致舒缓；第三遍则时快时慢，夹唱夹白，娇声浪气，似喊似吟。

孙武耳听身受，飘荡在天堂的轻云淡雾之中。在无比的滋润中，感受到这种交接的绚烂。人类的发展靠的是所有的交接。原始的初民对能吃的动物下手叫做狩猎，对自己同类的抢劫叫战争。在这个冷兵器时代，战争是肉身相搏，招招见血。但在床帏之间，这种同类相亲，是肉身相谐，招招呈欢。这所有的“招招”，难道不都是交接术的显露吗？

“不在一方事中，不知一方天地。”孙武在心里感叹，“凡事都有至极，这就看是谁在做了！虚实之用，真是妙不可言！”

崔旦在浪头上大有畅意，不能自禁，顺势为他哼唧了另一首“私歌”：

亲而诱之，乐而受之；
近而挠之，远而躗之；
整而化之，上而下之；
水而火之，汝而我之；
微而玄之，难以言之……

孙武贞淫并采，这些浪歌骚谣的韵文节奏和格律，都让他引以为鉴。他后来在竹简上，留下这样的句子：

微乎，微乎，
至于无形；
神乎，神乎
至于无声。①

再如：

利而诱之，乱而取之；
实而备之，强而避之；
怒而挠之，卑而骄之；
逸而劳之，亲而离之……②

① 选自《孙子兵法·虚实篇》。
② 选自《孙子兵法·始计篇》。

无独有偶，话题移开，那位守藏史老聃，在他悉心悟道，执刀刻著的过程中，也受到这类风雅民谣的启示，方成就了他的美文华章。这是后来的事情，暂不叙说。

但是孙武之于老聃的那份思念，却是不能日久搁置的。

老聃，这位敦实厚朴、看似冷漠、出语惊人的人，曾与他讨论过看似玄秘的问题，从“十三”说到和时应势之道，从“诡道”说到兵法，他对一个后学弟子的态度是恳直情挚的。他分析，老聃肯定对自己留有记忆，一个借书不还的人会惹他生气吗？崔旦的韵致和妙语，可以让他落刀时尽量有精华、有关节、有眼目、有处置、有起伏节奏、有余波照应、有精细筹算。锦上添花，说够也就够了。但是，老聃是一个深藏玄机的人，从他那里是否能讨回一点玄奥的东西呢？

想到以后的刀光血影，风雨征程，他觉得有必要再次与老聃交往。

派谁去呢？徐甲。

和崔旦一样，他也渴望献身于他的事业，从而也成就自己。

徐甲这个时期承担的任务是赶车拉粪。雇工中有人专门拾粪，即从路途上拣牲口粪便，用笼挑回后倒在沤肥坑中，与庄稼秸秆一起发酵。徐甲一个人镢刨锨铲，把六尺长五尺宽四尺高的车厢装饱，赶到地头后再把粪肥卸下来，在空旷的田野上，在满眼萎黄的枯败景致中，他越来越觉得孤寂乏味。

孙武处罚了他，后来又因清早遛马奖励了他，他对主人的态度只有怕而敬之。送粪是这么无聊，但是信念已经确定。在一位大有前程的人手下干事，自己也不愁没有前程。他打算横下心来，咬紧牙关，干好人家安排的一切事务。拉粪无聊，但这无聊是暂时的。当年一个人沿着黄河堤走到渭河堤，两条腿抡了一千六百里，风餐露宿，昼夜兼程，还不是硬挺过来了？

他没有料到孙武会派他远赴洛邑探望李耳。

“本来你是驭、射、剑无所不精，却在这蔬园菜圃伺候土畦地畛，实在是委屈了！”孙武的脸上掠过一丝夸奖的笑意，目光又紧紧地逼过来，郑重地说：“好几年前，我在王室守藏室拜望过那里的头目老聃。他对我不吝指教，值得专程去探望他老人家。不过，我眼下难以脱身，只有委托你代劳了。此一去迢迢路程，很是不易，趁机回一趟家吧！令尊大人忠诚耿介，技艺超人，可亲可敬。你必须捎上我的心意，一个后学晚生的问候，这是我特意要叮咛的。”

孙武安排了细致的行程路线，给足钱饷，加上他一席知心体贴话语，让徐甲感动得热泪潸潸。

三 离情别意

动身前夜，徐甲没有料到的是，崔旦神不知鬼不觉地找他来了。

崔旦已不是以往的崔旦了。她变成上流社会豪府侯宅方能出现的名媛淑女，整体装束由她的婀娜身材撑持彰显得极其华贵典雅，乌黑油亮的头发在头顶挽成盘旋隆起的高髻，髻上丝网缀满繁星般璀璨的碎圆白金。分明是公卿人家的闺中贵人儿站在面前。

徐甲觉得眼前有一股刺目的炫炫亮光，胸窝里也一通砰砰急跳。惊喜之后，稍一迟疑就果敢地扑过去，双臂像捆禾秆的稻腰一般牢牢箍住她的腰段。

崔旦静静地站着，待他放松了手臂，一双大手像河蚌的两片壳子将要掬住她的面孔时，她伸出手来左右一拨，一丝凛然不可冒犯的神色即刻现出，但随即又柔媚地笑了。坐下之后，用她的葱白手指捏住他的一只手，放在另一只手上。

“咱们真的要分手了！徐大哥，说不定再也见不着了！”她望着他，诚恳而又不无惋惜地说。

她告诉他，孙武派她到楚国去，找那里的官员囊瓦，以情人身份充当间谍。孙武和他的朋友伍子胥分析楚国日后由囊瓦主政，在未来的吴、楚决战中，如果囊瓦阴差阳错地干下傻事，就确保了孙将军战略的顺利实施。

“我眼看成为令尹大人的宠姬了！钟鸣鼎食，纸醉金迷，荣华富贵，将会很快到来。”说完她就开始苦笑，撇嘴，摇头，轻声叹息，末了，一串泪珠自眼角溢出，沿着粉嫩面颊流淌下来。

徐甲抓住她的手腕摇了几下，连续地大声说：“不成！不成！不成！”他的心窝子里，似有无数条蚯蚓蠕动，毛毛擞擞，疙疙瘩瘩。并非他人横刀夺爱，而是所爱之人寻机钻孔地甘愿委身，还要明明白白地告诉他准备这么去做！

但一霎间徐甲又这么说：“你不去，又怎么行呢？但这是虎口拔牙，九死一生，你千万要操心呀！”

崔旦点点头，神态平静一些了，轻声说：“这，我倒不去想。我有我的自信。通前倒后地想，也许我这一生注定要走这条路。我的姐姐因楚平王荒淫无耻而受牵连，听说已死他乡，为了报仇雪恨也要干成这事。另外，爹娘给的这副身子，天地养育了我这小虫儿，不闹腾一番，不啼叫一场，岂不白白来世间一回？”

她说着，先前的气色渐渐恢复。徐甲不再言语，他已经明白她的心思。她的心气太高，目标太远，为了实现自己心愿，不论多么艰难、多么屈辱、多么危险的事情，她都会挺身面对。

“你不是要找个‘义人’吗？是孙武大人，还是囊瓦令尹？”

“这……”崔旦略一沉吟，心底的秘密没有道出。“边走边看吧！也许，谁是‘异人’，戏到终场才见分晓。”

“看来，我徐甲即使混个百车之长，贤妹你也娶不到手了！”

崔旦嘿嘿笑着说：“这正是你的福气！你娶了我，有什么好处可以得到？”

徐甲望着她容光焕发的脸颜，那白里透红的姣美肤色，勾人魂魄的重皮大眼，不由得把她的手腕攥得更紧，并一扽一扽地向身边拉着。

崔旦心软了，她索性走过来，屁股坐在他颠倒的双膝上，两臂伸过去搂住他的肩膀，脸膛贴着他的脸膛说：“‘君子于役，不知何期。’我来偷偷看你，就是觉得而今一别，两音渺茫，念大哥为我奔波，丢弃了父亲嘱托。我心中有数，至死不会忘记大哥的恩情。今后天南地北，各奔前程，望大哥好自珍重，也愿上苍护佑，终能成就大业，实现先祖心愿，我心里也就顺盈了。”

徐甲浑身一热，立即有一种宁可舍命也要保护意中人的冲动。他急切地说：“我不去洛邑了，暗中追随你，尽力保护，防备意外发生。怎么样？”

“又犯傻了。你有你的前程，千万不要为情所困。一个赳赳武人，应该是一条铮铮硬汉，莫要在女人面前当乖乖孙子了。”

崔旦与徐甲的来往，并没有就此了结，她在后来宫院深深、艳色靡靡的日子，与之秘密接头传递情报的人正是徐甲。

但这一次的来往对于徐甲来说却是刻骨铭心的，成就一番事业的愿望犹如雷电交加的景象永久闪耀在眼前。

徐甲动身后经延陵渡江，越过徐国周边八百里丘陵湖泊地带，再经逼阳到曲阜，赶至临淄时，已是次年春三月了。

临淄北郊一条宽畅胡同里，正中坐北向南的一家住宅，门楼青砖蓝瓦，大门桐扇朱漆，前院后庭，三间两进，齐国创立之初封赏的侯门家士一般都是这等宅府格局。历经大约五百年的岁月风尘，主人除了几次简单修葺，再无扩展，近百年就连补漏换缺也无能为力，其颓废败落不难想见。

徐甲急煎煎地赶到这儿时，心里已有不祥预感。整个一条胡同里，除了粗衣褐服零零稀稀的行人，很少有车马出入。不少人家的房子已经塌檐倾壁，残颓不堪。路面和墙壁上的尘土灰屑太厚，带着春寒的西风如一把大扫帚，搅得巷道和半个天空烟尘弥漫，浑浑蒙蒙。一别五载，这儿的灰败色彩显然更浓重了。到了屋前，看见门板皴裂，双扇紧闭，轻轻一掀，吱的一声开了。他的脚还没有跷进去，就高声喊“爸”，连呼三声，不见回应。

徐甲急了，解下行囊往门槛内一撂，快步往前厅里奔。不等推开厅门，后院就传来老仆人的声音：“你可回来了，公子！”

徐甲不由得打了个激灵，浑身唰的一下泛冷。赶到后院，老仆人正拄着拐杖坐在檐下明晃晃的太阳光里，僵然不动，目光呆滞，颤索索的手臂举着木仗又慢慢放下。他的声音倒还是洪亮的，勉强站起身子说：“我知道你要回来，大人这几天在我梦中连着放声大笑。大门也就不关，连等几天，你看应验不？”

徐甲一愣，随即看见老仆人背后的二门里面白蜡燃火，香柱起烟，白布蒙盖的桌面正中摆着一副牌位。“快，快给先人烧倒头纸吧！”老仆人转过身，侧脸朝门里望着，手杖在地上蹲了蹲。

巨大的悲痛骤然降临，徐甲一屁股跌在地上之后，才号啕大哭起来。一个莽莽壮汉哀哀悲吼的声音，胜过上百秀女嘤嘤啼泣的凄惨。一股旋儿风被这哭声引来，在小院内呼呼咻咻地打着转子。

原来，徐甲的母亲在徐甲走后第二年就去世了。他的父亲，那个望子成龙心切，天天等待姜太公赐福降祉的老驭手，两年前也已撒手人寰。几位朋友帮忙安顿后事，卖了一套仅剩的古老铜器，供看门的老仆人平日家用。老驭手是突然中风不语而亡的，临死没有一句遗言。几位朋友给老仆人交代，徐甲归来后的第一件事，是补上老人升天的第一道祭式——烧“倒头纸”。

徐甲在后院对着西方焚香烧纸，叩首三次，老仆人在一旁高声咏叹，以司仪的身份配合呼喊：“大命止兮，瞻印昊天；魂灵去兮，介尔成仙！”按当地习俗，这道祭式应在亡者刚刚咽气后由亲子完成，死者才能得以升天仙游。徐甲披麻戴孝，在墓地约见了亲朋故旧。按习俗守丧三年内“重孝子”不得进入他人家门。交谈中他才得知近几年齐国公室再受重挫，私家削减了公室的一半供给，强占了原先划给王族的一半采邑及土地，凡是远亲与中下层大夫士人的爵禄一律不复存在。这条巷子居住的基本是士级人家，因而一日之间全都丧失了供养。徐甲的父亲正是在得知此消息后，突然患病而亡的。

虽然失怙之悲突然袭来，三年守丧乃大礼所定，但徐甲使命在身，不得不另想法子。经指点，家中安排了一场“练祥祭祀”，又加了朋友乡邻的“虞祭”。整整七日，宅里宅外，人哭乐响，素天缟地，事毕他已焦瘦成另一副模样。

第十五章

风波探向

一 “苌楚”之喻

尹喜与庚桑楚回来后，立即探望了受惊的苌弘。

二人心潮难平，感慨良多。

按理说，在这混乱至极的年月，就连弑君窃国、戮父夺位的事情也不足为怪，王室大夫路途遭绑架算得了什么？但事情发生在身边，牵涉到一位备受敬仰的长辈，作祟者又是他们非常熟悉的王子朝，心弦所触就不是一般的“五音调”了。

“我早就看出，这家伙不是个振振君子！”庚桑楚的小眼睛气鼓鼓地望着希和苌姬，精瘦的蜡黄脸因生气变得红胀胀的，“他以父王的宠爱为依仗，目无王室纲纪，自立为王，挑起战争。将苌弘夫子劫持，既侵犯了先王尊严，又不顾老聃夫子情面。他一心想登基为王，切切之心，到了发狂的地步！《诗·褰裳》说的那种人——‘狂童之狂也且’——狂得以至太傻，我看就是他了！”

尹喜显得略微平静一些。他说：“弟兄们谁不想为王？抢先贪夺，欲望过重，加之拉帮结派，长期对立，内讧血战是不可避免的。王子朝忽隐忽现，时打时逃，他的一切恶行，不过是对方这一派活动的‘回声’。”

庚桑楚心里不满地说：“难道王子朝和现在的天子周敬王一样了？且不说一个是朝廷一个是叛匪，单说他如此对待苌弘夫子，也算大逆不道的呀！”但他又怕伤了尹大夫面子，只好轻轻点头，不再言语。

苌姬倒显得很大度，她说：“《诗·假乐》中有‘穆穆皇皇，宜君宜王’的句子，先王驾崩以前，谁不这样看待王子朝呢？他后来沦为流寇败匪，恓恓惶惶，丧魂落魄，我很同情他的处境。再说，他总算看了伯伯的情面，让我们的愿望没有落空。他不像你说的那么坏吧？”

希也这么认为。“庚儿，王子朝是个阳刚之人，要说他错，正是在这上头。锋芒闪闪，出语咄咄，就像林子里那头七岔犄角的鹿王，不是中箭就是掉入悬崖。唉，眼下虽然还有楚国支持，毕竟势力太弱，他的前景不妙呀！”

庚桑楚一直苦笑着。他们都不同意他的看法，大大出乎他的意料。

他的这种认识，苌姬完全理解。他对王子朝早有成见。除了看不惯这位王室公子的凌人盛气，对他的勃勃英气也多少有点嫉妒吧？

尤其是两个男子在一个妙龄女子面前，那种或现或隐的敌对排斥，怎么能避免呢？

苌姬这么一想，对于身边这个相知多年的“良人”，内心多了一份融融暖情。

半个时辰之后，即尹喜与希离去不久，庚桑楚便去找苌姬，在她的那间小小卧室，他送来了采自秦岭北麓的野果——猕猴桃。

“哎呀，什么东西？模样怪怪的？”苌姬望着小箱内毛茸茸圆嘟嘟的果子，喜悦而又惊讶。

“《隰有苌楚》，‘桧风’中的一首……”

“羊桃？居然是这样？”

“秦地叫猕猴桃，也叫毛桃。你看，这些圆蛋蛋，像不像猕猴的头？”

苌姬连连点头称是。

苌楚，羊桃，猕猴桃，其实就是这种果子。苌姬先前从《诗释》中知晓羊桃是苌楚的俗名，却不知道还有这种形象化的别名。她拿起一只，觉得软乎乎的。仔细剥，露出绿生生的翡翠般的果肉，汁水憋得胀汪汪的，望一眼就满口生津。她咬了一口，被那九分酸一分甜的味道弄得咂嘴缩舌，倒吸冷气，但忍不住又要吃。

庚桑楚嘿嘿讪笑，替她剥好一只，递过去。他说："越吃越馋。这比那'桃之夭夭'的水蜜桃，还要激惹人的胃口。还有个秘密，我听那边的朋友秦佚说，这金茸茸的果子，不光像猕猴，猕猴还非常爱吃。你要是发现什么地方有成堆的果皮，那里可能是猕猴的聚点。秦佚还告诉我，这玩意儿特别对公猴有益。有些母猴，为了向心爱的公猴献殷勤，专门拣这果子送给它。"

"为什么？"

"……"庚桑楚噎住声，憋得脸红气短，"你一个闺中女子，羞脸儿多，厚颜儿少，问这些山野荒林中的臭杂碎，能弄个啥嘛？"

"这是秦地言子？"苌姬被逗得大笑不止，"出门三个月，就变得油腔滑调，人也活泛多了。好，君子阳阳！你接着说，——公猴，母猴与这果子的事儿！"

庚桑楚拗不过，便指着剥开的果肉说了。原来，这质如绿玛瑙的肉瓤中，藏着密密麻麻的黑紫色籽儿，这些'子'（籽）儿富含营养精华，和雄性动物的生殖器官相似。依据"食之补之"的原理，它自然会产生意料中的神奇效力。据说，猕猴在嬉戏发情的高峰期，附近的猕猴桃就很快被扫荡一空。

"秦佚他爸还偷偷告诉我，村子里，谁家媳妇久不开怀，家里人就会有意采些阳坡高地的'金果'，放软了让男人吃。'金果毛果，生克上火。'我特意弄了这些，让你开开眼。一路上磕磕绊绊，怕颠坏了，碰破了，一层层都垫上菅草。你看，这些果子没有一个烂的！"

"'少女怀春，吉士诱之。'你是煞费苦心，别有用意吧？"

苌姬直人快语，弄得庚桑楚羞窘难当。他的高挑身子站得更僵直了，嘴里嗫嚅着，不知所措。

他被戏弄成这样，她倒很开心。在她心目中，这位拘谨、诚朴的兄长，对自己肯定有所念恋。在她纠正了他的衣着邋遢，不重仪表的毛病后，他在感激之外，还加了一层敬畏，他的瘦身子里包藏的情绪是比较复杂的。

他离去后她所感到的空漠，她在思念时对他的冷静分析，令她的亲热度增加了。但是现在，当他带着礼物出现在眼前时，她反而拿不定主意。

南宫适，谁叫这个人突然相遇了呢？

三年前，南宫敬叔陪同他的夫子孔丘入周问礼访乐，在守藏室院子，她和庚桑楚曾与这位卿府公子见过几面，前些日子他和父亲一起被王子朝释放后，在她的家里，她与他才有机会单独相处，而且也仅仅是三天时间。

南宫适本是鲁国“三桓”之一孟僖子的儿子，虽然家族显赫，出身高贵，却为人谦和，朴实无华，乐观坦率，尤其是他正心修德，从严律己的精神，非常令人敬佩。苌姬得知，她父亲能够毅然从晋国范氏家中离开，与南容的劝说是分不开的。被王子朝劫持后，父亲与南容都能坦然面对，南容还以自己的出身要挟对方。

苌姬曾聆听过尹喜大夫关于“回声”的阐述，她觉得人与人之间，彼此心灵的“回声”也是同样的，尤其是青年男女之间的“回声”更是灵敏。她在南容面前，觉得自己心里既有丝竹管弦高亢的奏响，又有类似鹌鸠鹞鹰空谷的啼唱，分明是强烈而愉悦的回应。

想起他，这个拨动了她的心弦的人，就觉得眼前的庚兄长，实在有些黯然失色。可以说，拿他俩作比较，鲁国贵公子是一株楠，这个陈国贫后生不过是一棵桑。

巧得出奇，比喻正好与姓名相关。

而这些金毛丛丛，籽实密密的果子——“苌楚”，也正巧连着她与他的姓名呀！

二　试探夫子

苌姬不好表态，庚桑楚也没有明显的执意。对于他们来说，当下最要紧的不是婚姻，而是前程。

苌姬告诉庚桑楚，南容带来的消息是，他的夫子孔丘虽然敬仰老聃夫子，但与老聃夫子大不相同。在鲁国的都城曲阜，孔丘开办私学，广收弟子，凡是送干肉带礼品的，不论出身贵贱，都可接纳。学员分初级班和高级班，初级班学初级“六艺”:《礼》《乐》《射》《御》《书》《数》；高级班学高级“六艺”:《诗》《书》《礼》《乐》《易》《春秋》。这些知识才艺都是切实有用的，不论你出仕入将做大官，或者打仗经商当乐工，都离不开这些。而且，孔丘决不讲什么处下守雌不逞强之类，而是鼓励学生积极进取施展才华，争取谋得一官半职，依照周礼治国安民，实现尊天子，服诸侯，统一天下的理想。

“鸿雁于飞，肃肃其羽。”庚桑楚冲动地说。

苌姬也有这个心思，但毕竟父亲的事儿刚刚发生，她又是老聃夫妇的干女儿，怎么能另入门户呢？

庚桑楚回到斗室，思索了半日，还是决定先去看望夫子。尽管在这寂静冷清的守藏室，夫子只让他养虫子，师母教学《易》，平日并没有学什么专门知识，但他凡有问，夫子总有答，衣食起居、休闲散步该要他照料的也不客气，拿他当家人。这份亲情他是分明感觉得到的。

庚桑楚带着一个旧陶罐，里面有两只秋蚂蚱。这是秦佚在河坝的草丛中捉到的。当时，这欢实虫子活泼善叫，刚逮回来放进笼子就“啾啾啾啾”地唱起迎宾曲，惹得庚桑楚高兴得挤眯了眼睛。防止路途天寒，换了罐子装它，直至今日，两只可爱的灵虫儿已经蛰伏不动了。

老聃正坐在床沿，手里拿着那本黄绫作面的《归藏》，目光对着墙上挂的八卦风车出神。

庚桑楚敲门的声音是特殊的。“噔、噔，噔、噔”，很轻很轻，像鸟儿在食槽中啄鸽。

老聃迟疑了一下，眉毛一跳，“噢——”他高兴地应了一声。

庚桑楚进屋后先放下陶罐，然后面对老聃直直站立，认真恭敬地鞠了一躬。

老聃微微笑着，连声的“哟”，不知是高兴还是惊讶。

庚桑楚把陶罐端过去，指着蚂蚱给夫子看，详细说明了这灵虫儿的生活习性、喂养方法。

“跟养蟋蟀一样。”他的小眼睛里流溢出得意之色，“它有自己的天地。吃滩上草叶，喝河中水，立夏过了笼养，霜降过了罐养。饥了鸣，饱了叫，昼欢夜静，冬眠夏出，是很懂规矩的生灵！”

老聃睁开眼睛，眉色明显多了喜气。“到了六月，还能放到笼子里吗？”

庚桑楚说：“据那边朋友说，这玩意儿现逮现养，秋季一过就开笼放了。这虫子我舍不得放，试着养着，边走边看吧！”

“陈、蔡、鲁、齐、晋、郑、燕、宋、卫、许、曹、郳、滕，这些地方都有和这类似的虫子。你看，黄褐色身干，细长腰，麻秆腿，凿子嘴，我小时候也逮过。它咬你一口，腿一蹬，一个崩子就没影儿了。楚、吴、越、蛮，见得少。唯独秦地西夷，我还不曾去过。有这虫子，可见秦地与中原的雨水气候差不多。”

话语滔滔，眉眼神气又是少见的舒展和悦，庚桑楚也就更高兴了。这礼品，不经意间让夫子满意了。

“夫子，我已经掌握了璇玑玉衡，可以在观测台上瞻星望气了。”他求职心切，居然话语中自诩自耀，“不知能不能在朝廷谋个差事，让我才有所用，像尹喜大夫一样成为王室之人？”

老聃立即搭蒙了眼睛，静静地坐着，半晌才说：“那一年，孔丘来访，我看出了他的踌躇满志，就告诉他，君子得其时则驾，不得其时则蓬累而行。时局目下是这个样子，你想想看吧！”

庚桑楚早有预料，他立即说：“自平王东迁以来，时局哪一天好过呀？先是诸侯争霸，接着是卿大夫擅权，后来是陪臣执国命，乱得一天不如一天。但也因为乱，各国都重用贤才，许多士人另择贤主，就连奴隶也有机会改变身份。”

老聃没有搭话，也没有抬眼望他，但那表情却是侧耳待听的样子。

“我听说现在有人办私学，教年轻人文事武功、技艺才能；还有人带着学生周游各地，一边讲学，一边谋求官位。得其时与不得其时，还得看是否努力。要是有夫子倾力相帮，守藏室的年轻人还怕无人起用吗？”

老聃立即正言正色地说：“讲学，当官，让弟子出人头地，这一套我是不会干的！守藏室这儿，除了保管图书文档史籍，别无他事。你若愿意去外面入学求官，谁还会阻拦呢？”

庚桑楚即刻惊愕地呆蔫了。

他久久地站在原地，没有说话。

老聃依旧翻阅手中书帛。这本抄在黄色锦面上的古书，自老泰山“上卜人”传到他手中之后，已读过不知多少遍了，其经义旨要也明悉在心，但因文字简约，玄秘过多，加之时间阻隔，不少细微处还不甚了了。

翻至下面一节，与他熟记的另一节，涉义类似，颇有文采，不知不觉地将这二节朗声读了：

> 瞻彼上天，一明一晦，有夫羲和之子，出于阳谷。①
>
> 空桑之苍苍，八极之既张，乃有夫羲和是主日月，职出入，以为晦明。②

“伏羲司察天地运转，日月往来，以其晦明、阴阳变化消长，教化天下。那时候，帝怀明德，人心淳朴，哪里有什么抢先贪夺？”老聃自语后，伸手取来墙上挂的八卦风车，捋顺一条条黄色缎带，依东南西北方位摆正，平平放在床上，手指对着西方的位置，突然侧目向庚桑楚发问：

“呃，你去过了秦地。那里庶民有占卦的风气吗？伏羲画卦，秦地的山野村人知道这回事吗？”

庚桑楚正尴尬地站在原地，不知该走还是留下好，却意外发现夫子痴迷于书中。待到冷不丁发问过来，还有些神不守身。

“噢……秦地……秦地也有占蓍之风，以八卦行卜的居多。听秦佚说，山下人多的村子，年节盛行锣鼓，还有‘八卦鼓’阵势。听说大鼓小鼓中央鼓，四面八方排开，十二杆黄龙旗在周围迎风飘展。”

---

①［东晋］郭璞《山海经注》引《归藏·启筮》。

②［南宋］罗泌《路史·前纪》二引《归藏·启筮》。

“是吗？那可有看头了！”老聃高兴地站起身，拿着八卦风车的双手猛然向上一抡，风轮嚓嚓，小鼓咚咚，黄带飘飘。他的白发银须也似乎被风吹拂了，阔大的额颡及厚实的两腮亦有红光闪现。

“跟这八卦风车的情形一样吧？”

“差不多吧！”庚桑楚被他的情绪感染了，脸色也激奋起来。“我没有见过，想来比这小小风车大有景致了！”

这当儿，希回来了。

她让庚桑楚立即把苌姬找了过来。

希不安地说：“苌弘被释放后，又为周王室加紧排练八佾舞，三月后晋国的范子五十寿诞，王室就把这班宫廷舞伎当作礼品送过去，并由苌弘带领，亲临指挥。为此，周敬王为苌大夫官加一品，又奖赏了一套金编钟。这一切都是由刘子一手策划的。”

希是从街上几个士人的议论声中得知这消息的。那几个打扮不俗的士人还说，晋国的私家之争异常激烈，如果以后范子失势，周王室会受到另一派攻击，刘子和苌弘将面临厄难。

希让苌姬赶紧回家去看看。

三　车内乾坤

苌姬立即坐着老聃的车子回家看望。赶车的是庚桑楚。

洛邑城内，“南朝北市”，南冷北热。王子朝近年间屡有侵扰，刘子派兵在南面几条主街严加防范，官员车马才得以平安通行。从东面瀍河附近的守藏室出发，拐入辽阔笔直的东西大街，一匹白马拉着的这辆拱篷轿车，悠悠晃晃，穿行了约莫十里路，终于停在上大夫苌弘府宅门口。

一队荷戟持剑犀甲裹身的士兵在大门两侧把守，单这一点就显示出胜过往昔的显赫尊贵。苌姬和庚桑楚下了车子，穿堂过室，来到后厅。苌姬没有见到父亲。母亲郑杨说，他与硕人搬到王宫去了，在那里赶排歌舞，乐此不疲，昼夜忙碌。

苌姬发现，母亲和干娘一样，内心似有不祥的预感，神色中藏着一丝惑惶。

“全是硕人惹的事！”母亲蹙着眉说，“在家里待了一天就空寂得不行，老是觉得王室乐坊，宫廷舞班，是开心自在的场所。那天在无射大钟演奏现场，她出足了风头。她还想风光一回哩！”

苌姬沉着脸说：“父亲也一样，心里老惦着肃肃王命，好像天子社稷是他供奉的神灵牌位！”

郑杨沉思片刻，点点头说：“先前为景王的恩惠感动，这回呢，敬王加封一级，爵位够上‘王分五等’的‘男’，相当小国的诸侯。又有赏赐的金编钟。他又感动了。而且，不是一般的感动。”

苌姬凝望着母亲，她的眼珠没有一丝转动。“我听说刘子和范子是联姻之亲，一个把持王室，一个操纵晋公，利用公务，勾结营私。臣子中有见识的都设法避退。是不是这样？”

郑杨不安地点头：“我也听人这么说。”

庚桑楚坐在一旁饮茶，听她们谈话，也是紧张讶然的神情。

郑杨还说了一个细节，真是巧之又巧，玄之又玄。那天，苌弘和硕人进屋之前，她正在卜卦。门推开之后，卦刚显形。为《易》之末未济卦。苌弘得意地把金编钟的合子打开让她瞧。她知道，一套编钟，有六十四与六十五之别。仔细一数，为六十四件。

而未济卦，正好排位第六十四！

“下坎上离，火在水上，布局不当。”庚桑楚忍不住插话了。

三个人全都沉默无语。

一会儿，郑杨才抬头望着女儿说：“回来吧！家里只剩下我了。我寂惶得不行。”

显然苌姬考虑过了，她随即说：“我能回来多久呢？二十三岁的人了，娘，我能永远守着你吗？”

郑杨似乎明白了。她的目光倏地往庚桑楚脸上一扫，又落在女儿脸上。她缓缓点头，又含着深意地笑了一下。

母女俩，四目相对，彼此有多少感触，多少话语，都包藏在这无声的目光中了。

临别时，苌姬搂着母亲，在她的面颊上亲吻了一会儿。

庚桑楚后来对苌姬说："在那一刻，我觉得无比庄严而肃穆，大有猛士壮行的意味！"

苌姬也不避讳："我仿佛要远嫁出门了。当时，就是这种感觉。母亲，你仍然独守空房吧！"苌姬的那种感觉是鲜明的，强烈的。在父亲有了那样的选择和遭遇，尤其是母亲道出了带有玄秘色彩的未济卦之后，自己忽然有了明确主意，今生梦寐以求与之"燕燕于飞"的那个人，正是面前的这个温温恭人庚桑楚！

庚桑楚始料未及。就在这天，苌姬要他把车子朝城外赶。和母亲刚刚道别，苌姬就说："走，到洛河边转转！"

庚桑楚的驭术并不精通，临时当差，为苌姬帮忙，一路费了不少周折。老练的驭手屁股不离车前板，忙的是眼睛和声音，身子骨倒是在悠闲中享受着安静。而他呢，在人多车挤，岔道拐弯的地方，还得跳下去跑前跑后连喊带拉，和不会言语的牲口斗心眼儿。

"到洛河边儿干什么？车怕不好过去！"

"那边是河滩野洼，越走越好走！"

庚桑楚不再言语。果然，撇开了东西笔直的主街，沿大官道向南直行，渐渐人迹邈邈，车马寥寥。待转入狭窄土路，宽畅的洛河就东西横亘在面前了。"自古河洛为王者之里"，从洛邑以东的偃师到涧河岸边，绵延数十里的这片土地，漫布着夏、商、周三代古都遗迹。土路下面的河滨地段，曾经如闹市般日夜喧嚣，那些临河而建的赏月亭，观水台，酒坊、茶肆、饭馆、歌廊、舞苑，如今仅存鹅卵石铺就的地面和几处夯土堆积的高台，偶尔有几面残墙、数堆烂砖挡住目光，或者东倒西歪的木杆栏在脚下。繁华尽，笙歌休，但风云并未遏止。自诸侯称霸以来，二百多年间，战争与灾难一再加剧，天下无一处不乱，无一地不见死尸。这昔日的贵人游乐场，在逐渐消亡中平添了不少晦气。除了长钺利剑留下的冤魂凶鬼，台侧墙下的饿殍倒尸也化作一具具骷髅。更有甚者，那些即将毙命而不愿让苍鹰野狗光顾的苟喘者，希望在河水中保存一具完整的尸身，他们拄拐扶杖，脚步踝躞，纷纷向这儿聚拢。但也只有少数人投入激流，多数人则跌倒在浅水中，或者爬至岸边再也没有起来。周景王在位的二十多年，洛邑大体平静，城街巷道以及河滨路段也经过清理。但王室内乱后这儿再也无人管护，河道近区几乎成为与北面邙山对应的葬尸地了。

车子远远地停在一面残墙附近。庚桑楚望着面前豁然开阔的沙滨河段，不解地说："到了，不能前行了。"

苌姬下了车子，拭抚着额前飘散的乌发，驻足远眺。洛水主河道在苍茫的天底下不失其阔，缓缓波流在浑黄的阳光下更显清亮，只是岸边的萧条与惨烈不堪入目，那日夜奔流的河水不再具有诱人的魅力。幸好徐风自北面吹来，旷野才没有被腐味浊气弥漫浸染。

"溥天之下，莫非王土；率土之滨，莫非王臣。"[①]用着疑问式的语调，吟咏这首周初流行的诗句，也能恰如其分地表现出满目凄凉。苌姬站立风中，自咏自叹，又回头望着庚桑楚说："你猜，我现在最想做的，是什么？"

庚桑楚满脸困惑："不知道"。

"我真想葬身河里，喂了鱼鳖水怪！"

庚桑楚先惊讶，再点头，后沉思，缄默无语。

"如果我不愿这么做呢——"苌姬顿了一下，突然，目光火辣辣直戳戳地逼过来，"那就进行第二项，立即和你成婚！"

庚桑楚愣得痴了半晌，最终还是不明白她是否在开玩笑，脸上的尴尬、困窘、苦笑与欣悦，交织混杂；他只是搓手，无以对答。

"你真是个痴货！"苌姬快步走到他的对面，笑乎乎地捅了他一拳说："嫁给一个窝囊鬼，总比当淹死鬼强吧！"

"那……那……那当然。"

"嘿，好痴货，连正话反话都分不清！"苌姬的手指头在对方额颅上

① 选自《诗经·小雅·北山》。

敲了一下，“其实，我的内心，正是看中了你的温良可靠。我父亲，一个激情洋溢的人，君子阳阳，阳到能放不能收的程度。未既卦并非不吉，居中而行正道，持正必得吉祥。但他的性格，能不偏不倚吗？而你这人，一辈子想狂也狂不起来，行正居中不成问题吧？”。

庚桑楚连声说：“对”，又觉不妥，张臂舞手，兴奋得不知说什么好。

“国已乱，家不安，枉活世间，有何颜面？‘心之忧矣，我歌且谣！’①既然不去投河，咱们就好好地活吧！”

“那当然了！而且生逢乱世，也有难得的好处。”庚桑楚激动得脸孔涨红了“竞争，打斗，战杀，掠夺，这中间产生机会，让有志者大显身手。我们在守藏室可以跟着夫子学道，也有书可读，以后可以到外面闯荡呀！”

他无意中攥住她的双手，紧紧用力，胸膛与脸盘也贴过去了。

苌姬趁势靠过去，身子与身子黏住了。

“咱们到车上去吧！”苌姬用双手搂住他的脖子，声音热颤颤的，“让阴与阳，离与坎，各得其所吧！”

“这才奇了，我早晨刚刚得了咸卦。”庚桑楚把她仰面抱起，轻轻搁在车前板上。由于突然的兴奋，他惯有的拘束腼腆一扫而光，小眼睛闪烁着放肆的光芒，“咸、感也，柔上而刚下，三气感应以相与。我们要在交感中应和，在应和中交感，要学天和地的样子，时时感应，生生不息……”

“这么贫嘴！平日的拙呐是装出来的？”苌姬在他的脸蛋上拧了一把，“哪一卦不是交感呢？不过是你心有所图罢了！”

“自从见了‘苌楚’，那山野的金桃，我就心有所图了！”庚桑楚急忙上车，仿照卦示，脱掉她的嫩黄丝绢鞋，双手攥住她白玉般的脚趾，摩挲了一会儿，俯身用脸颊、舐舌嬉戏。

“咸卦真有趣味！”苌姬由衷地赞叹起来。她很快就在“交感”中沉迷，情急处只有韵律般的咿咿唧唧，不再有口齿伶俐的诗句出现了。

① 选自《诗经·魏风·园有桃》。

第十六章

惊天劫掳

一 珍宝所在

公元前 516 年 10 月，周天子从滑地发兵，到达郊邑，与支援的晋军会师，迅速将王子朝部队包围。这一仗是关键的，也是王子兄弟互相攻杀的最后一战。王子朝虽然逃脱，但精锐主力被歼灭，大势已去。

老聃是在王室召开的官员朝会上得知这一情况的。朝会多年中断，一旦三公六卿众臣子云集，便都有一种难得的亲近感。这些年无休止的干戈代替了庄严的朝政，乍一相聚，才发现老病而逝的人为数不少，还有丧命于两军阵前的所谓“殉难者”，加之依附王子朝的“叛逆”，哗啦啦少了总人数的将近一半。老聃和那几位位卑职微的史官一起，站在偏远的边缘位置。过去，景王在世，看重他的学识，朝会议事，为了咨询方便，给了他特殊礼遇，在前面那根鎏金大柱下留下位子，让他面朝天子銮座站着，在百官中比较显眼。换成新王，先是悼王，后而敬王，皆在兵戈下拥立，没有从容而开的朝会。老聃抬首扫目，这些熟悉而久违的面孔，在岁月的流移中平添了些风尘，一个个似乎苍老了许多。

在等待天子驾临的这段时间，臣僚们互相致意，私语窃窃，点头笑望。刘子、单子、苌弘等，站在前排中央。这几位官高爵荣，又有大功，且都经历过丧命之险，如今雨过天晴，局势稳定，自然十分欣喜，也很得意。他们不时地回头张望，大大咧咧地笑着，点头，挥手，非常抢眼。

老聃已经觉出了时局的变化，他心中也有些许欣慰。作为王室小吏，毕竟以这份差使安身立命，而且书籍文典又是他喜欢的陪伴。干戈嚣嚣，血风袅袅，谁喜欢这样的时势呢？

老聃在这样的场合总是沉默的。他虽然心内悦然，但又不愿看见高官们志得意满盛气凌人的样子，便有意躲避他们的目光，把头向一侧拧过去。

刘子，即刘献会的儿子刘卷，早已继承父位任大宰之职，佐王治邦，掌握兵权，是头号显要人物。他忽然回过身子，从人丛中穿过，来到老聃身边，满含敬意地笑着说："老夫子还是柱下史呢，来呀，给你的位子上站。要不是苌公提示，我怎么知晓？"

老聃看他恳挚的神气，也不推辞，就走了过去。

周敬王，他终于从后庭走过来了，坐在龙案金椅的位子上。这位忽而逃命忽而入宫的年轻天子，本是一位无意称王的孜孜学子，平日只对《易》着迷，潜心于卦爻之趣。当年同父异母的哥哥王子朝尊老聃为师时，他也曾去过守藏室查阅河图洛书的资料，还向老聃请教过一些问题，孰料吉凶悔吝，人性善恶，比那龟壳蓍草还变得快。骨肉手足，反目成仇，兄长王子猛立王不久就病逝了，这是谁也想不到的。他与王子朝素来和好，二人同是王室学堂辟雍[1]的优秀学子，王子朝作为兄长还常常带着他驰骋山林矢剑逐鹿，有意培养他的习武兴趣。稀里糊涂地为王，提心吊胆地逃命，与兄长一个东一个西地各掌大旗，杀得昏天黑地。这会儿对于兄长王子朝，仇恨满腔是不言而喻的。

"'文王在上，于昭于天。周虽旧邦，其命维新。'[2]王子朝违天道，逆王纲，乱天下，只能自取灭亡。"敬王姬丐详细讲述了消灭王子朝主力军的过程，点名表彰了刘卷、单旗、苌弘等臣。他讲话的重点是安抚众臣，稳定人心，重申纲纪，振兴王室。

周敬王思维清晰，也不乏口才，但生性温顺，在周室衰微、受制于人

① 西周天子所设大学。

② 选自《诗经·大雅·文王》。

的危境中，自然底气不足，奴性很强。讲话时，两眼总是瞥来瞥去地往刘子脸上看，生怕自己出语有差。他的目光是游移的，无力的，说话的声音也同样缺乏自信。

老聃昂起头来，凝目望着这位年轻天子，但很快又不忍目睹了。日暮途穷，岌岌可危，王室的衰落体现在所有场合，就连这本该肃肃穆穆的王者诰令也是这么别扭，这么令人心酸。

周天子好像忘了柱下站着的老聃，他的目光一直没有往那儿扫落。但是刘子就不同了。他在君王讲话之后，做补充训示，虽然平地而站，但那激扬的声音咄咄逼人，目光灼灼闪亮。他是个能沉住气，又工于心计的人，知道抓住人心，振奋精神的重要。他对在场的人一一在意，话语中把他们都点到了，都褒奖了，目光在均匀地环视中没有疏漏，几乎和每个人都有对流。对老聃，除了一瞥一扫间的注意，好几次还停顿下来，有意征询地问："可否这样，李耳夫子？"

老聃无法搪塞，无法遮掩，他只有全神贯注，及时应对。但是，襟怀坦白，激切陈言，又能怎样呢？能挽回败局吗？王室不需要他的奋力吗？但另一方面，他又不能赞同他的主张。这些年来，他思索过一些问题，心目中有一张理想社会的图景，但在这个场合能公开表白吗？他只有含糊其词，虚与委蛇了。脸上的表情，仿佛有微笑，有赞成，但笑中有苦涩，有勉为其难；赞成中有尴尬，有难言之隐。

"守藏室，这可是个根基所在，千万莫要小视，不可掉以轻心。"部署各职各司事宜，细致周密，竟连平日不为臣僚们注意的守藏室也不放过。老聃心里一沉，又和刘子双双凝目而望了。

"李耳夫子，你的学问深，见识广，不用多讲，肩上的担子多重，自己知晓。"刘文公面色恭敬温和，但话语很有棱角，包含的分量很重，"你那里，件件是宝。窃贼，盗匪，还有那个不死心的王子朝，烧焚抢掠，损毁丢失了怎么办？典籍，用来记载纲常，主持王室朝政方能拥有，这是我们权力的象征。这些道理，你老人家比我清楚。除了日常管护，还要不要夜间专人防守？有了情况，怎么及时联系？是不是应该周密考虑一下？"

老聃被他说得警觉起来，但又不赞成他对典籍的理解，尤其讨厌他这种表面恭维，内心却充满居高者的凛凛炎炎，由不得闭了双目，神情木然，只是头轻点唇不张，始终一声不吭。

这是什么情绪？周围的人全都紧张起来。

"噢——，李耳夫子用心在记，他不像一般人那样，作表面文章。"刘卷打了圆场，也许他就是这么理解的。

会毕，离开正殿时，在门口，老聃听见苌弘高声叫喊。回头一看，苌弘站在原地向他挥手告别，旁边仍然站着刘子和单子。

老聃回头淡然一笑，没有久停，也没顾得多想，便迈步离去了。

他没有想到，这正是诀别的时候。

他们日后的相见，便是在思念、臆想和梦幻中了。

老聃回到守藏室，未曾小憩，就带着庚桑楚到各室察看。

分明没有遭过贼窃，也没有受过兵燹，分明是安然无恙一切照旧，但老聃却忐忑不安、心神不定。

高大的库馆由一面面砖墙隔成一间间小室，每间小室的陈列格局因材质而异，石片、木牍、竹简、锦帛、布褐、陶器、铜器、贝壳、皮革等，或平放，或竖立，或架摆，或垒垛，或贴墙，或悬空，都经过精心布置。自周景王十四年他入守藏室，至今已十五年。[①]在他手里，各室的陈列布局做过两次调整，后来还添入不少文档资料。不用说，他对每间房子的情形了如指掌。

对于大批书籍和王室法典、礼仪、史料、文诰，置于两侧的二十多间房子，他没有把这些视为珍宝。安放在库馆当中三间房子的古老典档，这些始终封闭的藏品，才日夜牵动着他的心弦。

当然，这是他心中的秘密，只有希能够揣知。

老聃带着庚桑楚径直来到当中这几间房子，侍人立即过来，打开库门。

"嗯，嗯。"老聃一眼扫去，便知一切如旧，心中释然，面露喜色。

---

① 老子任史时间说法不一。此说据孔丘第二次问礼的最早说法推断。

庚桑楚看出了夫子的意思。他已经明白这里的藏品乃是最珍贵的。过去，他也曾来过这儿，但门是锁着的，他不得进入。

这些典籍大都由夏、商两代王室辑藏，从周文王时期就妥善保管，后来又由镐京移至洛邑。大致分类如下：

一、伏羲司察天地运转，日月往来，由始画卦的资料。

二、河图洛书的原始记录，玉板龟书八卦图，木牍八卦古太极图。

三、黄帝使人占日、占月、占星气、造律吕、作甲子、作算术、著《调历》的记载。

四、先天八卦的成形衍变过程记载。

五、黄帝考定星历、建立五行、起消息、正闰余的记录。

六、仓颉见鸟兽蹄迒之迹，初造书契的记录。

七、上古时期的石器、骨器、木器、结绳等。

八、夏以前的陶器、玉璧、宝圭等。

九、上断于尧，下讫于周的天文资料。

老聃显然是心清气爽，喜不自禁的。走出库室后，他面露少有的畅笑之色，伸手指着房门，面对庚桑楚似吟似唱——

维天之命，（苍天的指命）
于穆不已，（完美而无穷已）
于乎不显，（这岂不是光明么）
……
我其收之。①（我将其尽收呵）

庚桑楚被夫子的神态气色震得不知所措，当然，所感染的激扬昂奋之情却也随之而生。

渐渐的，觉得夫子的笑声、歌声，似一阵清风，一下，一下，直往他

① 选自《诗经·周颂·维天之命》。

的身上吹拂，霎时淅淅飒飒，忽忽铮铮，雍熙之风将他的通身围得袅袅定定。

庚桑楚觉得身心无比畅快，好像一粒仙丹灌进肠胃，心口、胸腔和全身每一个关节，都有舒坦的气息撑着。望着夫子尽情尽兴的模样，便油然生出掺和凑兴的念头。等夫子吟唱完毕，他顺序而接，动情咏哦了最末一句："曾孙笃之！曾孙笃之！"

二 "于穆不已"

月光朗朗，夜声寂寂。

苌姬终于在等待中熬到了这个时分。

苌姬本不胆小，也不会隐晦行事。对一个人的爱，尤其不能偷偷摸摸。但庚桑楚却不同。他说："如果频繁来往，公开亲热，师父师母会怎么看？夫子贵柔，尚水，依他的性情，肯定不喜欢我们两情缱绻，打得火热。再说，我们耽于声色之娱，师父师母看出来了，还能一如既往地待我们吗？"

没办法。当然，他说得也在理。苌姬向干娘简单表了态，说庚桑楚我已经看上了，鲁国那个南宫适相比之下就不合适了，我已经安心待在这儿了。她与他的亲密很少流于表面，白天的接触略有增加，夜晚呢，"月出皎兮，佼人僚兮"，[①]其间的"皎"与"僚"，只有他们二人知道。

苌姬与庚桑楚有个约定，每月逢"九"，他就在夜间秘密去她的小房，二人共度良宵。为什么选"九"？依他们看来，《易》的六十四卦，小畜卦第九尤为中意。乾下巽上，柔得位而上下应之，交合亨通。风行天上，众阴待阳，雨落云散。君子观此卦象，利于修养身心。

但在十月初九的这晚，庚桑楚没有如约而至。次日，苌姬经过观察分析，发现他夜以继日地忙碌在库馆内，好像被什么书籍迷住。接连几夜，都没有等着。这天下午，发现他终于从库馆出来，去和夫子说着什么。在院里相见，她用眼神和手势，为他做了暗示。

① 选自《诗经·陈风·月出》。

虽不是盈盈皓月，却也是将圆将满，那十分娇媚的白玫瑰一般的玉盘儿，在明净的天空渐渐西移，把院内银叶杨婆娑的剪影，摇曳在苌姬的斗室小窗上。

苌姬面窗而坐，凝神谛听，捕捉庚儿的脚步声。

庚桑楚的急不可耐是不用说的。但他有讲究，有时分。平日留心天官历学，又跟着尹喜观星望气，对夜空那邈邈星月，已有了深层认识。月行有轨，分中道、阴间（中道以北）、阳间（中道以南），各轨因四时又伴衬着相应的星座。望月知时辰，辨明晦，察人事，思古今。庚桑楚虽然急不可耐，但只有到了认为合适的时辰，才会急匆匆兴冲冲地赶来。当然，他的脚下也是特别讲究的：如月亮一般，有轨，无声，静静悄悄。

“八分月，阴间中，外加一个昭明星。苌姬，月夜私情，令人神往。但自古至今，有如今宵你我者，恐怕再没有另外的人了。”庚桑楚进来后与她执手相拥，说着这样的开场白。

对于他，苌姬过去常常居高临下地调教戏耍，她眼里的他憨厚而又小心眼，与其说是温温恭人，不如说是恂恂懦人。而今变了，他在学识为人方面大有长进，她不得不暗暗佩服。但此时她虽然不太理解他的意思，却调侃说：“亲密相谐，不都是‘在河之洲’‘左右采之’‘优哉游哉’吗？而且，人家既有‘言笑晏晏，信誓旦旦’的‘文戏’，还有‘其乐知且’‘乃见狂且’的‘武戏’，更有‘螺之夭兮’‘君子梭兮’的‘地方戏’。人家的不比我们精彩？”

庚桑楚说：“夫子曾说，天地相合，以降甘露。都是甘露，‘甘’的浓淡却是不同的。”

苌姬无心多说，在她焦急的等待中，已经设想好了尽欢尽悦的程序和细节。像一个人过于饥饿，应该先以快速的方式压饥，再细细地品味美酒与盛餐。

目光灼灼，烛火幢幢，二人无言地交酣在一起。

“唉——”苌姬舒畅地叹息一声，“楚楚，第十二卦，乾上坤下，我看挺称心的，怎么是‘否’呢？天地不交，从何说起？自然之象不也是这样吗？”

庚桑楚很是诧然，摇头叹息说：“看来，你是不能做夫子的弟子了。夫子看重阴柔，他其实又很浪漫，很大气，很雄浑。你表面很灵慧，其实是迂板的。”

苌姬瞪大了眼睛：“什么？你再说一遍！”

庚桑楚说：“怎么说呢？心有所感，口可得言。我的感悟能代替你的感悟吗？你的感官不灵敏吗？”

苌姬还是不明白，她直来直去地问，“这样的体位很正常呀，怎么说是‘上下不交而天下无邦也’？”

庚桑楚顾不得答话，苌姬的坦诚激得他欲望勃勃。他伸开长长的两臂，用力一抱，搂定她的腰肢，眼睛对眼睛地靠近面孔，把双唇嵌在她的双唇上。咂咂唧唧，吮吮津津，两个人由平静而忘乎物我。

苌姬问他这几天神出鬼没地忙着何事？庚桑楚先对他的开场白详细解释。是缘分，也是幸运，他得知了这三间藏品的弥足珍贵。钻在里面，几天几夜，一一观摩领略，对有些还动手作了抄录。

“钻进去了！钻进去了！自己的兴致和目光进入之后，即刻有一种感觉：渊渊昊昊，穆穆皇皇！这些古老的文籍物典，闪耀着圣人的灵光、哲人的睿智、贤人的勤劳；既是神灵的赐予，又是人杰的发明。日月往来，天地贞正，浩浩万化之原，焕焕文明之端，全在这儿荟萃演示了！”

“我只觉成了另一个人了！”他的黝黑的长脸上，颧骨棱棱处，红光焕发；眉宇及瘦腮也都有润亮之色闪现，尤其是那眼神，原先淡褐的眸子也如墨玉一般乌黑，神情更是温良谦和，真诚恳挚。“出了库馆，望着头顶的天，脚下的地，面前的人，甚至看见平常树木，听着嘤嘤鸟语，觉得这一切全变了样儿！苌姬，人的眼睛时常叫一张纸蒙着，如果捅破了这张纸，就会看出另一番天地，得到另一种心情，你说怪不怪？”

苌姬觉得他身上的某种气息是陌生的，新异的，又是淑良的，可喜的。她的莹莹闪光的眸子久久地对着他，仔细审视，真的觉得他是另外的“楚楚”了。

庚桑楚又一次伸臂拦腰抱住了她，把撮起的嘴唇抵住了她鬓下最白嫩的地方，轻声说："你知道吗，我当时就想像鹿一样撒开双腿，径直跑到你面前，对你说这些话。"

苌姬定定地坐着，任他以这种方式叙说。她的一只手绕过去，纤纤手指在他的发丛中抚索。她的心田确如"在河之洲"那么平静，但却与那关关交颈的和融之乐一样妙不可言。

庚桑楚仍然以这种双唇贴鬓角的方式窃窃私语："我当时就想，见了你以后就死死地抱住，在天地万物生生不息的变化中，我要和你一起去见识，去守护，去开创！有了我和你的'叠合'，任何不测的风云都是美好的卦象。"

苌姬呵呵笑了："咱们成了八卦符号了！"

"这多有意思呀！我在秦地，听人们把男女交合称'叠合'，还以为是粗俗的方言，后来尹喜夫子说这是源自《易》的术语。炎黄族人在秦地扎根繁衍，与中原一样，各地都有古老的优雅文词流布民间。"

"叠合——我与你叠合，体相挨，心相印，如日之升，如月之恒，永远地待在一起？"她自思自语，忽然觉得夫妇之道，原来这么庄重。

"难道你不乐意吗？这可是天地的昭喻呵！"庚桑楚身子一动，把脸孔贴在她的胸脯上，两只手掌交叉地在她的臀下搂着，连偎带晃，弄得她燥热再起。

"说，叠合，你乐意不乐意？"

"当然乐意！来个'泰卦'吧！"

苌姬的主动和摆布，让自己更加专注和投入。她时缓时疾，刚柔并施，切切迫迫，曲曲荡荡，激情与灵慧自然地绽放。二人沉醉在各自的和声中，除了"河水清且涟漪""互（胡）取伙（禾）三百缠（廛）兮"，别的什么都顾不得了。

"楚楚——"苌姬感动得眼泪都要淌出来了。"这一刻，你就是我身上的骨肉，皮下的血液。我主导，你服从，我策动，你配合，我切实感受到了你的挚诚可爱。阴阳之谐，它的美妙欢畅，真是不可言喻！"

“那么你想，浩浩大化之中，万物万事，全让它阴阳相谐，这个世界不是和乐融融了吗！古代圣贤把他们的发现一件一件交到我们手上，‘于天之命，于穆不已’，这里面包含的意思多深广呀！”

三　徐甲求教

走走停停，寻寻觅觅，徐甲终于赶到这儿。

刘子派了一队兵卒日夜把守。经过盘问，徐甲被允许入门了。

徐甲想不到这儿如此冷寂整洁，脚步不由得轻了，慢了。沿着银白杨夹持的砖铺路，边走边瞧，看到高大的库馆前面有人走动，便上前打听守藏史李耳的所在。

庚桑楚望着这个相貌威猛的汉子，疑惑地问：“找夫子何事？”

徐甲打拱说：“受人之托，专程前来请教。”

庚桑楚指着他腰间挎的弯刀说：“是一位将军吗？”

徐甲笑了：“对……对，一位大将军。”

庚桑楚摇摇头：“夫子视战事为不祥。还是打道回府去吧！”

徐甲吃惊了。实话相告，想不到碰了钉子。

但他不会说虚道谎，只能焦急地解释说孙武是一个怎样的人。在他眼里，这是未来的常胜将军，削平天下，结束战乱，就得依靠这样的人。

“平定天下就靠他了？”庚桑楚又笑了，“如果依靠军功武略治世，还要这守藏室何用？”

越说越黏，徐甲生气地说：“难道攻城略地，消灭强敌，指望你们读书人吗？”

庚桑楚不屑地点头微笑，不再与他争辩。一名赳赳武夫，划得着与之多说？

徐甲明白了他的意思，走近一步，深深弯腰，表示道歉：“兄弟多有冒犯。不过，我是遥遥千里，苦苦赶来，完成主人的嘱命。主人说，他是守藏史的弟子，守藏史一定记得。如若不信，可以去问问李大官人！”

庚桑楚的脸色忽然舒朗了，“弟子”二字把他的心打动了。

他带着他来到后院，走进了老夫子卧室外面的小会客厅。

老聃正在水青石上闭目独坐，神情木然。玄览，还是养神？

二人站在一旁，不便打扰，也不敢落座。

庚桑楚看见夫子双脚在动，一会儿，身子也慢慢扭动，腰向下弯去。

“夫子——”他喊了一声。

老聃没有应声，也没有睁眼。却惊动了里间的苌姬，她急忙走出，看见他们后，摇手以示勿要惊动。

就这样，静静地挨过半个时辰，老聃才恢复了正常神色。苌姬和希也从卧室出来了。

庚桑楚指着徐甲介绍，徐甲揖礼后说明来意，详细叙说了孙武当年求教时的情形。

但老聃却想不起来。孙武，究竟怎么个样子？个儿有多高？年龄有多大？性情怎么样？

“他……他是个……很厉害的人，脾性捉摸不透，有人叫他诡诡厉人……”

老聃仔细回忆，却仍然一脸困惑。

“他偷过你的书！”徐甲拼命想出一个细节，“听说那是一位兵家高人写的，可能是我们徐家的大恩人，齐国的开国元勋……”

“《阴谋》！对，这个人是有阴谋的！”老聃笑了，他终于想起来了。十三，他曾问过这个数目的涵义；他的两个手掌有清晰的“攥刀印”；他问过战争的问题，热衷于战事。他确实心藏诡异，但却颇有心计。

徐甲看老夫子有了和悦之色，才松了口气，解开短褐上部的纽扣，从上衣里面取出一页条形木牍，上前递给老聃。

老聃仔细察看，默读着上面刻出的文字：

（正面） 兵家子孙　止戈为武

（反面） 双刃擎天　一润盈地

老聃思忖着，淡然一笑，将牍片交给了庚桑楚。

庚桑楚、苌姬和希也都一一传看，当然，他们是不明其意的。

“我的主人，他肯定是未来的姜太公！”徐甲兴致勃勃，讲述孙武如何实地考察战事，如何在罗浮山下著书，他见到的“过阴兵”的云霞中出现的姜太公形象。说到姜太公，他神采飞扬，仿佛自己就是太公望的后裔。忽然，他看见老夫子厌倦的样子：闭目，无言，轻轻摇头。两个女人也到内间去了，只有庚桑楚站在一旁仔细听着。

“是不是吴、楚之间要打仗了？”庚桑楚轻声地问。

“我听说吴国、越国都有称霸的可能，楚国与晋国之间打打停停，谁吃饱了有劲了谁就想欺侮别人，战争随时都会发生的。”徐甲恳切的回答。

“我的舅家在楚国。”庚桑楚忧心忡忡，“楚与吴、越是近邻，楚王历来横行无忌，无提防之心，真的打起来，可就惨了。”

“听家父讲，自他参加战事，就一直跟楚国打仗。我家世代都是善驭武人，从姜太公的亲兵干到眼下私家的驭手，一直都是武车士。楚国人很聪明，中原人却以为他们野蛮，打起来往往上他们的当。打来打去大家都成了鬼——不是死鬼就是活鬼，牲口也遭了难——就连快下驹儿的大肚子马也上战场。”

“这情形已很普遍。老夫子就曾说过，‘天下有道，却走马以粪；天下无道，戎马生于郊’。”①

说着，二人都把目光对住老聃。

老聃却扯着微微的鼾声睡着了。

庚桑楚努了努嘴，二人悄悄走了出去。

徐甲想不到李耳竟是这样的人。白发白须白眉，少言少笑少礼，懵里木登一个怪脾气老汉，怎么看也不像个大学问家。出了门他就对庚桑楚说：“兄弟告辞了！日后打起仗来，要是有机会，我就去你的家乡看望令堂大人！”

庚桑楚惊诧地问：“你的使命完成了吗？牍简已经交给夫子，他没有

① 选自《道德经·第四十六章》。

回音，你怎么回去交代？”

徐甲急忙点头，感激地拉住他的胳膊说：“对，主人叮咛过要回简哩！你不提我倒忘了！可这么个老头儿能弄出什么呢？我家主子，让我这么远来探望，为的什么？”

庚桑楚只是苦笑，不想多作解释。但徐甲的爽朗诚恳令人感动，而且，日后吴楚战争真的发生，还能用上这位热心武士哩！

正是暮秋时节，飒飒风动，落叶飘飘，草坪的满目青翠已无可奈何地被苍褐取代。庚桑楚带着徐甲沿着银白杨旁的砖铺路慢慢走到他的小房门前。

取了小凳，端了茶水，二人坐在门前的西照日头下。徐甲抬眼望着院内，蓦然感到了这儿的殊异：水井，拔杆，树木，草地，蛐蛐罐，蚂蚱笼，高房大舍里都放着书，就连庚桑楚的小室内也到处是竹简木牍。没有喧喧嚣嚣之音，更无刀刀矛矛之器。

呃，这简直是世外之地了！

“哟，兄弟，待在这太平福地，一辈子都不打仗！多叫人眼红呀！”徐甲一边喝水，一边发感慨，“可你不去打仗，指望干什么升迁？想必老夫子推举去朝廷当官？”

庚桑楚笑吟吟地说：“有了学问，还愁干不了大事？再说，师父师母待我如亲人，我能待在他们身边，也知足了。”

“那……那老头儿……老夫子，学问真的厉害吗？”

“当然了。俗话说，‘书国首领’‘文山之王’，王家公子也尊他为师哩！当今大乱之世，有识之士都在探求治理天下的良策。老夫子主张清静自正，无为而治，以柔克刚，处下不争……”

“不争？”徐甲似懂非懂，逮住了一句，颇觉诧异，“不争有什么好处？好事不是叫别人做了，自己当鳖大头了？”

“‘夫唯不争，故天下莫能与之争！’①”

① 选自《道德经·第二十二章》。

庚桑楚耐心讲述，但徐甲却越听越糊涂，真是所谓“秀才遇见兵，有理讲不清”。

临别这天，他在庚桑楚房间发现了那把特制的宝弓，一问才知是王子朝送给李耳夫子的。老夫子不乐意收藏，才由庚桑楚拿来保存。他抚着试着不忍释手，便向他讨要。庚桑楚说：“既然你喜爱就拿去吧，它的归宿也许正应在你的手中。”

四　王子行劫

在中国文化史中，也许这是一次最为严重的损失了。

据《春秋左传》记载，鲁昭公二十六年（公元前516年），“十一月辛酉，晋师克巩。召伯盈逐王子朝，王子朝及召氏之族、毛伯得、尹氏固、南宫嚚奉周之典籍以奔楚”。

王子朝遭受到毁灭性的打击后，真的成了丧家之犬。他决定投奔楚国，在那里寻找一块安身之地。对于王室权位之争，他已经绝望了。此一去将成折翅之鹏，再也不会有奋飞的可能。他忽然心生一念，一个歹毒的报复就此萌发。把王室的典籍掳走！典籍乃夏、商、周三代王室所传，用来记载纲常，它是天下的至宝，王权的象征。“我要叫你这傀儡天子再多一个无典可依的笑柄！”

王子朝带着三千残余绕道北郊，再向瀍河边的守藏室奔袭时，痛惜地想到了李耳。真是抱歉！老夫子，弟子今日要砸你的饭碗了！

王子朝的战车人马沿着瀍河堤岸向南行进时，正是中午，天气晴和，阳光耀眼。行人看得清清楚楚，是王子朝的军队。人们并不惊讶。来来回回，仗打得多了。没有碰到敬王守军。到了守藏室，三下五除二，十来个守卒就统统毙命。士兵们一哄而上，人人动手，就像打开库门装运货物一样，这是很简单很轻易的事儿。

老聃没有料到灾难的来临。纵然他的玄览犹如神助，那面远观近照的镜子可以明察秋毫，但这场劫难却来得非常突兀。待他得知消息时，庚桑楚、苌姬和几个侍人都被绑在银白杨树杆上了。

是希的哭声把他吵醒的。出了卧室，忽然听见院子里一片吵嚷，很快看见有人冲了过来，直往库馆的后侧涌来。士兵们丢下武器，全力搬运装车。老聃霎时呆了，痴愣愣地望着他们。

希的哭声带着尖厉的拖音，忽高忽低，时断时续。老聃不断地拭额搓耳，双手焦急地在头部搔着，迈开步子向前面走去，将信将疑地望着忙乱的人群，耳朵还想捕捉妻子的声音。走着看着，终于发现了希。

希与王子朝纠缠在一起。看样子她先是哀求，可能有揖礼的动作，是王子朝上前制止，二人才有了身体接触。此时希已极度悲愤，她的身子几乎软瘫了，眼看就要跌倒。王子朝满臂满怀地抱住她，旁边的将士立即围过去，七手八脚地扶着抬着。

老聃只觉一阵头疼，好像头颅被一道铜箍紧紧缠住，疼痛得直往心里去。但眼前的情形仍然似有三分梦幻。他不忍上前，但又牵心着希，款脚小步，走走停停，面孔抽搐得变形了。

“夫子！夫子……”王子朝看见了他，急忙高喊着迎面走来，“夫子，你……莫生气，勿恼火，我也是不得已呵！”

“呃——王……子朝，是你吗？我的弟子？你不是……败溃了吗？你……你的处境究竟怎样？眼下的情形可好？”他与王子朝执手相拥时，真有一种久别重逢的欣喜，深槽似的眼眶中的眼珠满含惜念，硕大的蒜头鼻猛烈地抽耸了几下。

王子朝不知如何回答。他蓦地鼻孔发酸，高喊了一声：“夫子呀——”，就泪水唰唰，捂面抽泣，继而还号啕了几声。

老聃微微摇头，开导说：“你们兄弟相争，各执其辞，是非自有公论。自平王东迁以来，王位之争愈演愈烈，至今已弑君三十多个，亡国近五十个，诸侯不能保社稷的不计其数。世道如此，很难如愿以偿呀！”

远处，近处，全是急急搬运简帛的士兵，他们或扛或捧，或抬或拉，来来往往，嘈嘈嚷嚷。整个院子就像一个被锄头刚刚刨开的蚂蚁窝。

王子朝抬起泪眼，目光渐渐明澈，感激中带着无限内疚。面对这样一位长者，他已经无地自容，猛挥双拳朝自己胸膛砸去。几位将领急忙上前抱住了他。

王子朝大声呵斥，推开了他们，重新走到老聃面前，深揖一礼，恳切地说明事由：“夫子，弟子今天失礼了！这些典籍文档，归王室所有。猛、匄之流，伙同刘子、单子这些逆贼，目无朝纲，自立为王。他们如何能够代表王室？父王当年对我一手扶持，早想立我为太子，臣僚们哪个不知？我虽然败走外地，但肃肃王命不可违拗。三代以来，主朝政者主典籍。这些东西随我而去，理所当然，无可争议……”

明白了！这才明白了！老聃只觉头上的箍子咔嚓一声断裂，胸口却直直戳了一剑，心里疼得无法忍受。忽然，他腰身一挺，目光如火电喷出，抬手扬臂正欲怒斥，双腿却酸软而颤抖，霎时整个身子也晃动起来，趔趔趄趄，踉跄几下，终于跌倒在地。

王子朝背过身去。那几位将领急急上前，将老聃扶起。

风中带寒，吹得天上的云团囚集成黑压压的幕缦，遮住了日头白刺刺的脸盘。半空有树叶草枝与尘砂相搅，浑浑蒙蒙，摇摇呼呼，还有几只播着尖厉叫声的鹧鸪在疯狂地打旋。

这会儿，庚桑楚已把自己身后的缚绳磨断，又解开苌姬手上的绳子。二人穿过拥挤的人群缝隙，找到已经昏倒的师娘，将她抬回卧室，又匆匆来找老聃。

他与她沿着方形砖铺路，绕偌大的库馆一个大圈，却怎么也找不到夫子。焦急中，庚桑楚忽然心生一念——对了！他朝苌姬示意，二人又朝正中那几间长年封闭的房子走去。

老聃真的在这里。他在靠内墙的地方面门而站，身子佝偻，面容憔黯，脸颊留有两行泪痕，表情却是明显的笑意。

庚桑楚从里往外望了一眼，心都要碎了！这些至宝之物，已搬走了大部。士兵们的粗鲁令人不忍目睹，他们如运柴草一般，掀翻柜架，脚踏手扯，连扽带拉，怎么快捷怎么动手，即使撕破踩碎也毫不怜惜。

令庚桑楚更为惊骇的是夫子的神情。他怎么能这样？静静站着，呆呆微笑，这是为何？他的心被完全刺烂了，精神异变了吧？

苌姬猛然地喊了一声“伯伯——”急急地跑过去，紧紧抱住他，带出重重的哭声问：“怎么啦？你怎么啦！”

“好！好！好！”老聃仍然双目含笑，脸腮抽搐，双唇颤颤地抖动，“好哇！弃圣绝智！弃圣绝智！早该这样了！我也终于明白了！哈哈嘿嘿，哈哈嘿嘿……”

大笑，认真地由衷的大笑，恣肆地挥霍的大笑。白发、白眉、白须，根根毛缕都在笑声中瑟瑟晃晃，老人坦诚率真的内心显而易见。他的两只手分别搭在两个年轻人的肩膀上，左右顾及地望着他们，轻轻点头说：“人浑沌，真朴，如婴儿一般，粗皮疙瘩的树杆一般，是多么好呵！心智为什么要开？为什么要变得聪明起来？”

庚桑楚似懂非懂，土褐色的长吊脸上布满疑云。他心里隐隐觉得一些迷蒙的现象似乎可以弄清楚了。夫子前一段日子日日玄览，从外观上看，好像总不那么如意，不能进入“虚极”和“静笃”状态。也许他那个时候就有了这方面的思索。

苌姬却一脸哀痛。把干娘送到卧室后，她忽然意识到，这场劫难的最大受害者莫过于伯伯了。“忧心惨惨”“忧心如酲”，《诗》中多次描写的伤感情怀，毫无疑问已经是伯伯的写照了。果然伯伯承受不了这打击，他完全丧失神志了！

“要感谢他哩！王子朝，我这弟子——他口口声声真心实意地拜我为师——他果然知我心解我意，他真是上苍安排下凡拯救世人的至尊天人了。”

苌姬再也不忍目睹、不忍耳闻了！她迅疾地朝外跑，朝门口奔，寻找这个“至尊天人”。从忙碌混乱的人群中穿过，在大门内侧的院墙边，看见了王子朝的背影。

王子朝正向几个士兵指示，靠墙放着的三个陈旧牌匾，老聃刻勒的篆体“不争”“不积”“不矜”，本不是什么藏品，不要往车上装了，留下让夫子做个纪念吧！

“王——子——朝”，一字一板，慢慢悠悠，苌姬的喊叫是庄重的，脸色也很平静，内心的愤怒在压制中却更加深重，因而身子、手臂不能平稳，衣袖和肩膀的抖动是剧烈的。

王子朝转过身，一惊，一笑，继而略显窘迫：“苌姬，我的师妹，诗声琴韵里的才人，高爵官宦人家的淑女，名师门下的高足。在这令人难堪的场合，我们又见面了！”

“那么你呢？天之骄子旗号下的盗匪，振振君子名声中的禽兽，人间丑恶图像里的明星，这么称呼，也都小觑你了！”

“师妹！事到如今，天下人都在对我唾骂。谗言嚣嚣，我不在乎。但我很看重你的评价。夫子李耳何许人也！他的门人都不可小视。何况，当年我们几次相见，你的眼神，你的心声，令我过目难忘。记得我当时有过重用你的许诺，桃夭之羡，已很显然。如今落到这一步，天命难违，我也徒叹奈何！还望师妹见谅！”

苌姬气得脸色青紫，“恶狼肆虐，一边啃人的骨头，一边说自己无可奈何。‘天降丧乱，灭我立王。降此蟊贼，稼穑卒痒。’[①]上苍有眼，电打雷击，方解我恨！”

庚桑楚将老聃送回卧室，火速赶来，站在苌姬旁边，也只有无济于事的怒斥了。王子朝顾不得理会，所有的文典物籍都装上车子，他要立即动身向楚国逃窜了。

苌姬已从地上拣了一张牍片，在无字的那面用发卡上的铜丝刻了一行诗句：“天笃降丧，大命近止。”她将这牍片远远地扔到王子朝的车上，“《诗》中早就有了为你这混账王子准备的礼物，我就拿这为你送行吧！”

① 选自《诗经·大雅·桑柔》。

第十七章

贤人在齐

一　两个“三日”

守藏室遭劫，天下士人中，最能觉其遗憾，掂摸其分量者，莫过于孔丘了。

为孔丘告知这一消息的是尹喜。

而尹喜，是知道此消息后痛苦最深重的人。

白天，他的车子刚从汉水的一座由船只横排的浮桥上驶过，就看见迎面而来的栖栖惶惶的车队。作为王室官员，他一眼就看出这是王子朝的残军余勇，尽管队列前面没有旌旗旄幡之类的昭示，他还是从将士的盔胄服饰上看出来了。在这一霎间，他紧张起来。这个昔日的翩翩王子如今成了丧家之犬，他必然视朝廷官员为死敌。狭路相逢，又一想，王子朝毕竟是景王看重的公子，是有大胸怀大志向的人，不止于善恶不分到如此地步吧？好在他的车马形迹也无朝廷标记。为了避免麻烦，他静静地躲在厢内没有露脸。

一位军官高声地下达过河指令，明白无误地透露了这个事件。

“这五十车东西，全是王室珍贵典籍，在守藏室严加存护，看得非常金贵。一路过来，所幸未遇敌军……”

他的心蓦然缩成一个硬团，头脑恍惚如同醉酒过度，迷迷糊糊，不知怎么离开河边，来到一个小镇。这儿是王子朝军队路过的地方，当地民众已经知道这事，言谈议论中便有涉及。尹喜这时才隐隐觉得好似伤风着凉，头顶和鬓角阵发性疼痛，浑身的肌肉骨骼冷森森的发寒。

像尹喜这种谦谦良人，看似随和，终日微笑，其实是不善发泄，心里常常会搁事的。他若有一个念头，便从早到晚，凝结于心。失却的这些无价至宝，是天下智者的根脉所在，是须臾不能离开的呀！而且，这里面有他历年呈送的文献，渗涵着他的心血。

一天又一天，尹喜一直这么晕晕昏昏、恍恍昧昧，不言不语地在车上闷坐。夜宿客舍，屁股一搭床沿就瘫了身子，衣服未脱就迷糊入梦。

三天之后，车子驶过一条河流，抵达岸边，车轮沿着上坡路缓缓滚动时，车辕向上翘翘而起。尹喜突然一声“哎哟”，重重地扑倒在车厢里了。

驭手慌了手脚。想把他搀扶起来已很困难。

躺在沙滩上，饮水、调神，渐渐现出活力。

“大人，你三天水米未进了！”驭手难过地说。

“什么？你说什么？”

“大人已经饿了三天！”

尹喜半睁着眼睛，稀疏的小胡须微微抖动。他似乎不相信，但干瘪的肚皮几乎要贴着脊梁干了。虚弱乏力，浑身盗汗，连伸手也感到无劲，眼窝深深地凹进去了。

这一惊，尹喜完全清醒过来了。

立即进饭馆。细嚼慢咽，边吃边饮，七分饱肚，最是舒服。

静静地盘腿打坐。车子一路前行，拉着他进入了一处山林。

尹喜下了车子，跷着双腿，款款而行。他双臂微摆，目光恬然淡笑。他横下心来，要把自己的视觉和思维完全投入山野，让整个身心像掉入水潭一样在这儿沉没。这里属于江淮之间的豫章地区，诸侯国很小，楚国目前还无意将它收拾。低低翠岭，团团红枫，萋萋芳草，隐隐白云，以及飞鸢、流瀑、阵阵蛙鸣，构成江南山地生机盈盈的秋景图。轻车熟路，尹喜对这景致并不陌生，但每每观望，总有怦然而起的潮水漫过心房。他不禁想起秦岭，那气势磅礴的大山，那遮天蔽日的橡林，那山峁峁、河岔岔零星居住的人家，以及那个可爱的用一尺长的棍子擂鼓为他送行的秦佚，还有“大麻子”和“怪毛”他们。

留峦山林，徜徉野麓，他总会唱一曲《考槃》，扯开嗓子逍遥一番。由于有典籍遭掳的心事，他想彻底地将其抛却，便想使用另外的一招，随心所欲地狂喊浪叫，自顾自地放达肆情。

尹喜选择了一处可作为障壁的陡岗面前，站稳身子，定下气神，蓦然一仰脖子，随口就有词儿飘出——

呃——
祸福扰情，
天地容静。
物不留痕，
见我心胸。
其动若水，
其静若镜。
其应必响，
定有回声。
我常随人，
品淡贵清。
真水无香，
何患魅影。
呃——
噔噔嚓，
噔噔嚓，
噔嚓噔嚓噔噔嚓！

喊出自己的心声，加上秦地暴烈的锣鼓点儿，由崖壁挡来的回声，一同缭绕回旋，在山岚间，云雾里，周围的溪涧林莽中，一波又一波的荡漾。

尹喜歌罢，急匆匆走到车子跟前，喜啦啦地对驭手说："咱走！"

又是三天，三天，三天……《诗》中有多少马拉车子行道悠悠的场景呵！可是，有谁能像尹喜大夫这样，自得自在，我独恬然呢？"我出我车，于彼郊矣。"以这样的心情，连续走过了几个天文观测点。又不知过了多少个三天，他来到齐国都城临淄。

尹喜想不到在这儿与孔丘邂逅。

孔丘在鲁国得不到重用，便来这儿找齐景公。五年前他与齐景公有一面之缘。齐景公早就耳闻孔丘的贤名，亲眼看到了他的举止风度，听到他的高谈阔论，流露出思贤若渴的心愿。孔丘希望他兑付承诺，让自己在齐国干一番事业。

在馆舍门口，两位同庚的仁人相遇了。

"噫乎！尹、喜、大、夫。"孔丘先看见了，惊喜而礼貌地打招呼。

"噢——孔丘夫子！"虽然在洛邑的观测台匆匆见过一面，尹喜也能记住这个长躯伟干、阔脸高颧的学人。当时他俩互相通报了年龄。

孔丘在不同的场合，不同的人面前，会表现出不同的举手投足。他精通周礼，严格依礼而行，掌握得极有分寸。尹喜是下大夫，他显得温和而快乐。二人躬身揖礼之后，邀他到房间饮茶叙话。

尹喜首先向他报告了守藏室遭王子朝劫掠的消息。

孔丘无比惊愕，他只说了三句话——

其一："不可思议！太不可思议了！"

其二："周监于二代，郁郁乎文哉！而今文安在乎？"

其三："天将坍陷，地将倾覆，人将愚钝矣！"

尹喜走后，他三日内闭门不出，闷坐无语。陪同他的门人南宫敬叔和子路见他这么苦恼，便想着法子逗他说话。孔丘看出了他俩的用心，他沉重地叹了口气，才说："圣者随时而行，贤者应事而变。老聃夫子此时该当何想？既然他能承受得住，我岂能陷入苦渊而不能自拔？"

二 仁者之争

孔丘看出齐景公会有礼贤下士的举动，果然，没过多久，他就被召见进宫。

齐景公迫不及待地问政："请问夫子，怎样才能治理好国家呢？"

孔丘回答的话，后来成为中国政治方略、人伦道德的经典："君君、臣臣、父父、子子。"①意思浅近得如同大白话：君主要像君主，臣子要像臣子，父亲要像父亲，儿子要像儿子。这是以名责实，治乱救世的大政方针，是他的"克己复礼，天下归仁"宗旨的另一种说法。

"就这么简单吗？"齐景公笑着问。

"政，尽其道也。为君的尽为君的道，为臣的尽为臣的道，为父的尽为父的道，为子的尽为子的道。"

"好哇！要是君不尽君道，臣不尽臣道，父不尽父道，子不尽子道，就是有粮食堆满仓廪，能吃到我嘴里吗？你的道，是政教合一的道，是从伦理入手的道，正人正纲，抓住了根本。"

但是齐景公不能任用孔丘。大宰晏婴与孔丘政见不合，"道不同，不相与谋"。齐景公束手无策。

孔丘不明内情。他仍然在馆舍里闲居，等待喜人的消息。

尹喜去海边的天文台观测完毕，路过临淄，又回到馆舍，会见孔丘。

尹喜自从认识了孔丘，就对他一直寄予厚望。他看出了这个人的抱负、才学与品质。但是，孔丘的主张与做派，他都不能赞同。六年前孔丘入周问礼访乐，老聃夫子的教诲可是情切切意谆谆，老夫子的一片苦心怎能辜负呢？现在，孔丘在各国颇具贤名，年轻气盛，雄心勃勃，所言所行，却有悖于老聃之道。应该和此君子论理一番了。

"孔贤兄——"尹喜抖动稀疏胡子，开颜一笑，以和悦的语气说，"你

---

① 选自《论语·颜渊》。

现在名气大了，我这看天吃饭的人，整天在地上跑。脚到之处，都能听见人们对你的称赞。”

孔丘听得认真，驳斥得也及时：“言过其实了吧？孔丘不喜欢别人奉承，不爱受人吹捧。巧言，令色，过分恭维，很令人生厌。贤兄有何指教，直言快语，不是很好吗？”

“我会阿谀奉承吗？”尹喜自嘲地笑了，“好，长话短叙。我听说贤兄提出忠君尊王，恢复礼制，为此而不惜奔走于王公宦门，希望人家赏个一官半职。这次齐国之行，贤兄难道不是为了这个目的？”

孔丘点头承认：“尊天子，服诸侯，统一天下，这主张有什么错？如今天子虚位，许多诸侯朝不保夕，卿大夫擅权，甚至家臣跋扈，乱得一塌糊涂！要不全面恢复周礼，天下能安定吗？”

南宫敬叔和子路在一旁悄悄站着。子路忍无可忍，插嘴说：“尹夫子，人生在世，谁不想捞个官帽翅儿？不当官不掌权，怎能实现自己的主张？孔夫子带我们出来求官，有什么丢脸的地方？”

孔丘的目光直逼过来，压住了子路的情绪。

尹喜望着子路，不置可否地笑了笑。

孔丘一直正襟危坐，示出对客人的尊重。他的目光对着尹喜时，温良谦和。他微微欠了欠身子，说道：“我明白贤兄的意思。老聃夫子对我有教诲之恩。他带我游明堂，观金人，讲礼制，阅典籍。金人三缄其口，行不言之教；夫子几番叮咛，要我做盛德之人。我理解夫子的意思。良贾深藏若虚，君子盛德若愚，处无为之事当是很高的境界。但说心里话，我不主张‘无为’。我宁可让人指责为‘娇气’‘多欲’，也要大张旗鼓地行事，雷厉风行地投入，堂而皇之地奔走。我和弟子们去管理，去干预，去感召，去教化，这么做，是面对纷纷乱世的正确选择。”

孔丘非常自信。他的如河堤一般宽宽匀匀的眼睛，波光奕奕，闪示着信念的坚强。

尹喜不断颔首，表示敬服。

沉默了一会儿，尹喜又露出嘻嘻微笑，含着自嘲的语气说：“我这个王室大夫，穿朝服，享王禄，却还要劝阻谋官羡爵的人，活脱脱的口是心非么！话说回来，正因为人在官场，才目有所视，物留心迹，看透了，心烦了，意厌了！天体所示，日月显序，阴阳有律，圣人与天地合其德，岂能人为地强施个人意志？而今天下乱成这副模样，自有其源其因，你那一套法子，不是逆潮流而动吗？”

子路忍不住了，正要出语反驳，南宫敬叔急忙按住他的手腕，用力摇了摇。

孔丘呷了口茶，并举杯示意尹喜先别激动，品品茶再发表高见吧！

尹喜没有理会，他双手扶膝坐定，双目闭住，清了清嗓子，用压低了的声音，口齿清晰地唱了起来：

凤兮，凤兮，（凤凰呵，凤凰呵，）
何德之衰！（为何这么狼狈？）
往者不可谏，（过去的，过去吧，）
来者犹可追。（未来的犹可挽回。）
已而已而，（罢了！罢了！）
今之从政者殆而！①（当今从政者皆为败类！）

唱罢，尹喜苦笑着摇头。

“我也一样，败类中的一员！”尹喜开诚布公，坦言相告，“这是我在楚国听到一位狂人唱的歌，这位狂人站在路边，只要见到官府的车子就唱。我当时脸红心跳，真是汗颜！其实，我早就无心事王侯了！要不是留恋天体观测，十年前就离开官场，钻入清静山林了！”

“是吗？贤兄耽恋山水，寄情于莽野丛林，修养身心，真乃可敬。”孔丘倒很大度，从容笑着说，“我也曾说过，有一天自己的主张不能实行了，就乘坐小木筏去海上飘游。”

---

① 选自《论语·微子》。

“那要等到何日呀？像贤兄如今这样，不能脱掉俗情，仰悲凤鸣，俯叹匏瓜，到处兜售自己那一套主张。累累贤人，我为你的前景担忧呵！”

“知我者，谓我心忧，不知我者，谓我何求！”①孔丘叹息一声，脸色蓦地凝重了，“难怪仁兄担心，我也确实心忧得厉害。不过，心忧天下，当今士人不都是这样的吗？”

尹喜见他这么执意，就不再言语。几杯饮罢，就怏怏告辞了。

三　喜闻《韶》乐

一天又一天过去了，依然没有齐景公的消息。

孔丘并不焦急。他十分信赖自己的判断。他宁肯日复一日地待在馆舍，也要等待下去。

“夫子，如今诸侯多不主事。齐景公也可能是聋子的耳朵吧！”南宫敬叔已经很不耐烦。

孔丘正在翻阅《易》。他非常喜欢这部书简。穿竹简的牛皮筋都断过几次了，可见翻动得多么频繁。

他“嗯”了一声，手停下来，转过头喜滋滋地问：“说说你的事吧！听说苌弘夫子的女儿，是个很有情致的淑女，几番接触，燕燕于飞，已经有了寤寐之思了吧？”

南容抓耳挠腮，窘笑了一下：“谁说的？”

“你说给谁，自己还不知道？”孔丘也笑了起来，“不错！‘展矣君子，实劳我心。’②一个诚实可爱的小伙子，会有人朝思暮想上门求婚的！”

“夫子见笑了！”南容认真地说，“谁能对我抛下钟情之心呢？浅陋之人，少才薄德，如今跟着夫子还未弄出名堂来……”

“我有此心！”孔丘说得一字一板，“我兄长的女儿，名叫无加，纯朴

① 选自《诗经·王风·黍离》。

② 选自《诗经·邶风·雄雉》。

贤淑，也有才艺，若有可能，我就给你们撮合。”

南容一惊，越发不好意思。“夫子，学业未竟，怎能心猿意马，想得那么多呢！我明白了，今后更加专心致志，不再分散精力，请夫子放心。”

子路这时候走了进来，劝夫子到外面浪浪悠悠地转转，还说有一处官宦府第，可能要演歌舞，不少人都准备在墙外面听听。

孔丘等一行三人由馆舍侧面的一条小巷款款进入，未行多远，就隐隐听见了乐曲声。近了，隔着高墙，清晰可闻那古琴的温厚纯润之音。噌噌嘤嘤，潏潏淙淙，如溪水自谷涧缓缓流出，似鸟雀于枝头欢悦啼唱，分明昭示出一幅朗日晴和、淑景良辰、男耕女织、鸡犬安宁、四时有序、怡然恬静的盛世图景。

孔丘连声说：“妙呵！妙呵！咱们遇到良师了！何不进去拜见？”

于是，他们绕到正门那边，进了这家庭院。

这抚琴者，是齐国的乐官，人称齐太师，五十多岁，温良谦顺，彬彬有礼。孔丘一眼望去，就觉得此人正是那乐曲中人。二人一见如故，好似知音相遇。齐太师告诉他，方才所弹之曲，专为颂扬舜帝而作，名《韶》。

“《韶》，这名字好哇！韶、美不分。而且，它的境界，明朗和悦，蓬勃葳蕤，真乃一幅春和景明的谐趣图呀！”

“不错！孔夫子不愧为饱学之士！丝竹之音，耳可得闻，目不能视。悟之辨之，如此精到，可算第一位知音了！”齐太师恳挚地赞叹。

孔丘想到数年前的往事，苌弘夫子安排宫廷乐班为他演《武》，那威武雄壮、气势逼人的场景，至今历历在目。苌弘夫子是乐界大师，他的水平自然是一流的，但整个乐舞却不能让人在心灵上震撼，而且某些章节似有些旨义不明，晦涩难懂。

为什么《武》诞生于《韶》之后，反而没有《韶》的打动人心的效果呢？

齐太师说，歌颂周武王是有些难处的。这位赫赫帝王，当年与商纣王是臣与君的关系，却打着“恭行天罚”的旗号，兴师动众，东征伐纣，遇到伯夷叔齐的反对。伯夷叔齐，世之君子，兄弟俩说得没错儿。武王这么行事，难逃以臣伐君的公论。这个曲子就难写了！要尽量彰显功德，而且要揭露纣王的残暴，不曲意隐晦是不行的。而《韶》就不同了。大哉尧帝，看中舜的盛德，先将爱女许婚，再禅让帝位，从始至终，都是凤鸾和鸣，风云韶丽。《韶》比之《武》，自然就显出雍熙之象。

南宫敬叔看到孔夫子频频点头，神色悦然，插话说："喜《韶》轻《武》，正符合夫子的本意。息战杀，平天下，重人道，建大同……"

"谁让你多嘴了？"孔丘严厉的目光直逼过来，"我哪里轻《武》了？在太师面前，只能洗耳恭听。《韶》的内涵我并没有完全弄清，只有操琴演奏，仔细忖度，才能深刻领会内在意蕴。"

子路一直朦朦胧胧，墙外听的时候就不断走神，进了齐太师府内也看不出什么名堂。他是个耿直性子，肚里从不搁话，听到夫子如此高度评价这支曲子，心里就疙疙瘩瘩的。

"夫子不是厌恶靡靡之音吗？这曲子，低低绵绵，比蚊蝇的声音当然是大多了。"子路难为情地瞥了孔丘一眼，"弟子实在钻不到曲调里，愚陋成这样，也没办法。"

齐太师正欲解释。孔丘急忙说："不知晓就说不知晓，倒也没有什么。咱们回去再说吧。孔丘有幸，得遇《韶》乐。齐国毕竟是一等诸侯之国，既有宝贵文典，也有旷世才人呀！"

孔丘请求齐太师重新操琴，仔细观察了他演奏的过程，抄了乐谱，借了古琴，方才回馆。

子路原是鲁国卞地的一位草莽英雄，人们称他为"卞之野人"，有一次在密林中企图打劫孔丘一行，闹出了笑话，反而被孔丘的仁德礼仪感化，遂拜他为师。孔丘有意将他带在身边，点点滴滴，给以及时指教。

让子路学古琴，对于他这样的粗鲁汉子，简直无异于上天摘星星。孔丘把"夫子"的担子交给了南宫敬叔。

"你看，这琴座，上面圆圆的突起，微微的穹隆状，像什么？"南容指着，问着，从琴的造型讲起。

"吃饱了，肚皮撑起来了！"子路嘿嘿一笑，觉得这问题太简单了。

“天圆地方。它是天呀！再看，这下面，一马平川，线打的一般直。像什么？”

“我这宝剑么！”子路呛啷一声拔出剑来，把长长直直的剑锋横在南容面前。

南容沮丧地摇着头。“下面，必定跟上面对应。地呀，你说大地平不平？”

“平个屁！高山大河不都在地上？我整日钻的山林，你去看看，到底平不平？”

“简直是个顽石脑袋，鲁钝至极！”南容赌气地把古琴抱起，转身欲走。

子路慌忙伸臂阻拦，“小兄弟，你缺乏大人肚量呀！看看咱夫子，当初我把双剑架到他脖子上，只待咔嚓一下就完事了。怎么着？他也不计较嘛！看你这小娃样儿，动不动就嘴噘脸吊，哪里像孔门弟子！我这野人出身，怎能跟你们比？你生于官宦之家，自小弹琴吹笙，就跟我逮山雀儿一样。夫子过去是有名的吹鼓手，哪一样乐器没摸揣过？我成年价跟山民野鬼来往，这玩意儿做梦都没见过。你叫我怎么机灵？”

南容“嗯”了一声，将琴放下。他神色庄重起来，自己整衣端帽，清肃仪容，也要求子路修整衣衫。二人沐手完毕，点燃一支香，稳放琴台，双双坐下。南容这才说：“琴者，禁也，倚琴而坐，头一样事，就是禁止杂念滋生。仲由兄，从现在起，就一心一意地往这儿看，往这儿听，往这儿想，千万不能心生旁骛。”

子路被这一套礼节震住了。他说：“规矩是怎样就怎样，弟子听夫子的，你只管教就是了。”

南宫敬叔不仅自小就在丝竹书画的氛围中生活，而且后来又跟随孔丘，观赏王室歌舞，还与苌姬一块儿谈诗抚琴，因而是操琴的一把好手。他的示范演奏，单弦和音，轻拨重划，徐揉疾捻，招招式式都很精妙。子路瞪目凝神，完全被这神来之音吸引住了。他认为这才是高手表演，比之齐太师高明多了。

“我算服了你，也服了古琴。”子路诚恳地说，“同时我也泄了气。你现在劈了我，也屁事不顶。算了吧，让我先干别的事情，以后，瞅机会，再摸揣这玩意儿吧！”

三月之内，孔丘悉心习《韶》，每日照谱操琴，弦音伴着他的哼唱，手指带出内心的激情，忙着，也乐着，仿佛进入了冥冥幻幻的仙界。

这日，孔丘像往常一样，一边用餐，一边抚琴。他吃的是子路特意弄来的鹿肉包子，嘴角溢出淡黄油渍，却不觉其味。吃罢，正好离谱而奏，一气呵成，喜得拍着手掌，左右环顾，大声说：“尽善尽美，快上大肉美食，庆贺一下，我已经三月没有觉出肉的味道了！”

南容与子路咯咯发笑，不予回答。

孔丘不高兴了：“去，快去呀！弄一点肉，包包子、做菜都行！”

子路说：“这包子还多着哩，想吃就尽管吃！”

南容说：“夫子，仲由从鲁国下地专程弄来鹿肉，吃得你嘴角流油。你是浑然不觉呀！”

孔丘抓起包子，刚一掰开，就有香味盈鼻，“噢，看我如此迷糊，让你俩见笑了！”

第十八章

门里门外

一　谷，天下谷

没办法。他一个人都不想见，包括希。

老聃久久没有吭声。希在门外，轻轻地以手指敲着门板，“笃，笃，笃”，一下又一下，节奏很慢。

没有任何响动。如果他睡着了，往常，也会听见她执着的敲门声。

希很能沉住气。她的从容是一贯的。

但静默以待，这么久，了无回应，不免心里发毛。

身子贴住门板，耳朵也贴上去，心澄意纯，谛而听之，捕捉里面的细如针落的声音。

“希，你过来，快，快来看看吧！”

希吃了一惊。“你开了门，我才能过去看呀！”

里面的笑声传来，咯咯呵呵，豪喉巨嗓，似滚滚滔滔的河水在大石间喧腾。

话语继续：“你看，我睡在哪儿了？好！好！好！黄帝大哥也许没找见吧？这地方真舒心，真令人展兮脱兮，畅兮快兮！你看，我能完完全全地展开了……”

“你能展开，我当然很悦意了。”希回应说。

他已经跌落到谷底，这可怜的丈夫。

新婚那夜，就有这情景。

“我的傻蛋希，咱们今后就是一个人了。天地相合，以降甘露。这件事，穆穆皇皇，浩浩昊昊，再没有别的任何事情可以与之相比了。”在红蜡焰火的晕光中，老聃与她额颅相抵，睫毛相挨，可见眼与眼之间何等相近。

“是这样。乾与坤，坎与离，终于可以叠合成卦了。”

“是坤与乾呢！”

“……”她无言。她的眼睛闭了一下，又小缝儿地睁开了。她还那么羞怯。

红烛有芯，光焰无声。溶溶复融融，巨大的欢悦，尽在这一“卦”之中。

“甘露之甘，我体味了。”老聃酣然地在“甚”“泰”上做文章，“狸儿”之威，虎虎之气，令他此间有过之而无不及。

“你呀！你呀！好一个‘聃’。”希故意说得轻松，手指抚弄着他的大耳肉垂。坚冰打破之后，两岸在滔滔激流的拍打中，无比清爽，还带着一丝被冲刷的触痛。

“聃通心，心系根。却尽在一掌之抚。”她的双手同时用力，猛然紧掐。不知不觉，搞得他双耳生疼。

“哎哟！过甚了！兴，也能尽之极之，唯独此道呀。希呀，你真是一个‘希’呀！”

她无言，只是摸住他的聃，往脸上又一拉。

“天哪！有你在，我才会这么自在地活着！活着！活着！活着！”他竟然狂人般地叫喊起来。

希任他疯魔。在“尽之”“极之”中，她尽量保持平静。这平静给了她主导的可能。

“于穆不已！”老聃大发感慨，“穆穆仙仙，缥缥缈缈，这‘不已’的愿望就自然产生了。”

希补充：“‘维天之命’，岂能有错？天遂人愿，人循天道。在这个夜晚，乾坤的昭示这么明显。我先前怎么也不能想到呵！”

老聃与希的会心，在世间是无与伦比的。他坚信了这一点，而她此时也似乎感到了。

意已尽，情未了。老聃的双臂松弛下来，忽然异想天开，凝望着她的双眼说：“我的傻蛋希，让我钻到你的眼睛里，永远地睡在这儿！”

“嘿！你用力地钻进来吧！”

“要不，睡在你的腋窝里！”

“行么！”

“睡在这玄妙的谷里吧！”

“嘿……”她放开喉咙大声笑了！

“这谷底，我真想永远地睡在这儿！”

“好么！我把你再怀八十一年！”

“八十一年？那我肯定得道了，肯定成圣人了！”

“你看上这福地么！福地里还不出个大福大贵的圣人？”

“当然是福地么！这是最美妙，最惬意，最舒坦，最能让我展开，也最富有天意的福地哟！”

希被他说得浑身起火，像炉中的炽炭，成团儿蜷缩在他躯体的弯弧里。

“如此如此，还玄吗？”

“似乎更玄。”

“你要沉迷于其中的这个呢？它不过是一道门，一个‘无’，没有什么奥秘。”

“这众妙之门，玄之又玄，谁也无法描述……”

隔了时光的屏障，三十多年前的红烛之夜，如今只留下一缕忆念。

希知道他此时是在梦魇中，在幻觉中，在回忆的波流中。

王子朝这一棍子打得实在太狠，丈夫他被打得神志恍惚了。

他在恍惚中反而特别清醒，也“玄”得更厉害。

一阵脚步声自远而近。回过头，看见了庚儿和苌姬。两个年轻人仿佛严霜打过的菜叶，萎萎蔫蔫，一脸沮丧，正向她这儿慢慢走来。

她望着他们，点点头，又挥挥手。

他们疑惑地望着她，后来，转身走去了。

里面的声音又响起来了。

“《诗》中有的：‘高岸为谷，深谷为陵。’①我此时是在深谷里了。是跌进来的？滚进来的？跳进来的？扔进来的？一概不知。呃，天下空谷，知雄守雌的奥妙，正是在这儿。这浑然的原始真朴之地，包容、护卫了我，也让我在卑下中得到内敛。我再去包容事物，包容眼目中的一切……”

她听着，不禁微微点头。

这是他曾经说过的道理。

“……呃，这儿的景致多好，多么清静，多么安适。古时的圣人，愿自已为天下谷，天下溪。我推崇圣人。我要回到远古的年月，追寻圣人的天下式、天下谷……可是……这天下谷，究竟在哪里？怎么，我又找不见了……”

老聃的声音顿然停住了。沉默了一会儿，似有低低的唏嘘之声，还有他以手掌拍打额颅的叭叭响声。希急了，怕了，慌忙敲门，但里面毫无动静。

二 “由我”之歌

听见里面的唏嘘之声，她想，他可能流泪了。

在希的印象中，老聃一生还没有流过泪。“你这个人，心太硬了！”她曾经这么抱怨，那是在儿子宗离家出走之后，他发现丈夫并没有焦虑不安，没有悲痛欲绝。后来又发生了几件事，如父母去世，苦役中的磨难，意外的伤心事，他都没有掉一滴泪。老聃没有讲述个中缘由。细思细忖，也许是默默地哀思，静静的梳理，在枯坐闷想中，这些都消解了，化开了。

“这会儿，他会不会黯然流泪泥？”希听见里面一片寂静，之后又分

① 选自《诗经·小雅·十月之交》。

明是哀哀戚戚的如怨如叹，一颗心又揪成紧紧的一团。“呃——开门吧！喝喝水，说说话，你一个人在屋里已很久了。你听见了吗？”

没有反应。她惶惑地贴耳于门板，仍然不闻响动。

但一会儿有声音传来，却是打呼噜的重响。

她背身倚着门板苦笑了。

“呼——呼”呼吸声粗重得如同锅台下的风箱之声。也许，他身子躺得不直不顺。

或者，太疲累了。

没办法。他睡得太死。

里面的响声又有变化。“呃——呃——”是梦呓，还是醒过来了？

“呃——”停顿了一下，“上父大人——这不是上父大人吗？儿婿看见了！看见了！请留步。”

希吃了一惊！他分明是在做梦！见到了父亲！自从成婚，他便如此亲昵地称呼她的父亲，自我的称谓，则儿子、女婿兼而有之。

“我安卧在谷底，便心海澄澈，浑身清爽。四周什么声音都听不见了。在这寂寂冥冥之中，即使眼睛闭上，什么又都能看见。此刻你老人家飘飘忽忽，游游荡荡，自在由得，不减当年呀。”

不错呀！梦由心来，与久违的亲人相会，叙说旧情，还似以往。

“我哪儿有你这份安闲！首先，我没有安恬的心绪。心绪……心绪如何？‘君子作歌，维以告哀！’[①]这《诗》，说的是作歌人的心绪。我正是一个作歌的人呵。”

他说些什么？如此坦露心迹，连希也觉得奇怪。他平日不是枯坐寡语，沉静从容么？哪儿有一点歌者的迹象？他的神情一点儿也不见悲伤呀！

“唉——唉——上父大人！这天地之间，您是活得有板有眼、无牵无挂的人！的确如此。您就像八卦风车上那些黄灿灿的绢带，随着风飘，跟着气走，不期不求，无思无望，能飘多高就飘多高，不能飘飞就直愣愣地

① 选自《诗经·小雅·四月》。

垂着，一切都在无意之中。

“说到黄绫飘带，这与黄土炫然一色的装饰，就自然令人想到黄帝，想到唐尧时期。那年月，真正能活出一个‘我’，活出一个自己。那天夜里，皓月当空，繁星闪烁，我和希……”

希被一股暖融融的气流扑面围沐，心里顿时有了和悦的感觉，儿时难忘的一幕陡地浮现在眼前。

那天夜晚，她和李耳从隐山观星归来，路过村子西口，听见旁边碾台上有人哼哼唧唧，唱着什么歌儿。因为这是熟悉的父亲的声音，他俩就停住脚步，躲在树下的暗影中。

她知道，父亲生性恬淡，喜好游逛，但晚上却从不出门，他总是早早上炕歇息。为什么今夜例外？

肯定有原因！她马上想起母亲忧愁的面孔。天黑时，李耳来找她去隐山，母亲正在后院向父亲诉苦，她的神情非常沮丧。她要让父亲改改脾性，卦摊子多摆几次，收场也不要太早，该收的钱一定要收；或者呢，八卦风车的制作工艺也能换来银子。积攒银钱，为的是两个孩子。希已经十六岁了，她的弟弟十四岁了。嫁与娶，日子眨眼的工夫就到，而今呢，除了眼面前的揭锅舀饭、下炕穿衣，再无另外的余头。而且，连续几年，租赋加重，听说近日又要为陈国公室筹措一次抚兵款。

过去，母亲曾经多次埋怨父亲，说父亲是“大屁股”，即屁股一拍就走而不管家里。这次在后院，母亲说着说着声音就高了，“真是个大屁股！真是个大屁股！”，她的话语中含着刺人皮肉的凶狠。

希后来才知道父亲那天夜里正是为了躲避母亲的责骂才来到这儿的。

李耳却不能完全明白家里的情形。他悄声说：不要动，仔细听，这是个好机会呢！

躺在碾台上的父亲，仰面朝天，收脚搭腿，舒服得好像躺在自家的炕席上。他自顾自地哼唱着的，是上古流传下来的民间歌谣：

人人，人人，

黄土捏的人人！
天破了，雨淋淋，
女娲补天好神神。
五色土上种五谷，
吃了还给土里头。
日头月亮轮着走，
该丢手了就丢手！
女娲系我五色绳，①
天不管，地不收！

这歌，父亲过去也曾唱过。当然，父亲心向往之的，正是上古时期生民们陶然自乐、适情任性、淡泊素朴的生活。

“我的父亲，如一锅清水煮萝卜，过分的清淡，但也确实让人喜欢。”希不光对李耳，还对母亲这么说：“男婚女嫁，主要是成全两个人的遇合，彩礼嫁妆当在其次。上古时期，也许只是该来的来，该去的去，连任何仪式也没有。”

母亲说：“你爹光顾他一个人自在，他的心，给这个家贪得太少！”

望着过分劳累的母亲，她不能驳斥。

她只能这么说：“妈，爹就是这么个人。论本事，也不比别人低。村子里，大多数人，不是当农夫，就是干桑工，混个饱肚子也很难哩！”

母亲却不同意她的看法。理由很简单——现在不积攒，老了怎么办？

老两口的矛盾在岁月的流逝中渐渐加大。父亲开始在碾台上躲，半宿或一夜；后来呢，不得已，躲到外村外镇，十天半月；再后来，一年半载，乃至更长的时间，直到那次意外出事。

晚年的母亲，除了儿子，还有她和李耳的关照。母亲有些后悔，流着泪说是她逼走了父亲。

① 关中、中原一些地方有人出生后手腕系五色绳的风俗。

母亲这时候的回忆才多有愉悦的成分。父亲的种种好处常常从她的嘴中道出。她无意中说给她和李耳一件趣事：新婚之夜，在众多的闹房人的嬉笑声中，父亲自愿而得意地说了两句绕口令——

我吃、我喝、我由我，

我不吃、我不喝、我由我。

据说，这也是上古流传下来的俚谣。父亲不知什么时候练了舌头功夫，竟然一面“掌、掌、掌”的以舌头咂着牙床发出节拍分明的伴奏，一面清晰地唱出词儿，惹得众人拍手大笑。

她又听见他的自语，接着她的思绪，话语滔滔，不可遏止——

“好哇——‘我吃、我喝、我由我，我不吃、我不喝、我由我！’你一生全然听任自己，多么的由得……

“可这只能在上古的年月，才能真正地做到。我，饥而食，寒而衣，凭力气，靠能力，只看日头，别的都是田间草路边石脚下尘耳旁风，包括帝王的功德……

“如今，是什么年月？什么情形？谁人能像您这么我口我心我行我素？而您这么的由得，结局又怎样呢？昊昊红日，难道你变了模样？再不似往昔的光华，不似可信赖的圣体？

“怎么了，上父大人？您为何老是在空中飘游，嘻嘻哈哈地向我张望，却不能下了云头，尘埃落定？是人间的‘我’，都不如您那么自在，那么由得？怎么，您悠悠忽忽，向那边游动，离我愈来愈远？难道我的期待，您可以置之不理？这谷底，与您当年的碾盘，不是一样的舒坦？怎么您执意要走？唉，上父大人……”

三　三皇笑了

正如希所意料，老聃睡意正酣地躺着，他确实不能听见她的呼叫。

也正如希所担心的，老聃并没有正常地躺在床上。也许是太疲倦了，从床上滚下而不觉，竟糊里糊涂在地上睡着了。

他这时候的话语，是梦呓，还是自语？是思维之音，还是幻觉所致？他时睡时醒，还是半昏半睡？是迷迷糊糊，还是清清朗朗？没有人说得清楚。

但他真的一脸安详，心底的沉静超过了以往任何时候。午后苍白无力的阳光透过西墙上端的木格窗棂投射进来，里间斗室便有了一方直光，整个房间自然明亮了许多。老聃的身躯在东边沿墙根旁，他的身下是平日脚踏鞋踩的砖铺地面。光线清晰地显出他完整的周身。那雪团一般的头发，壮阔的脸盘，高高突出的眉棱，硕大的顶圆孔露的蒜头鼻，两侧平平垂下去的腮肉，以及长挺挺厚墩墩的躯干，都与往日的风采没有一丝异样。

这里没交代他的神志与眼睛。我们很难准确判断，他此刻的情志状态。这个奇特的人物，或许是女娲时代特别留下的一个偏阴的精灵转世，或许是训练有素的思维方式所致，他的灵异之光产生时，无人精确描述其时的具体情形。

不过，玄览既久，加之王子朝此番的摧毁性打击，老聃在痛定之后终于甩掉了沉重的苦恼。既已丢弃就干脆来个统统抛甩，新的明亮的曙光已从心扉透入。在这个过程中，他有了超过往昔的欣慰，犹如沉到向往已久的神谷之底，那灵动如莹莹滚滚的叶上露珠的思绪，就在明耀的金光之下，在徐徐的和风之中，异常轻盈地活跃起来。

希的父亲、他的岳父商卜人，是他心目中最会活人的人。由此及彼，世间芸芸众生，像他这样的人少之又少。人呵人，怎么都成了这样？你们的贪占抢夺，争来斗去，闹得尘世间成了什么模样？众多的庶人、奴人，你们不是活着，而是存活。你们为了存活，一个个成了受尽凌辱任人宰割的牲畜；而另一些人，他们贪得无厌，张着血盆大口，吃人不吐骨头，甚至连自己的父母兄弟都要伤害，他们实际上已经变成禽兽。

救人！匡世！

匡世！救人！

随着王子朝带着车马闯进守藏室的攘践嘈杂声，猛然如油箱被一把火点燃，烈烈熊熊之焰把他的心几乎烧焦了。

他不知道自己是怎么进入卧室的。

他不知道自己处于怎样的神情状态。

他不知道自己怎么坠入心仪已久的“神谷”。

他不知道“上父大人”的影像是怎么飘游过来的。

“忧心烈烈”的痛苦，一阵又一阵地袭击他的思维感官。

不对吧？难道他此刻的神志是清醒的？

他只是酣睡般地躺着。门外，焦灼的希的呼叫竟浑然不觉。

“沉入天下谷，这还不够。我能悟出一个‘道’吗？它是宇宙万物产生的根源。明乎此，便明乎了天之道、人之道。这样，人便有了效法之据。

“我应该弄清此‘道’。”

“必须弄清。”

他居然在这样的状态里有了这样的思考。

忽然，他听见了一声炸雷的轰鸣，万里长空顷刻间盛满了这暴吼的巨音。响腾之后，空中传来一阵笑声。这是三种混合在一起的笑，舒心，畅意，赞许，期待，世间万物仿佛被这响亮的和声震得瑟瑟抖动。

老聃一惊，觉得耳熟。抬头观望，原来是天皇、地皇、人皇，幼年时在希的家里看到的供像。这些传说中的神仙，一如既往的风采，多头巨身，面目古怪，巍然而慈祥。

三皇的目光，全都如直直的墙壁上方穿孔透出的日光，齐刷刷地往他的脸上落，与他的目光交融。

“听见了吗，李耳？”

“嗯，嗯，听见了！听见了！”

老聃应答时，蓦地出了一身热汗。接着便是清爽的感觉，就像儿时在隐山眺望夜空，像这些年坐在水青石上沐着日光，在那几间封闭的河图洛书文典库房里沉浸过一样。

他现在可以从容梳理自己的思索，把那电光的一闪，火花的一现，心震的威力，庄严的承诺，从根到梢地来一番审视。既然已经察觉了它，瞥见了它，触及了它，就要一动不动地停立在它的面前，全神贯注，不遗余力，探究出一个结果。

低谷，这冥冥中的极乐地，这精神的安顿处，自然是昼夜分明、阴阳相谐、万物咸得其所的。负阴抱阳，即背阴而向阳，是所有生物葱葱郁郁的根源。那阴处是幽闭的，静谧的，秘而不宣，深不可测。肃肃之气的氤氲，那是至阴的积蓄，是厚实大地的内敛之力，是无言的一贯沉默的幽秘，是巨大而难觅的夜海的荡音，是万物脚下最牢靠的依托。在这儿，谁也不能说他已经沉到了底端。低谷之低是无限的。这是谷神的玄通所在。

说不清老聃是否由着主观意志的支配，刻意地朝着一个目标去绞尽脑汁，反正他是瞥见了那一束闪电。接着，好像这幽幽深渊里，依稀有可登临眺望春景的观台，他在欣喜之中还没来得及跳跃，就在那透明的雾岚的推动下，如漂浮在潭水的波面一般，由风力推送，安然抵达。

老聃在这观春台上闭目安卧，并没有凝目而视的欲望，但眼前却炫然的有一幕幕景致闪现。

首先是蟋蟀，这秋天草丛中活跃的精灵，庭院墙壁上挂的麦秸笼里的歌手，具体地说，是那只漂亮欢实的金眼油葫芦。吱——吱——吱，它一边鸣唱，一边抖翅撒欢，后腿猛劲一蹬，轻松地翻了个跟头，然后掉过头，瞪着眼睛，直直对着他，故意召唤他的注意。

"看见我了吗？我曾以房檐水与井水的区别给过你警示，现在我又向你——我的老朋友，提出一个问题：我和我的族类是怎么来的？如果你那个'道'琢磨出来了，我也就得'道'了！"

接着是苌楚，即尹喜和庚桑楚从秦地带回的那些毛茸茸的金果。这些吊在栗色藤蔓上的果子，束束爪爪，累累串串，在碧绿的叶片间金光闪耀。金果连同植株，以及周围所有的乔木、灌木、茵茵野草，都拂摆身子，扭动腰肢，欢欣地向他致意——

"我们是从哪里来的？你的'道'将告白天下。我们期待着……"

后来是八卦风车，这最为熟悉的精致玩物，它也兴致勃勃地赶来凑热闹了。它从缥缈的地方一路顺风，嗒嗒嗒嗒叫个不停，在飘带与风轮的动感变化中，显出富有活力的生气；而“乾”与“坤”的卦爻图案在翻转中忽隐忽现，“天”和“地”在他的眼前节奏分明地一晦一明，轮番显形，分明是在向他诉说——

“你的‘道’正是我们所希冀的。”

最后，是蟋蟀、苌楚与八卦风车的交会，它们紧密衔接，有序而来，在他面前呼呼地打着旋儿，一会儿历历晰晰，一会儿缥缥缈缈，如此循环往复，旋腾不已。

三皇的混合的语声自天际响起：“就这样，丢弃的就让它丢弃吧！社会、文化的台阶，让别人沿着去上。你已经另辟蹊径，新的另外的路你已经看见了……”

第十九章

将军用间

一 对酒开怀

除了老聃，孙武生命中遇到的另一位重要的白发人是伍员。

伍员（字子胥）曾是楚国一位文武兼备的官员。楚平王在“父纳子媳”的丑闻传开后，听信谗言，杀害了直言进谏的伍奢、伍尚父子。伍员（伍奢次子）一路保护太子建夫妇逃离楚国，经吴楚交界昭关时，面对严加盘查的关口，三十多岁的汉子竟然愁成白发白须，为后世留下了“伍子胥过昭关——一夜愁白头”的谈资。他后来帮助阖闾刺杀吴王僚，夺取王位，又以“安君理民”之策，辅助阖闾大行强国兴霸之道。在吴王阖闾身边，伍员一言九鼎。孙武的著作杀青后，把伍员看成第一位读者。伍员不愧为经文纬武的相国之才，他对《孙子兵法》大为激赏。

应该盛情款待这位难得的知遇之友。

孙武忽发奇想，把招待伍子胥的宴席，安排在山腰的“之”形路上。这儿，正好有一块碾盘状的大石，背靠着倚天峻峰。围石而坐，面对脚下的沟壑，远方的开阔地，极目眺望，了然无碍。

在伍子胥面前，孙武不光高兴，而且显得无比坦诚。伍子胥已是他的至交，是当今能够了解他并能举荐他的唯一的人。

二人品茗间，仆人已将菜盘摆好。当中三三见九，四角各一，共十三盘，俗称“十三花碟子”。荤素色彩搭配都有讲究，肉、菜、菌、果齐备，虽以自家出产为主，却以新鲜可口见长。自酿的玉米酒，也有个俗名——“跟斗酒”，意思是酒味过深，量小的人难以自持，头晕如翻跟头。

陶罐蜡封，刚一开启，即有玉米酒的醇香扑鼻而来。

二人握着杯盏，相视一笑。

孙武开口：“伍兄，农家菜，家常酒，虽薄淡，却味长。请——”

伍子胥未答话。他端起铜杯，一饮而尽，亮着底儿朝孙武晃了一下。

如此三杯过后，伍员才说：“十三花碟子，还不隆重？过谦则诈。‘兵以诈主’，用上你的兵法了！”

孙武急忙摆手，诚挚地说：“以兄之恩义，七珍八馐、山珍海味、宫廷大宴、王室美酒，这个等级的款待都不为过。没有兄的抬举，我孙武哪有用武之地？”

“过头了吧？”伍子胥也很真诚，“贤弟何等人也！当初我们相见，尽管来去匆匆，仓促一面，我已有如遇圣贤的惊喜。兵法十三篇，我是目睹第一人，今生大幸呀！‘非王者之师不辅佐’，贤弟这么说，绝非狂言，而是大胸襟的展露。能够尽菲薄之力，让贤弟大展雄才，当是我的殊荣呀！”

“兄长何必溢美呢？当今乱世，救人匡世，有天下胸襟者，为数不少。但能有机会走上权力宝座的，可就微乎其微了！知遇之恩弟当没齿不忘！”说着，又添酒，举杯，二人连饮三盏。

盘中的青菜、瓜菇、芋豆、香椿、木耳，还有山鸡、野兔、鲤鱼，都做得色味俱佳。十三大盘，两个人对坐，怎么着筷也下不了多少。伍员望着磐石上满当当的菜碟，诡秘一笑说：“贤弟是个有心计的人。《孙子兵法》，篇篇精于筹划，充满算计。今天这‘十三花碟子’，在十三篇兵法完成之后摆出，不正是一种欣悦的庆贺？这‘十三’，我理解是你的蓄意所为。以一为始，以十为满，以三为成功；始终如一，志在必成。可以说，天地人意，合成一书！不知贤弟以为如何？”

孙武只是淡淡笑着，没有回应。

“当然，还有一说——”伍子胥以竹筷点着面前的碟子，“如这‘十三花’，当中三三见九，整齐的方阵，如兵马排列，四方各有响应，或者说四面开花，或者说畅行四方，我这是瞎猜，是不是牵强而离谱？”

孙武忍不住哈哈大笑。“想不到兄长这么敏感、有趣！这一层，我确实没有想到。不过——”

“什么？”伍子胥瞪大眼睛，期待地望着他。

“这罗浮山，又名柱石（十）山（三）。十三根石柱，都有倚天之高。我在罗浮山下著书。因山而得名，此说也算其一吧！”

“好！又是个天地人意！还有什么？”

孙武是天机深藏之人，即使面对挚友，又在酒酣兴浓之时，也没有完全掏尽心底的埋藏，当年母亲告诉他的那些隐秘，终于没有讲出。

“哎呀贤弟，我敢说天下人无一个能料出这野旷荒滩，能有一人作出兵家圣书！”伍子胥说罢，扭头望着下面的宏阔野地。霭霭烟云之中，那一片平畴，绿地阡陌，显出山边田园特有的恬静。

孙武连说了几句“岂敢这么评论”，也不由得把目光投了过去。坡下那一方碧绿的菜园内，七个黄褐色的土疙瘩虽然仅能目及，但构成的“北斗星座”却是那么逼真，而自己平时居住的“天权”，在曲折的连线之间显得尤为抢眼。

“不是我故意恭维。贤弟的见识、胆魄、才智，天下何人能与之匹配？”伍子胥似乎回到了昨日阅览《孙子兵法》的激奋状态，他那雪白而又浓密的头发下的四方脸盘忽然红胀胀的，说话的声音也高昂了许多。“孙子曰：‘兵者，国之大事，死生之地，存亡之道，不可不察也。’开篇就这么厉害，死生存亡，完全由兵家掌握，写得严森森冷厉厉的，读了令人毛发倒立。‘利而诱之，乱而取之；实而备之，强而避之；怒而挠之，卑而骄之；佚而劳之，亲而离之；攻其不备，出其不意……’如诗如歌，上口易记，真是妙不可言！”

“兄长如此好记性呀！过目不忘，一字不差！”

“还有——”伍子胥的脸色倏地变了，显出诡谲、嬉笑的样子，声音也低了下来，“我听说有人帮了忙，那个俏娘儿崔旦，她为你唱了淫歌，你从中得了借鉴。是不是？”

孙武一惊，但不露声色，平静地望着他说：“何以见得？”

伍员没有答话，却从长裙缁袍内摸出一杆三尺长的大节墨竹六孔箫来。

孙武虽然听说过伍员初来吴国，披发佯狂跣足涂面吹箫乞食于吴市（今江苏苏州市），却从来没有看到这位名士吹箫的真实情景。只见伍员上下拿正了箫管，舌尖在吹孔吐试了几下，就头颅一扬，目光陡然对准了他，低沉得让人揪心的吴地哭丧时妇人悲啼的音调顷刻响起。孙武的心向下一沉，蓦然看见伍员的眼皮眨了几下，眉宇间似乎有一种淫邪之色，音调在一顿之后突然变了，一股骚热的令人情欲顿生的音流从管身漫溢开来。这轻快的短促昂急的节奏，传抒的缠绵滚烫的焦迫私情，令孙武立即想起崔旦。那天，她在烈烈情火、勃勃爱欲中，她不能收敛奔放的激情，又为他唱了更为直白的荤歌——

嘻嘻晕晕，（吸吸吮吮），
可热而不可冷；
姥姥疼疼，（闹闹腾腾）
可动而不可静；
豆豆馍馍，（逗逗摸摸），
可吃（入）而不可撇；
纽纽绰绰（扭扭戳戳），
可慎（深）而不可愆（浅）……

那天，终于让他开闸，那滚滚而下，滔滔奔泻的潮水，是他胸中积压的冰块。那一刻，崔旦激动得以泪洗面，将湿漉漉的面孔紧贴他的胸膛。

他的动情，细究起来，更带有理智的成分。在那个瞬间，眼前不断火花闪耀，这灵感之光，化作了宝贵的兵家箴言，很快出现在他的竹简上：

“纷纷纭纭，斗乱而不可乱；浑浑沌沌，形圆而不可败”①

① 选自《孙子兵法·兵势篇》。

“依我看，这个崔旦不错呀！她可以作为你的爱妾。指日可待的那一天，兵破郢城之后，即可正式收纳。届时，你我兄弟，与她同饮喜酒！”伍员收了箫，将它藏于袍内。

孙武却阴冷着脸做沉思状。片刻之后说：“不瞒兄长，我在婚姻方面，也是心气很高的。过去我做过非夏姬不娶的梦。后来才知道，夏姬不过是掺进了传说色彩的锦图，眼面前的夏姬很难找到。就说崔旦吧，她的容貌，她的情韵，都无可挑剔，但她内心深处的欲望那么强烈，总想着女人之外的事情，把名声地位看得那么重要。我看过她的眼神，那里有一种鹰鹫的凶光。你想想，这种女人待在身边，会是什么滋味？”

“这有何妨？”伍子胥显得很自信，“那时候，你大功告成，名满天下，她能要的，唾手可得。你能要的，她倾情献出。两全其美，有何忧虑？”

“唉——”孙武长叹一声，苦笑摇头。

“不说这个了，来，这一杯要一口闷掉……”

二 揣摩老聃

风尘仆仆的徐甲，正是在这个时候赶回来了。

孙武留住伍子胥，二人一同召见徐甲。

在孙武的菜园住所，“天权”居室的外间，主、宾、仆，三人一同叙话。念徐甲一路辛苦，孙武赐了矮凳，坐在他的对面。

徐甲逮住茶杯，一口气就咣咣唧唧地喝完，自己又去壶边续水。他显然很焦渴，但又很兴奋，仿佛打了胜仗凯旋的将军。

“这老头儿见了，我亲眼见了，把主人的文牍也呈到他手中了，嘱托的事情办成了。”徐甲笑眼眯眯地望着孙武，显得非常得意。

孙武拿着毛巾走过去，递到他手上。在徐甲身边，他看着看着，不由得惊呆了。

徐甲的头发，已由汗水、尘土、杂物粘粘渍渍，凝结成灰褐色的硬块，他的脸孔也敷着一层铜钱厚的黑壳，只有眼皮、嘴唇和鼻孔周围保持着淡红的肉色，而脖项真似黑油涂过而又磨光了的刚刚卸过轮子的车轴。他的衣服破烂而脏污不堪，那片片索索的布片不知是怎么披挂在身上的，脚上那双鞋前破后裂，密密层层地缠着麻绳，与脚掌绑扎在一起。

一股爱怜之情几乎让孙武落泪。他频频颔首，连声叹息，之后对伍子胥说："这是一位难得的武士。他精晓驭术，深谙剑法，又很能吃苦，为人忠诚。他的祖上，曾是姜太公的亲兵，受过封赏，世代为士人之阶，可惜时运不济，没有腾达。"

伍员也踱步过来，在他身边站定。"这回好了，跟着大将军一路伐楚，尽显忠义才华，得一个风光爵位，为老祖先争一份光耀！"

徐甲激动地说："这是我与父亲多年的梦想。可惜家父已经去世，我这次去他坟前烧纸祭拜，伏地痛哭，向他老人家诉说了心愿，让他九泉之下能瞑目安息！"

孙武问："一路劳顿，自不必说。沿途可遇见战事吗？"

"战争吗？"徐甲略一思忖，就信口说开，娓娓絮絮，直讲了半个时辰。他这次徒步而行，历经吴、楚、豫章（舒鸠、随、唐、桐等）、蔡、齐、鲁、晋等国，一个大圈，两千多里，一年又三个月。从整体上看，以楚、晋为首的大集团战争已经终结，但诸侯国之间，国内公室与私家，私家与私家之间，仍有不少征战。在大别山以东江淮之间的豫章地区，那些独立的小诸侯国，不时受到强楚侵扰；陈、蔡也不能幸免，楚军的侵犯时断时续。在鲁国，鲁昭公组织兵力讨伐季氏。去年十二月，徐甲途经晋国，正碰上范子发兵攻打王子朝。在洛邑，楚军与王子朝的军队会合，不时袭击城东的王室守军。应该说，徐甲双脚所踩踏的，几乎三分之一是战火烧着的焦土；而另外的三分之二，早就浇淋过血液、掩埋着尸体、浮载着剑戈，轧满了战车的辙印。

徐甲讲述了这么一件事：这天傍晚，暮色四合之后，他在一处前不着村，后不挨店的野地，由于疲惫不堪，踉跄地靠着一棵大树倒下，呼噜噜一觉睡到天明。这时，他才觉得臭烘烘的气息实在难以忍受，脸颊、胳膊、腿腕，痒痒麻麻，似乎有虫子在扒搔。猛然坐起，盯着地面，才发现树根旁边横挺着一具尸体，那裸露的已经腐烂的腹部，正是他一夜安卧的“枕头”。尸体上面有数不清的蛆虫攘攘涌涌，无声蠕动，难怪他的身上已附着这些淡白色的胖胖的虫子。

“真是不经身历，难睹异事！”孙武感慨地说。

“风霜之厉，腿脚之苦，比我逃国奔吴，还要艰难得多！”伍子胥也有敬佩之意，“壮士！武勇世家，苦心苦肉，没说的！”

“我当年也是逃出来的！”孙武向伍员示意，二人回到案几旁坐下，“咱三人，都是吴国的客人，都要在这儿谋事，命运之神指引，都拴在吴王阖闾这根绳子上了！”

伍子胥满脸昂奋之色：“看来，楚国还没有意识到自身的危机，仍然在逞强撒娇，让它就这么张狂下去，肆虐不止，为害四方吧！”

孙武却沉吟不语，一会儿，才说：“平定天下，中止战争，刻不容缓呀！”

“只要破楚入郢，报了家仇，什么话都好说。”

“说了半天，还没有触及正题呢！”孙武望着徐甲，“李耳先生究竟有什么吩咐？”

徐甲一愣：“没有什么吩咐。”

“有什么书简？”

“没有书简。”

“有什么示意？”

“没有示意。”

“这才怪了！”孙武立即沉下脸，阴冷的气息从那双角梢很长的羽形眼中喷射出来，让徐甲惊悚地站了起来。

“真的噢，我想起来了！”徐甲搔耳挠腮地紧张一阵，终于想起告别那天庚桑楚那些似是而非，模模糊糊的话语。

“李耳夫子，他有个弟子庚桑楚，由他传达了一些意思。我作了几次告别，都没有见到老夫子。没办法，托庚桑楚追问。这老夫子看来头脑黏稀了，不清整了。庚桑楚问他，人家孙武派人专程看望，对那个远路弟子该有几句话回复吧？庚桑楚说，他这么问了三次，老头子才好像记起来了，但却摇头说，我说什么呢？不说了吧！打仗的事，少说为好！庚桑楚说，不说怕不妥吧？人家毕竟是远路探望，情意太重，还是叮咛几句为好！老头子这才搭蒙眼皮，睡着了一般。这会儿是在瀍河岸上，他这么闭眼失神，庚桑楚怕他一头栽进河里，便扶住肩膀摇醒了他。他睁开眼睛，拾起一根柏树枝，要往庚桑楚身上抽，庚桑楚笑着躲开。老夫子把这树枝儿朝上面举了几下，撂进河中，面朝庚桑楚，身子朝后，退着走路。这情形，不知是不是一种寓示，连他这个贴身弟子也吃不准。完了。就这。”

“李耳，真是个弄玄作怪之人！”伍员听得懵懵懂懂，但却肯定地说：“大智者正是这样。我听说他有一套君人南面之术——教你怎样成为君主侯王。他是一位最大的韬晦家。”

孙武沉思不语。

徐甲又说：“我觉得这老汉脑子黏稀了，先前的交往、熟人、弟子，记不起来了，怎么能郑重其事地说一番呢？”

“他不愿言兵，这是实情。”孙武纠正说，“但是，他的思维是绝对清晰的。向后退，这不难理解。以退为进，知白守黑，以不争为争。但这柏树枝儿……举起来……”

“柏举！”脱口而出，伍子胥一下子振奋了精神。在楚国出生成长，带兵戍城的他，平日东巡西杀，南北征战，对楚国的山川形胜了如指掌。“柏举在大别山外，离郢都五百多里，一片开阔地。若能把楚军引到这里，就成功在望了！”

“对！我想起来了。老夫子曾对我说过，他在柏举服过劳役，想来他非常熟悉这儿的地形、地理位置。天助得道之师，此理不谬也！”

三　午夜幽会

巧之又巧，孙武的挚友伍子胥，正是公子建的贴心大将，是崔旦所要寻找的人。当年因反对楚平王偷梁换柱娶走公子建的媳妇，他的父亲和大哥惨遭杀害。伍子胥一路保护着公子建和他的妻子崔申及儿子胜，途中崔申不幸遇难，公子建又在宋国被人杀死。公子胜，即崔旦的外甥，这个命运多舛的孤儿，眼下正由伍子胥收养。

由伍子胥出面，崔旦终于见到了这位小亲人。

由孙武和伍子胥安排，崔旦走上了红粉间谍之路。她要附着的目标是楚国令尹囊瓦。经过层层关节，她走近了囊瓦，并成了她的欢心爱姬。

徐甲从李耳那儿赶回来的时候，崔旦已去楚国半年之久。现在，他遵照孙、伍二人的指示，去楚国寻找崔旦，向她传告新的指令。

由伍子胥派的徒卒带路，顺利到达郢城。他们买通了令尹府的女仆，由她与崔旦秘密联系，商榷约会事宜。

囊瓦其人，官位之高，可谓楚国众卿之冠，而他的暴戾贪婪，也当属群恶之首。他平生只爱两样东西，一是稀世之宝，二是绝代佳人。他身边的爱妾美姬，夜晚须侍宫闱，白天当陪游玩。上朝时分，他要在宫廷议事，这段时间才是崔旦出来的最好机会，但是这老家伙有时临朝的时间很短。为了防止意外，她只能在府内园林门口会见徐甲，显得非常仓促。

“噢——壮士哥。有什么话，快说！”

“……让你设法怂恿囊瓦发兵围困蔡国，下决心灭除蔡国。”

“为什么？”

“孙武带兵伐楚，就有了借口。”

“孙武当了大将军？”

“快了吧！这是迟早的事。”

“我知道了。你走吧！多保重，义兄！”

崔旦说罢就旋即转身，跷着碎步，一阵风似的匆匆远去了。

只留下一个卿家贵妇妖娆艳丽的背影。徐甲的心里既是空落落的，又是憋闷闷的。思索再三，不忍归去。

依徐甲的判断，他如果待在令尹府的某个隐蔽角落，总会有机会见到崔旦。他打发随从徒卒在旅馆歇息等候，自己设法潜伏在令尹府内的花园中。

这座“花园”，颇像古代有名的昏君夏桀建造的“酒池肉林”。在百亩大的游乐园内，假山、奇石、池塘、幽径旁边，一棵棵大树枝叶葱茂。就在这些供人观赏的景物之间，陈设的是一个个妙龄女郎。她们爬在假山顶端，或倚在树上，或站在水池边，整日脱得赤裸，以肉身媚眼取悦主人和他的宾客。主人、宾客可随时与之嬉乐，也可以用弹弓、石块任意袭击，故意听她们发出瘆人的惨叫。一些女郎掉入池水，或爬上树梢，淹死、摔残、冻伤是常有的事。

徐甲进园后还未到达有盛景的地方，即被守护的卫卒发现，几经盘问，就被扣留。徐甲幸有盘费在身，作了贿赂，假以园仆身份留了下来。这天中午，崔旦随囊瓦一行游园时瞥见了徐甲，双方打手势做了暗示。

午夜，月光蒙蒙，凉风飒飒。在老地方，公园门口的紫藤架下边，崔旦悄悄赶来。徐甲怕弄脏了她的衣服，便脱下上衣垫在石头上，拉住她的胳膊，示意她坐下来。崔旦却生气地说："你这个二杆子，没有心眼的愣货！在这地方，斩头剜心就像揪掉一片树叶那么容易，谁让你这么自作多情！"说着，竟捂住脸孔哭了起来。

原来，崔旦是怕徐甲再次被抓，拷问之后露出破绽，才下定心思赶过来的。那令尹老爷对她们三五个爱姬关注极甚，要她们须臾不离左右。尤其是在夜间，囊瓦让她们在别出心裁的欢悦中展示自己，在比较中决定优劣，三日嫌弃者将打入游乐园。在楚国，水秀江南，美女如云，崔旦的姿色不能说是拔尖儿，但她的韵致不凡，灵智过人，又有夏姬的阴功与情意绵绵的歌谣哼唱，便十有八九占得上风。这夜，为了脱身，她苦思冥想弄出花样，香风红浪，梅开二度，老令尹不得不呼噜噜如死猪一般沉沉睡去。

徐甲被她的泪雨泣声搅得心头不安，举起手掌为她拭泪，崔旦猛一拂袖碰得他又抽了回去；他凑近身子将要抱住她的肩膀，她急急后退险些撞在架杆上。

徐甲觉得与她之间是有一条鸿沟横在那里了。那天，初见面的一霎，她仓皇惊惧的神色中，藏着一丝冰冷，那眉宇之间的高贵气息，也是一眼就看得出来的。"壮士哥"，过去这么叫，"哥"带有秦地亲切的向上扬去的声调，还有一股拖音在后。这次，"哥"却成了齐国的平声，干净得不带一点拖音。

徐甲这么一想，便有一种屈尊俯就的屈辱感。他无言以诉，内心却腾起阵阵波涛。想当初，渭河堤边救马，暗中尾随唱歌，槐里镇中定情，无名店内交欢。一个“情”字，胜过老父两只望眼。坎坷路、风霜苦、无限热诚，换来的是几许真心？

崔旦呢，她悲愤交加，又不便发作，只是低声啜泣。

徐甲猛然转过身，语音虽低，却是狠声狠气：“我走了！可以这样了，各走各的路么！”

崔旦没有料到他会这么果决，这么简单粗率。她迟疑了一下，当徐甲走出几步时，又急急叫了一声“呃——”

“我不是没有顾及你。”她走过去，恳意说：“你担负着重要使命，要格外小心呀！再说，咱俩的事，我已经明确地说过了，你早早断了心思，对自己有好处。我冷脸冷心，还不是为了你？而且，今非昔比，在孙武面前，你也是有功之人，出头之日，就在不远的将来。成家立业，还有什么难场？我呢，从始至终，都往高处看。孙武，真正的异人，旷世贤人，兵家圣人，那是我早就想攀的枝儿。这一点，我对你从来没有隐瞒。至于当年那些难中相帮的好处，我是永远不会忘记的。反过来说 ，要是没有我的引诱，你能见到孙武吗？你一人顺着渭河大堤向西不住脚地走下去，姜太公还会坐在钓鱼台下等候吗？”

“……”徐甲被问得怔住了。

“二杆子，愣货，你听妹子再说几句。”崔旦的语气中露出一些亲昵，她把手搭在他的肩膀上，哼哼笑了几下，“你想过没有？当今乱世，乱在人的心都不清整。有的人，心比天高，他明明是拉边套的，偏偏想当驾辕马；他明明该放在下面的架板，却偏偏想着上层的位置。寻找家室也一样，金配金，银配银，陶罐配瓦盆，可偏偏有石头块看上人家玉蛋蛋的……”

“人家孙武能看上你？”

“怎么不行？你说！”

“人家早有妻室了！”

“这我知道。当个小妾，怎样？”

“嘿！”徐甲讥讽的一笑，“等着瞧吧！”

“他可是同我动了‘干戈’的！”崔旦说得那么直爽，那么自信，“他的兵法里，还有我歌儿的音韵。我与他，是神鬼的刀子也剁不开了！”

徐甲不再言语。他慢慢转身，开始走动。

崔旦忽然扑过去，从后面贴紧身子，双手搂定他的脖子。

徐甲站定，双手移上去，握住她的玉手。

无声的相挨、相握。一会儿，手与手松开了。

月色溶溶，如无边的柔柔轻纱，罩住寂寂的院落。两个人渐相遥远的身影，一会儿就消逝掉了。

第二十章

辞别洛邑

一 痛定之后

按照一种流行的说法，如果李耳生于公元前571年，那么，截至守藏室典籍被王子朝劫掳，他应当是五十五岁了。

这个年龄的人不能称之为衰老，但李耳自经了这次变故，却有了明显的老化迹象。首先，他的目光不再像先前那要凝神有力，似有一层褐色的水雾在眼前弥漫，眼珠的底色也染上了一层浑黄。他往昔偶尔露出的笑容已很难见到，板起的脸孔冷峻而阴沉。白天，时而心神不定，急速踱步，绕着门前的银叶杨，或者屋里的几案，一圈又一圈地走动，然后才坐下来思索。夜晚，他睡得不稳，不断翻动身子，失眠的烦恼出现了。

他的夫人希变得更令人担忧。她先是害了一场病，躺在床上一个多月，高烧难退，昏昏迷迷，很少进食。大病过后，留下了两种慢性病——咳嗽哮喘和不规则的心跳过速。

显然希是经受了沉重的精神打击。不要说希，就连庚桑楚和苌姬也觉得王子朝掳走的不仅仅是典籍，还有他们躯体内的五脏六腑。

希能下床走动后，第一件事就是去门外察看，那光光溜溜的水青石有什么变化。苌姬搀扶着她，告诉她伯伯依旧像往常那样，总要在这儿坐坐，庚桑楚依旧像往常那样，遇到风雨就把它搬进去。但希还是走了过去，弯腰俯首，看着那如清水沁过似的碧光莹莹的石面，再用手掌轻轻地拭过去。

随着这一拭，她心里便紧紧缩了一下。她从指头上的灰色微尘，看出老聃今天早晨并没有“玄览”。是的，老聃现在的玄览已没有固定时间。

她挪动脚步，走过去，望着库馆旁边的道路、树木和草坪。看来，这一片休闲之地并未豁然显出颓败破落。苌姬告诉她，他们和几个侍人不仅每天按时清扫这条砖铺路，而且还要把各个库室打扫一番。希的心里又咯噔地一震，她走到附近的库室门口，向里一望，果然，这空荡荡的屋内，收拾得白光光、净生生的。

呵，这些年轻人！他们还对守藏室的未来抱有希望！

希在银叶杨夹持的砖铺路上蹀躞而行，绕过一圈，又回到卧室门前。

老聃就在这时候也回来了。

两两相望。希在惊愕之后，愣住了。

原来，他在瞥见她的一瞬，神情木然，目光又倏地移开，白发白鬓包围着的铜紫脸盘上没有一丝活泛神采。

庚桑楚在一旁陪着，他已经看见了师娘脸上略带忧郁的表情。这些天，跟随夫子外出，街道、河川、田野、丛林，夫子想去的地方都去过了，夫子的性情变化看得明明白白。显然，李耳夫子已经变成另一个人了。

希由苌姬搀扶着走了过来。她站在他的面前，目光专注，仔细审视，分明看到了他眼球的那层浑黄，宽额巨颡上的几条横纹线也深陷了许多，眉宇间的踌躇纹陷得深一些了。

“你们到外面游转了一会儿吧？”希首先问候。

老聃坐在水青石上，抬头挺脸，注意了希的谈话。

“你们到什么地方去了？不会很远吧？”希又问了一次。

老聃虽然目光凝聚，却心有旁骛，竟漠然的没有答话。

庚桑楚笑着说：“夫子还在‘境’中，没有出来。这几天，他早早就起来，天亮之前就赶到洛河边，在漠漠河滩停立观望；天黑前又去北边的高岗上游览，有时坐在车上还心神入定的琢磨。”

希怜惜地苦笑着，不再言语。

老聃忽然说话了。他的目光扫过他们的脸孔，问道：“你们知道吗？

至阴肃肃，至阳赫赫，是什么意思？”

庚桑楚答道：“至阴和至阳，都是在说气候。一个太冷，一个太热，如三九和三伏的天气。”

苌姬更正说：“是地与天吧，不是指天气。”

希没有说什么，但她的心里却很不平静。

过了一会儿，老聃在他与弟子交谈之后，回到卧室，才在希面前有了清醒的神情。

他惦念着她的高烧，以头颅相贴来探测。

“希，天地间只一个希！”老聃浑厚的底音里有一种颤抖的嘶鸣，仿佛山风从石罅中带出的哨音。他在近期的日子里，多次以这种方式揣度她的体温变化。这会儿，眼睫毛几乎相挨相撞，他眼球上的那一层黄膜，鼻梁凹的几重沟槽，被她看得清清楚楚。

“天地间难道有两个聃公？”希回应时，心中的悲凉并没有减轻。

“不，只有你才是唯一的。希，就是希嘛！”老聃的无限情意中，包藏了一个缘故。

五十年前，希出生后，未足满月，便有“嘻嘻”笑声发出。“嘻”“嬉”“希”“稀”，诸如此类的谐音，当地方言中包含“美好”的意思。商卜人一声“哟，看你‘希’的！”，名字便产生了。

三十年前，老聃和希的新婚之夜。洞房门外，闹房的孩子们齐声地喊着：“狸儿——希——”“狸儿——希——”，声声不息，节奏分明，惹得围观的众人哈哈大笑。“这个老虎真好！”听起来就是这意思。后半夜，闹房的人们散去，李耳和希钻进被窝没有多久，窗外突然迸发出孩子们的笑声：“狸——儿——希——了”“狸——儿——希——了”。老聃悄声说：“我是一个希，你是两个希！”希此时正欢娱在他的怀中，她甜柔地说：“天地间只有一个希！”

反过来，老聃自己在感动、激动、冲动之际，也会情不自禁地慨叹说：“天地间只有一个希呀！”

希忽然觉得手指被握得疼痛，强忍着，任老聃双手紧攥。她望着他的脸颜在西窗的光照下老态显现，但蒜头鼻的四周尽是光润润的成色，根根鬓发密札札地扎起，如一团白花花的云朵浮动，高高的眉棱下的眼睛又恢复了原样，白玉盘似的月亮底色上，乌黑亮润的眼球似有一层油油的闪光。

希的心里舒坦多了。她俯下头，伸手解开他的玄色锦袍的衽纽，掀开白布内衣，看见贴着腹部的嫩黄色“婴肚”，那上面的纽扣和套绳悉然如故，只是汗渍垢迹没有洗涤罢了。

“已经不再守呀管呀护呀，丢弃了公务，应该好好歇歇了。”希有意说得这么轻松，“再给你做一件‘婴肚’吧，眼看六月六到了。”

老聃愣了一下，长眉一抖，咧嘴笑了：“好哇，当婴儿，戴婴肚，哭哭闹闹，就由着我了！”

希鼓励说：“那当然，上古传下来的规矩，就是让人像婴儿一样欢实嘛！”

“六月六，送婴肚。”不知从何时起，中原及秦地不少地方约定成俗，这一日由娘家给女儿的小娃送“婴肚”。这“婴肚”颇有讲就，它是用花花绳（五色线）系住的一块布，呈蛙形，正好护住小儿肚皮。由于娃、蛙、娲同音，大红颜色代表了女娲补天练石的火焰，花花绳便是五色石的筋骨，这简朴礼品就此有了非凡的意义。去走亲戚送婴肚的，不是娘家妈，就是姑姑妗妗。这天，乡间大路小径走动的，是一溜一串的老少妇人，因而也成了妇人节。

“狸儿——希了——”新婚之夜的孩子们嬉闹中很有节律的呼叫，让希当即产生了警觉。他是“老虎”，如果再“希”了，还有我的一席之地吗？思来想去，生出一念。到了六月六，她握剪动针，精心缝制，弄出嫩黄色的软布婴肚，并于当天戴在老聃的肚子上。

按习俗，婴儿长到十二岁，舅家就不再送了。老聃已多年未戴婴肚。想不到他对这一抹纯黄的小布品很感兴趣。“蛙”“娲”“娃”，他一一喜欢。贴肌沾肤，让他产生了诸多联想。这一抹纯黄的平整，在希看来，是黄土平川，看你“老虎”怎么施威展势？而在老聃呢，却认为这漠漠黄土，正是茫茫大地的表征。六月六，一年之中唯一的两个“坤”，得此物不是很有意思吗？

希还记得，她当年吟唱了很流行的那支歌，老聃竟让自己连续地唱了好多遍：

娃娃天上跌，
本是黄土捏；
蛙蛙（娲娲）肚上贴，
驱妖又免灾。
身无邪，
思无邪，
安也哉，
乐也哉！

“你还记得那支歌吗？”希再次把额头移过去，轻轻地，额颅相碰，睫毛相挨，“王子朝是个妖孽，他带来的晦气邪气，也需要冲一冲。”

说罢，她把脸拧了过来，双唇撮着，在他的耳孔边，用蝉翼般透明轻亮的声音，唱着儿时喜欢的这支歌。

老聃听得极有兴致：“奇了！这歌让我又回到了故乡，而现在，我已经决定要回故乡了！”

二　老友激辩

“我心伤悲，莫知我哀。”[①]得到守藏室被打劫的消息，苌弘就是这种心情。

“视尔梦梦，我心惨惨。”[②]得知老聃将要弃职而去，苌弘又变得郁闷迷惑。

---

① 选自《诗经·小雅·采薇》。
② 选自《诗经·大雅·抑》。

“你真是像做梦一样懵懂而又错乱，哪知我的良苦用心呀！”苌弘满腹怨气，坐在车上，思前想后，自思自叹。

坐在他旁边的郑杨也不由得轻轻叹气。她的双手握着夫君的胳膊，望着他血红色的长脸上愁云密布，苍白的山羊胡子微微颤抖，很想说几句抚慰的话。但说什么好呢？那个沉稳固执的老聃，他一旦有了主意，谁还能让他更改？

连续几天的大雨，下得这样狂暴，唰唰啸啸，天地间胀满了浑浑蒙蒙的水雾。如果说那看得见的根根雨柱如天降利箭，苌弘此时便有万箭穿心的感觉。

前天，冒着像今天这样瓢泼的大雨，他去寻找刘子，为老聃说情。按刘子的意思，既然守藏室的典籍已不复存在，守藏室也就没有必要保留了。目下王室处境令人难堪，兵卒、军饷和官员俸禄，得靠诸侯济助，守藏文牍这类文备之制，早已是可有可无的了。

“我们如今靠晋国范子的施舍过日子，这情形你不是不知道。”刘子在避雨的临时草棚内盘腿打坐，他的目光中含着从容的微笑，表示了对他的足够信任，“李耳是你的老朋友，这我知道。发给他一些银饷，让他安享晚年，也就是了。”

苌弘在对面的小凳上坐下来，说：“我的想法正好相反。王室越是举步维艰，守藏室越显得重要。目前王室受诸侯看重的是名分，这名分就是天子颁布的纲纪，而典籍正是纲常礼仪的纪年录事。这是王室政权的象征。这一点，连王子朝也毫不含糊。他逃窜时，不抢金银珠宝，不劫良马战车，偏要席卷典籍，他还不是为了占有主持纲常的名分？”

刘子却嘿嘿笑了：“这正是王子朝的致命弱点！他这个人，一直抢虚名，出风头，不从实际着眼。志大才疏的人往往这样，好高骛远，忘了自身处境。我听说他拜李耳为师，李耳也曾有过和光同尘的教诲。看来李耳还是有学问有本事的。”

苌弘忽然离开小凳，向前走了几步，屈膝跪倒在刘子面前，右手贴地，左手按在右手上，俯下的头颅重重地在地上磕了几下：“门人苌弘乞望大宰恩准！”

刘子慌了，急忙上前搀扶他起身。“哎呀苌公，你可是我的长辈呀！有话敞开说，无论如何，我是不能让你老人家有慢待的感觉。如今王室，还不是由咱二人苦苦支撑？你的意思我明白了，既要顾燃眉之急，又要看得长远。李耳夫子也是天下哲人，任用他是王室的荣耀。就照你的话办，守藏室保留下来，该怎么藏怎么收，这一套由你和李耳商量。”

苌弘这才松了口气，他连连朝刘子拱手，感激之情油然而生。

出了简易茅棚，他的心情无比欢畅。雨箭猛飞，喧声如闷鼓敲响，水雾腾腾罩住远方。苌弘的车子一颠一颤地前行，马的脖子忽高忽低，马周身的鬃毛在水浸中光软滑溜，仿佛成了一张薄薄的白皮。

苌弘爱怜地看着马头马身，发现大雨中仍有三三两两的人员在劳作，他们拉绳丈量，定点砸桩，确定将要修建的城墙位置。有了坚固的城墙，加之丧家之犬王子朝已败逃远去，今后王室的正常秩序就有了保障，自己和老聃的晚年生活也将是平顺安然的了。

但是，出乎意料，老聃竟然要离开守藏室！苌姬今早捎话过来，说伯伯和伯母二人商定，要回家乡陈国！

这个天真、任性、执拗的聃大公！还有那个随波逐流没有主见的老妇希！你们是多么荒唐，多么糊涂，多么不近情理呀！

车子沿着洛邑东部的街道，向西渐行。雨势渐弱，天空白朗朗的气色显出，路面的积水浅了，人们陆续从店铺里跑出，他们戴斗笠披蓑衣，逐渐形成灰压压的人流。苌弘的车子行进在人流旁边，经过几个什字，终于在守藏室附近的一家“熙春台”饭馆门前停下了。

苌姬和庚桑楚在门口站着迎候，老聃和希在里面等着。他们如约而聚，很快坐在一起了。

苌弘瞥了一眼老聃，看着他那木然中显出的不易觉察的惆怅，那似乎在表示惋惜。他心底的勃然火气迅速蹿上来了。

苌弘直直地挺着身子，目光凶凶的，并不往他们的脸庞上落。庚桑楚首先为他面前的青铜斛里斟满了酒，再为郑杨斟了一杯，然后才为老聃和希倒酒。这表示，酒宴是为苌弘而设，是答谢，也是告别。

苌弘气愤凛然的神情引起了希的注目，她和婉而歉意地笑着，对郑杨说："苌公一路雨扰风寒，面色不好，有些着凉了吧？"

郑杨望着夫君气咻咻的样子，不知说什么好，只是对苌姬说："你爸喜酒，又不能多饮，你是知道的。下一杯，你就替他饮了！"

苌姬说："以后的杯盏，全由庚桑楚代饮，你放心！"

老聃举杯，目光对准了苌弘，高棱上的长眉和白须白鬓轻轻抖了一下，低声说："我意已决，要离开洛邑，回陈国去。"

希的啜泣之声已经响起。她慌忙低下头，不愿用双手捂住眼睛，尽力克制情绪，眼角的泪珠却滚滚流落。

郑杨慌忙欠过身子，双手扶住她的肩膀，推推拍拍，后来又把头伏在她的肩上，抽泣之声也隐隐可闻。

苌弘冷笑一声，目光凛凛地扫过去，嘲讽地说："'既明且哲，以保其身。'①聃公是明慧之士，危难关头离职而去，是是非非风风雨雨都不会惹上了，从今往后一心过太平日子，正像这饭店名号，'众人熙熙，如享太牢，如春登台'。②眼看就要安享晚年，你们这两个妇人，有什么伤心事值得啼哭？"

老聃在他说话时，眼睛一直耷拉着，青铜斛也一直握在手中。他没有丝毫的情绪波动，平静得近乎呆痴，只是话语接得及时："王室是否风雨飘摇，我已经不再理会。我意欲回乡，可能一去不返，完全是另有所图。请勿误解。"

老聃瞥了苌弘一眼，再次举杯。

苌姬赶忙说："爸，你就先饮酒吧。伯伯请你过来，就是要和你好好叙谈的。"

苌弘阴着脸，猛然抓住酒杯仰脸饮尽。

---

① 选自《诗经·大雅·烝民》。

② 选自《道德经·第二十章》。

希、郑杨和两个年轻人，这才捉起筷子。

“苌公，你是热心热肺，重义重情，这我心知肚明。”希恳切地说，“人总要干自己喜欢，又能利于世人的事情。他这个人，喜好清静，耽于玄想。和你一样，心忧天下，总想着一个治世法儿。思来想去，还是回家乡好。”

“痴心妄想！”苌弘立即驳斥，“陈、蔡是楚国手心里的虱子，被人家捏来玩去，迟早就要掐死的。回到那儿，衣食无靠，纷攘有扰，惶惶不安中，怎么‘玄’怎么‘览’？只怕这老命丢得快了！”

老聃把眼睛瞪过来：“听之任之吧！一个人，如果甘愿处下，没有抢先贪夺之心，他在任何情形面前都会心平身安的！”

郑杨很少动筷子。她忧心忡忡，疑虑重重，对希说：“丢掉了俸禄，也没有多少积蓄，老家又无人依靠，怎么向前掀日子呀？”

希苦笑着：“我心里也没有底。但是，聃公就是这样想了。在家乡，隐山的风光、星夜，涡河的流水、鱼虾，那些务农、养蚕、炼铜、经商的人，让我们惦念。”

苌弘示意庚桑楚又斟了一杯。他喝得太猛，酒汁抖溢而出，落在下巴和山羊胡子上。“洛邑不好吗？天子之都，诸侯共仰；多河多水，一马平川；河图洛书，先王定鼎；感知风云之变，领受甘苦之味，创学说，斥异端，开宗立派，建言献策，得天独厚，四海有哪一处可与之比？再说，守藏室是各地文籍典档归存之所，这些东西都要从你的眼目下过。王室既看重你，你也得到安稳生息的保障……”

老聃闭目摇头。苌弘气得拍了桌子，愤然站起。

“不事王侯，难道就冻馁而死？”老聃睁开眼睛，“反过来我要问你，在洛邑，在天子身边，在赫赫显显、堂堂皇皇的位子上，你所说的安稳生息就保障了？”

“原来你一直怀疑王室的命运呵！李耳！想不到，你是这样的人！怪不得，要逃遁，要归隐，要溜之大吉！你原来是消极的厌世者！”

“苌弘！你哪里像个乐人？乐者敦和，圣人所乐者，为善民心。如今周王室，哪儿有一点与天地同和、与民心为善的迹象？你被豢养着，吃香喝辣，为的是某一日做了祭祀之牲，人家熙熙雍雍，如享太牢，如春登台，你却像这——”老聃用筷子指着面前的一碟香辣牛肉，“成了人家的盘中餐了！”

苌弘爽朗一笑：“这有何憾！不就是一刀子么？乐者与天地相合，圣人为善民心而乐。‘天生烝民，有物有则。’①无王室怎能有诸侯？无诸侯怎能有国有土有家有民……”

希与郑杨分别上前，拉着自己的丈夫坐下，制止他们争吵式的辩论。庚桑楚默默站着身子，难堪地握着酒壶；而苌姬呢，因极度悲伤，早已伏着桌面埋首而泣。

三　“苌”“楚”分别

就在这几天，苌姬和庚桑楚都有一种踌躇和忧虑，一种不快的预感迅速产生。他与她之间的坎离之叠、阴阳之合，怕只能留在日后的记忆中了。

苌姬最初听到伯伯将要离职，将要回到故乡陈国的那一刻，便思前想后坐卧不宁了。自己何去何从？是跟着伯父、伯母、庚桑楚一路东去，尔后在陈国安家，还是回到家里长住洛邑？如果说自己先前负气离家，全然是对父亲的愤怨，那么，如今这胸中的块垒已不复存在。她不仅理解了他，原谅了他，而且被他为王室献出耿耿忠心的精神所感动。再说，父亲的处境，不免让她担心。伯伯多次警告父亲时那些咄咄逼人的话语，如针刺扎心，悸颤难忍。母亲为父亲卜的“未济”卦，难道不是上苍的提示？再说母亲在孤独与衰老面前，生命已剩下最后一段里程。“哀哀父母，生我劬劳。”②人只有在自己历经了一番风雨，躯体与心灵成熟以后，才能体味出这两句谚谣的涵义。苌姬觉得自己的一颗心又回到父母身边了。

庚桑楚似乎有所觉察，或者说，他敏感的内心能够感悟。他本来就是

---

① 选自《诗经·大雅·烝民》。

② 选自《诗经·小雅·蓼莪》。

一个心细多思的人，于是采取了等待、回避的策略，再不去主动热情地接触苌姬。

就在这当儿，尹喜急匆匆赶回，同行者还有那个孔丘的得意门生南宫敬叔。南容是奉孔夫子之命专程前来慰问老聃的，带来一束用漆布裹着的油光黄亮的腊肉。

苌姬见到南容，一霎间，她忽然有一种“振振君子，归哉归哉”①的感觉。这个人，毕竟有过好感，有过一缕慕念。恰在这当口，在她情思的忐忑中，他出其不意地赶来了。

苌姬当时正在井旁打水，准备为伯伯洗衣服。南容自老聃的卧室走出后，看见了苌姬，径直走了过来。正巧庚桑楚在附近的银叶杨树下收拾蟋蟀盆，南容也向他喊着招手，于是他也走过来了。

苌姬只觉自己的心跳加快。她的目光久久地落在南容脸上，觉得他的身上有一种显而易见的东西：纯正、自信，和以前相比，这个正人君子似乎成熟老练了。他奉行孔夫子的教诲：君子无处不敬，无事不慎。见了李耳夫子的门人，两位曾经相识的友人，“恂恂如也”地拱手行礼，又“愉愉如也”地上前执手叙话。

苌姬取了小凳，端来茶水，在井旁的树荫下他们坐下来了。南宫敬叔详细询问了王子朝劫掳典籍的情形，又了解到老聃夫子将要离开职位返回故里，他连连惋惜地叹气，非常讶然。

“守藏室，肯定会经久不衰地办下去！”南容分析说，“这儿是瑰宝云集之所，是华夏文化精粹之地，哪个有识之士不仰慕呀？李耳夫子怎么不看重它呢？莫非在陈国公室另有高就？”

苌姬无奈地说：“夫子是极度尊严的人，总觉得自己有失职的责任。这或许是他内心的想法。”

庚桑楚驳斥道：“你是自己揣度吧？错了！夫子心里最沉重的念头，是悟出自己的道。在这之前，已经有迹象了。我已经看出，他玄览时常常不

① 选自《诗经・召南・殷其靁》。

能守静至‘笃’，说明有新思绪的飘忽。现在明确了，他要探寻万物和宇宙起始的本源。这将是他苦心求索的道。”

南容困惑了：“道，不就是道路，是‘率性’，是大理，是法子么？怎么还有别的意思？”

“我也不好说，夫子还没有告诉我们。”庚桑楚也很纳闷。

“在守藏室，一面收集文典，一面探求，不是很好吗？”南容记起孔夫子与尹喜的对话，似乎明白了一些。他歉意地瞅瞅他俩，犹豫了一下，诚恳地说：“主张清静、谦下的人，都不愿招惹是非，卷入激流，最后就遁入山野无人之地。在王室，在洛邑，有争斗，有风险，因而还是回到乡下安然。李耳夫子是这个取向吧？”

苌姬沉吟了一下：“伯伯对王室确实厌倦了，不仅自己是这样，还劝父亲也弃官离职，不要陷入王室派系瓜葛之中。”

南容“噢”了一声，大有遗憾之情：“王室，这是天之骄子执掌天下的地方，谁不想在天子面前俯首称臣呢？孔夫子为了推行他的大道，主张门人们到各国去，出将入相，谋个一官半职，这样方可展示才华。我们已去过齐国，看来很不顺利，还要继续奔波，直到成功就职。孔夫子还提出‘兴灭国、继绝世、举逸民’的主张，待灭亡的国兴起，绝代的帝王接续，隐逸的贤人起用，天下的民众都会归心于天子，那时候，穆穆王室，肃肃王命，就会重现昔日之光的！”

苌姬被他说得兴奋起来。她的眸子熠熠发亮，伸过手掌拉住南容的衣袖说：“这正是我父亲和全家人所期待的，让这一天早早来临吧！”

庚桑楚本想与南容争辩一番，但看见苌姬兴致盎然的样子，便不再言语。

苌姬的认识明晰了，她有了取向，有了主意，决定暂时留在洛邑，不随伯伯而去。

她现在心头重重压着的是一种歉疚感，是难以面对师兄和情侣庚桑楚，“小桑树”“楚楚”“痴货”“温温恭人”，你这无比笃诚的学长，最亲密的灵魂共一的人，如今我要与你分别，有可能就此分手了！

黑沉沉的夜幕冷冽冽的风，声声慢的脚步阵阵紧的心。苌姬敲开了庚桑楚的房门。

在细小蜡烛昏昏晕晕的光线中，庚桑楚直着身子坐在桌前，头靠墙壁，把脊背的直面挺给了苌姬。

苌姬明白，他什么都感觉到了。

她定定地站着，沉默了一会儿，以低柔的声音，单刀直入："就要分别了，我来告诉你。你们走，我，还得留在这儿。"

庚桑楚没有答话。他的脊背仍然正正直直地挺着。

"楚楚，我亲爱的兄长，难道你不能谅解吗？"苌姬说着，动情地扑过去，头挨住他的肩头，双臂贴着他的前胸，双手紧握他的双手。

泪水汩汩，涌过脸颊。

庚桑楚不为所动，猛然抖动胳膊，把她的双手甩开。

苌姬止住了呜咽。她抽出双臂，身子移开，向后退了几步，坐在床沿。

庚桑楚转过身，他已经泪眼模糊，脸孔似乎瘦了一圈，颧骨耸得更凸："没有料到你会这样。好了，交交黄鸟，海阔天空，你可以飞得更高了！"

苌姬觉出了他话语中的讽刺意味，本想反驳，但他伤痛凄凉的神情又让她深深不安："我的父亲、母亲都已到暮年，我怎能忍心离开？洛邑毕竟是生我养我的地方。你们一路东去，就此分别，我心里能好受吗？尤其是不能与你'鹑之奔奔，鹊之彊彊'。[①]我怎能不痛断肝肠？要不是王子朝带来这梦魇般的厄运，安定的生活一如既往，我们怎么会劳燕分飞？"

"不对吧？"庚桑楚转过身，用非常诧异的目光望着她，"即使没有王子朝之劫，你也会与我分手的，'苌楚'这种果子总要被人一刀切成两半！"

"你……你……怎么这样说？"

庚桑楚说："'邂逅相遇，适我愿兮。'[②]有人把你的心弦拨动，让你另有钟情，有一种适愿遂心的感觉萌生。"

① 选自《诗经·鄘风·鹑之奔奔》。

② 选自《诗经·郑风·野有蔓草》。

苌姬勃然而怒："胡说八道！我哪里有见异思迁的意思？我留在洛邑，跟男女情爱有什么关系？"

"怎么没有关系？如果'苌楚'是一只浑全果子，任凭雨打风吹，鸟鸽虫咬，它都不会改变心质；即使从枝头掉下，滚入沟岔，也是一枚完整的果子。"

苌姬哑口无言。她忽然有所颖悟：他虽然说得刻薄，但却击中了她心底的暗流。她对南宫适的好感，加重了留在洛邑这一抉择的分量，而自己将追随这个彬彬学人去鲁国，也是有可能的事情。

苌姬羞愧难当，她深情地伸开双臂，正面把他紧紧抱住，眼里泪光闪烁，啜泣不止。"我……没有……法子，感情……是真心的驱动，我就是这么想的。《诗》的品质是纯真无邪。我不能骗自己，也不能骗你。实心实话，我也许看中南容了。"

庚桑楚再次气恼地推开了她，之后他竟然蹲在地上，抱头痛哭，大放悲声。

庚桑楚从来没有如此恸哭过。他的没有拖音的吼叫般的哭声，如驴子被宰杀时挣扎的狂嘶。

苌姬急急慌慌摇着他的肩膀说："哭什么？能不能做个振振公子？为了这么一点个人情感的事，还放声号啕？"

"我哪里是为自己？我是为夫子的道而悲哀！"庚桑楚抬起头，满脸激愤，"连你都不能追随，不能推崇，夫子之道还能显耀么？而孔丘那边，倒是如北斗星一样炫目。好了，道不同，不相与谋，你快快走吧！"

苌姬只觉一把锥子狠狠戳进了她的肉身，浑身不由得一阵战栗！她很想分辩，但又想不出话语；而庚桑楚怎能容她多说，推推搡搡，竟然把她如赶瘟神一般强行弄了出去。

第二十一章

东归途中

一　老树、风雪

晕晕乎乎，昏昏迷迷，坐在水青石上的老聃双目紧闭，他几乎进入梦乡。

水青石旁边侧身而卧的是希。她已经在猛烈的咳嗽后睡着了。

这是车厢内的情景。庚桑楚呢，在车后大步随行。本来，他在车前板上坐着，与驭手左右对称，但那驭手不时下车拉绳弄轭，怕车子失去平衡，也怕挣伤了马，庚桑楚索性跳下来了。

一路向东，出了洛邑，在郑国的西部，几乎是贴着黄河前行了。平展展的黄褐色土地，这望不到边际的沃野平畴，在急驰的马蹄和车轮的频繁滚轧下，在接受了无数生命的牺牲之后，它不得不换上更自私也更人性化的“姓名”——由公田转到私家“地主”名下。这个年代的血腥争夺，以其最甚的残酷，在中国历史上堪称罕见。作为代价和补偿，便是一种新体制的诞生。

井田的方块与新兴私田的多形，在高秆高粱与稠密谷子的覆盖下不能显著呈露。看来衰弱的郑国近一二年还算平静，遍地庄稼葱葱郁郁，一派丰茂，并不因干旱而萎靡。但路边随处可见的饿殍，歪歪斜斜的破败茅庵，作物庄稼的鄙人们的灰头黄脸，又把凄惨的气色还给了大地。

庚桑楚曾经听过老聃夫子和一些客人议论过某些诸侯国的情形，知道土地兼并或买卖后出现了新的世态。奴人已很少存在，农人多为雇人，或租种户，其间的经营活便了，耕种者一般可得三分之一的收获，这就大大提高了他们劳作的自觉性。另一方面，土地的主人频繁更换，权贵者的竞争更激烈了，他们的贪欲日益膨胀，即使在灾年也要征足田赋，农人之苦悲就可想而知了。

苦中作乐，以乐解忧。以“郑声”著名的郑人喜好情色之乐，路边田间除了可闻久役不归，怀念远人的相思之歌，邀盼情人同车同行相约相欢的撩人之歌，还有煽情挑逗公然暴露阴阳之交的淫荡之歌。庚桑楚原本在车后匆匆忙忙地赶路，谁知一个弯腰薅草的女子抬头看见了他，竟一边向他招手，一边浪声浪情地唱起《褰裳》，唱毕还高声喊叫：“狂童哥，你的身子长，‘且’也长吧，何不与小妹狂一回呢？”

他有些诧异，但随后又心生敬意。人呀，当现实的狰狞，世间的苛刻，搞得你喘喘惴惴，惘惘惶惶，你的本能就生出了应对的智慧，或者说这应对的法子就是一种本能。弱者呵！你不以柔，不以雌，不以让，不以谦去对付，难道想沉浸在苦难中自己粉碎不行？难道这不也是一种自强不息？不也是一种更为积极的态度？他忽然觉得自己的心情舒畅一些了，离开洛邑时的郁郁不乐顷刻化解了。

天空湛碧，游动着粉粉淡淡的白云。北风徐徐，吹得高粱的叶子唰唰作响。草丛中有几只寂寞的蟋蟀振翅，扑棱棱，扑棱棱，车前草宽大的叶子也抖动了。

庚桑楚来了精神，正想扑过去逮，车子却停住了。

他急忙走过去，看见老聃夫子正向东南方向凝目而视，一只手还朝那边指着。

“大树！你看，那棵好大的树！”老聃兴奋而惊异，让他也仔细端详。

噢，一棵古老的银白杨，在一片谷地后面，周围是三五个坟堆，七八株矮柏。这树不是很高，但主杆上面的树冠很大，如一把硕大的伞，撑得半面天空都不见了。

“看，像什么？”夫子问。

“……”庚桑楚思谋良久，“一个大筛子！”

“不是一轮圆月吗？”老聃的眼睛反而闭住了。“明明灿灿，皎皎熠熠。它还在走，向上升移，周围还有云团。下去看看吧！”

庚桑楚忽然明白了：夫子在体道悟道！他伸手搀扶着他，待他下车后，自己又从车厢取了水青石，抱着跟在后面。

这株老树位于一绺台地，所有的光洁莹白的叶片被风摇着，哗哗啦啦响个不停。在碧蓝如洗的天空背景下，显出一个巨大的球体。老聃慢慢走去，目光定定地对着它，渐渐小了步子，后来站住双脚。

他坐在水青石上，稳稳沉沉，很快就有了心如止水的感觉。脑海中，一道光亮闪过，随之进入的是月亮，树冠，八卦风车上的风轮，毛茸茸的苌楚，黯蓝的夜空，谷底的绿地……

那面光闪闪的镜子忽悠悠地移动，时远时近，忽反忽正，飘飘荡荡……

月亮，树冠……一团乳白色的雾气，这位陌生的来客出现了。它是怎么来的？袅袅绕绕，朝树冠移去，渐渐笼罩了银叶杨的枝叶，终而合在一起，又渐渐从树冠脱出。

老聃在入境中期待，他满含热望，但此刻眼前与耳畔均有乱糟糟纷沓沓的影声发生，呃，到此为止了。他睁开了双眼。

庚桑楚看出来了：“夫子这次的玄览不同寻常。他看见了他脸上很少显露的欣喜。他乘机询问：夫子，虚极静笃之后，你觉出了什么？”老聃连一丝沉吟也没有，深陷的眼睛瞥了他一下，又对准了大树，就话语滔滔地讲开了。

就这样，走走停停，随遇而安。有时还会在一个村子或一个小镇待上几天。老聃除了平日喜欢的河流、湖泊、树林、山岗，还要寻找没有见过的景物，如奇异的庄稼、树木、不同植被的湿地，还让庚桑楚了解当地的四时农事中的物候与收种周期。

有时，漫不经心间，阴差阳错地发生了美事，让淡然为之的老聃，探寻天道的路上又前进了一步。这日，庚桑楚陪他在河湾的沙滩上静坐小憩，忽然一阵风吹来，天寒地冷，层层叠叠的乌云从西边天际一齐涌了过来，挤挤漫漫，重重压在头顶。顷刻间，银白的雪片儿飘飘坠落，朔风怒号，打着呼哨。雪乘风势，簌簌加猛，天空仿佛成了混交浑舞的一锅沸粥。

老聃起身，抬脚走了两步，就被一块石头绊了个趔趄。庚桑楚伸手去拉，用力过猛，他的身子竟向前一扑，一头撞在他的肩膀上。他脑门轰然一震，头晕发蒙，微微抬脸，哎哟，茫茫雪阵在悸动，在旋转，在变幻。一个白茸茸的圆球，渐渐变成一团浑蒙蒙的雾气，又变成星空、八卦、谷底……

二　可是宗儿？

宋国是周初分封殷代贵族微子启建立的上等诸侯国。微子启是殷纣王的庶兄，他不满纣王的暴政，没有参加和周的战争，很受周文王敬重。微子启还是孔丘的先祖。可惜这位昔日大贤开创的伟业早已黯然失色，而且，在楚晋争霸的长期争斗中，它的土地人民常常遭到重创。公元前 594 年，即李耳出生前 20 年左右，楚庄王围宋，都城商丘被困数月，人们粮绝柴尽，走投无路，竟上演了“易子而食”“人骨烧火”的惨剧。

宋国严重衰落之后，又于公元前 522 年，即李耳丢官的前几年，发生华氏之乱，经过三年惨烈战争才结束了内乱。而李耳的儿子李宗，一直在宋元公的军中服役，他参与了这场战争，至今还是公室军队的成员。

老聃夫妇这次东归，第一个愿望就是与儿子团聚。陈国与宋国南北相邻，一条涡河相隔，老聃小时候常常蹚过涡河和那边的孩子一起玩耍。看儿子要紧！车子沿着东西官道径直去了商丘。

在馆舍住下后，立即托了关系，把音讯传给了宗。

但是，三天过去，还不见宗的影子。

“君子于役，不知其期。”①老聃和希长期瘀结于心的一个赘疣，就是不知何日能够见到解甲归来的儿子。以老聃反战的坚定，斥战的激烈，咒

① 选自《诗经·王风·君子于役》。

战的无情，居然还有一个事军从戎的儿子，除了让人匪夷所思，还能另作何解？唉声叹气，或者低声啜泣，以泪洗面——希思念儿子时总是这么忧伤。

老聃在郁闷之后不久就好似麻木了。具体的生活状态，老聃总是不合规范。他心不在焉。他沉浸在自己的冥思中，掉进玄想的深井里，这种孤僻的慰藉别人很难理解。

浑浑噩噩，恍恍惚惚。老聃自丢官之后，不时现出这种比麻木还要厉害的变态。神游、梦想、玄思，在兴奋的或是沉湎的状态中，世俗的人情物事已经与他无关联了。

此刻，在馆舍，由于儿子宗三天不来会见，希不免焦虑起来。唉声叹气，一声又一声地咳嗽。而老聃在一旁闷闷地坐着，不吭不语，形如木桩。

“不是说宗儿升卒长了吗？”希伸过手，拉拉他的衣袖，“是训练紧张，还是出了什么事？叫人揪心得要命！”

老聃搭蒙着眼，仍然一声不吭。

希侧身而望，看他依然如故的神色，只好苦笑了。

这天晚上，已是临近子时，急促的敲门声响过。李宗带着一名徒卒赶来了。

“宗儿！宗——儿——”希看见了儿子，一身甲犀铁胄严裹的身板硬朗的宗儿，端端正正地站在面前。

“爸——，娘——，儿子见到你们了！”李宗高喊一声，立即跪倒，伏下身子，额头触地，半晌才起。老聃和希坐在床沿，看着儿子行礼。希在开颜嬉笑的同时，泪水汹汹而出。

老聃在这一刻浑身战栗，脸上肥厚的腮肉也抽搐起来，花白眉毛在高高的眉骨上跳了几下。“宗——是我的那个宗娃子吗？”

“宗儿，是宗儿！”希急急过去扶住儿子的肩膀，“快起来，快！”

李宗久久跪拜不起，等到抬起头，那双泪眼已是湿渍渍的了。

徒卒把一包果脯腊肉放在桌上，又点了两根蜡烛，就退避到门外去了。

在逼仄的斗室的明明光晕里，三口之家的成员由难得一见而互相仔细

端详。这一霎间，他们目光的含情超过了一条大河的含蓄。

“对，是那个宗娃子！”老聃揉着眼睛，又望了儿子一眼。

“宗娃子”，老聃三十得子，当时的喜悦振奋难以言表，唯一声土气的大有深意的昵称，才可抒出胸中一缕爱意。在家乡，得男孩为大喜。娃子出了满月，大人抱出屋子，人丛中便有恭喜者上前摸住孩儿鸡鸡，叫着“牛牛娃”，惹得周围人你摸他也摸，抚不释手。“白球”“球蛋”“大牛”之类的乳名就这样诞生了。老聃当年也一样抱着刚出满月的娃子出门逗乐，有人建议他给儿子起名“牛”，他嫌俗气，但又确实为人们这俗气的本能追求所打动，顺情一改，“宗”便叫出口了。

“宗娃子！身在军旅，我看你倒是很强健的！”老聃分外惊喜。

“呃——”希高兴得连声咳嗽，紧紧把儿子的脖子抱着，“军旅之人，头颅没在自己肩膀上长。孩儿，东荡西杀，南征北战，你不怕吗？”

“男儿的一腔血就是在战杀中放的！不放贱血安得为贵人乎？”李宗望着母亲的脸庞，说得从容而郑重。

李宗是十六岁那年，从寄养的舅家出逃从军的。北面的宋国常常遭受楚国欺凌，宋元公为了招募兵丁，壮大军队，采用“重甲轻徭”方略，即给参军的人发重饷，其薪给相当于十倍的徭工。宗自小喜欢剑术，生性爽刚，胆大豪勇，在公室卫队两年后就升为伍长。华氏之乱中数次被叛军包围，都是他率先冲杀突奔而出，肩膀和小腿留下箭矢之伤。宋元公临终时，他已升为卒长，手下统领一百二十名徒卒。他身处的兵营，人人比胆气、比拼杀、比战功、求擢升，开嘴出言都是一句话：“战场见高低！”闻听有战事，人人捋袖子甩拳头欣喜若狂，打完仗领了赏怎么痛快怎么玩。“这年头多好哇！有失有得。老天爷是公平的！”

正当李宗雄心勃勃，瞅上旅大夫的军阶时，新继位的宋景公改弦更张，另立新政。这是一位重道义、行王道、守雌含垢、受人爱戴的君王，他的施政中心是减轻庶人疾苦，体谅臣僚艰难，以博大的仁爱之心，换取国家安宁。他把自己的君位看得很轻，自然，兵制武备就更不在眼目中了。已然一年，军费锐减，装备未增，训练停滞，据说还要裁冗，士气已经冷落到冰天雪地，哪儿还有提职升阶的可能？军心涣散，传言频频。有人说晋国的私家势力发展迅猛，他们注重招揽人才。范氏、魏氏、赵氏势头强劲，尤其尊重兵将之才，常有破格擢用的举措。前些日子魏氏派人来宋国，经秘密联系，已有几番接触，李宗若投奔过去，先给个“旅大夫”不成问题。

原来，李宗正忙于和魏氏家族暗中秘议，才迟迟赶来见父母的。

“儿呵，你千万不能去晋国呀！”希的声音里带着哭腔，“那儿乱得简直是风搅雪了。先是六卿执政，如今是七卿、八卿，谁也说不清。公室成了野虫吃尽瓤子的空壳儿，栾氏、郤氏、胥氏……当年何等显贵，如今都降为平民；范氏、刘氏、魏氏他们，虽然是名门望族了，难保还不再垮下去。”

“这多好哇！苍天有眼，世道有望了呀！”宗却得意地哈哈大笑，“难道天子公卿、豪门贵族世代相袭绵绵不绝就好吗？如果那样，有抱负有才能的庶民、百姓、鄙人、奴人何日才能出头？人生多短暂哪！谁不想显贵于人？谁不想光宗耀祖？魏氏那儿需要我，我也需要魏氏。现今不去，更待何时？”

“光宗耀祖？”老聃忽然面有厉色，目光中有一种冷凛凛的气息，语音沉沉地说：“升了职务当了将军成了贵族就显耀了？显耀了又能如何呢？你能让眼睛看得更远一点吗？这世道，如果照你所想的那样，强者、弱者，富者、贫者，不断地变化就好了吗？夏、商、周以来，成败存亡之变，多少人死于非命，多少人沦为奴人。”

“爸，我的老父亲！”宗站起身，双手打拱，打断了他的教诲，“你的主张我明白。请不要多说了。这么走过自己一生的道路，我乐意为之。不争，谦让，守雌贵柔，合光同尘，这么为人处事，我着实不愿意，也根本做不到。”

“宗儿——”希只觉心中填满了苦楚，声音颤颤地说：“父亲的话是有道理的。你要多听听，多想想，不要贸然行事！”

“娘，当年你和父亲对我那样娇爱。我是一个牛牛娃、宗娃子呀！我要凭自己的本领去闯荡，即使战死疆场，碾尸车下，又有何怨何憾？你们应当鼓励，应当为我高兴。明天，我们一行二十多人，将在这个时辰，刺杀宫廷卫士，夺门而出。”

“宗儿……”一声悲惨的哭声，终于没有酣畅吼出。怕人听见，希压着喉咙，在尽力克制中，身子却倒下了。

母亲的昏晕，让宗慌乱了手脚。他把娘抱在怀中，哭喊不已。

一会儿，希苏醒过来。“宗儿，你能听娘的话吗？”

宗望了母亲一眼，沉默不语，但头颅却偏过去，昂昂地挺着。

看到儿子这么执着，老聃反而释然了。他自语道：“夫物芸芸，各复归其根……”①

宗回过头，疑惑地望着父亲：“爸，你同意了！”

老聃无奈地说：“看来，我们……不是……一条……”

“一条道呵！”李宗急忙接茬。他把脸孔贴近母亲的胸膛，愧疚地说：“娘，你要原谅孩儿。等孩儿当上将军，一定回家探望你老人家！”

三　老窖、老娘

鸾铃锵锵，马蹄骙骙。庚桑楚衣锦还乡了。

这二马一车还是苌弘在洛邑送给老聃的。迢迢旅程，全靠这奕奕之马，煌煌之车，才得以顺利前行。抵达商丘，找了馆舍，师母就让他立即回乡探望母亲，并安排车马送行。

“把这衣服捎给你娘。”师母递过一个蓝布包袱，里面包着一件雪青色的绸布大袖衫。

庚桑楚坐在车厢正中的位子上，怀里牢牢抱着包袱，身板尽量挺直，面孔微仰，正所谓正襟危坐，目不斜视，一副达官贵人巡游四方的派势。“这是第一次，也可能是最后一次。”他有意做戏，让自己来一番公卿大夫的感受。但很快他又涩酸地苦笑了，沉沉的失意笼罩了他的心头。

① 选自《道德经·第十六章》。

“苌姬，你为什么不随着我来呀？”

他首先想到的是负心的苌姬。那天晚上，苌姬被他推出门外，但她悽悽怆怆地还来送行。这灵慧才女，当初为他正仪表，同他养蟋蟀，二人习《易》谈《诗》，侍候夫子玄览，共经风雨劫难；二人逢九幽会，乾呼坤应，静策动随，由阴阳之和体道励志，发出要为人间“于穆不已”孜矻劳瘁的宏愿。苌姬呀，如果此行有你，我们一道回家探望母亲，她老人家的盈盈笑脸该会多么动人！

车子向南行驶，过了涡河，再折向西去，沿着坡势缓斜的土疙瘩路来到一座塬下，在一条逶迤小道前停下了。十年前，他就是在这儿和送别的母亲分手的。瞥了一眼料峭春风中的桑林和小路两边光秃秃的田土，心就忐忑起来：娘呵，你一个人过得怎样？

庚桑楚向驭手作了交代后，独个儿捧着师母送的包袱向带子塬上的“洞洞”走去。

“洞洞”即家，即缘地掏土开凿的窟穴，书简上称“陶穴”，当地人叫“洞洞”。庚桑楚曾经在库馆里见过周人的自述诗，内有“陶复陶穴，未有家室。”①可见这种原始的土穴是不能当家室用的。七零八落，窄窄的带子塬上布满了这种古老的“住宅”。远远看去，搭着半人高的茅顶的穴口，星星点点。弯弯的小路穿连其间，路两旁长着抗风耐旱的白蒿。不知什么年月留下规矩，这里的白蒿不能割不能拔，不论是春三月水灵灵的茵陈还是三九天硬挺挺的蒿柴，都要让它们年复一年的荣枯生死，在雨雪霏霏、飘风拂拂中动静盈虚。这连片乱蒿除了地面呈现一派芃芃生机，地下也形成了一层密密根结。只有这蜿蜒小路，被人们的脚板踩得白光光的。

庚桑楚眼看到家时，忽然心里凛凛颤颤，浑身都有冷沁沁的感觉。分岔后的这段约有十丈长的小路，几乎被灰黄的蒿秆锁住，唯有当中窄窄的一条缝隙可以插脚，可见已很少有人走动了。

“娘呵，娘——”庚桑楚奔跑着、呼喊着，双脚双腿撞得蒿秆喳喇喇响。

---

① 选自《诗经·大雅·緜》。

到了穴口，揭开上面苫的笆盖，庚桑楚鼓足气力又叫了一声“娘——”。

没有回应。

他又急又惊，一身热汗沁出。噔、噔、噔，一边下台阶，一边哭着急急喊叫。

“噢——楚楚，楚楚……”娘的声音，低柔清亮。

“娘，我回来了！”像燕子回归檐下时扑棱着翅膀那般亢奋，他脚下生风，一口气跑到底下的洞室。

如人们常见的穹隆式窑洞一般，下面是左右两面的窑室，一为厨房，一为居室。他的母亲正在居室口儿席地坐着，身下铺着一层厚厚蒿秆，腿上盖着麻布、棉絮、桑叶拉扯一体的“被子”。庚桑楚一拧身子就看见母亲了。母亲的苍老委顿是他难以想到的。他扑过去双膝跪倒，双手与母亲的手团团相融。

“娘，你怎么成了这样样？”庚桑楚痛苦地用家乡话发问。

“娘好着哩！好着哩！”娘的目光反倒诧异了，“这是楚楚么？楚楚，真的是你吗？”

“娘，才十年呀……”庚桑楚的心揪得生疼。母亲的头发已变成根根银丝，且稀疏得遮不住通红的头顶，脸孔消瘦多皱，两腮凹陷，眼睛好像不易睁开，老有泪水在眼睑上粘着。

母亲的两臂被他的双肘衬着，任他怎么向上托吊，就是不能起身。

她一屁股蹲下去，艰难地喘气，并急促地问：“楚楚，能不能跟娘先说话话？”

“能呵！我回来就是陪娘说话话的。”

“娘先问儿：你做了官官了？”

“儿……儿做了……做了官官。小官官。儿正在干大事，日后的路宽宽的呢！”

“娘再问儿：你的媳妇娶进门门了吗？”

“儿的媳妇……快……快娶进……门门了。儿的媳妇是……官宦人家的女女哩！”

“官宦人家的女女？想必人家娃读书识礼，能跟我娃一起往前头蹺步步哩！何日能把女女领回来叫娘看看？”

“人家娃正在置办嫁妆，等过了夏，收了秋，就跟儿欢天喜地成‘合和’。儿腾出时间，赶着马马，坐上车车，回咱这洞洞，三叩六拜来见婆婆。”

母亲高兴得身子抖瑟。她接连几次用指尖擦眼，来回拭抚，眼皮挤了几下，终于睁开了，露出血红的角膜、灰黄的眼球，随着咧嘴的一笑又阖上了。

“我儿到底做了官官了，脸盘儿、身板儿都这么朗朗。”她拉住他的胳膊往下扽，待他蹲下后，细致地摸他的头发脸孔，“看来，希姐姐把我娃当自家的亲蛋蛋哩！”

“李耳夫子和师娘对我如待他的娃娃。”庚桑楚把包袱里的衣衫取出，说明缘由，让母亲摸着体会绸料质地的柔滑，再展开披到她的身上。

住下来后，他渐渐知晓了许多事情。在他离家的第三年秋天，雨水绵绵的季节，母亲不慎掉进了已蓄水的窨子，半截身子泡在水里，难以上来。等到邻居大婶下洞，已经过了两天两夜，她几乎饿死。幸亏抱着口儿朝下的木桶，才免除了昏晕之后被淹死的可能。但就此一泡，双腿就再也不能行走。洞穴之苦，在于光线太差，地面潮湿，出入不便。邻居大婶成为她生活的依靠。正是她按时抱了柴火送来麸糠野菜，才让母亲的生命延续至今。

夜里，邻居大婶和众乡亲都来了，洞里洞外挤满了塬上鄙人。这些居住在桑林与禾田之外的高坡地带，如同蒿苗枯秆一般的庶人，他们的先辈是东夷土著，大约在商初被掳至中原，几经倒贩，这些外来族人成了塬边田地的桑奴。他们是中原最穷困的部落，一千多年以来死于饥饿的人比外地高出两倍，被主人处死的人同样很多。他们也是最不安分的人，起事、暴动、抢劫时有发生。诸侯争霸期间，各地奴人渐渐变为庶人，这个部落也随之改变。他们不再是园主的附属品，而是以租种的方式从事桑务。一些人在桑园套种瓜菜，培育桑苗，以桑条编织，勉强度日；一些人仍操匪盗旧业，杀人越货，劫舍抄家，靠不义糊口。塬上穴区，既是贫人堆，又是盗匪窝。这些人有共同的先祖，也有共同的规矩：互帮同生，无助自死。他们在族内很讲义气。庚桑楚的母亲卧病以后，大伙商定让邻居大婶多予关照，吃食用物都是由他们凑集的。

“咱塬上如今也出了人人，楚楚做了官官了！”

“今后遇见了官家旗旗，还得把人人子看清，不然一刀过去咔嚓一下，自家人的性命就没影影儿了！”说话的汉子身背桑木硬弓，挎着腰刀，拍着庚桑楚的肩膀，一脸爽快之气。

乡土、乡邻、乡音，让庚桑楚在动情中想起了秦岭山地，那些坡顶山腰溪口的石洞、石板房，秦佚家的黄牛、毛桃、青石堆。那儿方言，多是亢腔硬调，话语简短，节奏较慢，好多令人懵懂的读音，实际上却是古字和优雅词语，或是其谐音。看来，不论是山地、高原或海滨，偏僻角落的乡土乡音，它们的源流与守藏室的典籍密切相关。

“我儿楚楚，日后还要做大官官哩！”母亲用手揉着眼睛，撮起双唇笑着，高声对众人说。

“你在洞洞里，天天为爷爷敬香上火，爷爷护佑咱娃娃哩！”邻居大婶指着母亲对面的石臼，对庚儿说。

庚桑楚自小就看见娘每日清晨和傍晚，跪在圆圆的石臼面前祷告。东夷土著信奉太阳神，这纯白色的石臼摆在过道旁边，母亲把它当作神灵了。而且，母亲憧憬的伊尹，其母当年就是从石臼里看出神灵旨意的。

庚桑楚在石臼面前久久凝视，深深感觉到了母亲那种期盼的分量。母亲曾多次说，假如儿子日后成才，她宁愿做那棵空心的老桑树。当初在守藏室，他在库馆内翻资料做记录，每次都要刻一株小桑树。母亲的心愿他是知道的。但是母亲在家里经受的苦难，她的朝朝祷告暮暮祈愿的举动，他怎么也想不到。

能不能离开母亲呢？他再三犹豫。但是母亲却执意要他走，而且要早早地走。“儿你做了大官官，娘在阴间也是个笑鬼鬼呢！”

第二十二章

护救佳人

一 战场血拼

这清流淼淼、碧水泱泱的大河，就是有名的汉江么？这水面上的粼粼闪光，透彻见底的明明之色，可是姜太公的灵光所染？

现任吴军精锐之师行长的徐甲，驾着战车，沿着汉江边缘的宽阔地面驰骋时，他得意的目光不时瞟着江水，心中不时涌起阵阵联想。十六年前，渭河大堤上发生的遇合是多么晦气！仿佛是那滚滚浊流淹没了姜太公的灵气，他一路西行始终没遇到好运，后来还在终南山以北那段河堤撞见了崔旦，被这个妖女的娇媚吸引得不能罢休。如今呢，在大将军孙武麾下任职，率领着百名徒卒。按照孙武的精心编制，大部队分为三军，每军一万一千二百人，下边分为十旌，旌下分为十二行，行下分为四两，两下分为五组，每组五人。徐甲带领的四两二十组，既有战车二十辆，又有小舟五艘，可以在水陆双重空间任意穿梭。他乘坐的战车配了专职驭人，插着两面象征着天地的玄、黄二色旗，车厢比一般的战车高大，内中有一个站台，他可以站在高处眺望四方。不论行军还是作战，百名徒卒都会以他为核心，举止进退都得听从他的命令。

发号施令，显能扬威，在战斗的血拼酷杀中尤其令人振奋。徐甲的骨子里就好斗，争强逞勇也是武士之家几百年承传的风尚，因而他整天渴望着在战场一试身手。连续六年，徐甲所在的旌，在豫章地区扫荡了楚军的六个据点，而他的“行”则是全旌的“矛尖”，是最锐利的进攻前沿。徐甲培训的驭手，人人会耍鞭子。紧要关头，长长的鞭梢儿在马耳上面打旋呼啸，挺进敌阵，左一个“黑虎掏心”，右一个“花豹踩背”，那平日调教的战马便如腾云驾雾一般扬蹄奋飞。徐甲在进攻的过程中，一直吼着号令：“催——马——”“搭——弓——”“花——鞭——”“放——箭——”“鞭——打——”“戈——杀——”“云梯——登城——”“开——门——”，他一路狂呼猛喊，有时是焦急得情不自禁，有时是故意吼破喉咙，仿佛肚里积压着久蓄的霉气。手下的徒卒说，他的呼喊太有劲了，就连战马听了脖子上的鬃手都会一根根竖起来！

消灭徐国，攻打越国，攻占楚国的夷城、潜城、弦城、养城、巢城，激战连连，捷报频频，徐甲在亡命的呼叫中成了破锣嗓子。破锣就破锣，要的是胜仗，是名誉，是奖赏，是惬意！

令百夫长徐甲更为惬意的，恐怕无人能够猜到了。别人确实很难想到，令他最惬意的事情居然是杀人。

杀人！徐甲过去虽然上过战场，但只是顶替父亲为齐公室的某位官人当驭手，在官兵的层层护卫之中，或进或退，几乎见不到敌兵。他虽然心中一直想着升擢带兵，却想不到要在杀人或被人杀的台阶上挣扎之后才能得到答案。本来，他是孙武信赖的亲兵，是大将军看重的驭手，但他实在不想被一杆鞭子囚禁在马车上，他觉得梦寐以求的青云路就在眼前。他主动提出要下去任职。孙武冷森森地说：“好吧，先带几个卒子试试。”他是组长兼驭手，“车左”是弩手，“车右”是戟手，另有二徒卒为游击。徐甲自幼受过武车士训练，又有扎实的坐马功，可以在马背上和战车上下多方位对敌应战。攻徐国都城一仗，他杀了三人。

“我杀的！我杀的！我杀的……”

狂喜的徐甲在城下甬道上边跑边喊，破锣嗓音与马的咴咴嘶鸣，天玄地黄日月双白旍旗的猎猎风摆，城上门楼柱檩在大火焚烧中的噼噼断裂，往一起交织拚撞。

仔细一想，人们把“打仗”叫“杀仗”，把歼敌叫“杀敌”，把夺得一条逃路叫“杀开一条血路”，都是为了强调一个“杀”，叫你在“杀”上大显身手。

徐甲在血拼酷杀中屡屡建功，阶阶升擢，并得到五次奖赏，已有百两白银、二十两黄金收入囊中。

徐甲一边望着汉江的水面，一边扫视自己的战车与徒卒。二十辆战车，已按照他的命令，竖着排成直直的一条线。他下了战车，神情严正，目光冷厉，从一辆辆战车旁走过，查看马的套轭肚带，徒卒的兜甲武器，车子的轮毂膏油，在两长组长面前叮嘱几句，然后才回到行首的战车上。左右两边，全部是同旌的战车人马。

这儿的所有官兵，脸庞都滚烫滚烫，眼睛都血红血红，他们都憋气手痒地准备杀人。这儿距郢都不到六百里，一路杀去，谁不提他几十颗人头？那吴王阖闾早就放出话来，入郢之后除了赏金奖银，一把粗的细腰楚女任你抢任你抱哩！

《孙子兵法》有言：“犯三军之众，若使一人。”[①]顷刻之间，集结完毕。看得见的，是铺天盖地的武装整体，仿佛一块凝固的石板，谁也休想将它搬动；看不见的，是隐蔽在后面山崖林地里的步兵，他们将是增援部队，或者伏击救援的敌军。

九月的风，干爽而清凉，从宽阔的江面吹拂过来，摇动了岸边零零星星的柏树的枝叶，惊掠了地面水仙草墨绿叶片上的小虫，也掀起了孙武征袍上的飘带。此刻，吴王阖闾的战船已经徐徐驶过，孙武的船只紧随其后，正沿着与堤岸平行的方向一直游来。他在船头上肃立，内甲外袍，头戴铁盔，酱红色的脸膛阴阴凛凛，看起来令人悚悚惶惶。他的身后，站着几排身着青笋颜色甲兜的卫卒，他们忽然齐刷刷举起长剑，高声喊道：“过江过江！入郢入郢！”“过江过江！入郢入郢！”他们不断地重复高喊，让所有接受检阅的官兵全都振奋起来，跟着他们的节奏齐声呼叫。

百船逶迤，千樯排阵，江面渐渐汇成战船的天地。地面的战车步卒，

① 选自《孙子兵法·九地篇》。

江面的战船水师；一致的口号，一致的目标；一样的严正，一样的疯狂。

天空的白云团团浮来，周边镀着金光，粼粼闪闪，飘飘淡淡。在徐甲的家乡，人们把这种云叫“瓦渣云”。“瓦渣云，晒死人。”天公作美，好天气在成全一位兵家圣贤的旷世才举！白云在浮游，在飘移，色彩块形在变化，一团一团，一卷一卷，淡黄色，雪青色，如车马，如战船。哎呀，那不是披着青笋色战袍的孙大将军吗？他在一艘巨大的战船上肃然而立，身边甲卒成排，身后战船如过江之鲫，远处战车似排空之雁。“过阴兵！”徐甲揉着眼睛，又凝神望去，想着多年以前为孙武赶车时见到的“过阴兵”的那一幕。这是照应、巧合，还是自己的眼睛花了？

傍晚，夕阳沉落后，徐甲带着人马回到宿营地。这儿是一片漠漠沙滩。彤彤暮色中，徒卒们卸马、退甲、扯帐、打铺，一株株古老的柏树成为他们可资利用的工具。徐甲站在一株杆皮粗粝的柏树面前，忽然想到一个地名：柏举。前天，行军途中，他们经过一片柏树林，有人说附近就是柏举。当时，他心中一震，想起孙武让他去洛邑探望李耳时，那位白发老者说过的话。莫非就要在这儿决战？柏举距这儿不远，孙武为什么不在柏举附近屯兵待敌，却要渡江作战？

徐甲满腹疑虑。这时，他的上司旌长急急差人授令，要他从速去帅营见孙大将军，另有要事安排。

徐甲吃了一惊：“什么事，这么急呀？莫非不让我过江杀人了？”

二　受命接应

因了崔旦，一场争执在两个朋友之间展开，唇枪舌剑，互不相让。

伍员：“我看派人暗杀，叫她一命呜乎算了！”

孙武：“开什么玩笑？没喝酒，你怎么醉了？”

伍员：“我看她是活腻了！”

“她可是有功之人！”

“以色悦人，妲己再世！”

“我们需要这样的妲己！”

“我们不需要她再回来！”

“她是我派出的间谍！他的使命基本完成了！”

“她现在只顾自己性命，要逃回来，怎么办？”

“派一员骁将接应就是了！”

“敌军重重，你叫他送命去呀！”

孙武点点头：“也许是这样！”

他立即传令，命第二军三旅八行首领徐甲速来帐中。

伍子胥智勇兼备，争执之后，仍然有一种即将大功告成的兴奋。他突然高声呼叫：“阅兵成功，何不痛饮一回？”

孙武一挥手，侍卫上了酒馔。青铜盘子里，放着一壶姑苏陈窖，一只刻工精妙的铜爵，摆在伍员面前。伍员纳闷：“孙将军不喝？”

接着，又上了青铜盘子，也是一壶一爵，摆在孙武面前。

二人互相一瞥，各自斟酒。伍员早有疑心，再一回眸，发现那边褐色陶壶倒出的果然不同。那绿湛湛的东西是什么玩意儿？

“呀，你这是什么酒？”

“相国见谅，军帐之中，我只能饮果酒了。”

“灯红酒绿，声色犬马。”伍员爽朗笑着，举杯仰脖一饮而尽之后，嘴一抹，抛出两句笑言：“莫非将军浴血奋战中须有温柔之乡相衬？猛士群中还得有红粉佳人相随？”

“岂敢岂敢！兵者，国之大事，死生之地，存亡之道，怎能视为儿戏？”

“乾坤相对而相谐，这正是一种‘和’呀！”伍子胥收敛了笑容，认真地说，“我读《孙子兵法》，两点感怀最深。一为‘诡’，处处弄虚作假，故意蒙人；二为‘和’，与伏羲八卦相通，攻守、进退、分合、奇正、内外、敌我，相对相谐，实乃天地、阴阳、刚柔之道。你看，这帐里帐外——”

伍员抬起手臂，朝两边及外面指着。

孙武的这座营帐，虽是临时搭建，但内外陈设、格局，还是有一番讲究的：他座椅的后面是北斗七星图案的板壁，门口两边各插三面天玄地黄旄旗；高高的铜架上吊着刻有饕餮图像的编钟，门外竖起的高杆上吊着洁白的石磬。

孙武明白，他指的是“对称”，天地星斗，金声玉振，暗含玄机。

“威武之师，其实是以天地精华涵养的。”伍员可算真正理解孙武和他的兵法了，说得孙武仰头欣然一笑。

伍子胥把话题又引回来，说起孙武的绿酒。他诡谲地挤了挤眼睛，说：“自古英雄，背后必有倾城之色的美女。这也算是刚柔相济吧！说，你这绿酒背后，有哪位美人牵连？”

孙武坦然说：“确有一位佳人相助，她为我带来了秦地山林的特产猴头菇，还有这种用野果苌楚酿制的美酒。这苌楚，不光秦地有，南方的低湿洼地也很常见，但以它酿酒却是猴子的发明。最早由它们拣回这些金果放在树洞里，经雨水浸淫而发。猎人首先得到，他们知道猴子聪明的原因了。”

“有道理！”伍员终于明白了，“是崔旦教给你的法子？”

“她不是一位佳人吗？”

“休提那个贱人！”伍员又生气了。本来，他与崔旦之间还有一层亲密关系。当年楚平王偷梁换柱父纳子媳，他家满门忠良维护正义惹来杀身之祸，父兄被斩，他与公子建一家冒险逃国。如今只留下他和小公子胜，如果这次入郢破楚，他定要扶持公子胜为楚王。崔旦正是公子胜的姨母，而且她在楚国令尹囊瓦身边做间细，也是伍员具体部署的。不错，崔旦在几个关键环节发挥了作用，但如今决战在即，她却十分担心自己的处境，捎话说她将设法出逃，渡过汉江回到吴军这边。现在，孙武的方略是诱敌过江。如果崔旦渡江而来，后果将不堪设想！

“这个贱人！这个贱人！”伍员气得从袍内摸出墨竹长箫，在地上狠狠蹾了几下。

“她的担心是不可避免的。”孙武冷静地说，“囊瓦打败了就要逃命，哪里顾得上侍妾美姬？你派人带话过去，叫她不要过江，从后面向郢都方向逃走，徐甲在楚军大营后面官道二十里处接应。”

伍子胥已有几分醉意，他叹息一声，起身告辞。

时分已是黄昏，帐内点起了蜡烛。江风在帐外轻轻呼号，帐顶的木板篷布微微抖动。附近布满营房，战马的嘶鸣、嚼草声，徒卒的说话、行走声，清晰可闻。

孙武有些困乏。他又饮了三杯绿酒，头脑晕晕乎乎，身子向后一靠，头枕椅背迷糊过去了。忽然，两位风华绝代的妃子，手执利剑飘然而至。她俩横眉怒目，满脸杀气，一伸手，双刃直指他的鼻尖。一个说："孙武，你一靠兵书，二靠美女，才挂印掌兵。兵书敲开了你的仕门，美女验证了你的兵法。如今，兵书广行天下，美女成了刀下之鬼。诡诡厉人！难道你不是这样的人吗？"一个说："孙武！人家孔丘主张仁爱、进取，堪比自强不息运行不止的昊天；人家李耳，主张贵柔守雌，甘为天下谷，犹似厚实广袤的大地；而你，研战杀，重干戈，统领大军，杀人灭国，岂不是个凶凶魔人？"孙武笑道："二位既为王妃，当以王之使命为重，练兵场上视军法如儿戏，硬往我的刀口上撞，自当严惩不贷。至于说那两位圣贤或天或地，倒也不错。这天地之间，便是人了，人为名利所诱，为才智所使，争斗之极便是战杀。以戈止战为武，安定天下靠兵，孙武所为，还不是以人为本？有了天地，岂能无人？"二妃无言以对，只是报仇心切，挥剑直面杀来。孙武伸开双手，左右分挥，以掌迎剑，将剑峰牢牢握在掌心。二妃本以为猛抽回来，便可割破其掌，但那剑刃卡在他的攥刀印内，如辐条楔入毂轮之中，怎能拔动？二妃惊得直喊"哎哟"，只好弃剑而逃。

孙武收了宝剑，放在案上。忽然，一个女人在叹息声中翩然而入。这不是崔旦么？崔旦还是那么娇艳，那么风韵迷人，露珠白的脸孔莹莹润润，目光滴滴溜溜，只是一抹愁云浮现在眉宇间。她揖了一礼，径直走到孙武身边，双手抚在他的肩上，勉强一笑说："你终于有了'这一天'，奴家的'这一天'何日到来？"孙武示意她坐在对面的杌子上，安慰她说："待打败楚军，你自然会载誉而归的。""奴家看重的不是功名，而是你这异人。"孙武板起脸说："有功得赏，有劳得禄，别的就是非分之念。"崔旦潸潸泪下，猛扑过来，抱定他的脖子，用她的红唇粉颈，在他的脸上揉搓。孙武急了，取了弯刀，将她破肚而杀。

孙武还在梦中，被卫士唤醒，告诉他徐甲来了。

孙武揉着眼睛，徐甲正面对着他弯腰揖礼，忙说：“甲胄在身，不必拘礼。”褒奖了几句之后，他简明地讲述了接应和护卫崔旦的要求。

徐甲却冷脸熏熏，偏过头去，极不乐意地说：“快决战了，我宁愿死在剑钺之下，也不愿再见那个妇人！”

孙武顿了一下，口气和缓地说：“崔旦的作用不重要吗？你赌什么气？你若能将她平安接回，胜过缴敌百辆战车！何况，此事非你莫属。此举又十分走险，千里归途，都在人家境内。囊瓦派追兵，设防卡，危机四伏。你虽然骁勇善战，也未必能轻易成功。”

徐甲不解地问：“我们设法从另外的地方渡江，与大军会合，不行吗？”

“万万不可！我们正在设法诱敌过江，如果你们渡江，他们会以为这是我们蓄意所为，整体战略就被识破了。”孙武沉吟了一下，目光满含热望，脸孔却仍然板着，轻声说：“旌副的位子等着你，不知你能否得到？善战者求之于势，不责于人，故能择人而任势。不知我此番任命是正确的吗？”

徐甲忍不住用破锣嗓子吼叫说：“将军放心，徐甲杀头舍命也要完成任务！”

三　山林夜“卦”

激战前夕的军营，就像捂住锅盖的豆子在爆炒，热浪被火掀动得不能发作，一个个豆子只好噼里啪啦蹦跳撒欢。囊瓦的大军与孙武的三军隔河相持，旌旗在望，鼓角相闻。囊瓦建功心切，想趁吴军立足未稳，粮草未济，即刻过江，杀他个措手不及！踌躇之中，过了几日，又闻唐、蔡撤回军队，吴军水土不服，染了恶疾。但是，孙武极有谋略，中了计怎么了得？过江，还是等待？囊瓦瞻前顾后，难以决断，脾气益发暴躁了。

前帐议事，后帐歇憩。后帐中忽然少了崔旦。囊瓦军务倥偬，以女色之娱调节心情，兵车上带了三个宠姬。崔旦已经三十三岁，年纪最长，但却最受宠爱。

难道她从军营逃走了？船底岂能漏了针？立即布控搜查！囊瓦气恼地骂着脏话，抽出宝剑砍了后帐监人一条胳膊，其他侍卫美姬吓得一直在地上跪着。

“臭女人，最甜、最柔、最花骚、最聪慧的是她，最冷、最毒、最轻贱、最狡猾的也是她！”囊瓦恶狠狠地骂着，想起近些日子崔旦惶惶不宁，尤其是昨夜红帏之中，已有离心离德之意。囊瓦近年来穷尽了情色之欢，想出一套新的欢娱，床笫之乐要有女声伴唱。流行于吴楚乡间的《桂枝儿》，本是田夫野人的调情之歌，秽声浪气，甚俗甚俚，却正合他的心意，令崔旦学了一些。崔旦极黯情韵，她或唱或哼，总是有板有眼，眉眼传情地表达出内中的妙趣。昨夜，囊瓦点了一首山歌《心肝爱》，崔旦羞羞一笑之后，声音朗朗地唱了：

来来来，
心肝爱，
奴与你织网好自在。
丝网捉鱼尽在眼上起，
奴的眼儿开，
只待梭里来。

来来来，
心肝爱，
奴与你采菱好自在。
宴席上酒看重盘中菜，
奴的菱角儿鲜，
只待伸着采。

来来来，
心肝爱，
奴与你撑船好自在。
河上摇橹全在腰上劲，
奴的河水漾，
把橹摇过来。
深水里船儿快，
郎的橹浪里栽！①

本来，每段的末二句是要重复一遍的，崔旦却省略了；最末的一句是要配合他的动作，一遍又一遍地重复，直至一个向上的高高的拖音，与他的行为一并结束的，她却提早收尾，那个“栽”字的拖音低沉，向下滑去，令囊瓦身心一凉，顿时失了快意。他勃然大怒，但又看到崔旦手捂胸口，恹恹难支，手一挥，令她先就寝了。

看来，这完全是她的蓄意所为！

整个河堤搜查遍了，没有踪影。

封堵后营！四面布防！逐营排查！

天暮时分，辎重营里一辆车子冲出后营，向东慌张逃窜。

追赶的军队在二十里之外碰上了埋伏的吴军。沉沉夜色笼罩了他们。徐甲听见了车马疾飞的声音，他兴奋地大喊：“大伙儿准备，咱们又要杀人了！”崔旦迎着喊声叫道：“大哥，快来救我！”徐甲应答：“没有大哥，只有徐甲！”待崔旦的车子闪过，徐甲下令将他们的战车横堵在路面，徒卒从两侧掩杀过去。夜幕中几乎不会发生兵器的撞击，只有屠杀的狂喊与惨叫。

追兵很快撤退了。

点起火把，清理战场。金红色光亮中，徐甲看见崔旦站在他身旁。她

① 据冯梦龙《山歌》《桂枝儿》，有改动。

已是吴兵伙夫装束，头扎布巾，身穿土色深衣，粗褐短袖，胸前吊着汗巾。她的秀颀身材被包裹住了，那张俏丽的脸孔却是包不住的，尤其是那双俊美的眼睛，它流溢的气息依旧那么灼热撩人。徐甲忽然心生厌恶。这种人，当遭遇险恶，有求于你时，是那么低眉贱脸，乖顺可爱；当境遇改变，不再需要你，就板起面孔，形同陌路。徐甲铁下心来，今后在这个她面前一定要干梆硬正，决不被她所惑。

此一战共杀敌二十三人，缴获战车四辆，自己仅三人受伤。连日奔波劳顿，徐甲很想安营歇息。崔旦却说："咱们只有百名士兵，二十辆战车，天亮后敌兵再追过来，可就麻烦了。"徐甲踌躇了一下，下令连夜行军。

东方既白，云霞漫天。徒卒们都希望扎营歇息，徐甲听见了他们的议论声，便下了安营令。崔旦却说："这儿是楚军通行的大道，前后都有敌军，怎能在这儿安营？"她朝右边一指，"那儿有一片苍郁树林，是天然的隐蔽之地。"徐甲重新下令，赶往树林扎营。

这天中午，徐甲他们还在帐中酣睡，却已被楚军团团包围。一片杀声中，战车战马早被抢夺。徐甲和众徒卒虽然未脱兜甲，但起身已晚，睡眼蒙眬中，敌军已冲至帐外，东西两边帐房内的士兵几乎全做了刀下鬼。徐甲带着中帐的士兵向外冲杀，他的破锣嗓子再次吼叫起来："贼兵来了，快，快，快，跟着我杀！"徐甲疯魔一般，手执那把特制的桑木弓，连连搭箭，射倒十几个敌卒，从人稀处冲杀过去。二十多人跑了一程，发觉崔旦不在其中，徐甲才记起崔旦在那辆运粮车上安歇。他又带队冲了过去。待救出崔旦，突破重围，身边只有四名兵卒了。

在陡峭的山崖旁边停住脚，几个人都瘫倒了。徐甲背靠一棵老樟树，头垂得低低的，不住地啐唾沫，不住地长吁短叹。"为了啥？为了一个女人！"他气愤而又悲痛，泪水模糊了双眼，头一挺磕在粗壮的树杆上。

还有，他的百两白银，二十两黄金，还在那辆战车上放着。凭着一身豪勇，在死生之地浴血拼杀，挣得的这些赏钱，也落入他人之手了！

"女人！女人！女人……"徐甲突然站起身，仰头向天，咆哮一般吼叫起来。

崔旦本来心里就憋憋屈屈，正在默默流泪，却看见徐甲这么粗蛮无理。她怎么忍受得了？只有大声哭嚎，“我呀——我呀——，天杀——我呀——。我心——伤悲——，莫知——我哀——。①”

是夜，习习谷风在月光下轻轻掠来，漫山樟树匀匀地响起飒飒叶声。促织吱吱，蚂蚱唧唧，许多不知名的虫子也都或求偶或自娱地嘈嘈嘶鸣。徐甲他们卧身山洞，在秋虫的叫声中渐入梦乡。他半夜醒来，听见睡在最里面的崔旦低声抽泣，她可能一直未眠。他这才想到她的经历，她的处境。以他亲眼所见，在囊瓦这只恶虎身边争宠献策，确实不比战场上拼杀轻松。一个三十多岁的女人，还要跟着兵士们一起出生入死，她怎能不黯然神伤？

她为何有此遭遇？我因何有此下场？

顺着这个思路，他忽然想起了庚桑楚，想起了他的夫子李耳。在守藏室大院，他和这个瘦瘦的书生争论不休。一个讲孙武，一个讲李耳，“止戈为武”与“处下不争”针锋相对。其时，“不争”二字几乎让他笑掉大牙。这个谦逊淳朴的庚小弟，你和你的夫子是天下最善良的人！你如今还在守藏室吗？你是否知晓我现在的狼狈？

徐甲重重地叹息一声。洞外冷凉的气息随着蒙蒙雾岚飘飘袭来，直扑他裸露的脸庞、脖项和双手。他缩了一下身子，蓦地，从头到脚满身往下一沉，一个人压在上边了。他还在惊悚中，崔旦说话了：“傻货，告诉你，你并不是我的心肝爱。我现在睡在你身边，是有原因的！”

崔旦悄声说罢，滚下身子躺在他的内侧，又把他向外猛推了一把，和他保持了一点距离。“咱们六个，摆在这儿正好是一个‘卦’。刚才，一个阴爻在下，五个阳爻在上，乾上巽下，成了姤卦。天下有风，看不见风影，要是出行，会有危险。现在呢，乾上离下，天在上，火在下，但火焰却是向上的，为同人卦。同人结同心，行荒野，百事顺……”

徐甲即使懂卦，又哪里听得进去？他在情绪镇定之后就如掉进了火炉

① 选自《诗经·小雅·采薇》。

里，整个人成了一块热炭。他狠命搂住崔旦的脖子。

崔旦咯咯一笑："大路这么宽，还怕马蹄子撒欢，车轮子飞转？看你这傻货有多少狂劲？会打几下鞭子又能怎的？难道奴家怕你的坐马功？"

第二十三章

回归故里

一 回乡途中

不论孙武指挥的吴军破楚之战，还是孔丘关注的鲁国公室与“三桓”势力之争，苌弘参与的周王室与王子朝残余势力之斗，以及其他形形色色的厮杀冲突，如何惨烈如何紧张，老聃如今既不得目睹也不愿耳闻，甚至连心中的一丝念想也不存在了。他已经远离了洛邑，远离了官场，远离了故友，远离了固执己见的儿子。“夫物芸芸，各复归其根。”儿子要为他的“根”奔向战场，自己要为自己的“根”回到寂寞老家。既然这是一种必然，又何必心存另外的牵念呢？

离开宋国商丘，车子一路向南，穿行于盛秋原野的一抹金黄，优哉游哉之中，老聃眼目中熟悉的景物渐渐多了起来。这儿的地势非常平坦，可以用“百里如镜，水面无风”来比喻，人称“百里湖”。路边几株粗壮如碾盘、主杆上端枝叶已经老死的银白杨，告诉他这儿是一片故地。

五十年前，不满十岁的他随上卜人北越涡河，踏上宋国的土地，一路浪浪逛逛，走走歇歇，赶到这百里湖时已过月余。每年“春分”“秋分”前后，四州八野的人都要来这儿赶“夏九九”和“冬九九”（“夏至”和“冬至”后八十一天）。这两个日子，昼夜相亭，寒暑合宜，地里该种的庄稼种毕，农人得以清闲，前来赶热闹自然是期盼中的开心事。据说，上古时期这儿是汪洋似的湖泊。在太行山以东有四十多个湖泊，江淮以北，黄河以南，也有一百四十多个湖泊。伏羲生于雷泽，他的氏族曾在这一带过着渔猎生活。传说伏羲得见河图，他观天察地，研究鸟兽毛皮之纹，近取初民生存义理，远涉各类物形意象，才创制八卦。往常多遇风险的渔人、猎人从此多了几分谨慎和平安。老聃在守藏室的那间密室内曾见过古人借鉴八卦造出渔网、衣服、弓箭、房屋、臼杵的牍片图画。为了纪念伏羲，百里湖便成为四面八方的人们欢度节日的聚集地。

他当时随着上卜人赶到集场，立即被人们别致的嬉闹场景迷住了。迷魂阵似的六十四座转盘秋千，分布在偌大的场地中心，每一座都挤满围观的人群。抽得序号的人拿着竹签找到相应的盘位，二人一轮，分别坐在两端的秋千板上，有六个人——根据各卦的六爻确定男女——分别站在直直的推杠两端，弓腿猫腰，推得盘轮飞速旋转，在快速的顺转与逆转交替中，让你头晕眼花。多数人会在盘轮戛然停止后一头栽倒在地。地面早就划好了吉凶祸福、美女妖魔、交运折财等方位，你的脚踩到那儿就占得那种兆头。当然，不论是谁，图个被轮得晕晕乎乎、战战兢兢的感受，图那种摔倒在地、绊疼身子的刺激，并不在乎什么吉呀、凶呀的预兆。

老聃清楚记得，上卜人一手举着八卦风车一手牵着他，不能往人圈里钻，只能眼巴巴地站在后面，这一堆那一堆地巡游过去。走到一个特别大的人堆旁边，上卜人把手中的八卦风车交给一位老汉看管，肩膀扛着他挤挤撞撞钻了进去。嘿，六个年轻女子，一个个乌发粉脸，眉目俊秀，她们挽着衣袖，满脸大汗，这边三个，那边三个，推着长杠跑得正欢。秋千板上坐着两位年轻俊朗的汉子，他们在飞旋中闭着眼睛故意惊惧叫喊，益发激起六位女子的热劲，另有六名准备替换的女子在旁边呐喊助威。围观者全是清一色的男子汉，不论谁都挥胳膊蹦腿地拼命呼喊，狂得像着了魔的武士。

“狸儿，这是坤卦。”上卜人指着六“爻”对他笑乎乎地说，“这个卦，在《归藏》里为卦首，你看，人多不多？”

“咱俩也抽签吧，叫她们轮一轮！”他也心痒了。

上卜人瞪着眼扮起怪脸，煞有介事地指着转杠说：“阴气这么重，老汉娃娃都不敢上！摔下来，你那小牛牛就掉了！”

他当时半信半疑，益发好奇。还有，这如滔滔洪水般汹涌的人流，搭眼细看，全都麻衣破衫，蓬头赤脚，寒碜相显露无遗，峨冠博带、锦衣绣裳的达官贵人一个也看不到。他正欲询问，上卜人拉住他的手说：“走，那边还有古人乐哩！”

在卦盘秋千的右侧，还有一个“乱人场”。人们围观的是一场场“击埌”比赛，参赛者全是白须拂胸的老人，他们一个个披头散发，树条挽了几匝缠在腰间，扮作古人。“埌”是一块前宽后窄形如鞋样的木块，放在三十多步以外，用另一只“埌”投掷过去，击中为上。投掷九次为一局，“上”多者为赢。每局开始，参赛者站成四方八角，双手举“埌”，齐声吼唱——

日出而作，
日入而息，
凿井而饮，
耕田而食。
帝力于我何有哉！①

李耳后来知道，黄帝教民歌于野，上古之人歌猎咏渔，乐声与劳作并起，从来都是欢欢唱唱的。守藏室的文简中也有关于“击埌”的记载：“帝尧之世，天下大和，百姓无事，有八九十老人，击壤而歌。”②

旁边另有一伙人更为怪异，他们脊背朝后，双腿用力，退步向后，比赛快慢，而且边退边唱——

人有！人有！

---

①《击壤歌》，先秦古诗。

②［西晋］皇甫谧《帝王世纪》。

我无！我无！
人有高楼，
我无矮屋。
人有美玉，
我无丑石。
人有长裘，
我无短褐。
人孜孜前行，
我嬉嬉后顾；
人有福兮，
我无祸兮。
皇皇者天兮！
皞皞者地兮！
我无！我无！
我无戚兮！

这是穷人的得意歌！

这儿是穷人的游戏场！

如今，望路边一排粗大干裂的银白杨树杆，老聃便怜念起那些可亲可敬的老者。当年，他还年幼，没有弄清这些游玩戏乐、歌咏曲儿的涵义，但那时的记性颇好，听了几遍就字字句句记在心里了。哎，那些顽皮老者，连同一株株粗皮疤疤的银叶杨，也都雕刻在他的心膜上了。

庚桑楚赶着车子，一路无话，时而拣石去枝地清理路面，时而吊腿搭臂地坐在车前板上，手中的鞭子偶尔晃动几下。希一直躺着，静静地好似睡着，但咳嗽来了却猛烈地发声，带痰音的喘息和尖厉的咳叫实在令人揪心。

百里湖毕竟是偌大的方圆，车子走到黄昏还不及其直径一半。前不着村，后不挨店，于一片暮鸦的呱呱聒噪声中，老聃令庚桑楚收拾住下了。

马吃了木斗里的草料，拴在树上了。车子的两根辕木绑在树上，厢内便是宿店了。他拔了一抱灰褐尖草铺在车下，自己也有床位了。希在上面对老聃说："庚儿离却老娘，跟你学道，你给他教了什么？你哪日成心教过？苌姬沾亲带故也不能跟咱们到底，丢下庚儿一个，你还不下势教他？"说得老聃半晌无语。

"我能为人师吗？"老聃反复地在心里自问。一阵好笑，一阵叹息，之后终于破例了。

庚桑楚没有想到夫子要与他同宿车下，更没有想到夫子竟然说"我要教你"。一老一少，黑天野地，禾草上一领旧被，两干身躯挤在两个车轮之间，倒也别生情趣。

"庚桑楚，我先前还不曾叫过你的名字，虽然相处这么多年。"老聃说得平静，说得诚恳，"我这人，终其一生，脾性独异于人，也就与人疏离，不近人情。有时自知，有时不能自知。你能见谅吗？"

"夫子，这……话……我……承受不起。"庚桑楚局促惶悚，吞吞吐吐。"我……是……门人……弟子，夫子虽然……冷脸冷言，心却是……热诚的。"

老聃阖上眼睛，不再言语。

风自远方吹来，百里湖地势低平，扫过地面秋庄稼的梢头以后，也把微寒的气息满满当当地掀过来了。老聃拉了拉被头，睁开眼睛，看见月光已经洒满田野。东边车轮的轮廓比白天还要显亮，澄澈的月晖从直直的辐条之间流泻而入，密密匀匀，排成玉白色的没有外沿的圆圈。

"看，月照轮辐，多有意思！"老聃用胳膊肘碰了碰庚桑楚的身子。

庚桑楚看了一眼就坐了起来："'三十辐共一毂'。[①]简直就是一幅画呀！"

"我们在虚无处看，月光从虚无处进，三十个辐条也箍撑着一个'虚无'。"

庚桑楚发怔了。他痴愣愣地望着夫子，不明白他说的话。"我想起了人们在这儿过九九节，穷人爱唱《我无歌》。人有我无，自得其乐。人们

① 选自《道德经·第十一章》。

朝后退着走路，朝后凝望。这与我当年服苦役时被马拖着，后脑勺着地，只能向后看，向上看，如出一辙。久而久之，我的目光就不同了。”

庚桑楚说：“话说到这儿，弟子斗胆，实言相告，有人说你是反反骑驴哩！世人谁不争强好胜、贪名夺利？你却主张不争、柔弱、处下……”

“反反骑驴？妙哉！妙哉！”老聃笑了一会儿，显出少见的欢悦。他又沉静下来说：“还是说《我无歌》吧。穷人知足常乐，他们有单另的眼光。这很重要。眼光是单独的，另外的，相反的，你才能与众不同。就说‘无’吧，其实很重要。三十根辐条苦苦撑持的这个毂，它的虚空，才让车轴有了支撑……”

二　夫人分缘

“那不是一团紫气吗？”

庚桑楚小声地自语，再抬头仔细眺望，忍不住回头大声说：“夫子，师娘，我看见紫气了！”

自从过了涡河，希就勉强坐起身子，双手攀住厢板，眼睛一直朝前方望着。可是，哪儿有紫气？土路、庄稼、树木、草地、黄牛、行人，都看到了，但却没有发现一丝紫气。

老聃一脸木然。听到这话，反而双目闭下。

“你们看，团团紫气，正从树丛上方冒出，缥缥缈缈，不断向四周扩散。我看得清清楚楚。”

希笑了笑说：“看见也好，看不见也好。到家了，比什么都好。”

老聃仍然阖目敛声，似在玄览。水青石压在屁股底，八卦风车放在脚旁边。“狸——儿——”“狸儿回来了！”有人叫喊。“狸儿？我叫狸儿？我怎能叫狸儿？”他一惊，又即刻搭蒙了眼睛。

碧叶聚顶，枝丫弯斜，主杆皮皴，院中的李树老衰了。随着老聃的归来，这株李树下生出异人，以及袅袅紫气，妈妈吃李子后，九九怀胎的传说，又即刻在曲仁里风靡开来。

一树、二院、三间屋，已有邻人代管多年。灶台冰凉，炕头尘满，蜘蛛网缀罩了墙壁，鸟雀儿垒巢于檐下，老屋里储够了落寞。庚桑楚扫扫擦擦收拾了一天，把那块水青石搬到南墙根，伸伸腰、搓搓手，觉得可以松一口气了。

老聃沿村街串了熟悉的几户，与三五儿时伙伴嘘嘘哟哟感慨了一番，便去村外的田地看那些难忘的地方。捉蟋蟀、揪野果，为扎制八卦风车找秫秸、掏黄泥，看炼铜制胚的风箱烧火……这一切，俯仰之间即为陈迹。旷野一片灰褐，似曾相识，依稀客居过的他乡。唯有高过屋脊的银白杨，一团一丛，远远地显出合围的气势，彰显村子的轮廓，这一景致至今未变。

还有，隐山也变得厉害。从村西收罢玉米的地垄望去，隐山不过是一座高岗。是它向下陷落了？还是自己见的大山太多，相比之下它才显得矮小？

回到家中，郁郁不乐。希过了两天从娘家回来，告诉了一个令人忧伤的消息：她的父亲十多年前去世时，并非正常病故，而是冻馁而死。父亲喜好逛游，平日无有积财，走到哪里都是现挣现花。一切都不讲究，冷馍凉水，檐下打铺，也能凑合过去。那年冬天，赶二十里外的某乡集会，不巧大雪多日，有市无人。住不起店，只好朝附近的熟人家里赶。途经一条河流，过桥时一脚踩在冰石上，掉入河中。河水虽浅，却非常寒冽。风雪漫天，无人路过。三天后有人发现尸体，不知他是冻死的，还是饿死的。家人向希隐瞒了实情，在她探亲扫墓期间，为她编造了老父患病无治而终的谎言。

又是一阵叹息。希本来就是娘家兄弟背回去再背回来的。她已不能行走，回家后就再也没有下炕了。

"'聃大公'，再没有谁这么叫你了！"希惦念的人，除了儿子，就是苌弘和他的妻子郑杨。

老聃坐在炕边的杌凳上，眼睛望着别处，脸色平板，硕大的蒜头鼻子搐了两下，似有另外的思索。

庚桑楚在屋正中的过道上默默读书。那本上卜人珍存的《归藏》，抄在锦帛上秘不示人的传家之珍，希回来后交给了庚儿。在守藏室，那里是书国，是文山典海；可这乡下小屋有什么可读呢？幸亏这本书没有被王子朝抄去，又随着他们回到老屋里了。

秋风几度，说冷就冷。希的哮喘病随着天气骤变明显恶化了。自从与儿子分手，她就食不甘味，夜难成寝。心里总是推揣着魏国那边的战争，想着儿子挥戈舞钺与人拼杀的情形，耳边总响着战车辚辚之声。日渐消瘦，自然抗不住风寒，咳声一阵高过一阵，揪得脸色发青。

“我怕要入土为安了！”希说毕就喘息不止，带着低微的啜泣。眼角的泪花，不知是剧烈咳喘带出来的，还是后来哭出来的。

“入土为安！入土为安……”老聃无比伤感，伤感得只能一句一句地重复这话。不错，人死了，得以安葬，不论对于死者还是生者，算是一种心灵的慰藉。可是，有谁在病痛中自己说出这话呢？

“生来死去，出出入入。无病无灾，享尽天年而亡的，十人中约有三人。体质较差或伤情多虑，生病亡故的，也是十分之三。那些恣情纵欲，奢侈糜烂，贪生过厚而夭亡的，亦占三成。”①老聃在心里盘算，悲伤又一次袭来，“最可悲的是如你这样的第二种人。以往你知情通理，明白四达，但最终却没能跨过一道坎儿。”

当夜，老聃怀着万般怜惜，与希早早安寝。

负阴抱阳，无语凝噎。

在希苦苦的喘息声中，他的手颤索索地抚摩着，自头至脚，从每一寸肌肤上抖过。

她的颇额发烧，耳梢火烫，指尖和双脚却是冷冰冰的。

“阴阳……失和，已不能……抱成一团……”希的低语中带着痰音，双唇撮着，抵住他的耳孔，说得很慢，“阳气……朝上，阴气……朝下……，各走……各的，到了……尽头了……”

老聃连声“噢”着，泪如淋雨。

---

① 据《道德经·第五十章》意译。

“生——老——病——死，生、老、病、死……”希的脸颊沾上了他的泪水，更为忧伤，喘嚅不止。

孰料次日希竟然来了精神，情绪也变得暴躁、挑剔、牢骚、哀怨，愤愤不平，喊喊骂骂，与先前判若两人。

“‘聃大公’，只有他这么叫你。”她又说起了苌弘，“他是一位浪浪乐人，也是一个耿耿良人。他的心里是没有瑕疵的。你却对他那么狠，那么不近人情，你有良心吗？”

老聃正在檐下水青石上闭目静坐，隔着窗子，清晰地听见了她的抱怨。他倏地一愣，头脑里飘飘闪现的东西又消失了。

庚桑楚慌忙走过去，为师娘盛了一杯水，悄声问她要不要吃药。

一会儿，希又开始高声嚷叫，尹喜、苌姬、郑杨、硕人、庚桑楚、周景王，还有那个十恶不赦的王子朝，一一提起，历数老聃跟他们交往时的过错。“尹喜，谦谦君子，未尝先人，而常随人，待人随和，无话不说。他尊你为师，毕恭毕敬，常来常往，可你何曾正儿八经地教他一回？何曾把你的道详细地说给他听？”说到王子朝，更是莫名其妙：“这东西根本就不是正经货色。他热心地拜你为师，送桑弓、赠鹿角，显然别有用心。他三番五次地来，目的就是先看典籍，以后才好下手。你却要费心教他，实际呢，是引狼入室。”

老聃一脸木痴，面如土灰。他只听了几句就不再听了，用另一种思维转移了注意目标。

夜晚，希的嘈嘈让老聃难以入睡。她先是指责他多年来从未料理家务，“十指不沾水，两手不摸把”“只图自己清闲，不顾妻子死活”；再是恶意诋毁老聃的“道”，说他“反反骑驴”“朝后退步”“与常人相悖”“懦夫一个”，还要给人“灌迷魂汤”。老聃既惊异又无奈，仍然不予理会。但他不能近其身挨其体，她的尖叫、推搡、撕扯，连同寝一处都不可能，只得分床另住。

对于庚桑楚，她好像不曾相识。对于他的问候，不予回应。她的眼睛跟她的脸孔一样没有表情，没有神采。庚桑楚望着这双眼睛，心里不由得酸楚了。

这天晚上，后半夜一股寒风猛然吹开了窗扇，炕头的八卦风车当当当一阵骤响，气温急剧下降。希的喉管里的气息像破风箱鼓出，声音很响。蜷曲的干瘦身子缩成一团，人像掉入冰窖似的，浑身颤抖不已。老聃和庚桑楚站在炕边，为她递水、拽被。只听她忽然口齿清晰地唱了两句："天大大，地妈妈，生下个人人你不管了吗？"她睁开眼睛，伸手向前，攥住庚桑楚的手，另一只手向头顶上方指了指。

一向从容淡定明白事理的李耳夫人，就这样匆匆故去了。

她的头顶上方的板架上放着一个包袱。这个女人不知何时为自己备好了入殓时的"老衣"：两（件）衬（衣）、两（身）单（衣）、两（身）棉（衣）、一（顶头）帕、一双袜、一双鞋，共九件，全是浆染得嫩黄鲜亮的家织布细针密缕做成的。

三 "母"在何处

老聃不知道希死前的"分缘"是出自她的本意，还是故意做作。他现在不能考虑这些。他唯一希望做的，是让自己的心完全纯下来静下来，沉湎于多年来的苦苦探求之中。

可是，当他在水青石上坐着，在炕上躺着，在树下站着，一次次思绪飞扬，在虚极和静笃中有所沉迷时，猛然会有一声苦音横空而来，犹如霹雳当头，让他蓦然一惊，思路中断。噢，这是希临终前口齿清晰的歌声，是她生命的绝唱。为什么这声音总是挥之不去？

老聃索性朝这儿去念去想，眼前便现出先前目睹的一幅幅图景。他和希几次参加过乡人祈雨的活动，与族人乡亲一起跪在沙土夯实的涡河堤岸上，仰头望天，齐声吟唱："天大大，地妈妈，生下个人人你不管了吗？"在楚国柏举，那些服劳役的苦工，整天像牛马一样苦拽重驮而吃不饱肚子，饿得如一团软泥扒在柏树底下，口中有气无力地哼着这两句词儿；在郑国，老聃从军自那里经过，看见街上正在以刖刑处治一群小偷，这些被五花大绑即将失去双脚的可怜人也只有哀求似的大声叫喊："天大大……"还有，在荒野坟头，那些焚纸叩首的人，号哭时也会这么唱……

民之苦、民之饥、民之难治、民之轻死……究竟是什么根源呢？

这世间，这尘网，难道没有一种"道"可救可治？

这个"道"与天地万物之源应该是相依相连，正如看得见的"有"，与看不见的"无"一样。

悲怆的歌音继续着。这低回的，夹杂着呻吟的，咏念的，哭嚎的，形式多样的声调，词语却是一致的，纷纷杂杂、混混嚣嚣，一阵又一阵地响在他的耳畔。

不知是这歌声的吸引，还是他想起了什么，或是他在朦胧中无意识的举动，他的两条腿开始朝隐山的方向跷动了。

庚桑楚看见夫子高高眉棱下的眼睛里有异样的神色，颤颤巍巍的身子向门外移动，不知将有什么事情发生，便紧随其后，悄没声息地慢步佑着。

夕阳即将沉没，隐山之巅驮住彤日的上部弧沿，把西天的漫漫云霞勾引上来，让这霞光流彩向整个天宇泛溢。不长时间，斑斓瑰丽的流霞变成了溶溶暮色，天地间越来越明显的有一层帷幕落下了。

不知不觉，悠悠缓缓，老聃来到隐山脚下。月亮已从辽阔的大地尽头升起，渗出淡淡的光辉，照得山野的阴坡阳岭显出黑白分明的轮廓。山路虽不崎岖，但在夜间，草丛半掩的石盘弯道就让人颇费脚力。他沉默而迟缓，略带吭哧气喘，不时抓住庚桑楚的肩膀歇下双腿。

黯蓝的夜空群星闪烁，银河及各大星座在繁密的小星映衬下各显其形，不时有彗星滑溜溜地一闪而过。夜幕的寂寥、深邃与玄秘全写在这里了。老聃望着夜空，不禁想起当年与希一起来这儿的情景。十五岁的希，热情，纯真，又傻傻的，愣愣的，见星儿这么密，流星那么滑，就不住地问这问那。他顾不上回答，希就唱起了白天在村道唱过的那首歌：

天大大，
地妈妈，

生了个人儿会爬爬。

男娃娃，

女娃娃，

长大就要过家家。

不过家家心里怕，

当心天上雷公抓！

一边唱，一边抱住他的肩膀，后来又直截了当地说："狸儿哥，我看你虎头虎脑，耳大有福。你是乾，是天，是玄；我是坤，是地，是黄，咱俩什么时候过家家呀？"

就在那天晚上，在这儿，他和他的"傻蛋希"，煞有介事地焚香叩首拜天地，就算过了"家家"。那时候，不谙人事的他们，还不知道红纬之中的夫妇将会是什么情形。

一颗流星突闪闪扑面而来，眨眼间划出一道银晃晃的直线，穿过头顶之后，立即黯然消失了。

"噢——"老聃看着，似乎有所颖悟。

"掉到山背后去了。"庚桑楚指着西边的山峰。

"山背后？"

"对，可能是个深谷吧！"

"是'天下溪'，是'玄牝'，是母性的'阴谷'，是'众妙之门'吧！"

庚桑楚亢奋而又困惑，瘦长脸上的两道细眉跳了两下。"夫子，你在悟道吧？"

"有天地，才有万物。这天地是怎么来的？也是由一个'母'，一个'幽谷'诞生的吧？这个'玄牝'，这微妙奇特、可爱可敬、玄之又玄的'母'，是我的傻蛋希……不，它不知哪年哪月就有了。天大大，地妈妈，正是从它那里生出的呀。"自叙自思，激情激语。一贯板着的大派派脸盘，在笑意的荡漾中抖动着两边腮肉。

往后几天，曲仁里人人惊慌，无论富户还是穷人，都被一条灾难性的消息震慑住了。楚军即将北犯，有可能吞灭陈国。陈是小国，是楚军向北进犯的必经之路。楚国曾先后几次占领了陈地，并向外宣告灭了陈国，只因迫于舆论压力，最终未实施吞并方略。陈国是楚国案板上的一块肉，刀切烹炒是迟早的事。

在村人惊恐不安的日子里，庚桑楚遇到了一件麻烦事。一户农桑俱优的人家，要把十六岁的姑娘许配给他。老东家当着他的面提亲，直言直语，热心热肺，既要成全一对年轻人的美事，又要解除楚军侵扰的屈辱之忧。老东家还说，像庚桑楚这样从京城回来的读书人，大学问家李耳的看家门人，是求之不得的如意郎君。再说，李耳是半个神仙，他家房前屋后紫气腾腾，吉利祥和，姑娘嫁过来是多么有福气！

庚桑楚一面推诿搪塞，一面忆念以往的日子，苌姬的身影便浮现眼前。那夜在隐山观望星空，夫子一番“玄牝”之说，就勾起了往事的回忆。在洛河畔的马车下面，在守藏室的那间斗室，他与苌姬的“叠合”之式与“卦相”之应，在淋漓绝畅中体味出微妙玄通的魅力。苌姬真是一位姣姣淑女！她不仅雪肤玉肌，皓体呈露，还以一种“不可求思”的风情，在曲尽其欢的阴阳交合中把人世间“于穆不已”的体验与追求诉诸他。

苌姬，你如今在哪里？你忘记了那些已经沁入骨髓的往事了吗？

庚桑楚克制着心中惆怅。他把村民发现房前屋后有紫气缭绕的情形告诉给夫子。

老聃坐在檐下水青石上。他玄览已毕、眉色舒展。不似以往那么沉郁凝重。对于庚桑楚再次所说的“紫气”，他轻轻摇头。

“真的，夫子，他们不是故弄玄虚。我清楚，那些有经验的农夫，站在村口就能清楚看见地气、暑气、庄稼气哩！”

“呃——”老聃一愣，“气团，气流，气息，有人能看见，有人看不见呵！我已将‘天下母’暂且命名为‘道’。莫非它是其大无外、其小无内、无所不在、不明不暗的虚无之气。”

第二十四章

颓都风雨

一 街头险遇

苌弘匆匆回家，向夫人郑杨告诉了希病逝的消息。苌弘说罢，面朝东方，仰头长叹：“聃大公！没有了贤良的夫人，你要好自为之呀！”

郑杨躺在床上放声大哭。她也正在病中，也正在为苌姬的远走高飞没有音讯而悲伤。

她知道，希的死在于她的心灵受伤。丈夫丢官，辗转回到乡下，儿子宗偏偏要往频频打仗的队伍里挤，她的心被撕烂了呵！

苌弘握住郑杨的手安慰了几句，正要抽身离开，郑杨却哽咽说：“你急着要走呀？知道吗，明天是什么日子？还不做好准备？”

苌弘一愣，山羊胡须抖了几下，这才明白过来。明天是他六十五岁生日。无论如何，是应当庆贺的。不过，峨冠博带在身，更紧急更棘手的公务等待他去办理，只好说回来后再说吧！

“你要当心呵！千万莫要大意！”郑杨一边抹泪，一边叮嘱。

苌弘坐着车子，准备去刘子府中议事。战车开路，武士簇拥，他的马车夹在戒备森严的长蛇阵中，既显出凛凛之威，又带来惶惶之惧。每日如临大敌，先前一个宫中司乐怎会有这样的气派，这样的恐慌？

车厢密封。除了帷布拉严，前后都有加厚的铜板锁着，顶部罩着双层铜网，如同孤兔在巢，他半躺在特制的圈椅里，双臂搭在木帮上。空间太小，眼睛睁着还不如闭了。街面的各种声音都被车轮的滚动声和武士们的脚步声淹没了。他的锦袍束带上挂着考究的佩玉。按照周礼，爵位升至公侯，就可佩朱色丝带系着的山玄玉。但是他没有更换。三十多年间，一串串月光玉吊在银色丝带上，通体雪白，随着叮叮响声，闪耀于腰际。而今官高爵显，但他没有换掉月光玉。这玉月晖般莹白，无一丝杂色另瑕，已很称心如意。再说，它已经少了一枚，这是换取爱妾硕人的纪念。他的手臂绕过椅背伸到腰际，手指有意拨动着光滑的玉体，虽然能感觉到它们在碰撞，但却听不见任何声响。

“我怕过不了几回生日了！”可怕的预感让他不安起来，迅速扭头环顾，又贴耳于厢帮，却什么也看不见、听不到。索性闭了双目，又有丢魂落魄的场景闪上脑际。他已经连续几次遭到土匪、歹徒和役工团伙的袭击。在大街，在田野，在筑城工地，无论戒备多么森严，那些不怕抓、不惧死的亡命之徒总要向他攻击，欲将他砍杀戮，夺去性命。他亲耳听到匪徒中有人大喊：“非将苌弘剐皮刳肠剔心不可！”幸亏武士们拼死保护，或者说是昊昊苍天护佑，才幸免一死。但硕人接连受了惊吓，焦虑症复发，只得关在筑城守军的营房里静养。

苌弘在车中，在家里，在工地，甚至在天子临朝的大殿，时常有这种不安的预感。他在这种时刻总会想起两个人：刘子和老聃。一个让他愤恨，因他克扣筑城资金导致劳工冻馁伤亡，身为筑城大宰的他自然成为遭人唾骂的罪魁祸首；一个让他怀念，因他曾经规劝他不要过热过甚于仕进，不要往争斗的漩涡里跳，不要勉为其难地强行其事。自己一步步走到今天，如今已是骑虎难下了。

北风飕飕，起自十几里外的黄河滩，把水面和草滩的寒气漫天裹来，无孔不入地掠过村庄田野，直扑洛邑的所有街道。银叶杨脱去了残余的叶片，枯了的枝条摇晃着呼哨。在“刀子风”的放肆呼啸中，店铺挂起门帘，行人加快脚步，小贩们挑担背筐慌忙转摊。苌弘的车马队伍并没有受到扰动。经过一个巷口时，街边一群跑动的“小贩”突然从罗筐上面抽出扁担，饿狼般扑了过来。猝不及防，苌弘车子旁边的武士几乎都遭到袭击。小巷内早有大批歹徒等候，他们手执刀斧棍棒蜂拥而出，奔跑呼叫，与武士们打搏拼杀。

特制的铜板铜网让匪徒们手里的家伙一时难以得逞。咚咚砰砰，眼看矛头撬开了一个网口，上面那个愣头大脸汉子正在发狠用力。忽然一声年轻女人的高喊："干什么？住手！"车上汉子蓦然回头，呼呼一箭飞来，正中额颅。惊叫之后，一片哑然。射箭的"卞之野人"子路，从车上跳下，挥刀斩路，人们眼睁睁看着这个豪勇大汉一连砍倒七、八个人，直到跳上苌弘的车子，把那个中箭小厮如扔稻捆般抛到地面。王室卫士有如神助，一个个抖擞精神，挥戈舞钺，歹徒们死伤逃亡，一场凶险就这样急转直下地化解了。

那位在车上高声叫喊的青年女子，不用说，是苌姬。两年前，她去鲁国找到南容，不巧南容已与孔夫子的侄女无加订婚。她无比怅惘，南容劝她暂住下来，与孔门弟子一道求学，伺机寻找恋龙。虽然远离家乡，但父亲六十五岁的生日还是记得的。她带着南宫适和子路，也带来孔丘的问候。进了洛邑先奔家里，母亲告诉她父亲去刘子府邸了，并说了父亲几次途中遇险的事情。她心里发毛，立即驱车追赶，果然在王城南部宫殿区附近碰见这伙歹徒。

死里逃生的苌弘，在见到苌姬、南容、子路的那一刻，感激、兴奋和欣慰之情让他冲动难捺，竟抛洒了一串热泪！泪花还在脸颊胡须上流闪，双臂张开了，将他们一个个搂在怀中。

"爸，你受惊了！人更瘦，胡须更白了！"苌姬望着父亲，泪水哗哗涌出。

"苌伯，您已经几次遇险，真让人担心，也真让弟子们钦佩！"南宫敬叔曾与他一起被王子朝抓捕，每每回想，还心有余悸。

"老朽之人，如同树木枝梢的黄叶，风吹不吹总是要凋零的！"苌弘说得风趣，表情也很自然。真的，眼看闪光的矛头就要捅进车厢，他反而心里平静。死就死吧！咎由自取，祸福相连，谁让你对王室满怀忠义呢？

子路他们护送他到了刘子府前，才分手回去了。

在大宰刘文公面前，苌弘又变得严正凛然。自从识破了这个上级，发现他平易、简朴、勤政的背后，是过分的贪婪与欺诈，他就再也不会那么温和，那么依顺了。他的手臂直戳戳伸过去，指着他的面孔，质问道："今天见话，给我答复，差额费用究竟给不给？"

"苌公何出此言？我何时慢待过您老人家？"刘子不慌不忙地说，"我尽力而为，打一半的折扣，明日可以付清。"

"只付一半？另一半由鬼来付？"

"就这，还是我从晋国亲戚那边借来的！库府早就掏空，王室哪里还有进项呢？王宫、官员、军队，不断削减费用，还是入不敷出。"

苌弘冷笑一声，目光如电火般喷射过去，"你在城北置良田百顷，在好几个地方营造华贵宅邸，在伊河边建造巨型嬉乐台，私藏那么多珍贵器物，从哪儿弄的银钱？十三国诸侯筹缴的筑城资金你克扣了多少？"

刘子镇定地说："不错，十三国诸侯缴来的资金，没有全部给你。要是没有这钱，朝廷的花销从哪儿来？至于我是否有所侵吞，就看你怎么理解。你是贤明之人，应该知晓周王室如今靠什么来支撑。如果没有我的亲家范氏，没有我晋国的朋友，王子朝不知踢腾成什么样子，你也早就人头落地了。能者多获。我一手筹来的钱币，一个子儿不剩地灌进我的钱罐，也是应当的。"

"无耻之极！"苌弘气得胡须乱抖，"要是你不披王室的大宰袍服，能下令征赋收税吗？利用官爵之便中饱私囊，还强词夺理，真不知耻辱为何物！"

他不愿继续待在这个卑鄙龌龊的家伙面前。转身离去之前，甩下一句话："我不会再去筑城工地卖命了！"

二　论争纷纷

在苌弘家里，客人们早就来了。

尹喜、庚桑楚和秦佚太阳刚出来就赶到门口。"日出登门，神色永春。"

他们有意要赶这个时辰。秦佚是尹喜一月前去秦地时有意带过来的，他们先一起去了陈国看望老聃，并把庚桑楚捎到洛邑。希去世的消息正是他们带来的。

他们的脚步刚迈进门槛，南容和子路也赶到了。

苌姬在门口迎接他们。在见到庚桑楚的一霎，她脸飞红霞，惊喜中带着一丝羞赧。

苌弘坐在大厅前方的正中央，他背后是一架清雅素朴的丝绢屏风，正好衬托出他的深红棉袍和头顶高高的缁绸冠。他的前方右侧平平的板台上铺着朱红色绒毯，上面放着七尊精光锃亮的青铜鼎，双耳及图纹饰以白金；左侧是高大的钟架，上中下三层有序排列着不同造型的铜钟，下层的一排甬钟体大壁厚，青碧耀光。这些宝鼎和编钟都是天子所赐，从来没有向外展露。自他官爵升至公侯一级，周敬王就依周礼及时配置给他这些象征着身份地位的物品，又因他的热诚忠心，特赐一套黄金编钟。他当过二十多年大夫，又身为刘子家臣，刘子当年为他配置的三尊鼎是很小气的。展鼎列钟，一下子显出了赫赫炫炫、堂堂皇皇的尊贵之势。这是他有意为之的效果，是对近年间冒险奔波、忠于职守的慰藉，也表示了对远方来客的尊重。

尹喜出头，带着客人向苌弘三揖叩首，苌弘起身揖礼作为回敬。苌姬为父亲、母亲、硕人及客人们斟酒，活跃欢乐的气息即刻在大厅内涌动起来。

“今天，咱们要恣情任性而歌，击钟列鼎而食！”苌弘高举铜觥，一饮而尽。

没有病愈的郑杨在苌弘一侧的长椅上半躺着，手中的铜觯里盛着秦佚带来的绿湛湛的猕猴桃酒；脖子围着酱棕色貂尾，身穿大红长裾绸裙的硕人坐在另一侧古筝前，待苌弘话音一落，立即手指抚弦，重拈轻滑，一声响亮的如雁鸣长空的“宫”音，连续蹦跳着脆响，接着便是徐风掠过桑林，绿色叶片飘飘抖动，乌紫色的缀满叶间的葚果散发出带着金菊味儿的香气。当然，她弹奏的是礼仪之曲，是王侯贵族大宴宾客时的《南有嘉鱼》。三位乐女身穿彩衣，手握丁字形木槌和赤色长木，轮流敲击编钟。

苌姬站在众人面前，和着乐曲，舒缓而动情地唱着——

南方产嘉鱼，（南有嘉鱼）
捕得何其多！（烝然罩罩）
主人备酒宴，（君子有酒）
尽享其中乐。（嘉宾式燕以乐）

南方产嘉鱼，（南有嘉鱼）
泽畔尽捕捞。（烝然汕汕）
主人备美酒，（君子有酒）
宾友尽欢悦。（嘉宾式燕以衎）①
……

《南山有台》是一支祝友人有德有寿的歌儿。庚桑楚和秦佚知道尹喜经常在山林中高声叫喊以测回声，便推荐他唱这首歌。尹喜也不推辞，向苌姬说了曲名，苌姬弹奏古琴，他就展开清丽的嗓音唱了——

南山生莎草，（南山有台）
北山长莱草。（北山有莱）
快乐呵君子，（乐只君子）
国家作依靠；（邦家之基）
快乐诸君子，（乐只君子）
万寿何言老！（万寿无期）

南山生青桑，（南山有桑）

① 选自《诗经·小雅·南有嘉鱼》。

北山长白杨。（北山有杨）
快乐呵君子，（乐只君子）
国家的荣光；（邦家之光）
快乐诸君子，（乐只君子）
万寿呵无疆。（万寿无疆）①
……

有酒有歌，且吟且笑。欢愉中苌弘忽然想起了远居故地的老聃，便皱起眉头，对觥沉思。拣了个空隙，他忍不住说："这场合这氛围，有老聃在，会是什么情形？他可能不像我们这般轻狂，还会对这种排场炫耀大声斥责。但即使是听见他的叱骂，我也是满心欢喜呀！"

郑杨早就想到这儿了。她立即闭上眼睛，神色痛苦地扭过头去。

苌弘看了一眼郑杨，继续说："听说他还在玄览思道，已经找到天地之根了。庚桑楚，这究竟是什么情形？"

庚桑楚思索了一下，说："夫子这些年一直探寻天地万物之源，回去以后仍然耽于玄思。现已探明，有一物混沌一气，形成于天地以前，寂静寥廓，独立长存，循环运行，生生不息，这就是天地万物之母。夫子暂且叫它'道'，也可勉强地叫它'大'。"

只有尹喜不断颔首微笑，其余的人似懂非懂，子路和秦佚一脸茫然。

"夫子这种探索有何用意？"南宫敬叔迷惑中又觉蹊跷，他很友好地望着庚桑楚，"这个'道'，与当今大乱的天下，与咱们的生存处世有什么干系？"

"当然！当然！"庚桑楚兴奋起来，瘦长脸上双颊泛红，目光扫视了一下众人，极自信地说："'道'的发现，为平定天下，匡正人心，提出了正确法则。先前夫子虽然提出清静、不争、无为，但没有以'道'作为本原的学说，这个学说的博大厚重、微妙玄通，可能没有另外哪个圣人可与

① 选自《诗经·小雅·南山有台》。

之比肩。”

“你想把天吹个窟窿吗？”子路不满地插嘴说，“当今世上，我只知道一个圣人——孔夫子。这是大伙儿都知道的。孔夫子提出克己复礼、天下归仁，这才是救世大法！他办学堂，带弟子，连咱这野鲁鲁汉子也收为门人。咱这一棵狗尾巴草也成了他篮子里的菜了。”

在人们哄堂大笑之后，苌弘感慨地说：“聃大公这个人，我比你们谁都了解。他当过史官，后来掌管典籍，坐拥书城，学识天下第一。孔丘曾向他请教礼仪之源，我曾向他索要诗歌素材，尹喜跟他学得星象天文，就连周景王也要向他在宫殿金龙柱下咨询君人南面之术。唉，这个人，曲高和寡，我跟他总是争论，总是合不了韵。”

郑杨忽然呻吟了一声。苌弘一惊，不再言语了。苌姬赶忙过去照料，将她搀回房中。

苌弘歉然一笑，又说：“老聃和仲尼，两人都有圣人之象，也都是盛德之人。从根本上说，他们与我一样，都向往古代天下大和景象，但是老聃看中更远的年代。那个年月，圣王对生民没有一点干预，其功德也不为人知。我和孔丘倒很一致，我们推崇尧舜文武之道，主张以纲纪礼仪来规范社会人生。看来孔丘更切实更贴近更易行一些。”

“李耳夫子站得多高呀！”尹喜笑眯眯地反驳，“或者说，他站在天际之外，俯视人和人群，俯视人头顶的天，脚下的地，他看得比谁都清楚，与谁都不同，因而总是独异于人。他的胸怀何等广阔！天下溪、天下谷，以柔弱胜刚强，以不争赢竞争，无为而无不为，这不是最高等的智慧么？如果以庸庸常人的眼光看，他的学说难以实行。”

子路忍不住站起来说：“我就是庸庸常人，可我不论过去、现在还是将来，都不赞成不争、柔弱，更不想当什么谷呀溪的！人常说，宁当老虎豹子，不当棉花套子！李夫子，他真是把驴反反骑呢！我们孔夫子，他是从点点滴滴、方方面面教弟子，怎么说话呀、走路呀、穿衣呀、吃饭呀、坐车呀、会客呀、读书呀、坐官呀，连我这莽莽野人也决心学做圣人啦！怎么样？还不是孔夫子厉害？”

庚桑楚正欲争辩，苌弘打着手势制止了。苌弘摇摇头苦笑道："战纷纷，争纷纷，议纷纷！除了李耳、孔丘、尹喜，还有'贵己'的杨朱，以战止战的孙武，以及阴阳家、法家、农家、杂家……这些读书人多么可敬！你们也一样呀！尧舜文武之道不再坠落，就靠你们了！"

三 舍姬守道

酒宴结束，苌弘留下尹喜，他似乎有满腹话语要对他诉说。

他显然喝得多了，瘦削的脸孔上下通红，鼻孔喷出浓烈酒味，连眼珠也似乎让酒气熏得迷迷蒙蒙没有光彩了。

"尹喜小弟，今天摆阔耀派，炫官显荣，你看品级够不够高？不会丢人吧？"他声高气傲，脸上红得血都要渗出来了。

尹喜搀住他腋下，知道他喝醉了，逢迎说："豪华气派，品位这么高，够荣耀的了！"

"我这一套鼎是公卿一级的'牛鼎'，大夫只能有'羊鼎'，你知道吗？"

"……知道。"

"我这一套编钟，无论外观还是内质，形体还是音准，仅次于天子之制，你知道吗？"

"……知道。"

"今天演唱的曲目，只有王侯公卿上等贵族才可使用，你知道吗？"

"……知道。"

"我已经名显诸侯，光耀天下了，你知道吗？"

"知……道……"

"你知道什么！"苌弘忽然一声大吼，如同发怒的恶煞，双手抓住尹喜肩膀，猛然用力一推，将他摔了个两脚朝天，再挥动胳臂将几上觥盏哗哗啦啦扫到地面。他双目瞪圆，看着这一切，手抚苍白色山羊胡子，忽然流出眼泪，抽咽几声之后又大笑起来："我名显诸侯了！光耀天下了！"

尹喜慌了，正欲出去找苌姬他们，不料苌弘向他招手，目光恳挚，神采自然，他只好走到他身边，扶着他的臂肘，安顿他坐下来。

"尹喜小弟，你知道，苦中作乐，乐在表面，苦在内心，人有多难受！"苌弘眼泪哗哗地望着他，眉头蹙了一下，"你知道，周在文武成康之世，君明臣良，国祚雍熙，天下太平。至周幽王贪淫无道，残害忠良，死于犬戎进犯的乱军之中。平王东迁洛邑，君弱臣强，五霸七雄各据一方，大吃小，强凌弱，贵族竞相奢靡，无官不贪，贫苦庶人没有生路，致使盗贼遍地，土匪成群。身为王室司乐，我眼看君王虽有天子之位，而政教不兴，号令不行，各地乐师不陈诗而《风》亡，诸侯不助祭而《颂》亡。早先我在老聃那里翻遍文武成康之世各国采风记录，那时尽雅正之歌，以诚心正意之气熏蒸人心。如今，邪淫萎靡之乐泛滥，宫里宫外溢满靡靡之音。我这大司乐急得从助政入手，期盼重整纲纪，恢复礼仪，不料与奸臣佞人裹在一起，为千夫所指。我当初何必要过分忠于景王呢？王子们明杀暗斗时我为什么要义不容辞地掺进去呢？这几年我为什么要建议为成周增筑城墙呢？我究竟做错了没有？普天之下，你们谁能知我解我呀！"

他口若悬河，满腔块垒由这滔滔滚滚的奔流冲荡而出，自己也被这奔流泄洪冲得筋疲力尽，脸青了、眼麻了、头晕了、身软了，扑通一下栽倒在地。硕人及仆役听见尹喜喊声急忙赶来，将他抬到卧室。

尹喜被他的激情、率真和热诚深深感动了。他原本想在离开之前劝他几句，但在这种情况下怎么开口呢？前些天在陈国老聃家，他们曾议论过苌弘，两个人都很感慨。自幽王乱周，至敬王已经十四代了，大势已去，这是天道，而苌弘倾尽其力地兴周，背天惑人，将如何收场呢？他很想劝他紧急退却，但自始至终找不到契机。唉，这位老夫子周身的血液太滚烫了呵！

苌姬没有亲眼看到父亲酒后忧愤吐真言的这一幕。她的内心早已替父亲担忧。在街头救险的场景让她久久为之发怵。当夜，她就和父亲交谈，希望他急流勇退，干脆到陈国李耳伯伯那里度过晚年，安然终老，比什么都好。但父亲怅惘不语，他心里丢不下筑城工地，这件事是他倡导奔波一手促成的。

苌姬自见到庚桑楚，两人的热情刹那间再次燃烧，酒宴之后，就迫不及待地双双出门了。

"'鹑之奔奔，鹊之疆疆。'我们俩比肩携手燕燕于飞形同情侣，还是第一次哩！"苌姬把庚桑楚的肩膀拍了一下，目光中含着俏皮，峭直的鼻子耸了两下。

"怎么，你怕人看见？"

"我怕什么？如今你是文质彬彬、聪俊韶秀的有识之士了，不再是当年那株小桑树，不再是那个呆头呆脑的木木后生了。"苌姬忽然惊喜地指着侧面的街道，"看，咱们当年就是在这儿买蟋蟀盆的。当时你那痴愣愣的样儿，还记得吗？"

"我当年邋里邋遢，衣冠不整，我记得，你还板着脸朝我念了那首诗，'相鼠有皮，人而无仪。人而无仪，不死何为！'"

"我当然要那么厉害，不然，你能下狠心改正吗？"苌姬得意地咯咯笑着。

二人停住脚步，朝那边望去。情景依旧，一街两行，人们围得团团簇簇，高高挂起的各种蟋蟀笼子清晰可见，卖主的大声吆喝也依稀可闻。

"唉，这既是一个苦难的年代，又是一个娱乐的年代。"庚桑楚不禁感叹，"听说斗蟋蟀、斗鸡非常风靡，以此为赌，不论官员还是平民，全都赌红了眼！"

"这更是一个自由的年代。"苌姬接过话茬，似有用意地说，"'桃之夭夭''杨柳依依''燕燕于飞，上下其音'。青年男女歌《关雎》之章，唱《木瓜》之调，让爱情在无拘无束中化为欢乐，比你说的那个娱乐有价值吧？"

庚桑楚一愣，针锋相对地说："你是有所指吧？'燕燕于飞'，上下不能合音，造成劳燕分飞的，究竟是谁？难道'雄雉于飞'错了？"

"'彼美淑姬，可以晤歌。'"[①]苌姬立即吟出另外两句，反驳说："相约、会晤、对歌，俊男瞄准了淑女，就一路追随。你追随了吗？"

---

① 选自《诗经·陈风·东门之池》。

“难道让我与你一同去鲁国，拜倒在孔夫子门下？”

“我真的是这个意思。”苌姬敞开心扉，诚恳地说，“当然，首先要侍奉伯伯平安度过晚年。日后呢，在孔夫子门下可以学到切实有用的东西，入仕为官，经世致用，于天下社会更有益处。”

“这是谵妄之谈，我真替你害臊！”庚桑楚气愤地说，“我原以为你只是夫子的半路弟子，看来错了！你连夫子学堂的门槛都没有跨过！你差池得太远了！”

苌姬倒很平静：“你如果亲眼一看就明白了。现在，鲁国上下以及邻近各国，对于孔夫子非常尊敬，‘圣人之象’的呼声甚高。我父亲的预见是高明的，其中必有缘由。对于伯伯之道，我虽然见识浅陋，但在他身边这么长时间，耳濡目染……”

“不要再说了！上午的争辩难道还没有结束？道不同，不相与谋。道不同，争论何益？‘雄雉于飞’，不求‘上下其音’，放个单飞也是可以的！盆能养虫，罐也能养虫。何必要求摔了盆都去用罐呢？而且，罐未必比盆优良！”

苌姬诧异而抱憾地望着他。看来他宁舍“淑姬”也不愿舍‘道’了。

不知不觉，他们来到瀍河边。高堤与河水依旧，护堤的银叶杨被砍得稀稀疏疏。风在空中啸叫，声音凄厉，仿佛旁边“万人坑”中的无数尸骨在吟诉。当年这儿因“东王”“西王”混杀成了堆尸场，河道被尸体壅堵，臭气能把树叶熏焦。他俩和李耳夫子、师娘希无数次沿着河堤徜徉，李耳夫子喜欢有水伴游，喜欢做水的玄览水的梦幻水的遐想，这儿留下了他的多少身影多少思索！

当年的守藏室已经面目全非。他们来到这儿，看见大门紧锁，厚重门扇的红漆早已脱落，干枯的褐色木板裂开不规则的大缝，门前狼藉着树叶柴草。伤感浸蚀着他们的心，还是匆匆离去吧！

他们一路走着，很少说话。互相知晓，再遇面已经很难。因而当最后的目的地——洛河之滨，他们首次“坎”“离”叠合的欢爱之地，马车底下完成洞房花烛的地方，两个人都默默流泪了。

“河水泱泱，我心怅怅。唯念伊人，在天一方！”苌姬望着渺渺河水，哽咽咏唱，之后泣不成声！

庚桑楚的瘦高身子如一株枯树直立不动，头低着，不言不语，只是让泪水往胸襟上滴打。

苌姬侧脸望着他，忽然扑过去，将他的脖子抱紧。“楚楚，亲爱的师兄，我们真的不能走到一起吗？”

“苌姬，我最亲的心上淑姬！”他的手抚着她的额发，泪眼对着泪眼，缓声说：“自从在库馆那几间密室，见到先人们探索文明的遗迹，我的心就拴在一根柱子上了。我相信，当今世间，只有李耳夫子真正懂得这些典籍的价值，真正领略它们的涵义，也只有他能够沿着这条路一直前行。如今，他发现了‘道’‘道法自然’，天地万物一切事体都遵循着规律，这个理论有别于人间存在的各种学说。夫子一生独异于人，他的学说也是如此。我抱定了这根柱子，不管别人如何去赶什么风潮。”

苌姬不再言语，她哭得更为悲伤。

庚桑楚被她的哭声打动。他转过身，双手从前面抱住她的纤腰。

“楚楚，我们就要分手了。‘死生契阔，与子成说，执子之手，与子偕老。’曾是我们共同的誓约。但这都已像滔滔河水一样付诸东流了。让我们在最后的欢愉中补偿这该死的愧憾吧！”

“苌——楚——苌——楚——，其——叶——蓁——蓁——。天——作——之——合——，人——何——以——分——”庚桑楚仰头对天痛苦地咆哮，细长胳臂像铁条一样把她箍得更紧。

第二十五章

郢城狼烟

一　古城一夜

这是一个不平静的夜晚。这晚发生的事情，是那么惊世骇俗，又是那样丑恶无比。

这也正是孙武最为得意的时刻。经过了柏举、雍澨两大战役，他指挥的三万主力部队打败囊瓦和沈尹戌的二十万大军，以胜利之师长驱入郢。入城驻定，未曾洗尘，孙武就差人找来徐甲，要他赶车，并陪他去看看这天下名都的古老城墙。

徐甲欣然驭马挥鞭，乐意为这位神奇大将军做庆典式的巡城之驭。他于数月前带着崔旦从那座山林走出，回归已渡过汉水挥师西进的吴军，边打边追。

徐甲在驷马耳梢上方旋了一个响鞭，身子一斜，靠在车侧板上，下面的车轮就呼呼悠悠地滚动了。

这是一座水陆通达、鱼盐兼利、商贾云集、贵胄世居的城市，平日街上人稠车挤，拥拥攘攘，但今天人们都吓得躲在家里，街衢便如子夜一般寂寥，两边店铺全部关门闭户，宽阔的街面阒无一人。夕阳沉落之后把最后一抹霞光留给这蒙上耻辱的都城，也催促着徐甲鞭下劳顿未解的马蹄。

车子在南门外停了下来。

“堞楼如此之高，拱顶如此之厚，砖土如此之粘，真乃世间罕有呵！”

孙武移动脚步，在模糊的光线中面对城墙，时而远眺时而近摸，观赏体察了一番，由衷地赞叹起来。

他迫不及待地赶来考察，是因为这座古城太有名了。二百多年前，楚文王在此建都，前后历时五十年，特意将城墙筑高筑牢，如齿的堞墙密集，人称“隆城”。囊瓦的祖父子囊补修了城郭，令弓矢云梯难以奏效。这无异于一种威震四方的雄心展示，后来果然有楚庄王问鼎中原的霸悍之气。但是，连年征战掠土掳民，强国之后，也加剧了宫廷奢华糜烂，楚平王沉湎酒色，父纳子媳不过是戏剧性的一幕，但这一幕的情节波动也让他裹挟其中，并在紧锣密鼓的喧嚷声中推向高潮。

历史与现实，社会与个人，常常会有一只灵慧的手在编织，让不同的人在有关联的情感与目的中遇合成一个惊心动魄的故事，让故事中和故事外的人们感慨它的巧合与奇特。孙武在冷冬的暮色里手抚城墙，他想到了楚文王、楚庄王、楚平王和如今弃城而逃的楚昭王。这个楚昭王正是秦公主孟嬴所生。受这一事件牵连的伍员和崔旦，已是破楚的有功之臣。当年修筑城墙的子囊，他的孙子囊瓦却是丢失郢城的主要罪魁。

“真是一场悲剧呵！却因骨子里的失道，一切都丢掉了！”孙武仰头望着依稀可见的城堞，默默在心中叹息。

“大将军，天色已晚，咱们回吧？”徐甲低声催促。他至今在他面前战战兢兢，被他的威严和难以捉摸的脾性深深慑服。

“走，再去北门看看！”

徐甲应了一声“遵命”，驱车赶马，从城外的池边大路直行，到了东门再向北向西，这座方方正正的古城外沿共四十里，至北门正好是一半周长。

孙武一直在车上站着，侧脸面对黑黢黢的屏障一般的城墙，连续沉湎于高墙带来的思索中。筑城与攻城，几乎成为二百多年来连绵战争的不尽循环，可惜自己在十三篇兵法著作中未能述及。待削平天下，在明达和谐的社会环境，是否应补写一部新的兵法？自任吴国大将军以来，为实现入郢破楚大策，历时六年，明里暗里，水上陆上，曲曲折折，烈烈荡荡，经过了多少番切切实实的拼斗呵！这个过程完全可以写一部《孙子战法》。如果说当初为写《孙子兵法》作了那么多的准备，日后写这本书就不用再去考察，只需理清头绪归纳整理就行了。

车至北门，又向城北五里处赶去。孙武仔细察看这儿的人工渠。为了攻占郢城，半月前他下令筑渠引水，把漳江之水拦坝截流到赤湖，湖水通纪南城再冲向郢城，吓得楚昭王乘舟逃跑。郢都无主，不攻自破。他在入城前夕紧急命令掘开拦坝，放水归江。洪水退得怎样？他一直悬念在心，唯恐给周围田地和生民带来祸害。月光如水雾一般，静静地泻在徒卒们用石块树枝泥土混合垒成的堤岸上。渠底的水浅浅的不再流动，滔天大浪只能在江河发生了。

“回吧！”孙武简单地吩咐之后，抬眼望着夜空，北斗七星的斗柄已经直直垂下。他对徐甲忽然生出怜惜的情绪，但却简单地说：“你也该歇息了。”

归程中他一直望着夜幕，目光对着灿灿烁烁的北斗，仔细端详这个星座今夜的光彩，很想发现它的昭著变化。六年前的那段清寂岁月，罗浮山下的那片滩地，北斗形的沙石疙瘩成为他憧憬与梦想的寄托。这是他不期而遇的天地化生的奇观。如果这是一种神灵的寓示，那么，在这凯歌响起之夜，这一天星光中的皎皎北斗应该开怀大笑大放异彩才对呀！

北斗依旧，北斗无言。那灼灼闪亮的星颗，前四星组成车舆，后三星构成车辕，由茫茫云气浮托而行，看不见的君王头戴高冕珠旒坐于车内，浩浩天宇哪里还有不能扫荡的角落？

虽是子夜时分，但他浑身清爽，不觉严寒，也丝毫不知疲倦。但是，接下来出现的事情让他大为震撼，大为恼怒，甚至让他的人生道路发生了惊波逆转。

这一晚，罪恶与龌龊严丝合缝地掺裹在黑魆魆的夜幕中，一起向郢城降落。吴王阖闾下令，对楚国进行大规模的“宣淫”。他自己进入楚王内宫，找到楚昭王夫人，与她共宿龙床；其他文武官员由伍员安排，依尊卑班序分据相应的官宦之家，淫其妻妾；徒卒则任意掠奸。可谓君臣有序，老少无别，以示对楚国的羞辱。后来有一部稗史，称这夜“郢都城中，几于兽群而禽聚矣”。[①]

孙武在城中看到了这乱糟糟的不堪入目的情形，明白之后立即去找伍子胥。

伍员心中另有所图。他急切地要报父兄之仇，在具体安排了吴王的旨令后，立即带人去寻找楚平王的坟墓。

孙武激愤不已，在伍员下榻的楚国司马沈尹戍府中一直等候。天明时分，伍员带着一腔苦恼失望而归。两位好友的争辩与分歧即刻产生。

“原来如此！原来如此！原来如此……”

孙武听罢伍员的叙述，知晓阖闾真的如此荒唐如此丑恶，知晓阖闾与伍员还将拆毁楚国宗庙掠夺当地财宝，并将发兵攻打越国、齐国，进而称霸中原，他真有一种捅破遮眼布，立即恍然大悟的感觉。

“原来如此……”不断地感慨，不断地思索，心中的屈辱感漫上来，溢胀了他周身的每一个器官。

一个精心探索战争奥秘的人，被誉为满腹韬略，神机妙算，但他却盲目地视贪鄙小人为乱世王者，像一辆忠诚的驷马之车，被肮脏的屁股压着，东荡西杀地为他效命。人生最关键的一仗，他打败了。

伍子胥坦然望着他，劝慰说：“阖闾纵然荒淫无度，也不失为一代豪雄。他胸襟宽阔，重用贤才，刚起用你就封将挂印。这一仗千古留名，他必当更敬重你，待来日扫平天下，你和《孙子兵法》岂不光耀万分？”

孙武冷笑一声，目光如闪闪剑锋一般刺过去：“为这样的人夺得天下，我就在马屁股上拔一根尾丝吊死在车辕上算了！”

他昂头挺脸，目不回顾，脚步铿锵地走出去了。

二　再望北斗

阖闾创造的倾军倾城的“宣淫”，把那个时代风云人物的纵欲、贪婪、

① ［明］冯梦龙，［清］蔡元放《东周列国志·第七十六回》。

霸道、放肆作了展示。作为一个压抑了十年，胸中藏着称霸天下愿景的得胜之君，既要让自己的欲望之火一通狂喷，又要以这种方式笼络将士感情，还要给楚国上下沉重的精神打击，以此震慑人心。他想尽快摧毁楚国，下令捣毁楚国宗庙，砸烂象征公室权力的“九龙之钟”，烧掉屯贮多年的粮库“高府”，城里城外官方民间的珍器财宝也要洗劫一空。

对楚国遭受蹂躏重创怀有切肤之痛的唯一异国人是崔旦。本来，吴军入郢是她梦寐以求的事情，但她的心愿并非破楚灭楚，恰恰相反，她希望楚国的江山永存。原因很简单：他的外甥，那个由伍员一手保护的楚国太子建的儿子公子胜，现在可以继承王位了！当年楚平王倒行逆施，太子建被迫流亡而遭杀戮。现今逃亡的楚昭王，是楚平王为了宠爱孟嬴才改立为太子的。自进入郢城的那一刻，她就想到公子胜应当及早入主王宫。几天来吴王及臣下肆意淫毁，真是把把火声声叫都让她心悸。楚国的宗庙是外甥的祖脉，民众是外甥的根基，珍宝是外甥的财富，粮草是外甥的依赖。吴王的胡作非为，是存心与她的外甥作对呀！

崔旦心急火燎地去找伍员，求他向吴王进谏。自与徐甲回归吴军后，她一直由伍子胥关照，编属在他的帐下。依据孙武“故三军之事，莫亲于间，赏莫厚于间”的法令，吴军胜利后应当对她重赏。几年前她秘密入楚委身于囊瓦充当间谍，就是由伍员细致安排的，加之伍员与太子建的特殊关系，她与伍子胥之间也就有了一种命运相系的亲近。

伍员为复仇奔波，怎么能找到？

孙武闭门不出，怎么能见到？

无奈之中，找到徐甲。

徐甲弄到了两匹“赛龙蛟”栗色好马。那些高官显宦之家，良马盈于外厩，美女充于后庭。别的军官迷恋于美姬珠宝，徐甲却在囊瓦的马厩中悉心转悠，从几百匹骏马中挑了这两匹。据他判断，这两匹马可以日行千里，配在孙大将军的车上是很合宜的。

“徐大哥，我们一起去外面转转，散散心吧！”

徐甲看她满脸愁云，不解地说：“入郢破楚，大功告成，等着领重赏，给大将军当爱妾。怎么还不高兴？”

崔旦把她的想法和忧虑和盘托出，徐甲连连点头：“过几天一切都会好起来，你等着好日子吧！”

徐甲赶车，拉着崔旦，去当年的太子府看看，那是崔旦的姐姐崔申与太子建婚后居住的地方。

街上的情形有了微妙变化，楚国民众以隐蔽的方式反抗暴行。他们三五成群，团团伙伙，这儿一处，那儿一堆，观望议论着什么。在僻静小巷，出现了吴兵的尸体。吴兵只能集体实施劫掠，奸淫也只能以强暴的方式进行。车子经过楚灵王修建的细腰宫门前，他们发现这儿的吴兵很多，出出进进，嘻嘻哈哈。

崔旦过去曾随囊瓦在里面浪游，熟悉内中情况。灵王死后，细腰宫变成游乐园，设有歌班、舞台、乐坊、妓场、商肆、酒馆、旅店、花圃、水榭，融艺技、淫乐、观光、食宿为一体，背后与楚灵王建造的另一个名胜景点章华台相连。

崔旦建议徐甲不妨进去看看，徐甲却鄙夷地说：“这是一座害人宫呀，名声很臭，你的外甥日后当了君王，就一把火把它烧了算了！”

说话间，一辆高轩锦帷的车子从里面急急惶惶驶了出来，前后簇拥着二十多名甲胄齐全的卫士。他们神色慌张，如惊弓之鸟，出了大门就拼命逃窜，车飞人跑，隐没在邻近的一条小巷。这小股人马既不是吴军，也不像楚兵，又不像土匪。崔旦想了想说这是周“西王”王子朝吧，他投奔楚国后，楚王并没有把他当座上客，也没有什么供给，只在章华台下给了一排房子。近来周王室乘楚军大败之机，派兵前来消灭王子朝，想必他是从章华台的后门逃过来的。

徐甲心中一震，王子朝，当年多么显赫的人物！如果景王迟死几年，他不是当今的天子么？可怜可恨，他与“东王”杀成往来不休的扯锯战，洛邑内外死的苍生化成腐气把树木花草的叶子都熏光了！临逃离的时刻，掳走王室典籍，这个举动很让徐甲反感，李耳与庚桑楚可是天下少有的正经人呀！

“我想起来了，尹喜大夫也是李耳的弟子。”崔旦对尹喜心存感激，那个谦谦良人给他留下了可亲的印象。

“像王子朝这号东西，不死也是祸害！”徐甲骂毕，又咧嘴一笑说，“他的一张特制宝弓还在我手里。这回入楚作战，我还用它射倒了三匹辕马！”

说说道道，他们来到昔日的太子府，后来的太子庙，发现吴兵已将墙内的殿宇阁楼全部烧毁，余烟四散，一片狼藉。

崔旦站在门前，手抚栏墙愤恨而又惋惜，连声哀叹。

她在几天之后终于见到已经掘墓鞭尸报了私仇的伍员。

其实伍子胥也有扶公子胜为楚王的意愿。他曾经找过吴王阖闾，但阖闾主张先灭了楚国，杀了昭王，掳尽人力财货。他还用《孙子兵法》的“掠乡分众”“廓地分利”“因粮于敌”“重地则掠”做理由，对伍员说：“你告诉大将军，他的兵法真管用呵！”

“公子胜肯定会坐王位的，你还是多多考虑自己吧！”伍子胥笑嘻嘻的神态中藏着一丝诡秘，“大将军已经名满天下，他还要得到重用的！”

崔旦松了口气，休息调理了几日。铜镜中窥见一张莹莹白润有如露珠白的面孔时，又精心装扮一番，自信地找孙武去了。

相见在子夜，在露天，在巍巍耸立的城楼上。崔旦跟踪辗转，连连打听，幸有徐甲打探、通融，才得以登楼。但她上楼后却有些犹豫了。

孙武背着身子，正在向远方眺望。他望什么？能上前打扰吗？这个人的心性可是很冷酷的呀！又一想，我在囊瓦身边心里流血脸上赔笑，受了多少煎熬，他一个堂堂将帅，能不怜念有功之人？

崔旦故意在脚下踩出声来，又细嗓嫩音地吭吭了两下，待走到他身边，他已侧过身子。

崔旦在清微的月光中躬身施礼，孙武却朝后退着。

她娇声切切地问：“将军半夜登楼为了何事？”

孙武半晌无语，之后缓缓吁了口气，才说：“北斗其灿，明星有烂，正是在这个时辰。”

崔旦大惑不解。她走过去，贴着他的身子搀住他的腋下，又用手掌在他的肩膀摩摩拍拍。正是腊月时光，严寒逼人，崔旦耳鬓厮磨地为他驱寒，一边说：“五战五捷，以少胜多，将军的兵法神奇，功盖中原。楚国受到打击，吴国益发强盛，称霸天下就指日可待了！”

孙武猛然转过身子，肩膀在扭动时蓦地撞落了她的手臂。他不能抑制内心的怨愤，大声说：“你正说出了我的抱憾、我的懊恼、我的罪恶。五战五捷，死的人可以垒成如这座垛楼一样高的无数道城墙了。我的理论，如兵者诡道、上兵伐谋、避实击虚、因敌制胜、制人而不制于人、示形动敌、造势任势等等，获得实战检验。在战法上，灵活机动，因敌用兵，以迂回奔袭与后退疲敌，伺机决战，深远追击。可是这一切，却是在助纣为虐呀！”

崔旦终于明白过来，但是她却不能接受：“将军说得严重了！我在楚国七年，眼见楚国君臣荆蛮习气不改，恃强凌弱，荒淫无度，恶事做到头了！阖闾虽有私心，毕竟是有为之君。他如今势头正猛，将军可以借他的雄心，实现自己抱负。日后吴王称霸天下，将军就是九州大地独一无二的兵马大帅了！”

“我要的是大治天下、明和天下，哪里是称霸天下？”孙武驳斥说，“尧舜文武之道，以正义之师，伐无道之君，上合天道，下应民心。为一人一族扩地掠民兴业建邦，这是丧良昧心的事呀！”

崔旦沉默无语。她心中所谋划的，正是孙武所忌讳的。还有什么可说的呢？

“北斗其灿，明星有烂。”孙武肃然伫立，望着遥遥天幕上的北斗星座，自思自咏，物我两忘，“旋机玉衡，以齐七政。斗为帝车，运用中央，临制四向。分阴阳，建四时，均五行，移节度，定诸记，皆从所系。我久居‘天权’，所主时机、水脉、吴地，均有灵验。唯主天理、伐无道，贻误不浅。我虽然主张兵以义动，可哪里有天理、正义可言？《兵法》十三篇，本是占十之满，三之众，天下大治以众人齐心合力得之，如今却变成诡道凶险、弄权取诈的阴谋家韬略，我做了一场什么事呀！”

孙武说着，竟哽哽咽咽，啜泣不止……

三　最后杀戮

徐甲没有料到胜利的天空会有这么大的变脸，晴空万里、蓝天白云怎么会刹那间被团团乌云、层层阴霾遮盖。才几个月过去，逃亡于随国的楚昭王派人向秦国乞师成功，秦哀公出兵救楚，越国趁吴倾兵伐楚之隙发兵进犯，吴王阖闾的弟弟夫概在姑苏自立为王分庭抗礼，楚国上下反抗吴军的行动也非常猛烈，吴军难以固守郢城，只有撤退回国了。

更让徐甲难以置信的是，大将军孙武去意回遑，他眼下对吴王只是敷衍应对，虚与委蛇，等待时机溜之大吉。当年派他入周探访李耳，回归后他如实禀报了，前几天孙武又让他详细叙说了一遍。“功成身退，天之道如此豁然，不退也不行了。”

“将军，不能退呀！”他大胆插嘴，内心那一线希望的明光在鼓舞，“我们所有的将士还指望跟着将军立功受赏哩！”

“徐甲，念你在罗浮山就追随我，实话相告，我自入郢之日就心生别意。”他的酱红色脸膛现出少有的亲切微笑，走到他身边说，“别的道理不讲，你也是齐国人，要是吴王发兵攻齐，你去不去？”

“我怎么能去？斩了头也不能去！”

孙武倏忽一笑，转过身就进了内帐。

徐甲明白了，又惆怅了。退！退！大军要退，孙武要退，自己退不退？

吴军官卒从恣情声色任意掠抢转入正规集结。由于被动应付，原先承诺的奖赏与升阶待日后兑现。三军将士纷纷嗔怨，如果当初短暂休娱，及时班师回吴，怎会有如此狼狈地逃离？徒卒们在咒骂中，揭穿阖闾当年谋杀胞兄吴王僚与其子庆忌，又与胞弟夫概钩心斗角的恶行，徐甲分明预感到了阖闾的凶魔末路。

随大军回吴，还是另作选择？孙武既有去意，自己留下还会有什么出息？去晋国投奔魏、赵两家？回齐国再入公室军旅？

要说走，唯一牵扯的那根线索，是崔旦。

分分聚聚，哀哀怨怨，结缡不得，又割舍不下的，正是她这姿韵娆娆、心眼多多的女人。如果她能转意，给自己一个婚姻的可能，那就留在她身边，为她的外甥公子胜干事，也是很乐意的。

正是五月初夏，南国之乡已满地生热，郢城大街挤挤攘攘的人群中露出一大片光光黧黧的肉膀子，嘈杂的脚步声与高亢的叫卖声掀动闹哄哄的热浪。徐甲赶着赛蛟龙宝马，御车去楚王宫寻找崔旦。

经伍子胥与楚臣交涉，吴兵退后，楚昭王为公子胜封大邑享世爵。公子胜已由吴入楚，暂住王宫了。崔旦自此成为楚国公室之戚，是名正言顺的贵妇人了。

徐甲没有想到崔旦会变成什么样子，因而在相见的一瞬，他产生了战栗的眩晕。

已有三分矜持的崔旦，她的白嫩娇媚的面孔由墨紫色高领衬托，秀颀的身材由垂垂落地的旋腰式细绉轻纱百褶裙包裹，乌发高挽，盛髻显露，白金点翠的凤嘴衔珠簪斜插三分，两只丁香珠耳环的轻摇显出款款步态。流行的大袖小袪被她大胆改过来了，白玉般的手臂裸到肘部，裙裾下面的绣花鞋面频频闪动。颀长、凸胸、细腰，盛装艳服强化了她的丽质与华贵。几分媚态在突然出现的徐甲面前荡然无存，她以王后般的主人姿态面对这个奴仆般的驭人。

徐甲一见她这等气派、这等风韵、这等神情，心就掉到万丈深沟里去了。

“徐甲呀，想不到吧？大富大贵之人，蹉跎了一个大圈，到头来总会落到该落的地方。”崔旦抬手示意他坐下，不待他开口，径直讲自己的打算：公子胜在封地安稳后，她就返回吴国，在伍员身边做事。伍员已经答应收她为妾了。

徐甲大为惊讶：“不跟大将军了？”

崔旦愤慨地回首往事，告诉他，无情无义的孙武，已与她刀割水洗，不再有任何干系了。

那晚，在城楼，当孙武眺望北斗，吁吁叹叹悲悲切切之后，她上前抚慰，思来日终归异人之说，如今功成名就到了该有归宿的时候，便按捺不住内心激奋，半搂半坐地贴上自己的身子。

“将军，有崔旦捧着自己的心与你相伴，她会把自己的一切都浸沁在你的骨头缝子里。”她的双唇撮近他的耳孔，以游丝般的轻声细气倾吐情怀，“周景王二十年，楚平王暗纳子媳，我姐嫁给太子建，至今整整二十年了。我从十六岁自秦地奔波至今，已成为一个花瓣将落的半老徐娘。但从根源上说，十四岁我就知晓了自己有伴异人之命，为这一目标历经的苦难胜过刀剐油煎。将军，你是我命中注定的同床共枕的夫君呀！”

也许孙武被她的真情打动，他丝纹未动，接受了她的“坐怀”，但前前后后却没有任何动作。

他后来终于冷笑一声，一字一板说：“不错，我是个‘弋人’，以阴谋家的韬略游弋，在血腥的战杀中扬威，我终于有了名显诸侯的今天！”

崔旦趁机说：“将军的声威，也有我的歌声衬垫，没有我的歌，兵法不会这么出彩的。”

“何以见得？”

崔旦朗声笑了，身子一抬，把整个股臀压在他的腿上，望着渺渺星空，以那流行的花腔，抒情地唱了起来：

“微乎！微乎！
至于无形；
神乎！神乎，
至于无声……”

崔旦顿了一下，将要再唱“利而诱之，乱而取之……”，孙武就明白了，他连声“噢”着，感叹说：“战场用兵跟男女交欢是一个调子？看来，兵势与房势一样，都是人之至情至性在扩发，是人的天性决定的！”

崔旦说：“将军耽于兵战，待补于房中，贱妾会一如既往成全将军的！”

孙武忽然伸出双手将她推开。他走动几步，高声说："我早有妻室，归去之后，我要成为一个真人，消遁于林木果蔬之间，怎能让你跟随？"

崔旦急了，质问道："我受命于发兵之际，在囊瓦身边备遭辱险，你怎能不守信诺，事过之后将我抛弃？"

孙武叹了口气说："毕竟过去了。今夜望着北斗，整个星空，天宇，人间，都变成另一种样子。现在跟过去大不相同了！"

崔旦正欲扑上前去纠缠，孙武拔出腰间弯刀，厉声喊道："要是再有动作，就把你砍了！"

孙武以他的冷面冷心、无情无义沉重打击了崔旦，崔旦也就此收心。

"异人？"她终于明白过来，"天下不至于一个异人吧？"

次日夜，她带着满身丝瓜的清馨，躺在了伍员枕边。至此，箫声与歌声融融合一。

"一个品箫的相国，才是真正的异人。"崔旦凝望着徐甲，脸上显出既得意又诡谲的神色，"孙武已丧失进取之心，伍员倒想辅佐阖闾称霸天下。我的外甥还想登王位，这都得靠他呀！"

徐甲非常惊诧，她的"风向"转得着实太快了。

"谁用得上你就嫁给谁？"徐甲直言不讳，"是不是太势利了？"

"势利又怎么了？这年头，不势利的人有几个？"崔旦坦然笑着，乌发上的凤簪金丝和丁香珠耳环颤颤地闪动。

"你没听过一支咏唱楚国歌女的歌子吗——

有女美姬，
巧饰形色。
携鸣琴兮，
揄长袂兮，
穿绣履兮，
手招目媚，
出门千里，

不择老少而奔富贵兮……”①

徐甲听得很不耐烦：“我怎么办？你不再黏我了？”

“你是什么人？小小驭人，靠坐马功闻马屁过日子。你说，还想干什么？”

徐甲气得两眼喷火，猛扑过去，双手掐住崔旦的脖子。

“当年在渭河滩飞媚眼打暗号，槐里旅馆亲口许终身，千里旅途明躲暗勾夜夜承欢，楚国山洞里硬插在我身边睡成‘同人’……你当时就不嫌我是闻马屁的？”

徐甲越掐越紧，看见她的脸孔白中发黄，像吹大了的猪尿泡，但那双眼睛却在拼命挤出凄楚的媚笑。他鄙夷地骂了一句粗话。

徐甲扔下崔旦，上车打马，冲至街市。

吴军撤退前进行最后一次抢劫奸淫，徒卒们在街上发疯般的作恶，浪笑声、厮打声与哭喊声交织成炸了锅的气浪，喷得人难以容身。徐甲看着看着嗓子发痒，手心发烧，浑身的肌肉筋骨发酥，就像在战场的拼杀中，眼睛一见剑钺鼻子就激动难捺，需要呻唤，需要嚎叫。

正好从细腰宫门前经过，脑海忽然闪过王子朝的华车，他火速催马，拐进那条小巷。天设奇巧，他的眼前正有那辆高轩锦帷的车子迎面驶来，后面有一队人马紧紧追赶。徐甲暗中叫好，那把孤顶镶着三颗宝石的桑弓已从厢内取出，他伺机瞄了辕马鼻头射了一箭。马倒车倾，追兵如波涛般涌了上去。刘子派来的王室军卒终于将王子朝杀掉。

① 据［西汉］司马迁《史记·货殖列传》，略有改动。

第二十六章

龙麟其姿

一 子路发威

没有“燕燕于飞”，却总萦萦于梦。庚桑楚在脑海里缠绵折腾，闹的苌姬爱爱仇仇、丢魂失魄，连续三个夜晚都凄惨地失眠了。

随着南容、子路回到鲁国曲阜后，苌姬仍然住在南容的客厅里。她的心理包袱太重。庚桑楚、伯伯、去世的干娘以及父亲母亲，他们的面容身影怎能在眼前抹掉呀？自己是主动离开他们，而且是在他们最需要关照的时候狠心离去的。如今，在异乡，在孤寂一人的住所，在夜半更深的时辰，人在梦中，梦在情中，是理所当然的了。

那个庚桑楚最是凶狠。他在河滨的沙滩地强暴了她，这家伙在乾坤通泰中唱着秦人粗野的“叠合歌”，事毕，扬手指着她的鼻子质问道：“你说，你究竟是背叛了我，还是背叛了夫子之道？你究竟是看中了孔丘的治世之策，还是看中了荣华富贵？”

庚桑楚说罢，摸起一块石头，也可能是床上做枕头的砖块吧，抡起就砸，吓得她转身就跑。这个曾经在她面前畏畏缩缩的怐怐懦人，竟然凶恶如猛兽，吼叫着穷追不舍，一直把她逼到了波涛汹涌的洛河面前。

就在纵身跳河即将落水的瞬间，她一头大汗地惊醒了。

她穿上衣服，点亮蜡烛。

烛光瞳瞳，如清淡的月晖，照着厅内正中的几案杌凳，也照着对面墙上挂着的白色圭形木牍。

苌姬抬眼看见了主人精心雕饰的物件，“白圭之玷”的诗句依稀响在耳边。她的心仪之人南容，正因平日喜吟这诗，孔夫子才将侄女无加许配。如今，南容已与无加满意成婚了。

接连几日，她都觉得神志恍惚，夜里常有梦悸。

这天，南容告诉她，子路将去蒲邑任邑宰。这个昔日的山野汉子，经过孔夫子的学堂教育，即将摇身一变出仕为官，主政一方了。

“苌姬，子路是不错的！”南容面带喜色，显然有所暗示，“孔夫子很喜欢他。孔夫子说，假如有一天他的道行不通了，就去东边的海上踏波逐浪，伴他而去的就是子路了！”

“子路虽出身贫贱，却颇有武士的豪侠仗义之风，性格憨直，有时连夫子也要顶撞，但夫子因此而更加喜欢，很称许他的耿直和进取心，对他的政治才能抱有希望。”南容又说，“夫子这么器重他，我才设法通融，促成了他的任职。”

南容邀请她一同去蒲邑看看，子路也要去那儿，上任之前先暗暗摸清情况。

早春二月，乍暖还寒。南宫敬叔的车子却敞着车厢，任四野的流风冷气扑袭。主要是子路的执意，他要把沿途的景致、人群一一看清。

子路亲自驭马驾车，一路他的话最多。

“当年咱们和夫子在齐国，等呀等、盼呀盼，眼睛都渗出血来了，可那个晏婴老贼不说好话，齐景公不敢说用，也不好意思说不用，木刀杀人，难受得还不如死了！”子路说着，狠狠甩了一下鞭子。

“唯一的收获，是夫子学到了《韶》乐。”南容笑着说，“他整日操琴，迷在乐曲声中，你专门射了一只鹿，做了包子，肉香扑鼻，他吃完了还说三月不曾尝到肉味！”

苌姬插话说：“李耳夫子也是这样，他玄览时，身边雨雪霏霏也不能觉察。”

“不一样！黑鸦金凤，不同的脾性！”子路回头望着苌姬，以更正的口气说，“一个是圣人，一个是俗人。圣人想的是治理天下，俗人想的是修炼自己；圣人做学问为了使用，俗人做学问为了逃避。”

“君子阳阳，言之锵锵。”苌姬笑着说，“我佩服你的坦率直爽，又不赞成你的偏激。老实说，我正是觉得伯伯的道似乎高悬太空，离人世太远，才与你们为伍。但他的主张同样为了治世救人。他的夫人，我的干娘，临死时还这么唱——‘天大大，地妈妈，生下一个人人你不管了吗？’”

苌姬不禁动情，泪水唰唰，湿了脸颜。

“也许这是世间最凄楚、最绝望的歌子！”南容顿了一下，用细柔纯亮的嗓音，哼起《韶》的轻快旋律，把自己填写的词句清晰地唱了出来：

韶光韶景，
大和大同，
尧帝再世，
龙翔凤鸣。
男耕女织，
田碧黍芃；
老安少怀，
礼仪恭行；
各畅其性，
逍遥歌咏；
天下归仁，
君子之风！

说说唱唱，来到一座小镇旁边。子路眼尖，忽然看见了什么，猛喊了一声“吁”，又紧急拉死了刮木，车子晃荡了一下停住了。

远远地，一辆特别高大的马车奔驰而来，横列的四匹马昂头扬鬃，蹄声得得，铃当唧唧，不偏不躲地直冲过来。赶车人是个脸盘如水盆的阔壮汉子，蛮横刁野之气凌凌逼人，伸臂点手地大声呵斥：“快躲开，没眼色的痴梃！”

南容急了：“往旁边赶，小心碰着！”

子路说：“旁边也不行，这车太宽了！”

眼看对方驭人挥鞭催马车轮如飞直扑过来，苌姬吓得紧紧抓住厢帮扶手，等待险情发生。

“不要命了！”盆脸驭人一边大骂，一边打着响鞭，几乎占住路面三分之二的特宽马车越来越快地奔袭过来。

子路冷笑着手执长鞭，贴身站在车辕这边，迎面车马将把他扑倒并踩在中间马匹的蹄下。

似有湍湍的风流呼呼地啸叫涌动，从他们身上掠过。

眼看这车只有几丈近了，子路忽然跃步，直冲对面马匹，扬起鞭子，打了一个飞旋的花子，“叭”的一声脆响。马受了惊骇，前蹄腾空而起，高仰的脖子带动横轭，掀起车辕。前高后低，车尾几乎挨地。盆脸驭人惊悚地连喊带跳，拼命拽住辔头。子路又打了两个响鞭，四匹马乱腾乱踢，轭散辕裂，车厢颠簸了几下就轰然倾倒在地了。

原来，这是鲁国最有权势的季孙氏的家臣公山不狃的专用车，驭人奉命来小镇接主人。所幸厢内无人，否则还能不出伤亡事故？从这特型马车和骄蛮驭人身上，不难看出主人的专横跋扈。在鲁国，几年前还是“三桓”擅权，如今“三桓”的家臣各有强大势力，分别在他们的城邑拉起山头，横行霸道，“三桓”已无可奈何。孔丘和他的弟子们竭力推行忠君尊王的主张，对于鲁公虚位、三卿专权、家臣跋扈的混乱局面非常痛心。这次子路任职蒲邑，正是孔夫子政治意图的一笔预写。

豪勇无比的子路赴任之前以这种方式对付专权者豢养的虎狼鹰犬，虽然不是蓄意为之，但确实让他们几位痛快了一回。

“造这不合辙的车，还要横冲直撞，我岂能便宜了你！”

子路指着跪地求饶的驭人，教训完毕，又朝南容、苌姬感慨地说：“依我看，夫子推行周礼，就是为了整治世间这样那样的不‘合辙’！”

苌姬的心弦震颤了！孔夫子提倡躬行，他的弟子一个个勃勃进取，跃跃欲试，在动荡的社会生活湍流中驾舟击水，这正是自己心向往之的呀！

二　苍凉咏歌

回到住所，南容又问了一句：“苌姬，子路不错吧？”

苌姬当然动心了，但她只是微笑着点头，没有回答。

“但是，我没有勉强撮合的意思。”南容的谨言慎行是出了名的，他又说，“子路狂而进取，有勇无谋，孔夫子也曾严正指出。你可以随行观察一些日子，再做决断。”

苌姬跟随子路去了蒲邑。

这儿是边远小城，城里城外住着大批饱受饥寒的下民。子路做的第一件事，是组织当地民众修排水渠，他要把一片汪洋似的积水洼变成良田，解除生民的水患。开工当天，一位豪绅出面阻挠，因为渠道从他的田地经过。子路本来就是敢碰硬的脾气，他立即下令，并自己动手，将这个蛮横地主当场斩首。第三日，子路拿出自己俸禄赈济民工，每人每天补助一箪食、一壶浆。

“真是‘泛爱众而亲仁’，子路热心救世呵！”苌姬白天不离子路左右，她在这偏僻的乡下，在自己参与其中的亲民助民事务中，深深为子路的言行所感动。

夜晚，苌姬下榻于子路宰府的客房。自第一次子路领着她来到这间房子住下，他再也没有来过这儿。苌姬意识到了子路有意回避，以免她心生疑窦。据南容介绍，子路原先是有未婚妻的，由于他长年飘忽不定出入山林，居无定所，人家一再推迟婚期，他一气之下推翻了这门亲事。来曲阜入孔门之后，他一门心思用于学业，至今年近四旬仍然光棍一人。但在她面前，外憨内敏的他显得很自卑。二人同坐一车，他一路悄然无语，甚至不敢正眼对着她的目光。他不曾与她同桌用餐，总是让役人侍候她吃饭。

令苌姬诧异而抱憾的是他的自负，是踌躇满志，甚至大言不惭。当他的役人恭维地赞扬他的作为时，他竟然拍着胸膛说：“这有什么？即使千乘之国，夹在两个大国之间，外有兵患，内有饥荒，只要交到我仲由手里，等到三年，就能叫民众勇敢，个个懂礼仪。”听得她心里很不舒坦。

苌姬趁着子路回曲阜见孔夫子的机会回到了南容府中。

南容正在和他的妻子无加操琴亮嗓，院子里溢漫着袅袅淙淙的弦歌之音。

苌姬一脚踏进院子就听见乐曲声，渐渐地，她变成了一棵树，定定地戳在地面，直直的身子浴在了滔滔汩汩的音流里。

这是怎样的乐曲呵！分明来自天庭，浸润她的梦幻，渗透她的情怀，扯动她的心弦。这是一首完全由五弦古琴弹出的曲子，以第一弦的宫音为主，第二弦至第五弦的商、角、徵、羽四音为辅，低低悠悠地倾诉热恋的心语。她与他，一个“灼灼其华”，一个“君子阳阳”，并肩携手地在葚果喷香的桑林中漫步；或者是他与她，一个“公子”，一个“佼人”，神出鬼没地约会在月出皎皎的城郊。在无拘无束的欢爱中，悦己及人，由人及物，爱的波涛缓缓溢涌，悄悄漫涨。这种心灵的随遇而升，就像自己和庚桑楚在洛河边交感而发的“于穆不已”的誓愿……

关关雎鸠，
在河之洲，
窈窕淑女，
君子好逑……①

南容与无加第二遍互换了角色，由南容唱，无加弹奏。南容的嗓音如他的面容一样清朗秀气，诗句所传抒的绵绵悦意、浓浓欢情，由这温雅妙曼的声音，表述的不温不火。无加的乐感似乎更好，她的指尖与弦索的交感更为自然，第一弦的宫音主调突出而不张扬，其余各弦的四音间或糅入也是平稳和悦的。雍雍雅雅，最高境界的男女私情莫若如此吧！

① 选自《诗经・周南・关雎》。

忽然，当“窈窕淑女，钟鼓乐之”的乐句响起时，随着第五弦短暂高亢的羽音向上一扬，苌姬不禁打了一个激灵，那件令人很不愉快的往事倏地在心头掠过。十八年前，她愤愤地离家出走，起因正是因了硕人的一段哼唱。父亲接了硕人回家，二人在乐房中抚琴欢歌，硕人把她过去学过的浪情妖声的无词歌肆意哼唱，她的耳中逮了一段就如看到苍蝇嘤嘤嗡嗡一团纷飞，恶心难捺。同样是宫音的和悦，但掺入羽音的发颤，情感就迥然不同了。

由硕人而想到父亲，想到庚桑楚与子路，甚至还想到伯伯的儿子，那个仅仅见过一面，如今在晋国魏家军中为将的李宗。苌姬心事重重地走进自己的客居住所。

吃中午饭时，南容邀她一起用餐。桌上摆着两碟腌姜丝，三盘肉笼松，全是孔夫子喜欢的食品。和善可亲的无加在她面前显得热情大方，举止优雅。席间无加还向她请教了古琴演奏和《诗》的一些问题。这几天，他们依照孔夫子的吩咐，对《诗》重新修订，在音乐方面以《韶》《武》为准则，检试每一首配曲，在反复演唱中不断修正完善。

南容告诉她，孔夫子非常看重《关雎》《桃夭》等爱情之作，他说：“吾道之核心乃仁也，仁者爱人，泛爱众而亲仁，禽兽尚且有爱，何况是人呀！年轻人理当尽享纯真之爱！倘无男女之情爱，人类将何以繁衍？”

说到这儿，无加恳挚地对苌姬说：“姐姐，你比我年长好几岁呢，应当抓住时机，尽早与‘寤寐求之’的人‘钟鼓乐之’。”

苌姬知晓她的用意，却不便在这儿道出实情，明媚的眼睛躲闪着，苦涩地笑着点头。

南容从她的神情看出了蹊跷，饭后便陪她回到住处，一再追问，苌姬便如实相告了。

“子路虽有很强的进取心，但也自以为是，目空一切。”苌姬毫不掩饰地说，“你知道，我多年追随李耳伯伯，他是以谦让不争著称。子路这么狂躁，让我很难从心里靠近。”

南容坦率地说：“孔夫子说过，如果一个人有周公之才，但他骄傲而又庸俗，其他方面也就不值一提了。”

说罢，二人都沉默了。

南容歉疚不安地望着苌姬，安慰说：“你不要气馁，也不必伤心。夫子说，‘兴于诗，立于礼，成于乐。’①像你这样天资聪慧而又精诗通乐的人，肯定会有一个品位上乘的仁人相伴的！”

苌姬心里憋闷，很想倾泻一通，便说：“不必在意，咱们到丝竹管弦面前尽兴一回吧！”

在南容的乐坊，无加正领着几个乐工练习《桃夭》的曲子。苌姬没有向他们打招呼，她径直走到古琴边，人琴相依，指弦相触，便有山泉般的淙淙流音泻出，微微低着的头颅挺得平一些，唇间发出的歌声是那么清纯：

桃之夭夭，
何须其华！
窈窕淑女，
毋伤其嫁！
求之不得，
辗转何益？
夭夭故我，
枝叶蓁蓁！
诗咏无邪，
歌唱至性；
圣人笑吟，
天地有声。
于穆不已，
斯人何许？

① 选自《论语·泰伯第八》。

苌姬苌姬，
不求有归……

苌姬唱得率真，唱得尽兴，平素读过的《诗》的句子掺杂在如泉喷涌的思绪中，信手拈来，脱口而出。她的脸色并不忧郁，但南容和无加却禁不住掩面啜泣。

苌姬本想在这儿长期住下来，跟随孔夫子的弟子们“克己复礼”，但不久她就因故回去探望父母了。那天晚上她做了噩梦，母亲哭天抢地地向她招手呼喊，惊醒后立即想到了危机四伏中的父亲，天明就向南容告辞西去洛邑了。

三　想起老聃

不仅是南宫敬叔，孔丘的三千弟子，个个都对他们的夫子“高山仰止，景行行止”。如此的师道尊严，完全源于孔丘本人的言行点滴。

孔丘在口头上不承认自己是圣人，但他却是从里到外，不舍昼夜，时时刻刻，各种场合，都在分毫不差地做着楷模的证明。

“天何言哉！四时行焉，百物生焉，天何言哉！”①

孔丘虽然崇尚上天的无语而喻，但他却喜欢说长道短，在门人面前知无不言，言无不尽，对他们的指教周详具体，以推己及人的方式讲学论道。后来，他的门人把这些言行片段整理成《论语》，成为中国最流行、最有影响的儒家经典之一。

公元前501年，他已经五十一岁，被委任为中都宰，第二年做了中空，又升为大司寇。孔丘平素要求他的弟子做躬行君子，他自己的表率自不必说。出门坐车，车马有装饰的讲究；一日三餐，饮食有样式的要求；走路得有一定的姿态，上台阶也有一定的步法。这样的人当官，注定会像一位

① 选自《论语·阳货》。

精明用心的卖菜者，把什么“菜”都捋整得条条把把。在鲁国，不仅诸侯失势，就连“三桓”也让他们的家臣夺去了实力。那三个家臣分别霸占了三个城市，这三处的城墙修得高大厚实，可以与都城曲阜一比高下。孔丘决心削弱私家势力，首先要在这几家城墙上“动土”，奏请鲁定公下令“堕都拆城”。尽管他和他的弟子子路、南容等人尽心尽力，但他的另一位弟子、南容的哥哥孟懿子暗中作梗，加之齐国的干扰，历时半年的“动土”终于“动”在了自己头上。鲁定公与“三桓”对他失去了热情，他只有“挂冠出走”——头上的官帽不能再戴，就连鲁国也待不下去了。

“凤鸟不飞，河图不现，我不能再行大道了！”

“吾道不行矣，鲁国衰也！”

孔丘仰天长叹，与弟子们抱头大哭。

故土难离。这片土地，若依他的心愿，有望最早出现《韶》乐的美景，《关雎》的乐而不淫，哀而不伤的旋律也会响彻曲阜内外。但如今他只能凄凄哀哀地这么唱了——

我多想再看一眼鲁国呵，
龟山却挡住了目光；
无奈没有开山的巨斧，
任燃烧的烈火窝在胸腔……

自此他开始了周游天下，辙环列国，历时十四年的飘零日子。

他是一个内力十分强大的人。他不断地反省自己，也不断地回首往事。李耳夫子，这位曾经给他以谆谆教诲，在他面前疾言厉色的长者，暮年还乡，听说还在探求天道，如今不知怎样了？

约在八年前，他三十七岁的那年，带着子路和南容专程去陈国拜会了夫子李耳。那时候，他在杏坛讲学之余修订了《诗》《书》《礼》《易》，树荫下长龙摆阵般地放满了一摞摞竹简。子路向他建议说不如去找李耳，让他把这些书籍向周王室守藏室推荐。自从老聃夫子免职回乡，他只让南容探望过一次，应该专程拜望他老人家了。

距入周问礼访乐已经十一年了，老聃只是略显苍老，眉宇间的踌躇纹方才现出，饱满的腮肉还绷得很紧，硕大的蒜头鼻的两翼露出浅浅的竖沟。

“噢，仲尼。仲尼如今是一方圣人了！”听不出是赞誉还是嘲讽，他有一种脸烧心跳的尴尬，但仍然侍立一旁，躬身垂手，毕恭毕敬地听着。

寒暄过后，他切入正题，从当年请教古礼开始，到近年间编辑整理礼仪典章，形成一套完整的《礼》，以及《诗》《书》《乐》《易》《春秋》等六经。他还想对六经扼要地阐明概义，老聃却打断他的话，冷冷地问：“它们的根本何在？”

“根本在于仁义。”他不假思索，微笑着回答，“我正是以仁义为圭臬来衡量一切的。”

“仁义如此重要？它是人的本性吗？”

“是的。君子不仁不能成名，不义难以立身。仁义，确实是人的本性，否则还有什么可说的呢？”

“这才奇了！”他搭蒙的眼皮睁开了，“你说的仁义究竟为何物？”

“心思诚恳而无邪，和乐万物而无怨，泛爱众人而不偏，利于万民而无私。”

“这些谁能做到呢？”老聃冷笑了，“是虚伪，还是迂腐呢？诚恳、泛爱、无私，那些无耻的弄权者、贪婪的诈取者，哪个不打出这样的牌子？天地有序，日月有光，星辰有列，禽兽有群，树木有立，只要遵循规律，依道而行，就可成功。津津乐道什么仁义，不是像敲锣打鼓追捕逃犯一样可笑吗？这实在是扰乱人的本性呵！”

孔丘心里似懂非懂，眼前若明若暗。老聃却洪水决堤般的话语滔滔，讲了一通“大道废，有仁义；智慧出，有大伪。六亲不和，有孝慈；国家昏乱，有忠臣。”[①]的道理。

不欢而散！当然，弟子孔丘还得躬身揖礼，恭敬告退。

---

① 选自《道德经·第十八章》。

后来孔丘才知道老聃已经探索出了宇宙本源，指出了天地万物生成变化的根本大道，“无为”作为他的治世方略，当然要针锋相对地抛过来了。

又过了几年，即他五十一岁时，又来陈国拜见老聃。

老聃老了。他的老态虽然不像村夫鄙人那样给人一种悲凉感，但白发覆盖的头颅显然因苍老而不再灵活扭动，踌躇纹更深更硬，宽额巨颡上五道沟渠有如车辙爬着。

真的成了老子。

老聃正好洗浴一毕，坐在檐下水青石上，等着头发晾干。他身子纹丝不动，双目紧闭，寂泊之至，犹如非人。

庚桑楚看见他们来了，正要呼唤夫子，孔丘急忙摇手制止。

过了一会儿，老聃的身子动了，睁开眼睛向他们张望，他这才上前施礼请安，问道：“夫子刚才怎么了？形若槁木，心如死灰，好像离物遗人，独立于无人之野。”

老聃“嗯”了一下，才说：“我的心忽忽悠悠，游于众物之初。”

“什么是众物之初？”

“这个境界，心不能知，口不能言。既然要问，就勉强为你描述一下大体情形吧——”

老聃将他悟出的阴阳二气出于天地，二者交汇而生万物，循环往复，但必然有其根本的道理以诗的语言道出。他面色和悦，眼眸明亮，蒜头鼻的棱面上润光闪闪，这种少见的兴致外露，说明他在刚才至乐的心神遨游中成为至人。

孔丘如读天书，如游星汉。回到寓所，依然浑浑怔怔，竟一直枯坐，三日无语。

“夫子，人人都知道您是麒麟再世①，谁知见了老聃，只知弯腰揖礼，连一句硬气话也说不出来。难道是见了猛虎吗？”

“他真是一条龙呀！”孔丘这才开口了。他抬头望着天空，犹如看见

① 传说孔丘之母因梦见麒麟而孕。

了什么，“鸟，我知其能飞；鱼，我知其善游；兽，我知其长于奔跑。善飞的可以用箭射，善游的可以用钓钩，善跑的可以张网捕。至于龙，却不知他为何乘风云而上九霄。今日我见老子，他犹如一条龙，所讲所示，让我如堕五里雾中。其犹龙乎！其犹龙乎！”

在连连感叹中，他们师徒离开了曲仁里。

往事如潮。但潮起潮落，每一次卷过的激流，漫过的滩涂，是不一样的。岁月是强硬的刻刀，在一天又一天的看不见的牍片上，记下了一幕幕活剧和一个个人物。每个人都会面对这些牍片思索，选择自己的人生之道。孔丘此时对天地人生的看法已经相当成熟，面对一幕幕活剧和一个个人物，回想几次与老聃交谈，尤其是那回的“仁义”与“无为”之辩，他越思越想，越是觉得自己的主张正确。

难道“仁义”只是一面幌子吗？如果将“克己复礼，天下归仁”大力倡导，将君子之风竭力推行，天下为公的大同世界得以实现，仁义不是更加深入人心了吗？

越是这么思忖，越是觉得任重道远，但也就格外的多了心劲。

而且，他不喜欢坐而论道，他要做艰苦力学、经世致用的君子。

“大哉，尧之为君也……”他忘了自己的高龄，一路呼叫着尧、舜、禹，心中想着尧舜文武之道如何不能坠落，天下怎么平定，从鲁国蓬草随风般的飘转至卫国。和过去在齐国一样，在卫国多年并未得到任用。他后来又去了曹、宋、晋、郑、陈、蔡、叶、巢、楚，还重新去了卫国，依然没有谋得一官半职。这期间他所经受的苦难，所历经的凶险，表现的狼狈、困窘和无奈，用一句他自己打趣的话来形容，叫做“累累若丧家之犬。”

“夫子老聃说推行仁义会蛊惑人心，这为我们敲了警钟。我们就要首先成为仁义君子，克己无私，做出样子，天下人才会仿效。”孔丘带着门人像逃犯和乞丐一样苦苦奔走时，还这么向弟子们告诫。

第二十七章

紫气东来

一 庚儿哭坟

“夫子得了道了！夫子得了道了……”庚桑楚带着几分炫耀，向登门求学的士人及村人高声诉说，瘦长脸上的喜气盈盈满满。

还有一句：“他怎么变‘小’了？”这句话可不能对任何人说。他的心里疑惑而酸楚“夫子怎么成了这样？”

人常说：“老小老小”，意思是人老了就跟小孩一样天真幼稚。老聃的“小”显然有另外的成分。首先，他的胆子小了，遇事过于谨慎，就像冬天在冰河上行走，缩手缩脚，战战兢兢，生怕掉了下去。对于来访者，言谈举止，犹如对待宾客。“庚儿呀，多年来你一直跟着我，是门人，也是仆人。为师却没有恪守师道，想来实在惭愧。”他说得恳挚坦率，之后又摇摇头，白花花的头发在额顶漾漾飘飘，“仔细想来，我即使有意教你，让你也持守清静无为之道,不是让你也反反骑驴,你的母亲在阴间要骂我哩！”

“不，不！”庚桑楚被感动得眼眶发酸，“夫子的道是黑夜中的光亮，是社会安定、世人安宁的良策。难道我的母亲不是为了治世救人？”

老聃瞪了他一眼，苦笑着再次摇头，大派派脸显出阴沉沉的气色，“我心里明白，我的言语很容易了解，也很容易实行。可人们却不能明白，不能实行。”

“夫子的道看起来简朴单纯，内涵却很丰富，就像褐衣粗布里藏着美玉，那些贪慕虚华的人不愿接受。真诚实在的人，大胸怀、大眼光的人，都会对夫子的道心向往之。”

“好，好，这样就好！”他忽然仰头大笑，声音嘹亮而浑厚。一会儿又说：“道大，天大，地大，人也大，你要这样理解。”说罢，他又惊惶地向四周环顾，好像屋外有人偷听。“悄悄地，别让人听见！”

几分困惑，几分酸楚。庚桑楚望着夫子瞬间变化的神情，心想：“难道真人就是这样？”

关于夫子性情的变化，庚桑楚守口如瓶。

他后来把这些毫无保留地说给一个人了。这人就是徐甲。

徐甲出现在夫子和他面前时，他着实吃惊不小。

徐甲不是在战场的厮杀中逞能显雄的赳赳猛士么？不是兵家高人孙武麾下的拳拳走卒么？他怎么不远千里寻到夫子门下了？但听了徐甲的讲述，庚桑楚还是信服了。徐甲目睹了吴王阖闾的淫荡凶残，领略了王者发动战争的用心，也就明白了战争的意义。连大将军孙武也退隐而去，自己一个赶马卒子还不一走了之？再说情人崔旦，也伤透了他的心，她的眼睛一直朝上看，后来攀住伍员的高枝，谋划着外甥公子胜日后的王位。

“要熄灭俗人心中的烈火，只有靠李耳夫子的道了！”徐甲拍着他的肩膀说。在守藏室院子那排粗壮的银白杨附近，他二人说得很不投机。他说的李耳夫子的治世之道，当时并没有在意。自吴兵宣淫郢城之后自己才幡然感悟，待孙武解甲后他也另寻出路，先赶到洛邑寻找，又辗转赶到这儿。

“王子朝是我两眼睁睁地看着叫人杀死的。他的马倒车翻，是因为我拿着他的那把弓射了一箭。”

庚桑楚高兴得用手拍打着他的胳膊。

夜间，等夫子在里屋睡定之后，他与他，一个老弟子，一个新门徒，两条三十大几的光棍，挤到一个土炕上了。

没天没地掏肠掏心地侃起来。

徐甲是见过苌姬的。虽然只在守藏室大院打了几个照面，但那位高门淑媛、斯文才女，给他留下了深刻印象。他隐约看出那是他的恋人。

庚桑楚对于崔旦却一无所知,从徐甲的口中才明白了那个俏丽如夏姬，又颇有心计和心劲、经历曲曲折折的女郎内幕。

不论苌姬与崔旦有怎样的差别，但有一点是相同的，把真心爱她的人甩了！

甩了，狠心狠意地甩了！

不是说女人代表坤，代表阴、柔、月亮，性情是温和乖顺的吗？她们怎么比男人还心硬？徐甲大惑不解。

庚桑楚毕竟习道多年，过去又有习《易》的经历，他就显得老成一些。他说："不能简单地责怪她们。女人找丈夫，男人找妻子，都是在成全一种'叠合'。《易》有六十四卦，相当于八种人的六十四种'叠合'，能够坎离交泰的只有一卦。你我虽然对她们有感情，但不一定是最佳配位。我是这么想的，我最终原谅了苌姬。宽容、谦让、不争，是要有气度的。这才是'坤'和'阴'的本性，也是振振君子应有的胸襟。"

月光穿檐，更深语低。庚桑楚不禁想起和苌姬在一起的情形，想起在秦地山林里听到的那支"叠合歌"，想起闻仙里村人们忍让平和的性情。

"徐兄，从战场上的红眼杀手，到夫子面前的谦恭学子，从争斗极端到清静无为，你给自己出了难题呀！"

"我没有想这些。"徐甲说得坦率，"权当赎罪哩！过去杀人成瘾，心里不宁呵！这样做，我的先人九泉之下也会高兴的！"

除了徐甲，前来问学的人还有柏矩、杨朱、南荣趎等。老聃在不经意间以他的学识教化后生，传播自己的学说，阐述自然之道的原理。他们一起谈玄论道，说无侃有，形成了中国最早的道学"沙龙"。诚然，那年月还没有"道""儒"这种明确的流派称谓，也没有学派之间的尖锐互黜，但源头的涓涓细水毕竟已经流出来了。

庚桑楚成了这个圈子最忙碌的人物。他的兴致高了，信心足了，目标也产生了。他已经领会了夫子"圣人为而不恃，功成不处，其不欲见贤"的道理，静心读书、问学，并有意向外宣扬夫子的学说。

初当门人的徐甲果然在自己的难题面前尴尬叹息。他白天除了学《易》问道，还坚持在院子里劈腿出拳，练坐马功。晚上一身困倦，却毫无睡意，胳膊肘向那边碰碰：“庚弟，我浑身躁热得不行，你看咋办？”

“嘿……”庚桑楚笑得发噎，“你没学过静心法。我教你吧！”

徐甲后来还是想着婚恋，并没有放弃男欢女爱的念头。他也很关心庚桑楚的婚事。

这时候，从洛邑传来的消息，把他们都惊动了。

苌姬的父亲苌弘大夫由于卷入周王室派别之争，晋国赵氏家族发兵进攻洛邑，周人暴动，追杀刘氏及其党羽，也将苌弘杀死在蜀地。伴他出行的硕人也被杀害了。

其时为公元前492年六月，孔丘一行正好在陈国奔走。老聃与孔丘会见不久，他没有向庚桑楚叙说会见的情形，却不断地自语：“孔丘还惦念着苌公。他怎么样了？他如今还好吗？孔丘还惦念着呢！”后来他站在门口向西边的天空张望，高声叫喊：“苌叔兄！别有经年，久不闻教，近怀益切，当无恙乎？”次日清晨，又在门外仓皇张望，大声自语：“苌公，我一夜无眠，受惊于惶惶梦中。究竟何灾何难，切望知照……”

庚桑楚产生了不祥的预感，夜里便有苌姬入梦。

过了些日子，南宫敬叔专程从鲁国赶来，探望了老夫子后，密告庚桑楚：“苌弘夫子死前留言，他是因忠诚而死，三年后血可化作碧玉，当明心志，并以玉赠予友人为鉴。其血已由苌姬收藏，来日若现碧玉，将由老聃夫子身边的庚桑楚保存。”

南容还说：“郑杨两年前就去世了。硕人随苌公一起遇难。苌姬孤零零在家服丧，希望他去看看。”

庚桑楚的第一个反应，是去师娘希的坟头恸哭。他双膝跪地，头挨墓土，哭得汪汤汪水。

过了几日，庚桑楚瞒着夫子，欲去洛邑找苌姬，为苌弘夫子吊唁。他收拾好了行装，并向徐甲做了交代。不意这当儿南容派人告知：“苌府被抄，苌姬不知去向。”

三年之后，庚桑楚果然得到一块莹莹碧玉。行色神秘的来人献玉之后，又掏出一页木牍，上面的文字仿佛苌姬所刻：

隰生苌楚
诚鉴碧玉
执子之手
莫问契阔

庚桑楚读着思着，来人乘机倏忽走掉了。

时光的脚步在加剧的战事纷争中匆匆向前跨越，春秋之末战国之初的时势尤为动荡。老聃却在平静中潜心体道，进而达到上德无为、自隐无名的境界。老夫子自知暮年已至，加之陈国即由楚灭，便想外出逍遥一番。或是厌倦了中原，想去一生还未涉足的秦地；或是《诗》中秦地山丛林莽的描写透出黄帝、伏羲劳作的气息；或出于“天不足西北，故西北方阴也”的考虑；或因日益强盛的秦国颇有吸引力……诸多因素，很难判定孰一，反正老聃决定离开家乡，走出中原，去秦地看看了。

庚桑楚被鲁国畏垒山的一伙学人盛邀，决定去那儿布道。师徒分手之后，他收拾行装，清扫了李树庇荫的庭院，再身背碧玉，又去了师娘坟上。这将是一座永远无人理睬的孤坟，师娘啊，谁还能来这里再看你一眼呀！他发疯一般纵身扑去，整个身子贴住了坟墓，张开的两只胳膊像搂抱碾盘一样只能箍住墓堆的一部分，桑树皮般的土褐色长吊脸埋在葱茏的草丛中，几乎窒息，他昏了过去。

二 关楼夜月

当庚桑楚把水青石、八卦风车及一应杂物装上车子，再把老夫子搀扶上去，低头挥袖抹泪抽泣之际，曾是职业驭人的徐甲一挥鞭子，车轮滚动了。

飘飘白发，淡淡白云，悠悠白鹤。这正是随车西去的老聃的模样。

一路风吹，轮转鼓响，黄带拂拂。八卦风车的征候告示着旅途的作息。缓缓徐徐，车子过沛（今徐州）、至梁（今开封），一团紫气飘飘跟定，车子驶过了中原。

“夫子，函谷关快要到了！”徐甲又打了一鞭。

“且慢！”老夫子闻声坐起，手掀帷帐，探头向外张望。

他记得书上的记载，此关南依秦岭，北濒黄河，东临绝涧，西至潼津。关在谷中，深险如函而得名。

他仰头向北，眺望黄河；再向东瞅，观览弘农涧。

大河的滚滚浊浪和弘农沟的滔滔流水都收在眼底了。

“噢，我想起了洛邑的洛河、瀍河，家乡的涡河了。”他向徐甲说着，不意间惊讶了，怎么车辕里套的是一头大青牛？

白马换青牛，这是徐甲故意所为。昨日赶到伏牛山下，听到当地人讲述的李耳训伏怪兽为耕牛的传说。当初徐甲刚到曲仁里就听过青牛峰因夫子降伏猛兽为青牛而得名的传言，面对形状酷似卧牛的伏牛山，他想，青牛无疑是夫子的爱物了，肯定会带来旅途吉祥，便自作主张以马换牛了。

“夫子，这牛肯定很敬重你，路上它会保护咱们的！”徐甲说着，用手掌扑挲牛脖项的皮毛。

老聃望着青牛和顺乖觉的样子，就像看见了守藏室院子那些粗皮巴拉的银白杨主杆，觉得无比亲切。

“骑在它上头，它更高兴哩！”

徐甲很快将轭绳、肚带解掉，把青牛牵出辕位。老聃挤眯了双眼，莞尔一笑：“我成了小牧童了！”

徐甲想让夫子透透气儿提提神，便想了这么一招。老聃的童孩性情兀地被唤起，浑身顿然来了精神。徐甲搀着他的胳膊坐上牛背，自己倒扮了青牛，颈上搭轭双臂驾辕拉动了车子。

面对雄关险隘，师徒俩完全是一种嬉笑放浪的姿态。殊不知关令尹喜却犯了急迫。这位恭恭良人辞去朝中大夫请求来这儿为令以后，天天盼着

李耳夫子。数月前在秦地闻仙里草楼夜观天象，见东面一颗荧荧星斗悄悄移动，一直向西，徐徐款款，气态悠闲，惊呼：“莫非是异人西行？”当然，这也是他的心愿和联想。旁边当助手的秦佚说：“庚桑楚早就说过要撺掇李耳夫子来这儿看看，老夫子该动身了吧？”

这天上午，楼台瞭望吏卒向他禀报，说奇哉怪哉，远方竟有一老者骑牛而来；老者白发白眉，青牛慢腿慢脚，后面的空车子一个大汉拉着，就连弘农沟的紫气也跟着飘过来了！

“果然是异人来了！”尹喜心想：“人家孔丘，任过官职后无车不上路，‘以吾从大夫之后，不可徒行也。’①而你老夫子偏要弃车骑牛！”

“异人不异呀！”尹喜又一想：“见素抱朴，返璞归真，不正是老夫子的喜好吗？他就是这种性情，对世俗的浮华一概不屑，因而也不愿留下自己的言论著述。”

过关的浑然不觉，守关的俨然以待。

老聃被挡住了，被盘查了。把门的吏卒声称任何人都应出示通关文牒，否则休想出去。

师徒俩面面相虑。

“呃——这不是老聃夫子吗？”尹喜假装巡视而来，深施一礼之后，请他们暂且到客厅叙话，又盛宴洗尘，上了黄河红鲤。

“夫子若执意出关，只有留下自己论著，弟子以此为据，也许说得过去。”尹喜扶老聃在客房坐定后又拱手恳请，“我知夫子以自隐无名为务，不留片言只语于世间。可这回是规章所定，弟子实不得已，望能见谅。”

说罢，头一扬，拧身去了。

接连几天，在安静的斗室，面对关卒送来的刻刀、竹片、木牍，老聃并没有握刀镌文。他虽然有压力，但无论如何不愿做违心背愿的事情。

尹喜发现老聃只字未刻，每日只是与徐甲游逛于涧边河旁，便又施手法。一日三宴，餐餐更谱；日日请安，夜夜揖礼。九天过后，尹喜在他面

① 选自《论语·先进第十一》。

前溘然跪倒，稽首不起，恳求说：“难道夫子不是为了明道悟人吗？当今世人多于躁进，迷于荣利，大家攻心斗智，竞相伪饰，世乱之根只有大道可以消除。夫子长期坐拥书城，掌管典籍，知识渊博，悉心体道，特行独立，开创了完备学说。若不成文立著，岂能流布世间？夫子曾言，‘天道无亲，常与善人。’难道夫子不愿施一善举？”

“好！好！你起来吧！”老聃闭目颔首，双腮赘肉痉挛似的抖动着。他内心的激情在这一霎间燃起了滔天大火。

只有巍巍关楼上空的明月为伴。老聃支走了徐甲，独自一人，站在楼顶，茕茕孑立，仰望天宇，让思绪放飞。

从来没有像现在这样思忖有关自身，有关学说，有关道的流布。一轮淡月，在头顶的斜上方粘贴。远处的弘农河畔、桃林原野，已被浑蒙蒙的浓雾般的月晖浸没。

这景象让他想到了天地混沌，想到了盘古，想到了守藏室那两间封闭的最古老的藏品，先祖先民们智慧和创造的见证。那难以计数的沉湎其中的日子，那难以描述的直觉思维的玄览，一步一步生出了“道”。这是悠悠文脉的承续么？这是玄玄一气的绵延么？既然是，苌弘、孔丘、孙武以及儿子宗、王子朝，他们为什么要走另外的路径？

“看来，应该表述，应该立论，应该畅怀，应该倾诉了！”

旋即入室，操刀在手，在通明的烛光中，刀锋疾走，如龙跃凤飞。

道可道，非常道……

开篇第一字，便是这个年月最为流行，也是他一生冥思玄想，苦苦追寻，自以为是天地根基的“道”。

和世界上一切伟大的圣贤一样，老聃的骨肉中含着纯粹的灵魂，这灵魂的热量源自诗人特质的激情。开篇之后，势不可遏，流泻于竹页的是他平日的性情，总是出语惊人的简约而又不乏偏执的厉厉之音。

诗人的天性是率真的，纯情的，极富想象力的。洞见本源的“道”，源于他对母性生殖器的借鉴。贤淑淡定的妻子，自五六岁就与他山头河边携手攀肩游逛浪腾的“傻蛋希”，正是开启他母体意识的先导。“玄之又玄，众妙之门”“谷神不死，是谓玄牝。玄牝之门，是谓天地根”。[①]“天下之交牝也，天下之交也，牝恒以静胜牡……”[②]毫不隐讳，直描意象，理性让位于直觉，天下最精当最大胆的阐述莫过于此了。

格律有韵的句子把情感凝聚得更有分量。是库馆中大量的来自民间的歌谣的感染呢，还是夫人希的歌唱给了他下意识的影响？没有人知晓。反正他不时地运用韵文的节奏和韵律。说来也巧，那个善唱情歌的崔旦直接给了孙武以借鉴，孙武的笔下才有：“微乎！微乎！至于无形……”“利而诱之，乱而取之……”他也有句式和韵律完全相同的文字：

恍兮惚兮，其中有物；窈兮冥兮，其中有精。[③]

将欲歙之，必固张之；将欲弱之，必固强之……[④]

透过窗棂的月光落在几案的八卦风车上，蜡烛的荧光也照映过来，这玩物上的红鼓、黄绸、黑卦图便格外显眼。他无意中抬头瞥见了它，便想起岳丈商卜人。正是从这位寡欲知足的先辈身上向后观望，沿着《我无歌》的时代继续找寻，联系夫人希的启示，才有了“天下溪”“天下谷”的胸襟。这种博大的“守雌”和“有无相生”的哲思，都化成精粹简劲、爽利峻洁的语言，在刀下一一现出。

不知流过了多少时光，终于搁下刻刀了。

徐甲照料着他的简单用膳，日间悄悄地来去，蹑手蹑脚，无言无语。午间送饭进来，发现他曲肱伏案酣实地睡着了。

“夫子弄完了？这么多？”轻轻摇醒他，徐甲惊喜地说：“这下可好，

---

① 选自《道德经·第六章》。

② 选自《道德经·第六十一章》。

③ 选自《道德经·第二十一章》。

④ 选自《道德经·第三十六章》。

夫子可以名扬天下了！连弟子们也脸面有光了！”

老聃一惊，瞪大了眼睛。

“可以交差了，过关了。”

“徐甲，立即动手，把它们拣到外面僻背处，一把火烧了！”老聃猛然抬高了声音，高高眉棱下的眼睛射出一道厉光，“知者不博，博者不知。①圣人处无为之事，行不言之教……”②

徐甲蒙了。

他却闭上眼睛，痛楚地摇头：“你呀，赶快动手吧！”

三 临台说经

不用说，李耳西行入秦，能够去终南山北麓闻仙里，完全是尹喜诱导的结果。

“那里是我多年观星望气的地方，山大林密，风光迥异，非常清静。”尹喜脸上笑吟吟的，下巴上稀疏的灰白胡须颤动了几下，“夫子随着我去，适意了，住下来；不适意了，再去别处。”

就这样，老聃开始了有具体目标的旅程。

他没有想到，这是他的归宿之游。

过黄河，经咸阳，越槐里，直直向南，渡过渭水，从乔镇街道穿过，秦岭北麓就展现在眼前了。

老聃不知晓自己走出中原，一路留下了青牛西去、紫气东来的佳话，更不知晓入秦落脚之后，他的著作得以完善和流布。尹喜和他同乘一车，他是熟人熟地，如返故里，指指点点，絮说不休。“到了，徐甲贤弟！”他望见徐甲的车子已至柏树跟前，急忙喊道。

徐甲赶的是牛车，车上装着尹喜的木箱，里面盛着老夫子的书简。徐

① 选自《道德经·第八十一章》。

② 选自《道德经·第二章》。

甲虽是威猛汉子，头脑并不愚懵，他知道夫子的著述来之不易，怎能付之以炬？暗中向尹喜通报，二人做了手脚。

徐甲很想看看崔旦当年赖以为生的山林，便扬鞭催牛，车子像驾云似的，一直跑在远远的前头。隐约听见尹大夫叫喊，以为到了住处，急忙停车卸牛，将牛缰绳拴在直直耸立的柏树上。

“这株系牛的柏树，就是闻仙里的外沿。”尹喜向老聃挥手讲述。面对齐棱齐坎的兀兀山麓，绵绵横亘不知东西尽头的巨大屏障，老聃非常惊异，感叹说：“吴楚灵秀，齐晋辽阔，秦地雄浑呵！”

尹喜带着老聃、徐甲从柏树林进入橡树林。老聃伛着身子，蒜头鼻微微喘息，脸孔的神情却是恬适的，惬意的。这儿全是碾盘粗的摩天大树，树冠连成一片绿色顶棚，地上是荆棘杂草和厚厚的落叶，目光所及，一片苍郁。

徐甲却在那边大喊：“尹大夫，找见了！”他在一棵树上发现了罕见的猴头菇，用树枝拨了下来，自以为是崔旦那次采撷的“雌菇”的对应品，高兴得捧在尹喜面前让他观赏。

尹喜心不在焉地瞥了一眼，就转过身子，面朝南岗，放开嗓子大喊：

动——如——流——水——

静——如——明——镜——

等低啸的回声响罢，老聃说：“独特的林地，罕异的回声。这不奇怪。你经常这样自得其乐吗？”

“我还想放情唱一支呢！”

尹喜正想唱那首《考槃》，不料那边却有人粗喉大嗓地唱了——

叠合叠合，心生焦火。

犁头跟地叠合，生下田禾；

爹跟娘叠合，生下我我；

尖牛跟乳牛叠合，生下牛犊……

这是那个“怪毛”在肆无忌惮地吼嚎，故意与尹喜回应。一会儿他就走到这儿了。

老聃看见这个蓬头污面腰系葛条一双赤脚手提镰刀的汉子，先是一惊，继而平静，终于欣然地笑了。

怪毛却无视陌生人的到来，只管和尹喜浪说浪笑。

尹喜对老聃说，这“怪毛”是村里最穷、最脏、最“能吃苦”的人，也是最开心的人。

尹喜笑着问：“夫子心目中的小国寡民，就是这种人吧？”

老聃若有所思：“没有细想。夫物芸芸，人也太多样了。”

搭着草楼的麓岗，就在橡树林旁边。徐甲扶着老聃，跟着尹喜，沿着盘旋的台阶，登上草楼。朗朗日光照耀着南面的群山，北面的原野，东西两面的苍岭翠峰向邈远的天际延伸。除了白云，一切都在他们的脚下了。

老聃曾在隐山和楚国柏举多次观究天象，自然明白这天然高台的优越。他问：“这儿是什么方位？”

尹喜说：“我读过佚书地经，这儿中分秦甸，南依终南，东眺骊峰，西顾太白，方位最为适中。”

“我看，还有负阴抱阳之象！”老聃缓缓地补充说。

“对了，这儿正好贴着北面的山疙瘩呢！”徐甲指着下面，向外突出的高台非常明显。

“咚——”

“咚——”

秦鼓响了。怪毛回去后告诉了秦佚，秦佚以鼓为号，催他们到里长家用膳。

里长大麻子已经七十多岁。他脸上密密的麻坑和皱巴巴的纹络连成一体，满脸青色，很瘦，但依然目光锐利，耳孔中长出一绺粗壮的黑毛。老聃看出这是长寿之相，二人便有了话题。大麻子并没有把他当作什么贵人、名人，而仅仅当作客人。在他眼里，李耳还没有尹喜重要。只有三十多岁的秦佚知晓李耳的来历。

老聃与陌生人见面、相处，诚惶诚恐，小心翼翼，话语很少，只是频频点头，大盘脸上的笑意似乎带点做作。秦佚很留心他的谈吐。第二天，听说老聃要去看南面的原始森林，他就相跟着，一直陪老夫子游逛了几天。

闻仙里虽然是山野之地，但也有辖区归属。当时的扶风相当于郡，槐里相当于县，闻仙里由神就乡管辖。①后来扶风、槐里一些士人慕名而来，热诚向老聃求学。其时尹喜已有安排，搭草楼的山岗上有个平台，他请老聃依照八十一章的顺序详细论述，老聃这才知道著作未毁。进入这样的环境，这样的人群，他的心境是一种从未有过的安恬，对于尹喜也产生了大器未识的感觉。他说："不是什么论也不是什么讲，咱们一起随便说说吧！"于是，说经台这一典故就产生了。

另据《道藏》记载：李耳来到闻仙里当为周敬王四十一年，即公元前479年。尹喜看出老夫子有归隐之意，请求说："夫子乃高明贤达之圣人，将要隐逸，请为我著书，以惠后世，教化众生。"草楼南有一高阜，即山疙瘩，一座天然高台，被感动的老聃就在这儿以随意说说的方式，自癸丑年七月至腊月，共有九百余卷讲述纪录，内容主要有三方面：一、九丹八石（化学、炼丹、养生）；二、驱鬼移神（符咒）；三、修齐治平。尹喜回故居后，总觉得卷帙浩繁，不得要领，请老夫子述其精要。老聃违拗不过，又述说综合概义，遂有五千余言的著作诞生。

大麻子对人说，老聃说经的日子，山林上空总会响起阵雷般的吼声，仔细分辨，是三个人大笑。他说，梦中见了三皇，三位神仙一个个笑得那么开心，声音跟山林上空的雷声差不多。

---

① 后来有老子"死于扶风，葬于槐里"一说，即缘于此。

四 指山为陵

老聃这时期已是老暮之年了，他有了明显的自语症。先前在家乡，没有人能看出他的自语是一种异象，那时还不严重。如今，除了激动时滔滔不绝地倾诉，一个人心平气静地吃饭，走路，甚至坐在水青石上玄览，也会自顾自地讲述起来。

随大麻子和秦佚去远山的原始森林看了一天，回来后去了秦佚家，秦佚请老聃观赏他拣回的水青石，这些石头上都有自然形成的星宿图影，色彩形状非常逼真。“水浸之石，天然妙趣！”说罢竟转过身，伛腰背手，踱着慢步，在门前那坨小圆场转起圈子，且侃侃而语：“南山峨峨，林莽榛榛。鸟虫草木，各畅其性，各随其生，各随其死。帝力于我何有哉……”

到了腊月，闻仙里全体村民聚集起来举行一年一度的腊祭。据说这传自黄帝时代的歌舞，在平原地区已很难见到。在秦佚他们奋力击打的锣鼓声中，黄衣黄冠腰系黄藤的男女老幼踩踩踢腾，个个神色肃穆而又癫狂不已。

老聃看毕，回来后躺在炕上，一夜青灯荧荧，絮语叨叨，连徐甲也烦腻了。

“本该台上说的话，全说在炕上了！”徐甲向尹喜报告。

徐甲还报告了他在这个山村的两大发现，一是女人模样秀气，二是媳妇们喜欢做的针线活——布老虎，俗称“狸儿”，竟与老夫子家乡曲仁里的习俗相同。

“是巧合，还是浩浩大化的安排？”尹喜惊诧地笑了。

尹喜已将《老子》制成几套竹刻本和帛抄本，让徐甲带一份帛书去畏垒山送给庚桑楚。

徐甲途径洛邑、曲阜、商丘，回家祭了祖坟，往返五千多里。一年后，他带回了令人关注的消息：

苌弘被周人剖腹刳肠，死得奇惨；硕人被杀后抛尸荒野，一群大雁久久盘旋守护在尸体周围，刁鹰饿狗不能近前吞食。苌姬下落不明。

孔丘也已去世。死前这位累累大贤绝望地叹息：“天丧予！天丧予！”后抚七弦琴而歌，“泰山其颓乎，梁木其坏乎，哲人其萎乎！”歌罢闭目。他的门人，那个仗义无谋的子路，此前一年在卫国纠纷中被剁成肉酱而死。

孙武隐退后，伍员一直在吴国任职，吴王夫差拒不采纳他的谏言，伐齐失败后，竟归罪于他，赐一把属镂剑命其自裁。崔旦穿梭于伍员与自己的外甥、楚国的公子胜之间，后来协助公子胜在宫廷政变中夺得王位，几天后二人都被复辟的楚惠王杀死。崔旦临死还是那么俏丽，露珠白的肤色令人艳羡，被油锅炸成肉串儿分给宫女们吃了。楚惠王即楚平王与秦公主孟嬴的孙子，公子胜的母亲崔申即当初孟嬴出嫁时的贴身侍女。孟嬴与崔申当年何等友爱！谁能想到她们及其后代演绎的真实故事，其曲折连环，就连虚构的戏剧小说也黯然失色。

徐甲说他听到崔旦的死情后完全“焉”了，他现在什么都明白了。

没有人向老聃告知这些，整日不是游览散心就是闭目自语的老迈之人也无意探听这些。九月九日这天，秋色正浓，漫山遍野一片碧透了的重彩，激发了老人的逛心。他要徐甲带上八卦风车跟他到西边较远的地方去。

沿着蜿蜒的坡路走了五、六里，来到一条周围长满银白杨的河流面前，徐甲手中的八卦风车忽然当当当当一阵骤响，比平日遇到急风还要声脆。老聃停步，望着河水，问徐甲这是什么河。徐甲向近旁打柴人询问，才知是九水。

“九水？”老聃蓦地瞪大了眼睛。

一架不显峰峦细看形体却如赑屃（一种龟，传说为龙的第九子）的山峦位于就水旁边，老聃抬手朝那儿一指说：“我老死之后就葬在这儿吧！”

“这儿？”徐甲惊愕了。

“它下面那块低处，有负阴抱阳之势。那个洞，一直朝下。”

没几天，即农历二月十日，老聃就在半山腰一道河水的桥畔悄然亡故。他闭目静坐在一块水青石上，犹如玄览。旁边橡树林中，尹喜正在吊嗓子试回声，砍柴的怪毛浪声浪气地唱着《叠合歌》。

老聃死后，众人极为悲痛，唯有秦佚只长号三声就出门而去。邻人不解。秦佚说："老聃应时而生，顺时而去。生亦不喜，死亦不悲，这才合乎自然之道。"

老聃依嘱而葬。"大陵山"、"吾老洞"以及"就水"、"老子墓"，就此出现在历代文献典籍中，并连同"说经台""系牛柏""闻仙沟"等一起成为当地千古名胜。闻仙里后来因那座观星的草楼更名为楼观台，现为陕西省周至县楼观镇辖区。

今天，老子声名日显，《道德经》盛名远扬。老夫子当年很想如溪水那样无声地遁入谷底，却想不到谷底成就了一代圣哲。

青牛，青灯，青石，已化入青山的剪影；

白发，白眉，白鹤，又淡出白云的天幕……

1996 年 5 月开始构思

1999 年 3 月—2007 年 2 月写就

2022 年 5 月下旬最新改定

〔附录一〕

相关年表

公元前 598 年（周定王九年）陈灵公被夏姬儿子夏征舒杀，楚掳走夏姬，灭陈置县，不久又复陈。

公元前 571 年（周灵王元年）老子诞生。

公元前 566 年（周灵王六年）释迦牟尼诞生。

公元前 551 年（周灵王二十一年）孔丘、孙武、尹喜诞生。（据作者推断，孙武、尹喜与孔丘年龄相当。）

公元前 540 年（周景王五年）希腊哲学家、辩证法的奠基者之一赫拉克利特诞生。

公元前 535 年（周景王十年）孔子年十七，首次于鲁国巷党向老子请教丧礼。

公元前 532 年（周敬王十三年）齐国贵族田、鲍、国、高四家族发生矛盾，孙武在此之后为避难出奔至吴。

公元前 531 年（周景王十四年）老子任史（作者依据孔丘第二次问礼时间之一说，推断此为老子任史最晚年代）。

公元前 526 年（周景王十九年）孔子与南宫敬叔入周问礼访乐（也有公元前 530 年、公元前 518 年等说法）。

公元前 524 年（周景王二十一年）周景王铸大钱。

公元前 522 年（周景王二十三年）楚平王纳秦公主孟嬴，听信谗言，欲诛太子建，杀伍奢、伍尚，伍员奔吴。

公元前 521 年（周景王二十四年）周景王铸无射钟。宋国发生华氏之乱。

公元前 519 年（周敬王元年）周王室内乱。四月，周景王卒，其子猛立，是为悼王。未几，猛病卒，刘子、单子复立其弟丐，是为敬王。王子朝自立。周人呼丐为东王，朝为西王，二王互相攻杀，六年不决。

公元前 516 年（周敬王四年）王子朝掳走守藏室典籍。老子东归。孔丘在齐，闻《韶》乐。

公元前 515 年（周敬王五年）孔丘第三次于老子故里拜访，谈及六经由周守藏室收藏。

公元前 512 年（周敬王八年）吴王阖闾任孙武为将，遂谋攻楚。

公元前 510 年（周敬王十年）刘子与苌弘主张在成周筑城墙。

公元前 506 年（周敬王十四年）吴师破楚入郢。

公元前 505 年（周敬王十五年）秦出兵救楚，楚昭王还都。周人杀王子朝于楚。

公元前 503 年（周敬王十七年）老子于鲁讲学，孔丘第四次造访。

公元前 501 年（周敬王十九年）孔丘 51 岁，于老子故里拜访。

公元前 497 年（周敬王二十三年）孔丘开始了十四年环辙列国之行。

公元前 492 年（周敬王二十八年）周人杀死苌弘。孔丘第六次于老子故里拜访。（也有孔子三次四次五次问礼之说）

公元前 491 年—公元前 478 年（周敬王二十九年——四十二年）老子西行至函谷关（鹿邑、函谷关、周至对此年代说法不一）。

公元前 484 年（周敬王三十六年）吴王夫差赐伍员以属镂之剑使自裁。

公元前 481 年（周敬王三十九年）相传孔子整理鲁国《春秋》绝笔于是年，春秋时代亦止于是年。

公元前 480 年（周敬王四十年）子路死于卫国动乱血战中。

公元前 479 年（周敬王四十一年）孔丘卒。老子入秦后到达终南山北麓闻仙里（据《道藏》记载）。庚桑楚于此前后赴鲁畏垒山讲学。

公元前 478 年（周敬王四十二年）老子仙逝（据《道藏》记载）。鹿邑有是年《道德经》成书一说。司马迁有“盖老子百有六十余岁，或言二百余岁”之说。

公元前476年（周元王元年）春秋是年结束。此说较为流行。

（说明：由于老子有关史料较少，一些年代根据各地资料分析推断，此表仅供参考。）

〔附录二〕

寻访老子遗踪

张兴海

一

独行孤往，我要去踏觅老子李耳先生留下来的足迹了。

独行孤往，作为一种感觉，后来又被我的耳闻目睹切实地证明了。从关中腹地周至到青岛的崂山上清宫，一路上与盈耳的笑声、攘挤的人群相伴，眼目中呈现的是打工、就业、促销、叫卖、游逛、纵乐的世界，浸泡在喧喧嚣嚣、花花绿绿的氛围中。即使在这道教圣地崂山，也充斥着五花八门的商业化娱乐，自然、清静、不争、素朴、恬淡等“道”的征象很难体察得到。

作者在孔府（李玉玲　摄）

我有意先去与老子踪迹无关的沿海地区，希望在那里寻觅现代化建设图景中的老子，但我只看到了现代文明的灿烂，看到了创造、财富与竞争对于清静无为的拒绝，从而也悟出了当初老子为什么要大声疾呼“绝圣弃智”与“绝巧弃利”了。

由东往西，很快到了济南，转而曲阜。这似乎很离谱。司马迁曾说："世之学老子者则绌儒学，儒学则绌老子。"你怎么能在孔子的家乡找老子？但我确是有备而来。史料中的老子生卒无定，唯有孔子入周问礼的情节给后人留下可供推断的大约年代，而且这个情节包涵了老子的言语神态，给人留下了可资想象的空间。另外，作为对应，你若要深入了解老子，就不得不了解孔子。

曲阜是当年鲁国的都城，岁月风尘的沉积不能说不厚实，但从城市外貌来看已经完全焕然一新。孔庙、孔府、孔林、因历代的朝廷重视得到完好保护，并不断修葺扩建，其规模和景观不亲眼所见不能想象其宏富绝伦，游人之众也可以用人山人海去形容。曲阜被尊为"圣城"，与孔子有关的展馆与景点之多，配套服务产业之完善，让其名得以副实。旅客如滔滔水流朝"三孔"大门奔涌，其势之可观，在于"三孔"门内实际内容之可观，它们给你视觉的冲击不能不让你叹为观止。孔子足矣！以一人之盛名，给整个曲阜带来了巨大的经济效益。

由于孔子几次问礼于老子，老子也就与孔子成了"师生"关系。这种人性化的推理在民间得到广泛认可。在曲阜街头，那些从事服务的当地人，他们几乎人人都对孔子的生平轶事烂熟于心。我与几个蹬三轮车的人交谈，他们都知晓老子，说他是孔子的先生，年纪比孔子大一个辈分。至于这位先生如何指教，学生怎么评价先生，却个个不知其详。我在当地几乎能见到的所有介绍孔子的资料中，发现虽然有"问礼"一说，却没有老子那段热诚直爽而又尖锐刺人的告诫："子所言者，其人与骨皆已朽矣，独其言在耳。且君子得其时则驾，不得其时则蓬累而行。吾闻良贾深藏若虚，君子盛德若愚。去子之娇气与多欲淫志，是皆无益于子之身。吾所以告子，若是而已。"老子居高临下，劈头盖脸一顿训斥加教诲，让孔子懵懂了几日，待悟出道理，便对弟子们说："鸟，吾知其能飞；鱼，吾知其能游；兽，吾知其能走。走者可以为罔，游者可以为纶，飞者可以为缯。至于龙，吾不能知，其乘风云而上天。吾今日见老子，其犹龙邪！"《史记》中的《老子传》仅 600 字，却有老师声色俱厉学生诚惶诚恐惊叹不已的描述，我疑心司马迁写这篇文章时有偏爱老子之嫌。我私下暗忖，在曲阜，找不见这样的图文展示，是不难理解的事情。

二

车子一路急驰，在几乎没有差别没有分野的平原，黄河故道像一道小河似的东西横陈于桥下，而小桥与路面融和得不露痕迹。齐鲁大地就这样过去了。

进入河南鹿邑，我格外留神。依然是麦秧的蓬勃与杨树叶片的碧青。东西流向的第一道河，约有 10 丈宽吧，水也是那么清亮。这是涡河，是李耳幼年常常涉足的河流。在鹿邑很快看到涡河，我立即有了临近老子身边的感觉。涡河是淮河的支流，因而属长江水系。不来实地考察，就忽略了这点。从地图上看，鹿邑位于中原，自然是黄河流域。地图上的涡河大多是不存在的。谈及老子，有一说，老子代表了楚文化。或者说是南方文化。老子提出："上善若水"，"贵柔"是他处世哲学的简要概括。他之所以屡屡以水为喻，是由于南方的水乡泽国让他满目皆水。从文辞特征看，"寂兮，寥兮"、"惚兮，恍兮"富有楚地色彩。也许少年李耳当年沿着涡河去了江南吧！

涡河两岸树木葱茏

太清宫镇外围

县城老君台

鹿邑县城，似乎没有几处与老子有关的迹象，几乎没有游客，没有过于繁盛的街景，来往车辆的等级品牌，人们的衣着装束，与关中的一般县城相比是差了些。访问了几位老者，他们说鹿邑最早叫苦县，从古到今，这个地方是苦了点儿。在县城东北角，道教古建筑老君台，相传是老子修道成仙的地方。台南是一片广场，尽头靠公路的地方，有一座高达十多米、四柱三门的石牌坊，正门上方刻着“众妙之门”四个大字，两侧柱上镌刻着十四字对联：“地古永传曲仁里，天高近接太清宫。”

曲仁里相传为老子诞生地，即今距鹿邑县城东 5 公里的太清宫镇。镇以宫名，足见此宫的显赫。太清宫原名老子祠，汉延熹八年（公元 165 年）所建。唐高祖李渊追认老子为始祖，以老子祠为祖庙，大建宫阙殿宇，巍巍乎荡荡乎，不逊帝都。太清宫始盛于唐，再盛于宋，金元仍之，而且代有增饰，历千年之久，至明末毁于兵火。我迫不及待地赶到这儿，看到的是墙倒房塌，烟尘滚滚的景象。人们正在太清宫旧址上拆除现有建筑，连镇政府办公楼房也不例外。修复不久的太极殿和山门孤寂地坐落在后面。我随一群上香拜谒的乡村老太婆到了不远的李母墓地。青草覆盖的坟头，两株胳膊粗的李树从顶侧长出，枝叶葳蕤，颇有生机，令人即刻想起民间关于老子诞生的种种传说。最流行的一种是李母生老子于院中李树下，因不知其父，便指李为姓。这儿流行的说法是：李母在河里浣洗衣服时，拣到水面漂流过来的红熟李子，吃后有了身孕。看来这坟茔的景象与神话般的传说有关。

次日，我又东去四十里，抵安徽亳州。由于鹿邑在明代曾划属于亳州，亳州也就沾上了老子。明万历年间，这里修建了“老祖殿”，也叫“道德中宫”，至今该殿所在的街还叫“老祖殿街”，殿门所对的小巷取名“问礼巷”。我在街头问了好多人，他们无一知晓这个宫殿和小巷。几经周折，正巧碰见一位居住在这儿的老人，由他告诉给“的哥”行走的路线，我才找到这里。天呀，确实僻静。门口一桌，收票，但少有游客。飞檐翘角，红柱格门，内有高达十二丈的石刻老子像一尊。我点着了三炷香插进了香炉，双膝跪倒在地。这一瞬间，自己忽然啜泣地哭了！

众妙之门

李老夫子：司马迁写你时用了悭吝之笔，却充满悬疑，把灵异的色彩涂满你的全身。几个“或曰”加“或言”，连世间曾有你其人都成了问号。你的家乡曾有宫阙庙祠之盛，极奢极侈，备享帝宗之誉，岂是虚无妄说？但往昔毕竟是往昔，今日的冷寂却是活生生存在的。

道德中宫

“问礼巷”标牌后面的墙壁上写满“办证”的手机号码

三

中原的乡村田野，与关中的乡野一样的广袤无垠，一样的绿树村庄，甚至连播种收获的农作物种类都几乎一样。我在太清宫周围看到小麦行间套种棉花，与我在家乡田野看到的完全一样。从鹿邑到洛阳，这种感觉没有发生变化。一畦畦麦苗，一片片果树，一座座塑料大棚，一条条灌溉渠道，都让人觉得似曾相识。我不禁想起孔子。他从曲阜动身，到洛邑拜见老子，求师向礼。还有老子，他丢职后返回故乡，隐居多年，逢楚灭陈，心灵上经历了亡国之痛，遂生西去之念。他们二人当时走的是哪条路？马拉车，窄土路，不时碰见征战的兵卒和随处可遇的匪盗，一路是怎样的心

九龙玉雕柱撑起方形青铜鼎

洛河之滨的河图洛书演示

情？我眼下乘坐的舒适大巴，轮子轧过的宽阔的柏油路面，和他们当年走过的路径有没有关系？

洛阳，素称“九朝古都”。周之前，就有夏、商在此定都。一根直擎云天的九龙玉雕撑起硕大的方形青铜鼎，在老城区西关花坛高高地炫示着，表明这是一个定鼎之都。《左传·宣公三年》：“成王定鼎于郏鄏。”郏鄏即周王城所在。附近便有古雅的王城公园，气派恢宏的仿古城楼。我漫步街头，东周王城的豪华雅致深切感受到了。令我感到惊喜的是，在王城公园和洛龙风景游览区，很快见到了河图洛书浮雕碑石。从旅游导图上看，龙马负图寺在洛阳以北的孟津县，即“河出图”处；“洛出书”处在洛阳西南的洛宁县，二处距市区很近。《周易》说：“河出图，洛出书，圣人则之。”可以说，这两处传说故地，正是中华文明的源头。《易》为百经之源，老子、孔子的学说，受其影响之大，文辞言语自现彰明。另一方面，我还发现了洛阳河多水盛。它四面环山，中为盆地，伊河、洛河、瀍河、涧河纵横蜿蜒其间，黄河北傍而去。在周景王时期，王室已很衰微，形同虚设。老子在任，必多闲暇，在河旁水畔逍遥悠悠，发“若水”、“至柔”之思，是大有可能的。

老子故宅和“孔子入周问礼碑”，正是在瀍河边上。

据记载，明代在此建有老子祠，墙壁上镶嵌着一块“瀍东寺老子故宅”碑，故宅共有正殿三间，后殿三间，厢房五间。如今这一切荡然无存矣！在此东南不足二里的东通巷，见一古旧砖墙上镶着黑色石碑，上书“孔子入周问礼乐至此”，后面是民房院落。这二处均无人管理。

按照河南、安徽两地学者的研究，公元前520年，周景王驾崩，他的几个儿子为争夺王位发生内讧，大动干戈。公元前516年，王子朝兵败后掳走守藏室典籍逃往楚国。老子就此丢官，回到家乡。这一年，孔子35岁，老子55岁左右。可以说，洛邑是老子一生生活的最重要的地方。而今洛阳，遍地华锦。在这闻名天下的旅游胜地，老子身后的景况却日渐冷凄。刚到这儿，我就多方打听有无老、孔留下的古迹，买了不少旅游资料，竟一无所获。不免令人黯然！

洛阳二十四中门口的雕塑，说明里面曾有老子故居。

东通巷附近的孔子入周问礼乐纪念碑

四

只有两个字“至关”。太史公笔下太简约了。他连关名也未提及。但因此，函谷关便与“名关、名人、名著”联系在一起，“三名冠天下，万德参世间。”这一雄关要塞成为中国最具文化内涵的关隘。老子西行入秦，函谷关是必经隘口。据《道藏》记述，尹喜在京城夜观天象，见一闪亮大星徐徐西去，落点对应了下面秦地，断定有异人西行，便辞职请命去函谷关当了关令。《史记》说：“（老子）至关，关令尹喜曰：子将隐矣，强为我著书。于是，老子乃著书上下篇，言道德之意五千余言而去……”

此地点此人物此情节是很有戏的。我站在巍峨壮观的关楼前面，望着东边斜斜伸来的笔直马路，思忖老子是如何乘车悠然而来。这儿西接衡岭，东临绝涧，南依秦岭，北濒黄河，可谓一夫当关，万夫莫开。老子乃神智之人，和善幽默，知道尹喜有意等候，怕他纠缠，便想蒙混过关。于是，二人演了一出捉迷藏的喜剧。

据当地资料，老子入关在公元前491年,80岁的他自洛邑西行，七月上旬到达，居住半年之久。当时的住所建成了太初宫。太初宫为硬山庑殿式建筑，面阔三间，进深两间，宫前有元、清两代重修志碑。进得宫内，我立即有了兴奋感。这是全国老子塑像中最独特的造型。寿眉银须、面孔矍红、着金黄披风的老子，正襟危坐于案前，一手抚膝，一手秉笔，作凝神沉思状。旁边，尹喜、徐甲肃然恭站。这幕高潮戏的精彩一瞬就这样凝固下来了。

关楼

我过去听到的说法，老子在函谷关只住了一夜，他是为了应付尹喜，才不得不动笔的。这次实地寻访，我相信了当地的说法。平日读五千言，心中常常怦然。“治大国若烹小鲜。”何等气派！“大道废，有仁义。智慧出，有大伪！”何等尖刻！“绝圣弃智，民利百信。绝仁弃义，民复孝慈。绝巧弃利，盗贼无有。”何等深邃！“万物负阴而抱阳，冲气以为和”。何

广场上的老子骑青牛石雕

老子著书雕像

等绝妙！“大方无隅，大器晚成，大音希声，大象无形。”何等精辟！“服文彩，带利剑，厌饮食，财货有余。是谓盗夸！”何等痛快！更不用说大量的辩证论述与“道”的丰富包容。这以激情之火熔铸的，以智慧之光照亮的，以诗化语言描绘的，是天神操弄的精神极品。这样的神智之作，一夜之间岂能打造？我在院中漫步沉思，望着“老子警句甬道”上各种精致的语录书写，心中涌动的潮 水久久不能平静。

尊敬的老夫子，我可在这儿找到您的地位了！这儿的一切，都是以您为主体的，这关，这山，这河，这道，不过是由你上演的独角戏的背景。

游人上上下下，涌动如蚁。我也不再孤独了。

我激动了半日。从关口走过去，进入了如函之道。两壁陡峭，刀劈斧斫，松柏蔽日，幽邃森森，正所谓“马不并辔，车不双轨”。老子当年的足迹轮印肯定被我的双脚踏住了。我向前探步，连连蹀躞，忽然长长叹息一声，心里说：难道你老人家只有离开平原，躲开闹市，到这荒野之地，才终于被人发现被人重视么？“以其不争，故天下莫能与之争。”你的生平经历不正是它的注脚么？

五

从灵宝返回西安，回到家乡，心中沉沉的，似有一股力量催促，我便去了非常熟悉的秦岭北麓楼观台。我多次来过这里，这天然隆起的高台，古橡树笼罩的“洞天福地”，古迹与传说融合的“配极元都”。我隐隐觉得自己是和老子、尹喜、徐甲一起走来。没有了叶子的老死的系牛柏，你看见了这头坎坷远行的青牛么？林木野草间盘旋的石阶路,你认识这位来自陈国的老者么?

系牛柏

阳光和暖地与下山风一起迎接众多游客，天上地面所有的颜色都饱和而透亮，清丽地染出这儿独有的风采。陕西旅游热点楼观台和函谷关一样热闹,一样以老子为舞台核心。不过作为道教重镇，它的诞生比函谷关道观似乎还要早些。道教是东汉顺帝汉安元年（公元 142 年）由张道陵倡导于四川鹤鸣山，时隔不久就传到这里。楼观台早就是北方道家人物云集之地，加之离四川较近，响应非常及时。据《道藏》记载，尹喜在周王室任职前，就在秦岭山中闻仙里结草为楼，观星望气。在函谷关迎接老子后，他喜出望外，引领这位尊师来闻仙里游玩。秦岭深山的原始森林内的自然景观让老子兴奋不已，便答应定居下来。尹喜邀集一帮学子恳请老子讲解新著，一贯谦逊的老子说：“讲什么？说说而已。”说说叨叨之中，尹喜帮助老子再作修订，大著就此面世。

说经台

老子祠

老子墓（邓银海 摄）

“说经台”因而产生。这儿距长安不远，唐时属京城上林苑，李渊联宗时下令各地为道观大兴土木，朝廷以此为重点修筑了宗圣宫，其规模之巨，不亚于鹿邑的太清宫。

我避开人流，又来到西边不远的就峪沟，这儿是老子的归宿之地。《水经注》说：“就水出南山就谷北，迳大陵西，世谓老子陵。”据说老子在此转悠时，望着面前这座大山说：“我死后就葬在这儿吧！”他抬手比画，指山为陵，后来这山就被叫成大陵山。他的尸骨安放在

大陵山

吾老洞

"吾老洞"内。我在洞前的老子祠内久站久思，敬香朝拜之后，面对安恬而神化的老子塑像，心里又涌起了阵阵潮水。巍哉老子！你的生地无亲无后，任职故宅无宣无示，墓内无棺无骨；你以水为至爱，以牛为伙伴，以山为坟陵，心启悟于自然，身化归于自然；柔弱，不争，处下，以一反常态的思维显出诡奇的睿智，以无穷的包容昭示心胸的博大。我甘当学子，自知浅陋，以虔敬之心追寻你的遗踪全程。如此奔波努力，能了知你的心思于万一吗？

山岭无言，松柏无声，所有的银白杨都静止了飘动的叶片。隔着2500年时间的隧道，博大真人老聃夫子，你可曾听见我的心声？

2004年6月1日

原文（刊于《美文》2008年1期）

（照片除署名外，均为张兴海拍摄）

〔附录三〕

名家点评（摘录）

陈忠实（已故著名作家、中国作协原副主席）

我的印象里，兴海一直写作农村题材的小说和散文，著述颇丰，前不久突然把一部厚厚的长篇历史小说《圣哲老子》摆到我桌上，真是令我有点惊讶不已。在我的直感里，老子比不得任何历史人物，老子离今天太久远且不论，这个人太缺乏故事，没有大起大落的人生变故；更在于他的生活处于一种静态，跟世俗社会保持着距离，以想象来给他编织故事也很难弄；至关致命的一条是，这是一个伟大的哲学家、思想家，几千年难以再有的一位绝世的“至圣”，如何把这个人物写出个性，让他活起来，在我几乎是想都不敢想的事。作为作家，我以切身体会能够理解兴海的难处，更能感知他打破这些难处完成创作的超凡的创造力。

贾平凹（中国作协原副主席、陕西省作协主席）

兴海是我多年的老朋友，做事扎实，待人诚恳，也有才华。过去的一些作品很精彩，我总感到他写什么样的作品都有可能。但我看到这本书后还是吃了一惊。老子其人，想起来都令人头疼，是需要充分的古典知识做支撑，需要功力和毅力，我觉得写得十分开阔，不光思维开阔，笔法也很开阔，形象丰富，真实的令人崇敬的老子形象立起来了。写民间生活，是兴海最拿手的，这个人物因此而有了厚度。故事读起来令人信服，流畅而紧凑。可以说，这是陕西文学的重要收获，是近几年我省历史小说的代表作。历史小说的创作有其自身的特点、规律和难度，在陕西文学界也是比较薄弱的一个环节。眼下，历史叙事（小说、影视）主观色彩较浓，有的甚至瞎编滥造，而《圣哲老子》却写得较为客观，这与作者四处考察、实地考察的扎实准备有关。在历史面目的恢复和文学艺术的还原方面，它代表了一种写法，是一个坐标，显示了传统现实主义手法扎实厚重的艺术品格。

雷达（已故著名评论家、中国小说学会原会长）

掩卷深思，觉得这部书必定是出自一位胸襟淡薄，大智若愚，修辞立诚的乡野文人之手。郁郁乎文哉！这里强调民间的和乡野的文人之“文”，是指作者在某种程度上将其创作指向了恢复中国文学的智慧和优雅，恢复从诗骚源头流来的那一股抱朴含真的气质。中国的长篇小说或扩大为整个文学，比较缺乏正面造就人的能力。阅读此书文本里我看到了还原上古生活的想象，深参哲理的静思，以及对整秩的语言和朗朗上口的音韵经营，我的眼前是一副古老而迷人的图景。一部作品的内在精神与其叙述风格往往是互相选择的。一部好的作品总是在呼唤它唯一的作者。写老子的难度极大，除正史外，还需要大量的野史补充。在山野中，在文化遗迹中去探寻他的影踪。更为重要的是，还需要一个具有相应文化秉性和文史造诣的叙述人。这个人就是张兴海。上佳的“老子传”没有出自埋首典籍的学者之手，也没有出自熟谙小说技艺的新锐作家之手，竟诞生于一个乡野文人的手中。当写作者和写作对象在气质上达到某种默契时，便若有神助，其才情可得到最大限度的发挥。按照荣格的说法，附着在他身上的集体无意识（指道家文化因子）会在历史过程中不断闪现，凡是创造性幻想得以自由表现的地方，就有它的踪影。结果，我看到一个当下文学中少见的从内在精神到文体风度都相当优雅的文本。

周明（中国现代文学馆原副馆长）

兴海是我的同乡，我很熟悉他的创作情况。他受过写小说的训练，阅读广泛，发表了不少中短篇小说，追求的文学目标比较高，他没有走简单快捷的路子，而是做好精心准备，精心构思，精心考察，精心写作，精雕细刻，完成了这本书的写作。这本书除塑造了不少鲜明的人物形象，引人入胜的故事情节，丰沛的细节，还在字里行间盈满了文气。郁郁乎文哉！这气息、气象、气场、气色，不是三言两语能够说清楚的，需要研究推介。

雷抒雁（已故著名诗人、中国诗歌学会原会长）

这本书是我们历史小说创作的一个高台阶，它把历史和文学比较完美地结合在一起。很多的历史小说把历史像贴肉一样贴上去，里边用了大量的非文学的语言，或者把历史故事演绎得很热闹。这本书读的时候你不觉得它是在说历史故事，而是展示出活生生的人的生活状况，是比较高的文学境界。可以看出他对《左传》《诗经》《周易》以及冷僻的《连山》《归藏》非常熟悉。作家自身的文化素养是成功的重要因素。我们可以看出那个时代的风景画和风俗画。这里面有两个熟悉，一个是对各种典籍的熟悉，一个是对秦地生活的方式、风物、人情、语言的熟悉。我们看上层时看的是历史，看下层时看的是生活。他给历史的生活注入了活生生的秦人生活形态，尤其是他的家乡周至的习俗。如孙武在菜园怎样吃，六月韭呀，十三花碟子呀。那个“苌楚”，实际上就是猕猴桃，周至的特产。《诗经》正好有一首“苌楚”，这首诗非常有意思，被他抓住了，写得很透。这里有个人的经历和生命体验，不能从书本里得到。“过阴兵”那一节非常好，这也和当地的传说有关，一个兵家能从天上云块看到排兵布阵，很精彩。作者花多年工夫干一件活儿，陕西的话叫“咥大馍”，这才是真正的写作之道。

白描（著名作家、鲁迅文学院原常务副院长）

这是一本对读者有很大诱惑力的小说。老子的名声很大，当代作家没有几个人敢拿这个题材。作为县文化馆的研究员，兴海不光在老子说经的地方工作，他还做了扎实的准备，有非常坚实的学养功底。写老子的成功，在于世俗地写形写像，与玄妙地写神写思结合较好。老子过的是世俗生活，并没有神化，但他又神于天，圣于地，写神思玄之又玄，可谓众妙之门。写的最为生动的是崔旦、孙武、徐甲。特别是崔旦。这是一个很难评判的女子。她在男女关系上朝三暮四，但都是真情流露；在处事方式上既相信宿命，又奋发作为；在价值取向上既实用功利，又目标远大；行为举止上既率情率性，又隐藏心机。这是一个让人难忘的艺术形象。徐甲写得很有张力，孙武的形象甚至超过了老子。作品的另一个成功之处，是作者引用了大量的民谣、方言、俚语，这非常管用。如“遇合”“叠合”，并有所生发，与主人公玄之又玄的灵感悟道相关，成为这本书有机的组成部分。崔旦在交欢中浪声浪气唱的歌谣，启发了孙武的感悟，他后来在兵书中出现相似韵律的文字，老子在《道德经》中也有同样节奏律感的语言，既吸收了民间营养，又是大胆的艺术创造。

范咏戈（文艺报原总编）

用 12 个字来说我的感受。一是这本书“恰逢其时”，二是艺术上的“史诗互证”，三是达到了“道成肉身”。在当今这个物质和工业挤压的时代，大家在这样的生存状态下，作者根据老子哲学和处事方略演绎成这样一本书，对于民族文化的重建是有意义的，读者会在阅读之后产生精神的复位。金圣叹在评《水浒》时说，《史记》是以文蕴事，《水浒》是因文生事，这本书是后者。因文生事，完全不拘泥史料的匮乏，凭自己丰富的艺术想象，从人物塑造出发，抛掉史料缺乏的困惑，顺着自己的笔兴，如有神助，一路挥洒开去，诗情，人物，故事，都是生事的动力。“道成肉身”是艺术作品的高境界。要有“道”，作品缺乏思想意义就没意思。但只有“道”，没有形态，恐怕就是说教了。这本书达到了这种高境界。

吴义勤（山东师范大学教授）

这是品位很正的历史小说。一是复活了那个时代。这本书是正面建构的写法，有实和虚，大和小的创意，即大的历史时代写作是虚的，用小的生活场景，小的生活细节，小的生活情趣表现，是非常小说化的写法。小说没有被历史和时代所累。有的作家为了再现波澜壮阔的历史时代，反而把小说的生活和人物遮蔽掉了。二是复活了那些历史人物。三位圣人的形象复活都很成功，这几个人物的关系处理得非常好。本来这几个人物的交叉可能性不是很多，但这三条线索既平行又交叉，结构自然。人物复活成功的原因，是作者以形而下的方式写形而上的问题。一般人可能会从学术思想的角度写，这本书却写圣人的日常生活，包括性生活。三是复活了那个时代的哲学。这些圣人的学说是在什么样的语境中产生的，是怎么从生活变成思想的，小说以形象化的方式展示出来了，既完成了人物形象的塑造，又是对道学、儒学、兵学的理解和阐释。四是复活了那个时代的语言，在整体上的感觉很好，它非常好读。三个圣人，三种学说，汇聚于一本小说，你会怕思想大于形象，怕沉闷、枯燥。为什么可读性强？因为情节故事具有传奇性，故事的戏剧性强，又是具象化的阐述，呈现的思想是形象化的。何镇邦（鲁迅文学院教授）：“我读到一半，就觉得美不胜收。这是一部现在少见的相当优秀的文化小说。以《诗经》入手，营构春秋时期的文化氛围，这一招高。”张兴海是县文化馆研究员，来自乡间，他作为秦人，长期从事民间文化研究，接触底层民众，是一个草根作家。文化往往出自草民之间，《诗经》就是如此。二是写政治，站在全国最高立场上，鸟瞰全局。写政治不多，周景王造无射钟后举行庆典，几千字，写出了政治斗争的风云，看出了作者的驾驭能力。三是人物写活了。老子、孔子、孙子，三位巨匠基本是成功的。老子的形象在我脑子里跟泉州的那个大型石雕差不多，这个人物的性格、家庭生活、处事为人都有了。我很欣赏首席指挥家苌弘与他的爱妾硕人的关系描写，春秋时期就是那个样子。我感触深的一点，作家要拿出干货。从这一点来看，国家级的作家不一定就比草根作家高明。

王必胜（人民日报文艺部原副主任）

这是一本大书，是散文化的小说。这是不恒定的评价。散文写感觉，用意境、生活氛围来结构。老子出场，却不浓涂重抹，又写别的人物，写着写着就串起来了。几乎全是片段式的，章节立定，编排，可独立发表。注重章节结构，注重语言的特色。用思想来结构。人物各有特色。除老子外，孙子、徐甲、苌弘、苌姬，都有很多的故事情节。老子并不想弄得让人顶礼膜拜，他很生活化，这个形象在我们心目中树立起来了。《道德经》的精神贯穿始终。看到文本，感到作者有博大的文学潜力，叙事的风格沉静，文字纯净，让你感到平易和平静。这本书的出版方式也不错，附主人公的著作，作者的考察，而且那还是一篇很好的散文。

雷涛（著名文化学者、陕西作协原党组书记）

作者希望这部书成为“一部圣书、一部奇书、一部才书、一部诗书”，这是他自信的表现。我先读作者的散文《寻访老子踪迹》，后才知《圣哲老子》。当时，我就觉得这篇东西写得荡气回肠，写出了历史的纵深感，写出了一种特有的民族文化韵味，也写出了当今世风浮躁下一个作家心静如水的创作心态。他独行孤往，去黄河故道，去中原的乡村田野，去瀍河两岸，寻访圣哲的足迹。作者占了天时、地利、人和的优势，加之他勤奋好学，对老子情有独钟，促成他写就此书。这对作家们的启迪是多方面的。

王仲生（西安理工大学教授）

小说以相当笔墨，为我们描摹了江南、秦地、齐鲁、徐淮等不同地域的风俗与山川地貌。细致而富有特色的描绘，老子、孙子、尹喜等人物的思想活动均与这些自然环境相关，正是在这个意义上，这本书与其说是历史小说，不如说是一部文化生态小说。这是一个创举，也相当重要。特别值得重视的是，书中丰富的草根文化、民俗文化内涵。小说大量引入了《诗经》及散见于其他典籍的民歌民谣，俚言俗语，与传说一道，构成了小说最斑斓、最诱人、最出彩的元素。这是一个生机勃勃、活力充沛、充盈生命元素的大千世界，一个无比丰盈的艺术矿藏。当我看到秦地方言"叠合"，看到秦人高唱"叠合歌"，我惊呆了。这是多么高亢的张扬生命活力的展示！

贺绍俊（沈阳师范大学教授）

谈论作品要触及本质。这本小说的本质与叙述对象有很大关系。老子，不是一般的历史人物，他的哲学符号的意义要远远大于他作为一个历史人物的意义。老子的哲学是原哲学，是哲学的哲学。作为哲学符号的老子，基本上涵盖了中国的文化，反过来中国文化的发展又对老子进行了过多的阐释。我们缺少从本质上把握，即从哲学视觉，从这个角度写老子的文学作品。如果这么写，难度很大。张兴海却要这么去写，他是大无畏的勇士，是迎难而上的。他想揭示老子身上携带的原哲学，写他玄览悟道的过程。作者是把老子的哲学思想放在那个时代来把握的。有的学者讲老子的哲学是政治哲学，和政治密切相关。在那个时代背景下，政治的实用哲学如何提升到玄思之学，就是玄览悟道的过程。这种历史小说的创作也是在做人文社科的普及。此书更具有文化价值，更具有普及人文社科的意义。

吴秉杰（中国作协创研部原主任）

作为小说，圣哲是没法写的。这个小说不但写了老子，还写了孔子、孙子，是上乘作品。作家们有几种发明。一种是从姚雪垠到唐浩明，以正史为依据，同时修残补缺，拨乱反正，意识形态性非常强，如《张之洞》《曾国藩》《杨度》。老子这个人，作者把他的史料中的思想精华写进去了，又用文学的方式社会化，人性化。第二种是二月河的写法，写野史。野史表达了民间想象，反映了老百姓的愿望和理想，这本书写了不少野史，如水青石玄览、紫气东来等。第三我看是最有前途的，写民间的历史，如凌力，笔下的历史人物是真实的，但却是民间生活的环境气氛。写好民间生活，写出民族文化的根基，这是基础、力量和源泉。这本书写了好多人物，都是民间生活的状态。综合来看，张兴海用了三种状态的融合，在融合中形成了这部小说。再是两个独到。一是利用《诗经》作为气氛，如“振振公子”“温温恭人”“累累贤人”，孙武的“诡诡异人”，文学性强，很有意思。二是人物塑造非常好，而且，人物命运的安排，如崔旦、苌弘、子路、徐甲、苌姬，他们的下场，都说明了老子思想的合理性。

牛玉秋（中国作协创研部研究员）

历史小说的价值何在？我觉得重要的价值在于复活一种精神，复活一种文化传统，一种文化价值。从这个意义来看，《圣哲老子》做到了。我看重书中关于两性关系的描写。两性关系是一种最基本的自然关系。人作为一种自然生存物，其两性关系和自然界的两性关系并没有多大区别，之所以后来有了那么多的社会属性，是因为历史社会发展的结果。两性关系的写作其实都是小说家的想象。作者能从这个角度去想象，让它和老子的思想产生相关，非常可贵。和谐的两性关系，产生老子的哲学思想，有人认为这不可能，我不赞成。由此衍生出哲学思想，玄览悟道，非常正常。

何西来（已故著名学者、评论家）

这本书是老子和老子生活时代的一个现代版的演绎，首先完成了历史和现实的对接。它是现实的人写的，对当代文化的发展，提供了一种资源。第二点，老子思想看起来是虚的，形而上的，五千言囊括的是对整个世界的认识。这本书写了虚，写了悟道，玄览。中国的创作观念当中主静。《文心雕龙》的《神思》中讲“澡雪精神”。它也讲玄览，是主静，不是主动。像洗澡一样，把精神洗完后，归于平静，在平静状态中写。第三，周至这个地方不简单，白居易在这儿写了不少名篇，清代出了大儒李二曲，这是关学最后一位大师，顶天立地的大师，他的修身与“玄览”差不多，反省自己，研修学问。作者下这种功夫，与地域传统分不开。周至的一个草根知识分子，下决心写这样一部大书，从乡土写到世界，写到中国哲学的最高成就。

单占生（教授、河南文艺出版社原总编）

陕西、河南两个省份，在地理上都属黄河流域，在文化形态上又同属黄河文明，因而两地作家在文化传承上有其共通性。2500 年前，有一位骑着青牛的河南人出关到了秦地，这位“异人”、伟人再次把河南和陕西连在一起。作为陕西作家，张兴海充分地发挥了文献的价值，《道德经》《论语》《孙子兵法》《诗经》《史记》《易经》《庄子》等多部经典都得涉及，都须弄个明白。《诗经》的运用充分而自然，不仅在描写叙述与人物对白中恰如其分地糅进了诗句，而且从中找到了环境、细节的依据，具有强烈的画面感和现场感。不仅几位圣哲写得栩栩如生，就连王子朝这样的配角也刻画得极有特色。函谷关与楼观台对于老子的作用，处理得合情合理，可见作者对于历史与传说的把握的理性。

任法融（已故中国道教协会原会长）

道教“上标老子，太上为宗”——以老子为至高无上的道祖。文学的老子应该符合道学中人的精神要求。小说塑造了老子的鲜活形象，同时又有玄学妙论的风采。老子从精通礼仪之学，到刚入守藏室的“不争”“不积”“不矜”，再到后来悟出大道，形成以道为本体、道法自然的理论体系，这中间有一个认知、感悟的过程。他的玄览，他的体道悟道，“玄之又玄，众妙之门”的体验，“道”的微妙玄通、深不可识，这些都要一一形象化地展示出来。书中多次写到老子静坐“玄览”。作者用细致生动的语言，清晰微妙的画面，展示了一般人难以想象的秘境，这是我们文学圈外的人难以做到的。这本书对于道学、道家、道教人士也很有阅读的必要。

国稳社（柳青文学奖得主）

整部小说充满了意象，总体意蕴可以用“水的诗学”来概括。总体文风与它所要表达的主题是吻合的、一致的，有水的均匀、弥散、澄净的特质。在结构上是一部散文化的长篇小说，可以当作小说集来读，随时翻览，随时中断，不会影响阅读效果。它的读者，在乎的是其中丰沛的艺术含量、繁茂的文化元素和频密的意象安排。例如，在“乐人情怀”一章中，写到苌弘与硕人的情感生活。琴瑟和鸣是二人关系的意象。这是艺术与欲望的二重奏，也是全书内在的叙事手法，这里是一组灵与肉、精神与物质、题旨与载体的关系。

陈嘉瑞 （文化学者、散文作家）

文学的老子是一个重大题材，写成功了就是大的建树，陕西方言叫“咥大馍”。当今世界文明，看重的是人格的独立和精神的自由，长期的封建社会造成的桎梏和愚昧必须被打破。从这个角度来看，老子思想可以在当今的进步思想体系闪闪发光，这也是《道德经》风靡世界的原因。张兴海花多年功夫干一件活儿，是明智之举。目标远大，脚踏实地，精心打造，出大作品，这是一个成功作家的经验，也是文学作者的正途。

后　记

倏忽一瞬，十七年的光阴不知不觉地闪过去了。2007 年，这本书由河南文艺出版社推出，当时的情形历历在目。这家出版社的总编辑单占生教授和责任编辑许华伟先生（现任该社社长）专程从郑州赶到陕西关中，在我周至县乡下的家里见面，连夜拍板，决定尽快面世。想不到此书畅销再版，在陕西作协支持下于西安和北京两地召开了研讨会。

人在路途，不少幸运的机会是不可预测的偶然性碰撞出来的。1994 年春天，我受邀为当地楼观台道观创作电视剧《老子》，和唐保良、张居仁两位先生一起钻研磋商，分工合作，完成了剧作。不久后，我在西安为陕西电视台修改剧本，在剧本研讨的会议上，几位作家建议写一部老子题材的长篇小说，说文坛应该有一部高品位的《老子》，这引发了我的创作欲望。

写作的思考与过程，我不想赘述，只想说一点，我有意走遍了与老子相关的几乎所有遗迹，从虚无缥缈的海上仙岛到逶迤秀丽的崂山，从富饶的大海之滨到辽阔的中原大地，从广袤的关中平原到秦岭脚下的说经台，该走的地方全都踏访了。我从遐想、冥想、苦想到脚踏实地现场考察，一处处景点，一座座雕像，一个个传说，一缕缕烟云，都丝丝幻化也都在点点凝结，最终显现在我的笔端。历时 11 年，一个字一句话地排码堆积，时光静流，思绪漫飞，书稿完成了。

机缘凑巧，国际《道德经》论坛即将在西安举办，著名易学学者、玄门大师，时任中国道教协会会长的任法融先生给予果断支持，确定此书为论坛礼品书。陕西作协也充分赞许，将此书定为第五次会员代表大会礼品书，又获得第二届柳青文学奖，入选陕西作协六十年文学作品集。直至 2022 年，陕西省文化和旅游厅主持评选“名家笔下的陕西文化旅游名篇佳作”，这本书依然入选。

回顾往事，心中的感念与激动久久不能平息，但还是应该主要想到关于老子的话题。

这位伟大的古代思想家，他的学说博大精深，潜涵的思想内容丰富渊博，其中清静无为的主张，道法自然的规律，万物并作的生态原则，则是最重要的核心思想。这些年来，社会生活与人的精神世界的剧烈变化，时代的矛盾与衍进，不少现象令人深思。前不久，我在网上看到，奥地利裔英国经济学家，新自由主义的代表人物，获 1974 年诺贝尔经济学奖的哈耶克，认为老子的天之道、无为而治理论和他的经济自发秩序学说非常相似。尤其是《道德经》第五十七章中的“我无为而民自化，我好静而民自正，我无事而民自富，我无欲而民自朴。”令哈耶克推崇备至。《道德经》像《圣经》一样在世界各地大量印刷、广泛流布，这在中国人的著作中是不多见的。想到这一点，我很欣慰。我相信，文学的老子所呈现的思想闪光和艺术魅力对于我们面临的现实社会和读者自己的人生智慧会有一定的借鉴意义。

回顾当初，那些为此书写了评论文章，做了热情推介的作家、学者、评论家、编辑家，他们的功德我是永远不能忘记的。其中任法融、陈忠实、雷抒雁、何西来、雷达、费秉勋、文兰、张长怀等先生已经逝世，令我非常感念。我的老朋友李星先生，当初他对书稿提出了修改意见，为此书出版热诚推介，并写了令人称道的序言。

这次出版的修订本，章节文字做了一些改动，增加了相关的照片，录用了部分名家对此书的点评。在周明先生的辅助下，人民艺术家、对老子学说有深入研究的王蒙先生题写了书名，西安美院著名画家陈联喜先生悉心做了插图，陕西楼观台道文化研究会会长邓银海先生拍摄了相关照片。大家的通力合作，让这本书成为一个比较完善的读本。

我对西安出版社是有感情的。1994 年，该社出版了我的长篇纪实文学《死囚车上的采访》，由王莹女士任责任编辑，何岸先生做了封面设计，此书获陕西作协第五届 505 文学奖，入选陕西作协 60 年文学作品选集。这次出版也同样得到重视，李宗保先生热情推荐，他非常看重这个修订版的面世，希望多出一些有品位的能够压在箱底的好书。李丹女士认真编辑，一丝不苟。所有的朋友倾情奉献，竭尽心力。诞生一本有价值的文学老子，确实是一件令人愉悦的事情。

2024 年 12 月 5 日